어머니와 아이가 만드는 세상·
시와 함께 살다

이어령 전집

18

어머니와 아이가 만드는 세상·
시와 함께 살다

사회문화론 컬렉션 2

에피그램×산문시 _ 시와 산문시로 엮은 깊은 통찰

이어령 지음

21세기북스

상상력과 흥의 근원에 관한 깊은 탐구

박보균 | 문화체육관광부 장관

이어령 초대 문화부 장관이 작고하신 지 1년이 지났습니다. 그러나 그의 언어는 여전히 우리 곁에 남아 새로운 것을 볼 수 있는 창조적 통찰과 지혜를 주고 있습니다. 이 스물네 권의 전집은 그가 평생을 걸쳐 집대성한 언어의 힘을 보여줍니다. 특히 '한국문화론' 컬렉션에는 지금 전 세계가 갈채를 보내는 K컬처의 바탕인 한국인의 핏속에 흐르는 상상력과 흥의 근원에 관한 깊은 탐구가 담겨 있습니다.

선생은 우리 시대를 대표하는 지성이자 언어의 승부사셨습니다. 그는 "국가 간 경쟁에서 군사력, 정치력 그리고 문화력 중에서 언어의 힘, 언어력言力이 중요한 시대"라며 문화의 힘, 언어의 힘을 강조했습니다. 제가 기자 시절 리더십의 언어를 주목하고 추적하는 데도 선생의 말씀이 주효하게 작용했습니다. 문체부 장관 지명을 받고 처음 떠올린 것도 이어령 선생의 말씀이었습니다. 그 개념을 발전시키고 제 방식의 언어로 다듬어 새 정부의 문화정책 방향을 '문화매력국가'로 설정했습니다. 문화의 힘은 경제력이나 군사력같이 상대방을 압도하고 누르는 것이 아닙니다. 문화는 스며들고 상대방의 마음을 잡고 훔치는 것입니다. 그래야 문

4

화의 힘이 오래갑니다. 선생께서 말씀하신 "매력으로 스며들어야만 상대방의 마음을 잡을 수 있다"라는 말에서도 힌트를 얻었습니다. 그 가치를 윤석열 정부의 문화정책에 주입해 펼쳐나가고 있습니다.

선생께서는 뛰어난 문인이자 논객이었고, 교육자, 행정가였습니다. 선생은 인식과 사고思考의 기성질서를 대담한 파격으로 재구성했습니다. 그는 "현실에서 눈뜨고 꾸는 꿈은 오직 문학적 상상력, 미지를 향한 호기심"뿐이었다고 말했습니다. 그는 마지막까지 왕성한 호기심으로 지知를 탐구하고 실천하는 삶을 사셨으며 진정한 학문적 통섭을 이룬 지식인이었습니다. 인문학 전반을 아우르는 방대한 지적 스펙트럼과 탁월한 필력은 그가 남긴 160여 권의 저작물로 남아 있습니다. 이 전집은 비교적 초기작인 1960~1980년대 글들을 많이 품고 있습니다. 선생께서 젊은 시절 걸어오신 왕성한 탐구와 언어의 발자취를 따라가다 보면 지적 풍요와 함께 삶에 대한 진지한 고찰을 마주할 것입니다. 이 전집이 독자들, 특히 대한민국 젊은 세대에게 문화 전반을 아우르는 교과서이자 삶의 지표가 되어줄 것으로 확신합니다.

100년 한국을 깨운 '이어령학'의 대전大全

이근배 | 시인, 대한민국예술원 회원

여기 빛의 붓 한 자루의 대역사大役事가 있습니다. 저 나라 잃고 말과 글도 빼앗기던 항일기抗日期 한복판에서 하늘이 내린 붓을 쥐고 태어난 한국의 아들이 있습니다. 어려서부터 책 읽기와 글쓰기로 한국은 어떤 나라이며 한국인은 누구인가에 대한 깊고 먼 천착穿鑿을 하였습니다. 「우상의 파괴」로 한국 문단 미망迷妄의 껍데기를 깨고 『흙 속에 저 바람 속에』로 이어령의 붓 길은 옛날과 오늘, 동양과 서양을 넘나들며 한국을 넘어 인류를 향한 거침없는 지성의 새 문법을 만들기 시작했습니다.

서울올림픽의 마당을 가로지르던 굴렁쇠는 아직도 세계인의 눈 속에 분단 한국의 자유, 평화의 글자로 새겨지고 있으며 디지로그, 지성에서 영성으로, 생명 자본주의…… 등은 세계의 지성들에 앞장서 한국의 미래, 인류의 미래를 위한 문명의 먹거리를 경작해냈습니다.

빛의 붓 한 자루가 수확한 '이어령학'을 집대성한 이 대전大全은 오늘과 내일을 사는 모든 이들이 한번은 기어코 넘어야 할 높은 산이며 건너야 할 깊은 강입니다. 옷깃을 여미며 추천의 글을 올립니다.

시대의 언어를 창조한 위대한 상상력

'이어령 전집' 발간에 부쳐

권영민 | 문학평론가, 서울대학교 명예교수

이어령 선생은 언제나 시대를 앞서가는 예지의 힘을 모두에게 보여주었다. 선생은 한국전쟁이 끝난 뒤 불모의 문단에 서서 이념적 잣대에 휘둘리던 문학을 위해 저항의 정신을 내세웠다. 어떤 경우에라도 문학의 언어는 자유가 되어야 한다는 신념으로 문단의 고정된 가치와 우상을 파괴하는 일에도 주저함 없이 앞장섰다.

선생은 한국의 역사와 한국인의 삶의 현장을 섬세하게 살피고 그 속에서 슬기로움과 아름다움을 찾아내어 문화의 이름으로 그 가치를 빛내는 일을 선도했다. '디지로그'와 '생명자본주의' 같은 새로운 말을 만들어 다가오는 시대의 변화를 내다보는 통찰력을 보여준 것도 선생이었다. 선생은 문화의 개념과 가치의 중요성을 일깨우고 그 새로운 방향을 제시하면서 삶의 현실을 따스하게 보살펴야 하는 지성의 역할을 가르쳤다.

이어령 선생이 자랑해온 우리 언어와 창조의 힘, 우리 문화와 자유의 가치 그리고 우리 모두의 상생과 생명의 의미는 이제 한국문화사의 빛나는 기록이 되었다. 새롭게 엮어낸 '이어령 전집'은 시대의 언어를 창조한 위대한 상상력의 보고다.

일러두기

- '이어령 전집'은 문학사상사에서 2002년부터 2006년 사이에 출간한 '이어령 라이브러리' 시리즈를 정본으로 삼았다.
- 『시 다시 읽기』는 문학사상사에서 1995년에 출간한 단행본을 정본으로 삼았다.
- 『공간의 기호학』은 민음사에서 2000년에 출간한 단행본을 정본으로 삼았다.
- 『문화 코드』는 문학사상사에서 2006년에 출간한 단행본을 정본으로 삼았다.
- '이어령 라이브러리' 및 단행본에서 한자로 표기했던 것은 가능한 한 한글로 옮겨 적었다.
- '이어령 라이브러리'에서 오자로 표기했던 것은 바로잡았고, 옛 말투는 현대 문법에 맞지 않더라도 가능한 한 그대로 살렸다.
- 원어 병기는 첨자로 달았다.
- 인물의 영문 풀네임은 가독성을 위해 되도록 생략했고, 의미가 통하지 않을 경우 선별적으로 달았다.
- 인용문은 크기만 줄이고 서체는 그대로 두었다.
- 전집을 통틀어 괄호와 따옴표의 사용은 아래와 같다.
  『　』: 장편소설, 단행본, 단편소설이지만 같은 제목의 단편소설집이 출간된 경우
  「　」: 단편소설, 단행본에 포함된 장, 논문
  《　》: 신문, 잡지 등의 매체명
  〈　〉: 신문 기사, 잡지 기사, 영화, 연극, 그림, 음악, 기타 글, 작품 등
  '　': 시리즈명, 강조
- 표제지 일러스트는 소설가 김승옥이 그린 이어령 캐리커처.

차례

어머니와 아이가 만드는 세상

시와 함께 살다

저자의 말

어머니와 아이가 만드는 세상

행복한 집짓기의 나뭇조각

"새천년의 꿈, 두 손으로 잡으면 현실이 됩니다."

새천년준비위원회의 위원장직을 맡았을 때 구호를 제일 싫어하는 사람이 스스로 구호를 만든 것이다. 우리의 상상력 속에 있는 미래의 꿈을 현실로 만들기 위해서는 서로 다른 두 손으로 잡았을 때 비로소 가능하다는 기본 이론을 알리기 위함이었다.

실제로 두 손의 원리로 나는 여러 가지 새천년의 미래 프로그램들을 만들기도 했다. 하지만 공식 기구를 통해 하지 못한 일이 하나 있었다. 그것은 바로 가정의 안방이었다. 한국의 미래를 만들어가는 것은 정치인도 지식인도 아니다. 그런 거대 담론이 아니다. 일상의 사사로운 가정에서 일어나는 어머니의 작은 속삭임 그리고 아이들의 작은 손, 그것이 함께 만들어가는 꿈의 실현이 가정을 바꾸고 사회와 정치를 바꾸고 세계를 변화시킨다. 이 같은 미래 창조는 평범하고 작은 일로 보이지만 실은 법으로도, 권력으로도, 돈으로도 안 되는 일이다.

여기에서 구상하게 된 것이 어머니와 아이들이 함께 읽을 수 있는 글이다. 그냥 글이 아니라 짤막한 경구시를 통해서 손쉽게 마음의 창을 열도록 하자는 것이었다. 어머니에게 그리고 아이들에게 지금 세상이 어떻게 돌아가는지를 감성과 직관을 통해 깨닫게 하기 위해서는 그런 글의 성격이 어울린다고 생각한 것이다.

본래는 두 권의 책으로 그리고 각 권마다 아름다운 일러스트레이션을 많이 삽입한 책이었으나 '라이브러리'의 전체 책의 체재에 맞추기 위해서 한 권으로 합치고 그림도 삭제했다. 이 책이 생각대로 엄마와 아이가 함께 꿈꾸고 만들어가는 행복하고 찬란한 집짓기의 나뭇조각들이 되어주었으면 한다.

2003년 8월
이어령

천년을 달리는 아이

거울을 들여다보면 무엇이 보일까.
내 얼굴이 보여요.

책을 들여다보면 무엇이 보일까.
내 꿈이 보여요.

책을 읽어주는 엄마의 목소리에는
무엇이 보일까.

내 얼굴이 보여요.
내 꿈이 보여요.
새천년이 보여요.

즈믄해 아이

코는 하나, 눈은 둘
손가락은 다섯.
두 손을 합치면 열 손가락
수를 알아야
나이도 셀 줄 안단다.

열 다음에는 백
백 다음에는 천
그러면 하늘의 별도 셀 수 있고,
강가의 모래도 셀 수가 있지.

그런데 우리는
큰 숫자를 세는 일을 잊어버려서
열 다음에는 한자 말로 셌단다.

우리말로는
백은 온
천은 즈믄.

그렇지, 멀고 먼 옛날 고려 때의
할아버지 할머니는 별처럼
흩어져 있는 것도
모래알처럼 모여 있는 것도
온과 즈믄으로 세셨단다.

이제 새천년
너는 새즈믄해 아이
아빠 엄마의 자랑, 나라의 희망
새천년이 온단다.

너는 즈믄해 아이.

활이 아니라 하프가 되거라

보아라,
이것은 활이란다.
화살을 끼우고 이 줄을 잡아당기면
반달 같던 활이 팽팽하게 휘어 보름달이 된단다.
그때 잡아당겼던 줄을 놓으면
화살은 아주 빨리, 아주 힘차게 날아간단다.
그렇단다, '쏜살같이'라는 말이 그래서 생긴 것이지.

보아라,
이것은 하프라는 악기란다. 큰 활처럼 생겼지.
이 줄들을 퉁기면 아름다운 물방울 은방울 같은
예쁜 소리가 울린단다.
사람들은 그 소리에 맞춰 노래를 부르고 춤을 춘다.

보아라,
활은 사냥터에서, 전쟁터에서 쓰는 거란다.
사냥터에서 화살을 맞은 사슴은 그 자리에서 죽고 만단다.
전쟁터에서 화살을 맞은 사람은 그 자리에서 죽고 만단다.

하프는, 그리고 가야금, 거문고, 바이올린, 기타
줄 달린 모든 악기들은
활에서 생긴 것이라고 한단다.
그러나 화살은 살아 있는 것들의
목숨을 **빼앗지만**
줄 달린 악기들은 죽어 있는 것들에게
목숨을 준단다.
활은 전쟁, 하프는 평화!

활로 하프를 만든 사람처럼
네가 크거든
화살이 아니라 예쁜 물방울 소리로
사람들의 가슴을 적셔라.
노래와 춤을 흐르게 하라.

알겠니,
활이 아니라 하프란다.
오래오래 이 말을 기억하거라.

긴 것과 짧은 것

기린은 목이 길고
코끼리는 코가 길고
뱀은 꼬리가 길고

거북은 목이 짧고
돼지는 다리가 짧고
노루는 꼬리가 짧고

이 세상에서 제일 긴 것을 찾아보자.
이 세상에서 제일 짧은 것을 찾아보자.

이 세상에서 제일 긴 것은
마을과 마을을 이어주는 철길,

이 세상에서 제일 짧은 것은 꽃씨.

사랑으로 크면

"엄마, 같이 가요!"
아기 코끼리가 긴 코를 휘두르며
쫄래쫄래 엄마 뒤로 달려가서는
엄마 꼬리를 코로 감아쥐고
엄마 뒤를 따라갑니다.

"엄마, 같이 가요!"
아기 캥거루가 작은 두 발을 모아
깡충깡충 엄마 앞으로 뛰어가서는
엄마 배 주머니 속에 쏙 들어가서
갸우뚱 고개만 밖으로 내밀고
엄마하고 같이 갑니다.

"엄마, 같이 가요!"

아이가 조그만 두 팔을 흔들며
뒤뚱뒤뚱 엄마 옆으로 달려가서는
엄마 손을 잡고 매달려
엄마하고 같이 갑니다.

땅과 바다, 하늘에 사는 모든 아기들이
엄마의 사랑으로 무럭무럭 크면
새천년의 지구에서
그 아기들이 주인공이 되는 날에
온 지구가 행복으로 가득 찰 거예요.

두 손으로

엄마 아빠에게 드릴 때에는 두 손으로 드려요.
가벼운 종이라도
공손하게 드릴 때에는 누구에게나 두 손으로 드려요.

빌 때에도 두 손으로 빌어요.
하느님께 기도할 때에도 두 손으로 기도해요.
기뻐서, 기쁨이 넘쳐서
박수를 칠 때에도 두 손으로 쳐요.

새가 날 때 두 날개로 날듯이
춤을 출 때에도 두 손으로 춰요.
눈물을 닦을 때에도 두 손으로 닦아요.

깨지기 쉬운 유리 그릇은 두 손으로 들어야 해요.

무거운 상자를 들 때에도 두 손으로 들어야 해요.
한 손으로는 안 돼요.
왼손, 오른손 서로 다른 손을 함께 합쳐야
어려운 일을 할 수가 있어요.
나는 두 손으로
손뼉도 치고, 기도도 하고,
아침에 일어나서 세수도 하지요.

까치밥

감나무에 감들이
저녁 해처럼
빨갛게 빨갛게 익으면
가을이 오고
나뭇잎이 지고
서리가 내리고
그러면 겨울이 온단다.

사람들은 겨울에 먹으려고
감을 딴단다.
그러나 감나무 꼭대기에
가장 큰 녀석 하나는 따지 않고
그대로 놓아둔단다.

왜?

까치 먹으라고.

그래서 나뭇가지 위에 혼자 남은 감을

까치밥이라고 한단다.

겨울, 추운 바람에 배고픈 까치가 와서

배불리 먹으라고

까치밥이라고 한단다.

새천년에 올 세상

새천년의 세상에서는
온 세상 모든 어린이가
서로서로 친구가 될 거야.

다른 나라 아이들을 만나고 싶을 때는
누구든지 로켓 비행기를 타고 슝! 날아가서
하루 만에 만나고 돌아올 수 있을 거야.

말을 번역하는 헬멧을 쓰면
어떤 나라 말도 다 알아들을 수 있고
마음을 보여주는 옷을 입으면
서로 사랑하는 마음을 볼 수도 있을 거야.

새천년의 세상에서

나는 훌륭한 과학자가 되어
내가 상상하는 이런 일들을
꼭 이루고 말 테야.

내 머리에 나비가 앉으면 리본이 되지

방 안에 피어 있는 꽃병의 꽃
정말 예쁘고 탐스러운데
왜 나비가 날아오지 않는 거지?
유리창을 닫아서
나비가 오지 못하는가 보다.

창문을 열어도
나비는 오지 않는다.
아무리 기다려도
한 마리 나비도 오지 않는다.

그래그래, 아파트가 너무 높아서 그럴 거야.
나비는 엘리베이터를 탈 수 없으니까.
혼자 날아서 일층 위로 이층 위로 삼층 위로

나비는 높이 날아야 하는데
그만 지쳐버렸나 봐.

방 안이 아니라 언젠가 흙 위에 꽃밭을 만들자.
아빠는 땅을 파고 엄마는 꽃을 심고 너는 물을 줘야지.
꽃들이 피면 냇물을 건너서 들판을 넘어서
정말 나비가 날아올 거야.

유리창 때문에 오지 못한 나비가
바람 때문에 높이 날지 못한 나비가
엘리베이터를 탈 줄 모르던 나비가
날아올 거야. 네가 물을 준 꽃을 찾아서.

그리고 네가 꽃인 줄 알고

너의 머리 위에 와서 앉을 거야.

노랑 리본처럼.

찰흙 놀이

찰흙 덩이를 두 손바닥 사이에 놓고
두 손을 비비면서 둥글둥글 굴린 다음
바닥에다 놓고 주먹으로 탁탁 치면
빈대떡 같은 납작 동글한 얼굴이 생겨요.

가늘게 살살 비빈 찰흙으로 두 눈썹 붙이고
동글동글 비빈 찰흙으로 두 눈 붙이고
갸름하고 오똑하게 코 붙이고
송편처럼 얌전스러운 입도 붙이고
'3' 자처럼 말아서 두 귀 붙이고
얼굴 가장자리 손가락으로 꼭꼭 눌러
곱슬곱슬 머리카락 만들면
야, 다 됐다!
우리 엄마 얼굴.

굵게 슬슬 비빈 찰흙으로 두 눈썹 붙이고
둥글 길쭉 비빈 찰흙으로 두 눈 붙이고
길쭉하고 뭉툭하게 코 붙이고
너부죽한 입 붙이고 귀도 붙이고
가르마 단정한 머리카락 만들면
야, 다 됐다!
우리 아빠 얼굴.

그네 타기

그네를 타자.
누가 밀어줄까.
수남이가 밀어주면
담장보다 높이 올라갈 수 있어요.

그네를 타자.
누가 밀어줄까.
엄마가 밀어주면
교회당 십자가까지
높이 올라갈 수가 있어요.

그네를 타자.
누가 밀어줄까.
바람이 밀어주면

앞산보다도
더 높이 올라갈 수가 있어요.

그네를 타자.
누가 밀어줄까.
나 혼자서 그네를 구르면
별들이 사는 저 하늘까지
올라갈 수가 있어요.

그러면 무엇이 보이니.
그네를 타는
내 작은 친구들이
보여요.

줄다리기

엄마의 목걸이를 보렴.
바다 속에서 나온 진주알
한 알 한 알이 하나의 실로 꿰여서
엄마의 목을 예쁘게 꾸며주지.

줄다리기를 하는 사람들을 보렴.
제각기 자기 방 안에서 나와
한 사람 한 사람이
하나의 줄에 매달려서
힘찬 줄다리기를 하지.

진주 목걸이를 목에 걸려면
그것이 흩어지지 않게
하나의 실로 꿰고

혼자의 것보다 더 큰 꿈을 이루기 위해서는
힘이 흩어지지 않게
모두 줄을 잡고 힘을 모아야 해.

하루하루가 모여서
천년이 되는 거란다.
한 사람 한 사람이 모여서
나라가 되고 세계가 되는 거란다.

네가 작은 손으로 줄을 잡으면
나라와 나라가 경주를 하는
큰 줄다리기가 되고
네가 진주알이 되면
세계를 가꾸는 예쁜 목걸이가 되고

너는 지구의 합창단원 맨 앞자리에서
아름답고 힘찬
천년의 노래를 부르게 되는 거야.

고양이와 개

고양이와 개는 늘 싸워요.
한집에서 살아도 늘 싸워요.

고양이는 냉장고 위로도 올라갈 수 있지만
개는 높은 데로 올라가지 못해요.
높은 데서 내려오지도 못해요.

고양이 발에는 털이 많은데
강아지 발에는 털이 적어요.

고양이는 혼자서 몰래 쥐를 잡으러 다닌대요.
살금살금 가려면 발에 털이 있어야 해요.
그런데 개는 안 그래요.
무엇을 봐도 멍멍 짖거든요.

사냥개들은 떼를 지어 짖어대면서
토끼와 여우를 잡는대요.
고양이와 개는 한집에 살아도 아주 달라요.
다르니까 싸움을 하는가 봐요.
나는 고양이처럼 발에 털을 달고 살금살금 다닐까.
사냥개처럼 여럿이 어울려 멍멍 짖어대고 다닐까.

친구가 없을 때에는 아마 고양이가 될 거예요.
친구가 많을 때에는 사냥개처럼 그렇게 짖을 거예요.

키 재기

누구 키가 큰가, 키 재기를 해요.
다른 것은 열심히 하면 다 되는데,
키는 내 마음대로 할 수가 없어요.
자고 있는 동안 나도 모르게
한 눈금씩 자라나 봐요.
꽃나무가 자라듯이 말예요.

정말 그렇대요.
자고 있는 동안 뼛속에서 피가 생긴대요.
콜콜 코를 골면서 잠자는 밤에도
쉬지 않고 내 키는 자라는 거래요.

그런데 왜 어른들은 키가 크지 않지?
아빠 엄마 키는 왜 만날 똑같은 거야.

아빠처럼, 엄마처럼 어른이 되면
키는 더 자라지 않는 거래요.

피 속에는 디엔에이라는 것이 있어서 그렇다나 봐요.
살아 있는 모든 것들은
제각기 다른 디엔에이가 있어서
그것이 얼굴 모양도 만들어주고,
키도 키우고 한다나 봐요.
우리 식구가 조금씩 닮은 것도
디엔에이가 비슷해서 그렇대요.
한국 사람이 서양 사람들과 다르게 생긴 것도
디엔에이 때문이래요.

그런데도 내가 열심히 운동을 하면

내 혼자 힘으로라도 키를 더 크게 할 수 있대요.

내가 매일 농구 선수처럼 뛰면

까치발을 하지 않아도 순이와 동수 키를 이길 수 있을까요?

손을 펴봐요

엄지손가락
인지
중지
이름이 없다고 해서 무명지
그리고 새끼손가락.

주먹을 쥐어봐요.
네 손가락과 엄지손가락이
서로 반대 방향으로 어긋나 있네.
아, 그래서 무엇이든
이 손으로 잡을 수가 있구나.

돌날 돌상 앞에서
무엇을 잡았나.

연필일까, 책일까, 실일까?
무엇이든 좋아.
짐승은, 사자 같은 짐승의 왕도
나처럼 물건을 잡고 쥘 수는 없어.
손가락이 없어서 그래.
바나나를 주면 사람처럼 생긴 원숭이만이
엄지손가락과 네 손가락으로 쥐고 먹어요.

그러나 나처럼
엄마 손을 꼭 잡을 수가 없어.

보슬비 부슬비

비가 조금 오면
보슬보슬
비가 더 오면
부슬부슬

시냇물이 조금 흐르면
졸졸졸
시냇물이 더 흐르면
줄줄줄

아기가 잠잘 때는
콜콜콜
아빠가 잠잘 때는
쿨쿨쿨

이상하지요.
조그마한 것에는
오가 붙고
그보다 큰 것에는 우가 붙어요.

그래서
가랑비라도
보슬비가 있고
부슬비가 있어요.

초록색 별

눈을 감고 손을 벌리면
내 손은 날개가 되지요.
지붕과 지붕 위로 날아다녀요.

서울이 보이고 경주가 보이고
광주 부산이 다 보여요.
휴전선 넘어 우리와 똑같은
사람들이 살고 있는
평양도 금강산도 다 보여요.

눈을 감고 두 팔을 벌리면
하늘 위를 날 수 있어요.

태평양을 건너서

대서양을 건너서
파리의 에펠탑이 보이고
런던의 버킹엄궁전도 보이고
그리고
뉴욕의 자유의 여신상
중국의 만리장성도 다 보여요.

발끝을 세우고 두 팔을 벌리면
인공위성이 되어
달나라까지 날 수가 있어요.
그러면
보여요.
초록빛 아름다운 별
내가 사는 지구가

달처럼 하늘에 떠 있는 것이 눈에 보여요.
이 세상에 하나밖에 없는
초록색 별이⋯⋯.

잃어버린 숲속의 친구

나무들이 많이많이 모여 사는 숲에는
우리가 좋아하는 친구들도
정답게 모여 살고 있어요.
쪼르르쪼르르 다람쥐는 숨바꼭질을 잘해요.
풀쩍풀쩍 개구리는 점프 놀이를 좋아해요.
팔랑팔랑 노랑나비는 춤을 예쁘게 추어요.

숲속은 온통 초록으로 뒤덮여 있어요.
우리가 살고 있는 아파트에서는 볼 수 없는 흙도
숲에서는 볼 수 있어요.
양말을 벗고 맨발로 흙을 디뎌보아요.
그렇게 좋을 수가 없어요.

옛날에는 우리들이 살고 있는

가까운 숲에서도
반달곰을 만날 수 있었대요.
그러나 우리들의 숲속에서
아주 먼 곳으로 이사를 갔다나 봐요.
이제는 반달곰을 볼 수 없어요.

아아, 반달곰은 어떻게 생겼을까요?
얼굴에 반달 같은 점이 있어 반달곰이라 했을까요.
아마 반달곰의 몸통이 반달처럼 생겨서
반달곰이라고 부르지 않았을까요.
천년의 숲으로 다시 반달곰이 이사를 온다면
나는 반달곰이 제일 좋아하는 과자도 사주고
다시는 우리 곁을 떠나지 않게 보살펴줄 거예요.

엄마 아빠는 한 사람

신발은 두 개가 있어야 신을 수가 있어.
발이 두 개니까.
장갑은 두 개가 있어야 낄 수가 있어.
손이 두 개니까.

하나만 있으면 아무 소용이 없어요.
젓가락이 그렇지
양말이 그렇지.
두 개가 하나가 되는 것을 짝이라고 한단다.

네가 커서 친구와 단짝이 되면
너의 짝꿍이 된단다.
두 사람이
한 사람처럼 되는 것이지.

맞다.
엄마 아빠도 짝꿍인 거야.
둘이지만 하나인
짝꿍이란다.

너를 사랑할 때
엄마 아빠는 하나가 되지.

꼬마 화가

산을 그리라면 아이는
세모를 그려놓고 산이라고 해요.
하긴 그래.
초록색만 칠하면 멋진 산이 되니까요.

모자를 그리래도 아이는
세모를 그려놓고 모자라고 해요.
그건 그래.
빨간색을 칠하고 방울만 그리면
예쁜 고깔모자가 되니까요.

이 세상을 그리라면 아이는
동그라미를 그려놓고 세상이라고 해요.
정말 그래.

산과 바다와 사람을 그려넣으면
우리들이 사는 지구가 되니까요.

언젠가 아이는 어른이 되어
세모 네모 동그라미만 가지고도
새천년의 세상과
신비한 우주의 아름다움까지
훌륭하게 그려내는 화가가 될 거예요.

이 세상에서 제일 값진 방울

방울 은방울
물방울 빗방울
솔방울 쥐방울

방울은 구르지
물방울도 구르지
솔방울도 구르지
그런데 쥐방울도 구르나?
쥐방울이 뭐야?

그래그래,
방울도 작고
물방울도 작고
솔방울도 작고

쥐방울도 작지.
어른들은 날 보고
쥐방울만 한 것이라고 눈 흘기시지.

쥐방울이 뭐지?
쥐도 방울을 달고 다니나?
방울은 작고 둥글고 굴러다니는 것.
그러면 아주 예쁜 거잖아.

그런데요,
이 세상에서 제일 값진 방울은요,
엄마가 날 바라보는 눈방울이래요.

아빠가 열심히 일하실 때

얼굴에서 흐르는 땀방울이래요.

손잡고 다니기

우리는 손을 잡고 다녀요.
언제나 손을 잡고 다녀요.
길을 다닐 때에는 더욱더 힘껏 손을 잡아요.

손을 잡고 가면 무섭지 않아요.
다리도 아프지 않아요.
싸움도 안 해요.

손을 잡고 노래하고, 손을 잡고 먹어요.
손잡고 뛸 때 나 혼자 빨리 뛰면 친구가 넘어져요.
손잡고 뛸 때 나 혼자 늦게 뛰면 내가 넘어져요.
그래서 뛸 때에는 우리는 언제나 똑같이 뛰어요.

비가 오면 우산을 써요.

우산을 쓰면 함께 손잡을 수가 없어요.
우산을 잡아야 하니까요.
우산은 너무 작아서 혼자서 써야 하니까요.

그래도 나는 내 친구와 손잡고 한 우산을 써요.
한쪽 손이 젖어도 좋아요.
나는 함께 우산을 받고 갈래요.
비가 와도 손잡고 갈래요.

시계

아빠 손에는 큰 시계
엄마 손에는 작은 시계
내 손에는 바늘이 돌지 않는 장난감 시계.

어른들은 왜 시계를 차고 다니지요?
아빠가 출근을 할 때 늦을까 봐
형이, 언니가 학교에 늦을까 봐
엄마가 약속 시간에 늦을까 봐 시계를 봐요.

함께 만나려면
시계가 있어야 해요.
함께 일하려면
시계가 있어야 해요.
기차를 타고 먼 데 먼 데 가려면

시계가 있어야 해요.

아빠 엄마 시계는 다르게 생겼지만
시간은 다 똑같은 거래요.

그런데 시계에서 뻐꾸기가 나와 우는 것은 보았지만
시간이 어떻게 생겼는지는 한 번도 본 적이 없어요.
하얗게 생겼나, 까맣게 생겼나?

시간은 볼 수 없어도 밤이 낮이 되는 것은 볼 수 있어요.
겨울이 봄이 되는 것은 볼 수 있어요.
해가 뜨고 꽃이 피는 것은 볼 수 있어요.

운동선수

"아빠한테 내 그림 보여드려야지."
다다다다다다
나는 안방으로 뛰어가요.
"누나한테 친구가 준 도토리 자랑해야지."
콩콩콩콩콩콩
나는 누나 방으로 달려가요.
"화장실 가고 싶어."
다다다다다다다다다다.

"넌 발에 모터가 달렸니?"
엄마가 나에게 늘 하시는 말씀이지요.
다다다다다다 콩콩콩콩콩콩.
난 언제나 뛰어다녀요.
빨리 가고 싶어서 걸을 수가 없어요.

난 이다음에 커서
세상에서 제일가는
운동선수가 되려나 봐요.
달리기 선수가 될지
높이뛰기 선수가 될지는 아직 모르겠어요.
쿵! 쿠당! 다다다다다 콩콩콩콩콩콩.

혀가 이겨

이와 혀가 싸우면 누가 이기겠니?
이.
왜 이가 이겨?
이는 딱딱하고
혀는 말랑하니까.

이는 혀를 물 수가 있어요.
하지만 혀는 이를 물 수 없어요.

정말일까?
할아버지, 할머니의 입을 보았어.
딱딱한 이는 빠지고 삭아서
몇 개 남지 않았지만,
혀는 옛날 그대로시거든.

딱딱한 이가 힘도 세고
오래갈 것 같지만
혀한테 졌잖아.

그렇단다.
때로는
부드러운 혀가
딱딱한 이를 이기듯이
부드러운 물이
딱딱한 바위를 이기듯이

너처럼 작고 부드러운 것이
아주 힘세고 커다란 것을
이기는 일이 많단다.

미키마우스 생쥐가
사나운 고양이를 이기듯이 말이다.

마음

마음이 뭐니
눈으로 못 보는 것

아니야
엄마는 네가 화난 것을 볼 수 있는데.

마음이 뭐니
귀로 듣지 못하는 것

아니야
엄마는 네가 즐거운 것을
웃음소리로 들을 수 있는데.

마음이 뭐니

손으로 만질 수 없는 것

아니야
엄마는 네가 슬퍼할 때 손끝으로
네 눈물을 만질 수 있는데.

마음이 뭐니
대답하지 마.

새천년은 사람들 마음이 바뀌는 거야.
볼 수도 없지만
들을 수도 없지만
그리고 만질 수도 없지만

새로운 즈믄 해가 오면

온 세상 마음이 달라진 것을

엄마처럼

볼 수 있고 들을 수 있고 만질 수가 있어요.

천년의 약속

새끼손가락 걸고
약속을 하자.
무엇이든지 혼자서 해보자.
옷도 혼자서 입고
밥도 혼자서 먹고
잠도 혼자서 자고
일어나 세수도 혼자서 하고
무엇이든 혼자서 해보자.
천년의 약속!

새끼손가락 걸고
약속을 하자.
무엇이든지 혼자서
생각해보자.

집짓기도 혼자서 생각하고
글자 배우는 것도
숫자를 세는 것도
혼자서 생각하자.
천년의 약속!

새끼손가락 걸고
약속을 하자.
과자만 먹지 말고
밥도 먹고
뽀빠이처럼
시금치도 먹고
타잔처럼 나무에 열리는 과일도 먹고
모두 모두 가려서 먹지 말고

다 먹자.

새끼손가락 걸고
약속한 것은
눈물이 나와도 참고
하품이 나와도 참고
지키자.
천년의 약속!

이다음에 커서도
꼭 지키자.
천년의 약속!

연필

왜 연필 모양은 여러 모가 나 있을까?
둥글면 공처럼 떼굴떼굴 굴러서
책상 아래로 떨어지니까.

그러면 아주 네모나게 넓적하게 만들면 될 게 아냐.
아니야 아니야
손가락으로 잡고 쓰기가 어렵지.
그러면 둥글지도 네모나지도 않게 만들면 되겠네.

왜 연필은 여러 모가 나 있는지
잡기도 쉽고, 구르지도 말라고
그래서 여섯 모의 연필 모양이 생겼구나.
그래그래, 글을 쓰기 전에
연필 모양부터 배워야겠다.

그것이 너의 새천년을 만들어준단다.

뭐든지 아빠처럼

아빠가 신문을 펴서 열심히 보시기에
나도 아빠 곁에 앉아 신문을 폈는데
신문은 너무 커서 팔이 모자랐어요.
하는 수 없이 내 그림책을 펴서
아빠처럼 열심히 읽었지요.
언젠가는 나도 아빠처럼 신문을 보고
온 세상의 일들을 읽게 될 거예요.

아빠가 역기를 번쩍번쩍 드시기에
나도 작은 역기를 들려고 했지요.
그런데 역기는 꼼짝도 않고
나만 엉덩방아를 찧고 말았어요.
하는 수 없이 나는 장난감 역기를
아빠처럼 번쩍번쩍 들었지요.

언젠가는 나도 아빠처럼
온 세상을 들 만큼 힘이 셀 거예요.

아빠가 성큼성큼 걸어가시기에
나도 성큼성큼 걸었지요.
그랬더니 아빠는 저만치 앞서 가고
나만 뒤에 처져버렸어요.
할 수 없이 종종걸음으로 뒤쫓아갔어요.
언젠가는 나도 아빠처럼 성큼성큼 걸어서
온 세상을 누비고 다닐 거예요.

아빠가 마당에 구덩이를 파고
커다란 나무를 심으시기에
나도 곁에서 조그만 구덩이를 파고

조그만 나무를 한 그루 심었어요.
언젠가는 내가 아빠처럼 크고
내 조그만 나무도 크게 자라서
새천년의 멋진 세상을 함께 볼 거예요.

요술 안경

만약 이 세상에 요술 안경이 있어서
미운 사람도 예쁘게 보이고
뚱뚱한 사람도 날씬하게 보이고
키 작은 사람도 키 크게 보인다면
이 세상이 어떻게 될까?

곱고 미운 얼굴로 판단할 수 없고
작고 큰 키로 판단할 수 없고
뚱뚱하고 날씬한 몸으로 판단할 수 없고
그렇다면 무엇으로 사람을 판단할까?

누가 약속 잘 지키나 그걸 보고 판단하고
누가 남을 잘 돕는가 그걸 보고 판단하고
누가 열심히 일하나 그걸 보고 판단하고

이렇게 사람들을 판단하게 될 거야.

새천년이 오고 어른이 되면
나는 이런 요술 안경을 많이 많이 만들어
모든 사람이 쓰게 할 거야.

잠은 솔솔

잠은 아무 소리도 없이 오는데
사람들은
잠이 솔솔 온다고도 하고
잠이 살살 온다고도 하고

눈은 아무 소리도 없이
조용히 내리는데
사람들은
눈이 펑펑 내린다고도 하고
눈이 사락사락 내린다고도 하고

새는 아무 소리도 없이
하늘에서 날고 있는데
사람들은

새가 훨훨 난다고도 하고
새가 씽씽 난다고도 하고

그러나 나도 들을 수가 있어요.
내가 엄마에게 뽀뽀를 할 때
엄마 가슴이 뛰는 소리를
내가 아빠에게 뽀뽀를 할 때
아빠 가슴이 뛰는 소리를

잠처럼 솔솔
눈처럼 펑펑
새처럼 훨훨
가슴이 뛰는 소리를 들을 수가 있어요.

천년을 만드는 엄마

자동차를 운전하려면
면허증이 있어야 합니다.

그런데 내 아이의
사랑을 몰고 가는 어머니에게는
무슨 면허증이 있어야 합니까.

그래요. 이 작은 책은
아이들의 생명을 싣고
꿈과 희망을 싣고

누구도 가보지 못한 미래의 도시
새천년의 무한한 길로
달려가는

어머니 면허증입니다.

새천년이 보입니다

내 아이들에게 줄 예쁜 말들을 골라보세요.
금단추 같은
프리지어 같은
향수병 같은
작고 향기로운 말들을 골라보세요.

꿈
생각
사랑
창조
날개
별
은하수
그리고 다시 은하수

별
지구본
집짓기
저금통을 여는 작은 열쇠

그리고 그런 말 끝에 생명이란 말,
아기란 말을 붙여보세요.

새천년이 보입니다.

콩 세 알

할아버지와 손자가 밭에 콩을 심었어요.
손자는 땅에 구멍을 파고 콩 한 알을 넣고 묻었습니다.
할아버지는 땅에 구멍을 파고 콩 세 알을 넣고 묻었습니다.
손자는 이상해서 할아버지에게 물었습니다.
할아버지, 왜 아깝게 한 구멍에 세 알씩이나 넣으세요.
할아버지는 여전히 땅에 구멍을 파고
콩 세 알을 심으며 말했습니다.

한 알은 땅에서 사는 벌레가 먹고,
한 알은 하늘에 나는 새가 먹고,
마지막 한 알은 싹이 나서 우리가 먹는 것이란다.

인간은 자연을 지배하는 왕이 아니라,
자연의 한 시민, 하늘의 새와 땅의 벌레와

함께 나누며 살아가는 거예요.

아이의 손을 잡고, 옛날 우리나라의 할아버지처럼
콩을 심어요.
한 알은 벌레가 먹고, 한 알은 새가 먹고,
나머지 한 알에 싹이 나면 우리가 먹자고.
콩 세 알을 땅속에 묻어요.

사자의 눈

짐승 가운데 인간의 눈을 제일 많이 닮은 것은 무엇일까요.
동물학자들의 말을 들어보면 사자라고 합니다.
힘이 센 백수의 왕이라서 그런 것은 결코 아닙니다.
사자는 들판에서 사는 짐승이라 언제나 먼 지평을 바라보며
자랐기 때문이라고 합니다.
초식동물들은 발밑에 있는 풀만 보고 다니지요.
눈의 시야가 아주 좁습니다. 그리고 모든 것이 사자와 비슷해도
호랑이는 정글에서 살고 있기 때문에 먼 곳을 볼 수가 없습니다.
그래서 그 눈의 생김새나 인상은 사자와는 아주 다릅니다.
두 발로 서 있는 인간은 언제나 먼 곳을 바라보며 삽니다.
인간은 멀리 바라볼 수 있기 때문에 인간인 것입니다.
'지금, 여기'가 아니라 항상 먼 내일과 넓은 세계를 꿈꾸며
살고 있는 사람들…….
귀여운 자녀들은 상상과 지식의 넓은 초원 속에서 자랄 수 있

도록 해야 합니다.

　그러기 위해서는 어른들이 먼저 푸른 지평선이 되어주어야 합니다.

신선의 지팡이

가난한 농부가 산속을 헤매다가 신선을 만났습니다.
농부는 그 행운을 놓치지 않고 도움을 청했습니다.

신선은 말했지요, 무엇이든 원하는 것이 있으면
한 가지만 말하라고요.

농부는 당장 먹을 것이 없어서
양식과 옷가지와 살 집을 마련할 만한
금덩이가 있으면 좋겠다고 말했지요.

신선은 지팡이를 들어 곁에 있는 돌을 쳤습니다.
그러자 그것이 눈부신 금덩이로 변했습니다.
어서 가져가거라.
그러나 눈이 동그래진 농부는

그 자리에서 떠나질 않았습니다.
금덩이도 집지 않았습니다.

신선이 이상하게 생각해서 다시 물었습니다.
왜 금덩이를 가지고 가지 않느냐.
네가 원하던 것이 금덩이가 아니었더냐.

그제서야 농부는 제정신이 들면서 말했습니다.
아닙니다, 제가 원하는 것은 저 금덩이가 아닙니다.
제가 원하는 것은, 진실로 원하는 것은
금덩이가 아니라 당신의 그 지팡이입니다.

우리에게 참으로 소중하고 값진 것이 있다면,
황금이 아니라 황금을 만들어내는 지팡이입니다.

이미 '만들어진 것'이 아니라
앞으로 '만들어가는 힘'이지요.
『탈무드』에도 그런 말이 있다고 하잖아요.
생선을 주기보다는 생선을 잡는 방법을 가르쳐주라고요.

신선의 지팡이, 그것이 교육이지요.
슬기를 가르치는 창조의 힘을 길러주는 교육이지요.

어미 곰처럼

곰의 모성애는 인간보다 더 깊고 따뜻하다고 합니다.
하지만 어린것이 두 살쯤 되면 어미 곰은 새끼를 데리고
산딸기가 있는 먼 숲으로 간다고 합니다.
평소에 눈여겨보았던 산딸기밭이지요.
어린 새끼는 산딸기를 따먹느라고 잠시 어미 곰을 잊게 되지요.
그 틈을 타서 어미 곰은 몰래, 아주 몰래 새끼 곁을 떠난다는
겁니다.
그렇게 애지중지 침을 발라 기르던 새끼를
왜 혼자 버려두고 떠나는 걸까요.
왜 그렇게 매정스럽게 뒤도 돌아보지 않고 떠나는 걸까요.

그 이치는 간단합니다.
그건 새끼가 혼자서 살아가도록 하기 위해서지요.
언제까지나 어미 품만 의지하다가는 험한 숲속에서 생존할 수

없기 때문입니다.

발톱이 자라고 이빨이 자라 이제 혼자서 살아갈 힘이 생겼다 싶으면

어미 곰은 새끼가 혼자 살아가도록 먼 숲에 버리고 오는 것이지요.

새끼 곰을 껴안는 것이 어미 곰의 사랑이듯이

새끼 곰을 버리는 것 또한 어미 곰의 사랑인 거지요.

그래요, 우리에게도 그런 사랑이 있습니다.

지금부터 세상에서 제일 맛있는 산딸기밭을 눈여겨봐두어야 해요.

아이들이 정신을 팔고 있는 동안 몰래 떠나는 슬픈 연습도 해 둬야 합니다.

눈물이 나도 뒤돌아보지 않는 차가운 사랑을 말이지요.

그게 언제냐고요.

벌써 시작된 것입니다.

처음 걸음마를 배울 때 잡았던 두 손을

놓아주었던 때가 있었잖아요.

그때부터 시작된 일이지요.

매일매일 무릎을 깨뜨리는 아픔이 있더라도

어머니와 따로 살아갈 수 있는 그 걸음마를 위해 손을 놓아주

세요.

태줄을 끊는 순간부터 그 연습은 시작된 것이랍니다.

어머니에게는 또 하나의 사랑, 얼음장 같은 사랑이 있어야 하

는 겁니다.

일등을 시키려면

같은 방향으로 뛰면 일등은 하나밖에 없어요.
그러나 동서남북으로 뛰면 네 사람이 일등을 해요.
360도 둥근 원으로 뛰면 어때요?
360명의 일등이 나오잖아요.

소는 왜 힘이 세고 몸집이 큰데도 그렇게 유순한가요.
다른 짐승들은 맛있는 열매나 부드러운 잎을 따먹고 살지만
소는 지푸라기처럼 거친 걸 먹을 수 있는 소화 능력이 있어서
그래서 아무도 먹을 수 없는 걸 먹고 살 수 있어서
남과 싸우지 않아도 되기 때문이래요.

왜 꼭 그 학교라야 하나요.
왜 꼭 그 직업이라야 하나요.
판사, 검사가 아니라도

의사, 변호사가 아니라도
길은 많아요.

틀림없이 있을 거예요.
남들이 가지고 있지 않은 내 아이만의 재능,
그것이 경쟁에서 일등을 할 수 있는 지름길이에요.
남들이 남쪽으로 뛰어갈 때
혼자서 동쪽으로 가고 싶어 하면, 그곳으로 뛰게 하세요.
거기에 아무도 먹지 않은 탐스러운 과일이 열려 있어요.

겨울을 나는 법

어렸을 때 눈사람을 만들던 때가 생각납니다.
눈사람이 주는 감동은 참으로 짧은 것이었지요.
날이 푸근하고 하루만 지나면
눈사람은 때가 묻고 허물어지면서
작게 작게 자꾸만 오그라들다가
이윽고 녹아서 한 줄기의 물로 사라지고 말지요.

내가 만든 눈사람은 겨울의 추위 속에서만 살 수 있도록
운명 지어져 있었던 거지.
그래서 눈사람을 만들어놓고, 나는 나의 겨울이 사라지지 않도록
언 손을 비비며 기도를 했지.
내 귀여운 저 어린것들에게도 늘 따스한 봄의 햇볕만 있는 것
은 아니야.

정말 그래요.

어린아이에게는 어린아이처럼 작은 겨울들이 있어요.

목도리를 두르듯 겨울을 나는 방법을 가르쳐주어야 해요.

슬퍼도 받아들여야 합니다.

저 어린것들의 손을 얼리는 찬 바람이

저 어린것들의 발목을 시리게 하는 얼음장들이

꽃과 살아가는 봄철보다도 더 길다는 것을

받아들여야 해요.

사시사철 여름밖에 없는 열대우림의 나무들에게는

나이테가 없다고 하잖아요.

추운 겨울을 난 나무만이 나이테를 가질 수가 있듯이

내 아이의 마음에도 그렇게 둥근 나이테가 생기려면

추운 겨울이 있어야 해요.

아이들과 눈사람을 만들며, 겨울을 나는 법을 가르쳐주세요.

말 한마디로

추운 겨울, 새벽 길거리에서 신문을 배달하는
아이가 떨고 있었지요.

길을 가던 여인이 물어보았지요.
얼마나 추우니.

신문 배달을 하던 아이는 대답했어요.

조금 전까지만 해도 추웠는데
"얼마나 추우니"라는 말을 듣는 순간
이제는 춥지 않아요.

신문을 배달하던 아이는 그렇게 말했답니다.

작은 말 한마디가 추위를 녹이고, 세상을 바꿔요.
내 아이가 추위에 떨지 않게 하는 방법은
남의 아이들에게 따뜻한 한마디 말을 하는 거예요.
내 아이에게 하는 것처럼.

작은 말 한마디가 세상을 바꿔요.

천년의 문

문은 열려 있는 것도 닫혀 있는 것도 아닙니다.
절망한 사람에게는 늘 닫혀 있고,
희망을 가진 사람에게는 늘 열려 있습니다.
미움 앞에는 늘 빗장이 있고,
사랑 앞에는 늘 돌쩌귀가 있습니다.

천년의 문이 있습니다.
지금 이 문이 이렇게 활짝 열려 있는 까닭은
희망과 사랑으로 우리가 그 앞에 서 있기 때문입니다.

새천년은 오는 것이 아니라
맞이하는 것입니다.
새천년은 맞이하는 것이 아니라
창조하는 것입니다.

빗장 없는 천년의 문이,
활짝 열린 사랑과 희망의 문이,
아침 햇살처럼 여기 있습니다.

물음표

물음표를 가만히 들여다보세요.
꼭 로댕의 조각 「생각하는 사람」 같지 않아요?
생각하는 사람은 머리를 숙이지요. 잠시 행동을 멈추고.
그렇지요, 로댕의 생각하는 사람처럼
턱을 괴거나 머리를 만지거나 조용히 머리를 숙이지요.
예쁜 팬지꽃처럼.
팬지는 '생각한다'는 불어의 '팡세'에서 온 말이래요.
파스칼의 『명상록』을 팡세라고 하지 않아요?
그런데 팬지처럼 고개를 숙이고 생각에 잠겨 있는 꽃을
우리는 왜 할미꽃이라고 불렀나요.

뛰어노는 개구쟁이 녀석도 귀엽지만, 팬지처럼 할미꽃처럼
얼굴을 숙이고 생각에 잠긴 아이들의 모습도 아름답지요.
연필로 글을 쓰다가, 크레용으로 그림을 그리다가

잠시 눈을 지그시 감고 생각에 잠긴 내 아이의 모습을 상상해
보세요.
지금 어린것의 작은 머릿속에서 떡잎처럼 파란
생각의 싹들이 자라느라고, 꽃이 피느라고 그런 거예요.

우리 어머니들은 아이들이 학교에서 돌아오면 대개는 이렇게
묻지요.
"너, 오늘 학교에 가서 공부 잘했니? 선생님 말씀 잘 들었어?"
그러나 이스라엘의 어머니들은 이렇게 묻는대요.
"너, 오늘 학교에 가서 선생님에게 무엇을 물어봤니?"

크리스마스트리에 색색의 방울을 달듯이
아이들의 생각에 여러 가지 물음표를 달아주세요.
아이들이 무엇을 물을 때 얼굴을 찌푸리지 마세요.

달이 뜰 때, 바람이 불 때, 하늘에는 나비가 날고 땅바닥에서는
벌레들이 기어갈 때, 은빛 물음표의 창문을 열고
아이들은 경이로운 눈으로 세상을 바라보지요.

로댕의 조각 같은 물음표 안에서 생각의 키가 한 치씩 자라고
있는 거예요.

느낌표

물음표가 로댕의 조각 「생각하는 사람」이라면,
느낌표는 보티첼리의 「비너스의 탄생」,
조개 위에 부풀어오른 돛대처럼 팽팽하게 서 있는 여인의 몸입니다.

돌에는 느낌표가 없기 때문에 흙 속에 묻어두어도 싹이 나지 않습니다.
봄이 와서 향기로운 흙냄새와 비의 감촉이 스며들어도
돌에는 느낌표가 없기 때문에 얼음장처럼 겨울 그대로 박혀 있어요.

그러나 모든 씨에는 느낌표가 있어서 죽어 있다가도
흙 속에 묻어주고, 봄의 입김을 땅속으로 스며들게 하면,
눈을 뜨고 일어나

싹이 되고, 잎이 되고, 꽃이 됩니다.

바위에는 느낌표가 없기 때문에 밤이 지나고, 아침이 되어도
새벽 하늘로 날아오르거나 노래하지 않습니다.
하지만 새의 가슴에는 느낌표가 있어서
장밋빛 손가락 같은 아침 햇살이 어둠을 부수고 쏟아지면
새들은 높은음자리표로 지저귀며 일제히 하늘로 날아오릅니다.

느낌표가 없는 사람들은 그리그의 가극 「오르페우스」를 들으면
불행이라는 말, 그리고 슬픔의 가락밖에는 들을 줄 모릅니다.
　하지만요, 가슴에 느낌표가 있는 사람은 '불행'이라는 말을 '행
복'으로 바꾸고,
　노래의 템포를 빠르게 연주할 수가 있지요.
　가슴에 느낌표가 있는 사람은 똑같은 노래라도 슬픈 노래를 행

진곡으로 바꿀 수 있습니다.

　내 아기에게 느낌표를 주어요.
　예쁜 색실로 아기의 가슴에 느낌표를 달아주어요.
　봄의 향기와 흙의 부드러움 속에서 파란 싹이 돋아날 수 있게,
　높은음자리표의 노래를 부르며 새벽 하늘을 날 수 있게,
　때로는 슬픈 가곡도 즐거운 행진곡으로 연주할 수 있게,

　느낌표를 수놓아 가슴에 달아주어요.

음식 맛

한국말 가운데 먹는다는 말처럼 널리,

그리고 다양하게 쓰이는 것도 흔치 않을 것입니다.

실제로 음식을 먹는 것은 말할 것도 없고, 우리는 나이도 먹고,

마음도 먹고,

욕까지도 먹는다고 합니다. 그래서 우리는 무엇을 잊어도

도리어 잊어먹었다고 하는 민족입니다. 흉이 아닙니다.

최후의 만찬을 생각해보면 알 것입니다.

성찬의 그 빵은 예수님의 살이고, 포도주는 피라고 했습니다.

먹는다는 그 상징적 행위를 통해서 우리는 사랑과 진리와

내일의 구원을 실현하는 것입니다. 짐승은 단순히 배를 채우기

위해서 먹지만,

인간은 먹는 것cooking에 반드시 '그리고and'라는 부가가치를

덧붙입니다.

그것이 사는 보람을 만들어주는 문화입니다.

한국 음식의 양념과 고명이 바로 그렇습니다.

양념은 모든 음식에 맛을 덧붙여주는 미각소인 것이고,

고명은 모든 음식에 시각적인 미를 덧붙여주는 시각소인 것입니다.

그래서 한국 사람들은 달걀 요리 하나를 만드는 데도 다른 나라 사람들과는 다르게 했습니다.

달걀 요리는 노른자위의 황색과 흰자위의 흰색뿐이지만,

우리는 거기에 양념으로 실고추의 붉은색과 김의 검은색과

그리고 야채의 푸른색을 더하여 다섯 색깔을 만들었습니다.

두말할 것 없이 청, 적, 황, 백, 흑은 동서남북과 중앙을 나타내는 오방색을 상징합니다.

그러므로 우리 선조들은 달걀 음식 하나에도

심오한 '우주론'의 앤드and를 붙여주었던 것입니다.

토씨 하나를 바꾸면

모든 행동에 '나' 자를 붙여서 말하는 사람들이 많습니다.
밥이나 먹을까, 잠이나 잘까, 음악이나 들을까.
어떤 말이든 '나' 자가 붙으면 시든 꽃잎처럼
금세 향기를 잃어버립니다. 금세 퇴색해버립니다.
내가 하는 일만 그런 것이 아닙니다.

아이들이 하는 행동에 '나' 자를 붙이는 경우는 없었는지요.
밤낮 장난이나 하고, 밤낮 싸움이나 하고,
밤낮 컴퓨터 게임이나 하고…….
이렇게 '나' 자를 붙이면 아이들이 하는 짓이
마땅치 않게 보입니다.

그러나 토씨 하나를 바꿔보세요.
'나'를 '도'로 바꿔보세요.

세상이 달라집니다.

죽었던 것들이 싱싱하게 머리 들고 일어설 것입니다.
시들하게 보이던 것들이 갑자기
눈을 비비며 일어설 것입니다.
멀리멀리 떨어져 있던 것들이
가까이 다가서며 악수를 청할 것입니다.

'나'를 '도'로 바꿔보세요. 세상이 달라집니다.
아이들이 장난을 칠 때, 컴퓨터 게임을 할 때,
그리고 싸움을 하더라도
한번 '나'가 아니라 '도' 자로
토씨 하나를 바꿔서 생각해보세요.
장난도 잘한다고 하면

아이들이 귀엽게 보일 것입니다.

컴퓨터 게임도 한다라고 하면

아이들이 다른 얼굴로 보일 것입니다.

심지어 싸움까지도 그래요. 싸움이나 하고가 아닙니다.

싸움도 한다라고 생각하세요.

아이들은 싸움을 하면서 커가는 것이지요.

싸움만 하는 것이 아니라 싸움도 하는 것입니다.

아름다움이 힘이니라

터키 가까운 골짝이라고 했지요.

30만 년 전의 네안데르탈인의 무덤이 발굴된 것입니다.

놀랍지 않습니까. 그 옛날 원숭이와 다름없었던 그들이

죽은 자를 위해 무덤을 썼던 것이지요.

그러나 더욱 놀라운 것은 그 무덤 속에서 꽃이 나왔다는 것입
니다.

그것도 그 근처에서는 피지 않는 꽃,

그래서 아주 먼 곳에 가야만 따올 수 있는 그런 꽃이라 했습니다.

대체 어느 짐승이, 어느 원숭이가 죽은 자의 무덤을 만들고

그 위에 아름다운 꽃을 뿌릴 줄 알았겠습니까.

이것이 바로 인간과 원숭이의 차이입니다.

꽃을 아는 원숭이가,

슬픔과 기쁨을 꽃으로 노래할 줄 아는 원숭이가

인간이 된 것이지요.
황홀한 눈으로 꽃을 바라보았을 때, 그 향기로 숨을 쉬었을 때,
먹을 수도 입을 수도 없는 꽃을 보고 손을 내밀었을 때,
비로소 그 짐승의 가슴에는 인간의 피가 흘렀던 것입니다.

자랑스럽지 않습니까.
먹고 입고 자는 것은 짐승도 할 수 있지만,
아름다운 꽃을 꺾어 무덤을 장식하고,
어두운 동굴에 벽화를 그릴 줄 알았던 짐승은
오직 하나 네안데르탈인.
꽃의 아름다움이 인간에게
발톱이나 이빨보다도 강한 힘을 주었습니다.

정조가 수원 화성을 지을 때 신하들은 물었지요.

"뭐하시려고 군사들이 싸울 성을
이처럼 아름답게 지으려 하십니까?
튼튼하고 힘 있게 만들어 적을 이기시면 그만이지,
왜 그처럼 모양을 내려고 하십니까?"
그때 정조는 이렇게 말했지요.
"아니다, 이 몽매한 자들아.
아름다움이 곧 적을 이기는 힘이니라."

반짇고리

어머니나 누님의 반짇고리 속을 들여다보았는가.
작은 골무가 있고, 그보다 더 작은 유리 단추가 있다.
실타래에 몰래 숨어 있는 은빛 작은 강철의 바늘귀가 무엇을
엿듣는가.
색색의 작은 헝겊들, 내가 버린 몽당연필 같은 것들도 들어 있다.

그러나 어느 날, 이 반짇고리 속에서
무지개 같은 찬란한 조각보가 생겨나는 것을,
마술 상자처럼 곱게 기운 버선이나 양말이 다시 태어나는 것을,
혹은 선녀의 옷처럼 그렇게 눈부신 우리의 설빔이 나타나는 것을
보지 않았는가.

미래학자들은 현학적인 목소리로 이야기한다.
21세기의 새로운 문명이 온다고.

노스트라다무스를 닮은 예언자들은 쉰 목소리로 외쳐댄다.
지구의 종말이 온다고.
그리고 신문과 텔레비전은 매일같이 기상예보를 하듯
문명의 내일을 암송한다.

그러나 우리는 안다. 미래의 문명은
어머니, 누님의 반짇고리 같은 상자 속에서 창조된다는 것을.
남들이 버린 작은 것들을 몰래 모아서
지성의 바늘, 감성의 다양한 색실로 마르고 꿰매고 합쳐
내일 입을 옷을 깁고, 새 문명의 조각보를 만들어내는
여기, 이 어머니의 작은 반짇고리 속에서 태어난다는 것을.

어머니는 단청 같은 문화예요

서양 아이들에게 해를 그리라고 하면
오렌지 빛이 아니면, 고흐의 그 태양처럼
노랗게 그린대요.
청천백일기 밑에서 살아온
중국 아이들에게 해를 그리라고 하면
하얗게 그린대요.
그러나 한국 아이들보고 해를 그리라고 하면
옛날 궁궐 임금님이 앉아 있던 정청의 병풍 일월도처럼
빨갛게 빨갛게 그린대요.

문화는 설명할 수 없지만,
입맛처럼, 어머니가 담근 장맛처럼 설명할 수는 없지만,
피의 세포 속에 몇천 년 몇만 년 전해내려온
그 유전자의 디엔에이처럼 우리 몸속에 배어 있어요.

문화는 설명하는 것이 아니라 나누고 전하는 것,
아버지 어머니의 얼굴을 닮는 것처럼
서로가 서로를 닮는 것이지요.

구한말, 몇백 년 내려온 조선조의 궁궐 안에도
가마가 자동차로 변하는 개화 바람이
모든 것을 서양 것으로 바꾸었을 때에도
그것만은 마지막까지 남아 있었지요.
봉황과 단청과 일월도 같은 상징물들은
그 옛날 오백 년 그대로 남아 있었지요.

몸은 편한 것을 좇아서 가지만,
마음은 불편해도 정이 있는 것을 따라가지요.
어머니는 아이들의 문화예요.

봉황새 같은, 단청 같은,
그리고 빨갛게 그려놓은 일월도 같은.

도끼를 버려요

나무를 쓰러뜨리는 도끼 자루도 바로 나무입니다.
쇠를 녹여 도끼를 만드는 것도 바로 나무입니다.
나무가 나무를 죽입니다.
그래서 한 자루의 도끼가 숲을 멸합니다.
적은 언제나 안에 있습니다.
'믿는 도끼에 발등 찍힌다.'는 속담도 있지 않습니까.
신뢰는 사회의 자본이라고 했습니다.
우리의 숲을 지키기 위해서는 당장 나무가 나무를 찍는
도끼를 버려야 합니다.

그 도끼를 버리려면,
가족끼리의 사랑만으로 부족합니다.
우리라는 말의 울타리를 넓혀야 해요.
가정의 울타리를 마을의 울타리로,

마을의 울타리를 사회의 울타리로,

그리고 나라의 울타리를 세계의 울타리로,

그래서 지구가 한 울타리가 되려면

내 귀여운 아이의 눈동자가 지구본처럼 되어야 해요.

엄마와 아기,

그 우리란 말이 세계를 향해서 열리는 창이 되어야 하겠습니다.

콜럼버스

콜럼버스가 말입니다.
처음 항해 끝에 세인트 도밍고 섬에 상륙했을 때 말입니다.
맨 처음 하늘을 나는 종달새를 보았습니다.
어찌나 예쁘고 맑게 우짖는지 콜럼버스는 글로 썼습니다.
새 천지의 종달새들은 스페인의 어떤 종달새보다도
아름답게 운다고 말입니다.

그러나 뒷날 학자들이 보니 그 섬에는 종달새가 없었습니다.
새로운 땅, 새로운 새를 보고서도
콜럼버스는 그것을 그냥 종달새로 안 것이지요.

아무리 새천년, 새 시대가 열릴지라도
새 세상, 새것들이 찾아온다 하더라도
그것을 보고 듣는 마음이 옛것에 있으면,

새것을 볼 줄도, 새것을 들을 줄도 모르지요.

우리 아이들이 새천년의 신대륙에서 새소리를 들을 때,
그것이 종달새라고 말하지 맙시다.
아무 선입견 없이 그냥 새로운 새소리를 듣게 합시다.
제 귀로 듣고, 제 눈으로 보게 놔둡시다.

세인트 도밍고 섬에 상륙한 콜럼버스가
있지도 않은 종달새 소리를 들었다고 쓴 것처럼
새천년 신천지에서 살아갈 우리 어린것들이
어머니의 귀로 듣고, 아버지의 눈으로 사물을 보지 않도록
말갛게 말갛게 눈과 귀를 씻어줍시다.

버릴 줄도 알아야

인체는 작은 영양분을 잘 이용하도록 되어 있다고 합니다.
그러나 많은 영양분을 버릴 줄은 모른다고 합니다.
당뇨병은 그래서 생기는 것이지요.
몸에 좋은 시금치도 많이 먹으면 결석이 됩니다.

사람의 몸만이 그렇겠습니까.
핸드백을 열어보세요.
서랍을 열어보세요.
벽장을 열어보세요.

이미 쓸모가 없어진 것들이
한 번도 쓰지 않은 것들이
그리고 오래전에 잊혀진 것들이
먼지처럼 쌓여 있습니다.

아이들 물건일수록 버릴 것이 많아요.
손과 발이 커지니까 신발이나 장갑도 버려야 해요.
몸도 키도 자라니까 맞지 않는 옷들이 널려 있어요.
생각도 자라니까
어제 읽던 책도, 오늘 갖고 놀던 장난감도
넝마처럼 쌓이게 되지요.
샘물은 퍼 써야만 새 물이 고입니다.

모차르트 효과

모차르트 효과를 아십니까.

세 살 이전의 아기에게 모차르트의 음악을 되풀이해서 들려주면

두뇌가 발달하여 아이큐도 높아지고, 상상력도 풍부해진다는

효과입니다.

모차르트 효과 이론이 학계에 보고된 뒤,

조지아 주에서는 모든 산모에게 클래식 CD를 나눠주고,

플로리다 주에서는 아예 주립 탁아소에서 매일 모차르트 음악을 들려주도록

의무화하는 법이 제정되기도 했습니다.

그런데 같은 고전음악이라도

태아에게 베토벤 음악을 들려주면, 얼굴을 찡그리고 불안해하는데

모차르트 음악을 들려주면 편안해하고

태내의 활동도 활발해지는 것을 전자 스캔으로 관찰할 수 있다
고 합니다.

모차르트와 베토벤은 열네 살 차이밖에 안 나지만,
그 음악은 한 시대의 차이보다도 더 컸습니다.
베토벤은 주먹을 쥐고 운명과 싸우고
모든 것들과 대결하는 겨울바람 같은 갈등과 투쟁의 음악이라면,
모차르트는 온 세상을 부드럽게 감싸주고 화합시키는
봄바람 같은 조화와 화해의 음악이라고 할 수 있습니다.

음악으로 치면 베토벤에서 모차르트 시대로,
그러니까 어두운 데서 밝은 데로, 무거운 데서 가벼운 데로,
금욕적인 데서 쾌락적인 데로, 의지에서 감성으로, 대결에서
포용으로—
이렇게 세상의 감각과 분위기가 달라지고 있습니다.

내 아기에게 모차르트의 음악을 들려줍시다.
오르페우스의 피리처럼 산과 바다와 들과 초목이 한데 어우러져
춤을 추게 하는 모차르트의 노래를 들려줍시다.
어른들의 시대는 베토벤, 아이들의 시대는 모차르트
세상이 달라지고 있다는 것을 알아둡시다.

어머니 냄새

옛날 여인들은 향낭을 차고 다녔지요.
어머니에게서는 어머니의 그윽한 향내가 풍겨나왔습니다.
그것이 메주 뜨는 냄새, 땀냄새라 하더라도
어머니의 냄새는 언제나 벼 익는 고향 들판의 냄새처럼 그윽합
니다.

기억과 회상에서 냄새가 얼마나 중요한 일을 하는지
과학 실험으로도 증명된다고 합니다.
사진과 냄새를 알아맞히는 실험을 해보면,
사진은 100퍼센트, 냄새는 70퍼센트밖에 못 맞히지만
넉 달이 지난 뒤에는 정반대가 된다고 합니다.
시각적 기억은 거의 사라진 데 비해서
후각적 기억은 70퍼센트의 정확성을 유지하고 있다는 겁니다.

사람은 원래 1만 가지 이상의 냄새를 식별하는 능력을 가지고 있었지만,

문명과 함께 후각 기능을 상실해간 것이지요.

현대인이 식별하는 냄새들은 2천 가지 이내로 떨어졌다는 것입니다.

그러니까 냄새 맡는 감각의 팔 할을 잃은 셈이지요.

만약 그것이 시각이었다면, 시각의 팔 할을 잃었다면 어떻게 되었을까요.

온갖 기적을 부리는 현대의 마술 상자 텔레비전도 컴퓨터도 냄새를 전해주지는 못해요.

후각으로 보면 꽃 한 송이만도 못한 것들이 우리들 생활을 점령하고 있는 것이지요.

옛날 어머니 등에 업혀

어머니의 머릿기름 냄새 너머로 세상을 바라보던 그 시절,
어머니의 얼굴은 변해도 그 냄새는 영원한 것으로 떠돌고 있습
니다.

분명 그랬지요, 그것은 샤넬이나 이브생로랑 같은 향내가 아니
었지요.
그것이 메주 뜨는 냄새라 할지라도
어머니에게서만 맡을 수 있는 그윽한 냄새,
비가 오고 난 뒤의 그 아련한 흙냄새 같은 대지의 냄새,
사서 뿌리는 향수 냄새가 아니라
우리 아이들에게 영원한 회상으로 남을 냄새를 남겨줘야 해요.

책 읽어주는 어머니

옛날, 책을 불태운 것은 진시황이었지만, 지금 책을 불사르는 것은 누구입니까.

전자오락실과 노래방, 비디오방이 그 폭군입니다.

그래서 아이들은 말하지요, 책방은 멀고, 놀이방은 가깝다고.

밭에 가면 '인삼'이 제일이고, 바다에 가면 '해삼'이 제일이고,

산에 가면 '산삼'이 제일이지만,

집에 가면 '고삼'이 제일이라는 유행어가 있습니다.

그러나 고삼병은 이제 유치원으로까지 내려오고 있습니다.

펌프로 물을 푸기 위해서는 먼저 물을 넣어주어야 합니다.

먼저 책을 들고 읽어줍시다.

잠자리에 든 아이들 곁에서 서양의 어머니들이 그랬듯이

글 읽어주는 어머니가 되어줍시다.

아련한 꿈결 속에서 들려오는 어머니의 책 읽는 소리.

독서의 바람은 베갯머리에서부터 불어옵니다.

풀을 눕게 한 것이 바람이라면, 풀을 일으켜 세우는 것도 바람일 것입니다.

파스칼의 말대로, 우리는 손과 발 없는 사람은 상상할 수 있어도

머리 없는 사람은 생각할 수 없습니다.

나폴레옹은 칼로, 대포로 유럽을 정복한 영웅만이 아니었습니다.

청년 시절에는 외롭게 혼자서 책을 읽은 독서광,

전쟁터에서는 말 위에서도 책을 읽었던 독서가였지요.

저 아이는 새천년의 문을 여는 천년둥이,

천년의 눈동자가 바라보는 미래는 책 속에 있습니다.

책을 읽어주는 어머니의 목소리 속에 있습니다.

반대말 놀이

자기도 모르게 아이들은 줄넘기를 하고 놉니다.
몸이 크느라고, 키가 크느라고 그런 것입니다.
아이들이 이따금 반대말 놀이를 하는 것도
생각의 근육을 단련하기 위해서일 것입니다.

요즘 아이들이 하는 반대말 놀이를 들어보세요.
산토끼의 반대말은 누구나 집토끼라고 대답할 것입니다.
그러나 아닙니다. 좀 더 머리가 좋은 아이는 죽은 토끼라고 말한대요.
'살다'의 반대말은 '죽다'니까요.
그러나 아닙니다. 그보다 좀 더 머리가 좋은 아이는 판토끼라고 말한대요.
'사다'의 반대말은 '팔다'니까요.
그러나 아닙니다. 그보다 좀 더 머리가 좋은 아이는 바다토끼라고 말한대요.

'산'의 원래 반대말은 '바다'니까요.

모두가 아니라고 합니다.

진짜 산토끼의 반대말은 알칼리성 토끼라는 것이지요.

과학 시간에는 산성의 반대를 알칼리성이라고 배웠으니 말이에요.

그러나 아무리 기발한 반대말 놀이라고 해도

그것은 모든 것을 흑백으로 갈라놓는 이분법적 사고만을 낳게 되지요.

현실은 흑백으로만 되어 있는 모노크롬의 세계가 아니라,

햇살의 프리즘처럼 다양한 색채로 차 있습니다.

그러니까 달걀 흰자위의 반대말은 검은자위가 아니라 노른자위잖아요.

정말 머리 좋은 아이로 키우고 싶으면
반대말 놀이보다 통합의 말을 가르쳐주어야 해요.
서양 사람들은 오른다는 뜻밖에 없는 엘리베이터라고 하지만
우리는 오르기도 하고 내리기도 하니까 승강기라고 해요.
서양 사람들은 서랍을 빼낸다는 뜻밖에 없는 드로어drawer라고
하지만
우리는 빼고 닫는다고 해서 빼닫이라고 하지요.

반대말을 손등과 손바닥처럼 하나가 되게 하여 같은 말로 만드
는 것,
토끼와 거북에게 경주만 시키지 말고
한데 합쳐 '토북'이를 만들어요.
그러면 토끼처럼 빠르고 거북처럼 잠자지 않고
꾸준히 달리는 천년의 주자가 태어날 거예요.

젓가락의 의미

왜 서양 사람들은 포크와 나이프로 식사를 할까요.
그것은 모든 음식이 덩어리째로 나오기 때문입니다.
왜 서양 사람들은 여러 개의 포크와 나이프로 식사를 할까요.
그것은 앞에 나오는 음식과 뒤에 나오는 음식이
서로 섞이지 않도록 하기 위해서죠.

음식을 만드는 사람이 먹는 사람을 생각해서
음식을 한입에 들어가도록 잘게 썰어주었다면
포크와 나이프 없이 젓가락만 가지고도 먹을 수가 있지요.
부엌의 도마 위에 식칼 하나만 있으면 충분한데도
덩어리째 나오는 비프스테이크를 먹으려면
한 사람 한 사람에게 칼이 필요하지요.

여러 음식을 한데 섞어 비벼 먹는 비빔밥,

여러 음식을 한데 싸서 먹는 보쌈이라면
젓가락 하나, 숟가락 하나, 맨손으로도 충분하지요.

젓가락을 들려주세요. 아이들에게 젓가락질을 가르쳐주세요.
옛날 할아버지 할머니가 아버지 어머니에게 가르쳐주셨듯이
그리고 아버지 어머니가 나에게 가르쳐주었듯이
이제는 내가 그분의 손자와 손녀에게
젓가락질하는 법을 가르쳐줍니다.

그래서 음식을 만든 사람과 음식을 먹는 사람이 서로 어울리듯이
이 음식과 저 음식이 서로 어울리듯이
시간은 하나가 되어 긴 강물처럼 이어져 흐릅니다.

숟가락으로는 국물 있는 음식을 떠먹고,

젓가락으로는 마른 음식을 집어먹고,
그래서 숟가락과 젓가락이 합쳐져서
수저란 말이 생겨난 것이지요.
음식이란 말이 마시는 것(음)과 씹는 것(식)이 합쳐진 말이듯이,

젓가락과 숟가락을 손에 들면, 온 식구가 하나가 됩니다.
세상 모든 것이 하나가 됩니다.

내일은 없어도 모레는 있다

어제란 말은 순수한 우리말입니다.
오늘이란 말도 순수한 우리말입니다.
그러나 내일이란 말은 올 래来 자 날 일日자,
한자 말에서 들어온 말입니다.

어제도 오늘도 우리말인데,
어째서 내일이라는 말만은 한자 말로 되어 있을까요.
순수한 우리말이 있었을 텐데,
어째서 가장 소중한 내일이란 말을 잊었을까요.
어째서 가장 희망을 주는 내일이란 말을 빼놓았을까요.

그러나 걱정하지 합시다. 정말 내일을 생각하면
앞이 안 보이는 일이 많지만,
어둡고 괴로운 일이 많지만,

내 아기의 얼굴을 들여다보면
그보다 더 먼 미래가 보이고, 더 밝은 앞날이 보입니다.

걱정하지 맙시다. 내일보다 더 먼 미래를 뜻하는 말,
모레란 말이 있잖아요. 그리고 모레보다도 더 먼 미래의
글피와 그글피란 말이 있잖아요.
내일과는 달리 순수한 우리말이잖아요.

내일은 없어도 모레가 있다고 말해보세요.
내일은 없어도 글피와 그글피가 있다고 말해보세요.
품 안의 아기가 웃을 겁니다.
옛날 우리 조상님들이 믿었던 56억 7천만 년 뒤에
부처님이 되신다는 미륵보살처럼
행복한 미소를 지을 것입니다.

푸른 아기집을 위해서

아기들은 엄지손을 안으로 쥐고 이 세상에 태어난다고 합니다.
열 달 동안 자기를 키운 아기집이 상처나지 않게 하기 위해서,
다음에 태어날 동생을 위해서,
조심스럽게 두 주먹을 꼭 움켜쥐고 태어나는 것입니다.

그렇게 태어났던 우리가 지금 무엇을 하고 있는가.
내 손자와 그 손자의 손자들을 잉태하고 키워갈 천년의 모태를
백 년도 못 사는 몸 하나 보신하자고 강철의 손톱으로 찢고 있
습니다.
우리는 이 땅의 임자가 아닙니다.
잠시 맡아 있는 관리자일 뿐.

그래요, 그 옛날 고려가요에서 천년을 노래 부른 「서경별곡」처럼,
구슬이 바위에 떨어져도 그 끈은 끊어지지 않는 것처럼,

즈믄해(천년)를 외로이 있어도 믿음이 그치지 않는 것처럼,
아기의 주먹 쥔 작은 손 속에 그 끈이 있어요.
그 믿음이 있어요.
아기집을 상처나게 하지 않으려고
엄지손을 안으로 쥐고 이 세상에 태어나듯이
푸른 숲, 푸른 대지, 푸른 강을 위해서 주먹을 쥐세요.
천년 동안 내 아기들이 살아갈 아기집을 위해서 주먹을 쥐세요.

쓰레기를 시래기로

쓰레기란 말에서 소리 하나만 바꿔보세요, '으' 소리를 '이' 소리로.
그러면 그 더러운 쓰레기가 갑자기 먹는 시래기로 변할 겁니다.

벌레 먹은 배춧잎, 상한 무청들, 쓰레기로 내버린 것들을 한데 모아서
가지런히 엮어 추녀 밑에 매달면 바람이 씻어주고, 햇볕이 말려줍니다.
그래서 쓰레기가 한국인의 향토 음식 시래기가 됩니다.

무, 배추는 밭의 흙 속에서 자라나지만
시래기는 바람 부는 햇빛 속에서 거듭납니다.
그래서 땅에서 자라는 무, 배추보다
하늘에서 시래기가 된 무, 배추가 맛도 영양분도 좋아집니다.

소리 하나 차이로 쓰레기를 시래기로 만들 줄 안 옛날 한국인
의 슬기처럼

생각 하나 바꾸면, 많은 쓰레기들이 재생의 값진 자원으로 변
합니다.

도시는 쓰레기 더미가 아니라 자원을 캐는 광산이 됩니다.

초등학교 4학년이 되면 의무적으로 쓰레기 처리장을 참관하는

일본 아이들을 부러워하지 마세요.

우리는 아주 옛날 어릴 적부터 시래깃국을 먹으면서

자원 재활용의 교육을 받은 민족,

그 슬기를 소리 하나 고쳐서 어머니가 주세요.

한석봉의 어머니가 아니잖아요

한석봉의 어머니는 가르쳤지요.
불을 끈 깜깜한 어둠 속에서 가래떡을 썰듯이,
똑같게 고르게 빠르게 가래떡을 썰듯이,
아들아, 그렇게 공부하라고
한석봉의 어머니는 가르쳤지요.
하지만 지금은 아니잖아요.
같은 일을 반복해서 기계처럼 일하던 시대가 아니잖아요.
하고많은 세월 속에서 되풀이 되풀이해서 떡을 썰듯이
아무 뜻 없이 외우고 길들이는 숙련공의 시대가 아니잖아요.

컨베이어의 속도에 맞춰 자동차를 대량생산하던
포드의 시대가 아니잖아요.
파란불이 들어오면 일제히 길을 건너가는
기계 병아리들의 시대가 아니잖아요.

규격화한 사람, 길들여진 사람, 나사못 같은 사람,
제복을 입은 사람들을 숭배하는 그런 시대가 아니잖아요.

빌 게이츠의 어머니는 미국 최초로 아들이 다니는
초등학교에 컴퓨터를 기증했지요.
다른 아이들이 카드놀이를 할 때
빌 게이츠가 컴퓨터와 놀 수 있었던 것도 어머니의 덕이었지요.
가래떡을 똑같이 썰 수 있는 칼이 아니라
제각기 다른 꿈을 꾸게 하는 컴퓨터의 꿈이었지요.
숙련공을 만드는 것이 아니라, 창조인을 만드는 것이었지요.
옛날 대영제국의 깃발에는 해가 지는 날이 없다고 했는데
지금 빌 게이츠의 마이크로소프트 사 윈도에는 해 지는 날이
없어요.

한석봉의 어머니가 아니잖아요.

이제는 농경 시대도, 산업 시대도 아니잖아요.

독창적인 생각을 창조해가는 지식정보 시대.

빌 게이츠의 어머니가 되세요.

생각하기

'사랑'이라는 말의 원래 뜻은 '생각'입니다.

옛날 사람들은 생각한다는 것을 사랑한다고 했지요.

희랍 말도 그래요. '진실'의 반대말은 '거짓'이 아니라 '망각'이라고 합니다.

사랑하는 것은 오래 생각하는 것이고, 참된 것은 오래 기억하는 것입니다.

아이들이 자라서 어른이 되었을 때

어린 시절을 생각하게 하는 많은 추억거리를 만들어줍시다.

어머니가 읽어준 동화 한 편, 어머니가 불러준 노래 한 곡조, 어머니가 꽂아준 꽃 한 송이.

어린 시절의 추억을 갖지 못한 이처럼 불행하고 가난한 사람도 없습니다.

뜸 들이기

뜸을 들인다는 말은 밥을 지어본 사람만이 압니다.
그리고 밥을 지어본 사람들만이 그 맛을 압니다.
밥이 다 되었어도 금세 솥뚜껑을 열어서는 안 됩니다.
조금만 참는 것, 조금만 더 기다리는 것,
거기에서 인생의 참된 맛이 우러나옵니다.
아이들이 무엇을 사달라고 조를 때 뜸을 좀 들입시다.
아이들이 나쁜 짓을 하더라도
뜸을 들이다가 야단을 칩시다.
3분을 못 참아 30분 동안 지은 밥을
설익게 한 적은 없었는지
밥을 지을 때마다
내 아이 뜸 들이기를 조용히 생각해봅시다.

거울 보기

자동차의 백미러를 아시지요. 그리고 그 미러mirror가
거울을 의미하는 영어라는 것도 잘 아실 것입니다.
그러나 그 말이 '놀라다wonder at'라는 라틴어에서
나온 말이라는 것을 아시면 정말 놀랄 것입니다.

그렇지요. 지금은 흔한 것이 거울이지만
최초의 거울을 보았을 사람을 생각해보십시오.
자기 얼굴을 들여다보는 최초의 인간, 그 표정을 생각해보십시오.
그것은 사자를 보고 놀란 표정이 아닐 것입니다.
천둥소리를 듣고 놀란 표정이 아닐 것입니다.
꽃이나 다람쥐나 구름이나 바람에 나부끼는 나뭇잎을
보고 놀라던 그런 감동도 아닐 것입니다.

자기 모습을 보았을 때의 그 놀라움은

자기 발자국을, 자기 그림자를 보았을 때처럼
조금은 무섭고, 조금은 불안하고,
그러나 조금은 만족스럽고, 조금은 안심스러운
그러한 놀라움일 것입니다.
그래요, 너무 가까운 것에 대한 놀라움입니다.

자동차의 백미러를 아시지요.
지금 당신이 들여다보고 있는 아기의 얼굴은
당신이 바라보고 놀라워했던 최초의 거울이지요.
거기, 지금까지 보지 못한 당신의 모습이 있어요.
과거의 탄생, 과거의 입김, 그리고 과거의 걸음.

아기는 당신의 거울, 자동차의 백미러처럼
당신이 달려온 그 길들과 두고 온 당신의 얼굴들을

비춰주는 놀라운 거울이지요.

젖먹이

한자로 어머니 모母 자字를 써보세요.
母의 글자 속에 두 점이 있는 것은
바로 어머니의 가슴에 있는
젖 모양을 나타낸 것이라고 합니다.

교육을 뜻하는 영어의 에듀케이션이란 말은
라틴어의 에듀카레란 말, 아이에게 젖을 준다는 뜻이라고 합니다.
아이를 젖 먹여 키우는 것, 그것이 교육의 원뜻이라고 합니다.

다이애나 황태자비가 세상 사람으로부터 사랑을 받은 것은
우리의 옛날 시골 어머니들처럼 가슴을 풀어헤치고
왕손들에게 직접 젖을 물려 키웠기 때문이지요.

잘 보세요. 마리아가 아기 예수를 안고 있는 그림이나

사람들이 아기를 품에 안고 있는 사진을 보면
대개가 다 자신의 왼쪽 방향으로 아이 머리를 보내고 있어요.
그렇지요, 어머니의 심장이 뛰고 있는 왼쪽 가슴에 말이지요.

아이들이 어머니 젖을 먹는 것은 그냥 영양분만이 아니라
어머니의 가슴속에서 뛰는 심장의 리듬을 맛보고 있는 것입니다.

그런데 남들이 젖을 먹여요.
소가 먹여주고,
유모가, 학교 선생이 대신 젖을 먹여줘요.
그래요, 옛날에는 어머니가 젖을 먹이듯 교육을 시켰는데,
이제는 학습지가, 선생님만이 가르쳐줘요.
에듀카레 — 품 안에 안고 젖을 먹이듯,
심장의 리듬으로 아이들을 키우세요.

어머니와 아이가 함께 흘리는 눈물

도시락을 싸가게 되는 학년이 되자,
그 아이의 가슴은 설레었지요.
이윽고 기다리던 점심 시간에 그 아이는 기대에 차서
도시락 뚜껑을 열었습니다.
그것은 새까만 꽁보리밥이었지요.
다른 아이들이 싸가지고 온 도시락은 모두가 흰 쌀밥이라
창피해서 얼른 뚜껑을 닫고
교실 밖으로 도망쳐나왔지요.

어머니가 도시락 뚜껑을 열어보고
왜 먹지 않았느냐고 물었습니다.
그 아이는 그저 배가 아파서라고 거짓말을 했지요.
이제는 꽁보리밥이라도 창피할 것 없다고 용기를 내어
다음 날 그 아이는 도시락 뚜껑을 열었습니다.

그러나 그것은 백옥처럼 흰 쌀밥이었습니다.
그 아이는 이번에는 눈물이 나와서
도시락을 먹을 수가 없었습니다.

어머니는 그날도 물으셨지요.
도시락을 왜 먹지 않았느냐고.
아이는 또 배가 아프다고 거짓말을 하려다가
어머니 가슴에 얼굴을 묻고 울음을 터뜨렸지요.
어머니도 손을 잡고 울음을 터뜨렸지요.

비가 와야 하늘에 무지개가 생기듯이
눈물을 흘려야 가슴에도 무지개가 생긴다고 했습니다.
꽁보리밥만 먹고 사는 가난한 집 모자였지만,
눈물 속에서 오히려 그들은 행복했지요.

비가 와야 하늘에 무지개가 생기듯이
눈물이 흘러야 찬란한 삶의 빛이 돋아납니다.

그럴 때가

정말 그럴 때가 있을 겁니다. 어딜 가나 벽이고,
무인도이고 혼자라는 생각이 들 때가 있을 겁니다.
누가 조금만 '괜찮니'라고 말을 걸어도
금세 울음이 터질 것 같은,
그렇게 노엽고 외로운 때가 있을 겁니다.

그때의 바람, 그때의 노을들은 지금 어디에 있는가.
거리에 내리던 빗방울 소리들은 어디로 갔는가.
또 그 많은 말들의 의미는 모두 어디로 사라졌는가.
정말 그런 것들이 존재라도 했던 것인가.

그런 생각이 들 때에는 내 아기에 대한 글을 쓰세요.
종이가 싫으면, 모래 위에 글씨를 쓰듯
컴퓨터의 액정판 위에다가 글을 쓰세요.

연필 자국이나 종잇장 넘기는 소리도 없이 찍히는 글씨들을,
그래서 가슴이나 머리에 남기지 말고
플로피 디스켓에 담아두세요.

옹알이를 하는 내 아기의 이야기를 일기장에 기록하세요.
가계부에 적은 콩나물 값 같은 숫자가 아니라
어제보다 조금 더 자란 손톱에 대하여, 눈에 대하여,
작은 가슴에 대하여 아무것도 아닌 이야기들을 적어가세요.

그애가 커서, 자기만큼 커서 다시 아기를 낳을 때,
그리고 세상에 자기 혼자라고 한숨을 쉴 때,
그 행복한 일기장을 건네주세요.

정말 그럴 때가 있을 겁니다.

정보 시대를 사는 법

아주 옛날, 천년도 전에 희랍의 에라토스테네스는 놀랄 만큼 정확하게

지구의 둘레를 계산해냈습니다. 그는 어느 여행자로부터 시에네(현재의 아스완)의

하짓날 정오에는 햇빛이 우물 밑바닥에까지 비친다는 말 한마디를 듣고,

그런 놀라운 계산을 해냈다는 것입니다.

알렉산드리아에서 시에네까지가 낙타로 50일 걸립니다.

낙타는 하루 100스타디온의 거리를 가니까 그 거리는 5,000스타디온이 된다는 계산이 나옵니다.

그는 하짓날 정오에 알렉산드리아에서

오벨리스크의 그림자 길이를 재어 태양광의 입사 각도를 알아내면

간단한 기하학의 비례 계산으로 지구의 원주를 산출할 수가 있다고 생각한 것이지요.

그는 필요한 최소한의 정보를 가지고 지구만큼 큰 정보를 알아낸 것입니다.

아무런 과학의 측정기나 기술도 없이 그 옛날 그런 계산을 해낼 수 있었던 것은

남들이 그냥 흘려버리는 정보로 새 정보를 찾아낸 그의 상상력과 추리력이었습니다.

이제는 암기력이나 축적된 지식을 자랑하던 시대는 갔습니다.

IQ, EQ 다음에는 JQ가 있다는 농담이 유행하고 있는 것도 그 때문입니다.

JQ는 잔머리를 굴리는 지능이라는 겁니다.

콩 심은 데 콩 나는 농사일에는 잔머리를 굴려보아야 아무 소용이 없습니다.

공장에서 기계가 고지식하게 움직이는 데 잔머리를 굴려보아야 아무 이득이 없습니다.

잔머리는 정치판에서는 모략이 되고, 경제판에서는 속임수밖에 못 됩니다.

그러나 정보 시대의 잔머리는 응용력과 직관력, 그리고 융통성이 됩니다.

하드가 아니라 소프트를 만드는 기술은 잔머리 잘 굴리는 사람이라야 합니다.

아이들이 무슨 꾀를 부리거나 잔머리를 굴릴 때 야단치지 마세요.

정보를 얻고 그것을 처리하는 데는 IQ나 EQ만이 아니라 JQ도 있어야 해요.

그 순발력과 적응력, 정보를 얻는 것을 냄새 맡는다고도 하지
않아요.

석유를 등유로만 쓸 때에는 가솔린은 위험한 것으로 알고 모두
버렸다고 합니다.

그러나 자동차가 발명되고부터는 가솔린은 귀중한 에너지가
된 것이지요.

정보 시대의 가솔린, 그 원동력은 알려진 정보로 모르는 정보
를 만들어가는 눈치,

추리력이며, 순발력이지요.

잡는 것의 의미

인간만이 손으로 잡을 수가 있어요.
그렇지요. 인간과 제일 가까운 원숭이도
내 어린것들이 연필을 잡듯, 젓가락을 잡듯
그렇게 잡지는 못해요.

잡는다는 것은 안다는 것입니다.
잡는다는 것은 구한다는 것입니다.
잡는다는 것은 선택하고 소유한다는 것입니다.
보이는 것, 보이지 않는 것.
기회를 잡고, 사랑을 잡고, 운명을 잡지요.
잡는다는 것은 바로 세계를 잡는 것이지요.

이 세상에서 한국인만큼 잡는 것의 의미를
제대로 아는 민족도 드물 겁니다.

첫 생일을 맞는 아이를 돌잡이라고 부르지 않습니까.
돌상에 물건을 차려놓고
무엇인가를 잡도록 하였습니다.
세상에 태어나서 최초로 잡는 것,
돌상 앞에서 우리는 무엇인가를 잡는 것으로
인생을 출발했지요.
쌀을, 붓을, 명주실이나 책이나 떡을
운명을 잡듯이 잡았지요.

돌날만이 아니었습니다.
사랑하는 이를 두 손으로 잡았고,
잡고 또 잡았습니다.
그래서 귀여운 내 아이의 손을 잡았잖아요.
이제, 녀석들의 차례입니다.

내 아이가 무엇을 잡는지
날마다 돌상을 차려놓고 잡는 연습을 시켜요.

비행기

뉴컴 교수가 인간은 절대로 엔진을 달고
하늘을 날 수 없다는 것을 수학적으로 증명한
한 권의 책을 냈습니다.
1900년의 일입니다.
그러나 그 책의 인쇄 잉크가 마르기도 전에
자전거포를 경영하던 라이트 형제가 하늘을 날았답니다.

키티호크의 풀밭에서
날개 없는 인간이 새처럼 날았답니다.
열기구처럼, 글라이더처럼 바람에 그냥 뜬 것이 아니라
12마력 엔진의 힘으로 지구의 중력에서 벗어나
12초 동안 36.5미터를 날았습니다.

이 순간을 위해서 사람들은 얼마나 많은 꿈을 꾸었고,

얼마나 많은 꿈이 깨졌을까요.
라이트 형제가 땅 위에서 굴러다니는
자전거나 만들고 있었더라면
영원히 키티호크의 기적은 일어나지 않았을 것입니다.
신은 인간에게 날개를 달아주시지 않았지만,
하늘을 날 수 있는 꿈을 주었습니다.

지금의 모든 현실이 옛날에는 모두가 꿈이었지요.
꿈을 현실로 만드는 것은 단순한 지능이 아닙니다.
뉴컴 교수는 라이트 형제보다 학문도 지식도 많았지만,
그가 한 일은 하늘을 나는 꿈을 죽이는 일이었지요.
그래요, 내가 아이에게 지식을 줄 수는 없지만,
지능을 줄 수는 없지만,
하늘을 나는 꿈은 줄 수가 있어요.

꿈을 현실로 만드는 의지를 줄 수는 있어요.

같은 일을 해도 대답은 달라요

길가에서 석수장이 세 명이 돌을 다듬고 있었대요.
길을 가던 나그네가 물었지요.
"무엇을 하고 계십니까?"
첫 번째 석수장이는 나그네를 보면서 귀찮다는 듯이 말했지요.
"보면 몰라요. 돌을 까고 있잖아요."

길을 가던 나그네가 두 번째 석수장이에게 물었지요.
"무엇을 하고 계십니까?"
두 번째 석수장이가 아무 감정도 없이 혼잣말을 하듯 대답했어요.
"주춧돌을 만들고 있지요."

길을 가던 나그네가 세 번째 석수장이에게 물었지요.
"무엇을 하고 계십니까?"
세 번째 석수장이는 콧노래를 부르며 즐거운 듯 대답했어요.

"이 세상에서 제일 크고 멋있는 절간을 짓고 있는 중이랍니다."

그들은 다 같은 돈을 받고, 다 같은 일을 하고 있는
다 같은 석수장이였어요.
그런데도 대답은 제각각이었지요.
한 사람은 짜증을 내며 일을 하고 있었지요.
한 사람은 아무 느낌도 없이 기계처럼 일하고 있었지요.
한 사람은 즐겁고 행복한 마음으로 일을 하고 있었지요.

한 사람에게는 그것이 그냥 돌이었고,
한 사람에게는 그것이 그냥 주춧돌이었지만,
한 사람에게는 아직 세워지지도 않은 거대하고 눈부신 절간이
었어요.
깨달음을 얻는 집, 희망의 집,

영원히 사는 집을 보았던 것이지요.

그래요. 아무리 작은 일이라도 비전을 가지고 일을 하면
콧노래가 나오는 법이지요.
아이를 그렇게 키우세요.
세 번째 석수장이가 되도록 아이를 키우세요.
그러면 무슨 일을 하든 콧노래를 부르며 인생을 살아갈 거예요.

볼보를 만드는 사람들

볼보라는 자동차 이름을 들어보신 적이 있나요.

세상에서 제일 안전한 차로 소문난 스웨덴의 자동차지요.

삼각 안전벨트를, SIPS(측면 충격 보호 장치)를

맨 먼저 발명해서 자동차에 부착한 것도 볼보지요.

어떻게 그런 차를 만들었느냐고요?

거기에는 비밀이 있지요.

자동차를 만드는 것이 아니라, 안전 그 자체를 만들려고 했기

때문이지요.

볼보 회사에는 자동차를 만드는 사람, 파는 사람만이 아니라

백여 명의 교통사고 조사팀이 스물네 시간 5분 대기 근무를 하

고 있대요.

볼보 자동차와 관련된 교통사고가 일어나면,

어디든 현장으로 달려간대요.

사진을 찍고, 운전자와 면담을 하고, 다친 사람의 병원 기록, 경찰 조서를 모두 모아서 부서진 차체와 함께 실험실로 옮겨오지요.
자기 나라만이 아니라 유럽 어디에든 달려간대요.
그것도 일주일 내로 달려가 실지 조사를 한다는 거예요.

볼보는 라틴어로 '내가 굴러간다'는 뜻이라고 해요.
차가 아니라 사람이 굴러가는 것이라고 생각한 것이지요.
볼보는 자동차가 아니라 그것을 만든 사람,
볼보는 자동차가 아니라 자동차를 운전하는 사람,
기계가 아니라 인간이 굴러가고 있는 것이지요.
자동차가 아니에요.
그것은 목숨을 가진 생명체가 굴러가는 것이지요.

자동차를 만드는 사람들도 그러한데

살아 있는 생명을 낳고 기르는 어머니야 말할 것이 있나요.
이 세상에서 제일 안전한 차를 만드는 사람들처럼,
이 세상에서 제일 훌륭한 아이를 기르는 좋은 어머니는
아이를 그냥 낳기만 하는 것이 아니지요.
스물네 시간 5분 대기조의 볼보 사람들처럼
내 아이에게 무슨 일이 생기면 그 현장으로 달려가지요.
실험실이 아니라 가정에서 조사하고 분석하고 연구하지요.
아이가 아니에요, 내가 굴러가는 것이지요.

장미 가시에 찔려서

시인 릴케는 장미 가시에 찔려서 죽었습니다.
큰 상처가 나면 피가 흐르고, 약을 바르고, 병원에 가기도 해요.
그러나 사람들은 작은 상처가 나면 그냥 스쳐갑니다.
작은 상처는 피가 흐르지 않으니까
파상풍이나 단독 같은 균이 밖으로 흘러나오지 못하고
몸속으로 그냥 배어들어갑니다.

시인 릴케를 죽인 아름다운 장미 가시처럼
아주 작은 것들이 호랑이보다도 무서운 발톱을 가지고 있습니다.
아름답고 향기로운 것이 뱀보다도 흉측한 독을 가지고 있습니다.
하찮은 말이 천둥보다 무서운 소리를 가지고 가슴을 칩니다.

아이들이 자고 나서 세수하는 그 사이에,
아이들이 자고 나서 인사하는 그 사이에,

먼지같이 작은 가시들이 몸속으로 배어들지요.

연필을 깎다가, 텔레비전을 보다가, 냉장고 문을 열다가,
서랍을 열고, 종이를 내버리고, 자전거를 타다가,
아주 작고 작은 장미 가시에 가슴을 찔려요.
남들은 그 작은 상처를 보지 못하지만,
피조차 흐르지 않는 가시를 보지 못하지만,

어머니는 봅니다.
사랑은 돋보기처럼
아무리 작은 상처라 할지라도
어머니 눈에는 보입니다.
시인 릴케를 죽인 장미 가시가.

천억 개의 컴퓨터를 가진 아기

할아버지는 붓으로 글을 쓰고,
아버지는 볼펜으로 글을 쓰고,
손자는 컴퓨터로 글을 씁니다.

컴퓨터가
우리 아기의 붓이요, 연필이요, 볼펜입니다.
크레용으로 그림을 그리듯이
컴퓨터 모니터 위에서
내 아기는 엄마를, 아빠를
그리고 꽃과 로봇을 그릴 거예요.

옛날 크레용은 빨주노초파남보 무지개 색만큼인데
컴퓨터의 팔레트 색은 백만 색이 넘어요.

할아버지는 제기를 차며 놀았고,
아버지는 뒷골목에서 병정놀이를 하며 놀았는데,
손주는 컴퓨터 속에서 놀아요.

할아버지의 꿈은 나폴레옹, 아버지의 꿈은 헨리 포드,
손주의 꿈은 빌 게이츠.

그러나 컴퓨터가 내 아기를 못 빼앗아가요.
내 아기의 머릿속에는
천억 개의 신경세포가 있기 때문이지요.
그 뉴런 하나가 컴퓨터 하나와 맞먹는대요.
그러니까 내 아기는
천억 개의 컴퓨터를 머릿속에 넣고 다니는 거지요.

이제는 겁먹지 말아요.
내 아기는 천억 개의 슈퍼컴퓨터.
즐거울 때 웃고, 슬플 때 눈물도 흘려요.
그래서 엄마를 사랑할 줄 알아요.

세워놓고 보는 동전

백 원짜리 동전을 놓고 보십시오.
겉을 보면 백 원이라는 글자가 보입니다.
뒤집어 보면 100원이라는 숫자가 보입니다.
같은 동전인데 겉을 보는 사람과
안쪽을 보는 사람은 서로 다른 것을 봅니다.

그러나 세워놓고 보면 아무 그림도 보이지 않고
모양도 둥글지 않고 전연 다른 동전의 모습이 나타나지요.

바로도 보고 뒤집어도 보고,
보는 눈에 따라 세상은 달리 보여요.
비 오는 날과 갠 날이 달리 보여요.
만날 때의 시간과 헤어질 때의 시간이 달리 보여요.

하지만 동전을 세워놓고 보면 또 다른 세상,
비 오는 날도, 갠 날도 아닌,
만날 때의 시간도, 헤어질 때의 시간도 아닌,
아주 다른 공간과 시간이 나타나지요.

어머니와 아버지는 동전의 안과 밖의 다른 무늬지만,
그 사이에서 태어난 아이는 세워놓고 본 동전의 모서리.

아이를 통해서 안과 밖이 하나가 된
또 다른 인생을 볼 수가 있는 것이지요.
내가 아이를 낳은 것이 아니라
아이가 아빠 엄마를 태어나게 한 것입니다.

흰 나방과 검은 나방

런던 근교의 자작나무 숲에는
흰 나방과 검은 나방들이 살고 있었대요.
자작나무는 희기 때문에
언제나 검은 나방들만 새들의 눈에 띄어 잡아먹히고,
그 숲은 흰 나방들의 천국이 되었지요.

그런데 산업혁명이 일어난 것이지요.
석탄 연기로 자작나무 숲은 까만 색깔로 변해버렸대요.
이번에는 흰 나방들만이 새들의 눈에 띄어 잡아먹히고,
그 숲은 검은 나방들의 천국이 되었지요.

이렇게 한 백 년이 지나다가
런던 사람들이 석탄도 때지 않고,
환경을 걱정하여 스모그도 줄이니까

런던 근교의 자작나무 숲에는 다시 흰 나방들이 불어나고
검은 나방들의 숫자가 줄어들기 시작했대요.
인간의 문명이 변하면 나방의 세계까지도 변하는 것이지요.
문명은 자연의 계절보다도 무섭게 세상을 바꿔나가요.

민족도 그럴 거예요.
문명이 변하면 흰 나방처럼 번창하다가,
문명이 변하면 검은 나방처럼 번창하다가,
사라져가는 것들.

우리의 어린것들이 살아갈 자작나무 숲은
어떤 색깔로 변하게 될지 생각해봐요.
흰 나방인지 검은 나방인지 아기들이 살아갈
문명의 자작나무 숲을 천국으로 만들어줘요.

창문은 바람의 눈

영어의 윈도window, 창이라는 말은
'바람의 눈window eye'에서 나온 말이라고 합니다.
창문으로 바람만이 들어오고 나가는 것은 아닙니다.
바람의 눈에 비친 모든 풍경이 보여요.
언덕 위의 깃발도 보이고, 산 위의 구름과 하늘이 보여요.
길 위에서 오가는 낯익은 사람,
낯선 사람들이 창문으로 보여요.

밖에서 보면 창문 안에 환한 불이 켜져 있는 방 안이 보여요.
식사를 하기도 하고, 책을 읽기도 하고,
우두커니 서서 바깥을 내다보는 사람들이 보여요.
창문으로 들여다보는 방 안처럼 행복하게 보이는 공간도 없지요.

집에 창이 있다는 것은 영혼에 눈이 있는 것처럼

아름다운 일입니다.
창이 없었더라면 안과 바깥은 영원히 안과 바깥인 채로
그냥 굳어져 있었을 거예요.

창문은 바람의 눈.
내가 아기의 눈을 들여다보고,
아기가 내 눈을 들여다봐요.
어머니는 아기의 창, 아기는 어머니의 창,
그것은 바람의 눈, 사랑의 눈,
영혼의 눈이지요.

다이애나 허그

빈민가에서 가난한 사람을 만날 때,
병원에서 암 환자나 에이즈 환자를 만날 때,
고아원, 양로원에서 외로운 사람을 만날 때,
다이애나 황태자비는 언제나 가슴을 열고
그들을 끌어안았습니다.

왕실의 풍습은 지엄한 것.
사람들을 만날 때에는 반드시 거리를 두어왔지요.
그것이 왕실의 위엄이고, 그것이 왕실의 권위였어요.
몇백 년 동안 내려온 왕실의 법도를 넘어 다이애나 황태자비는
그들에게 다가가 보통 다정한 영국인들끼리 그렇게 하듯이
사람들을 허그hug했지요.
그리고 이렇게 말했습니다.
"그저 허그하는 것만으로도 서로의 마음과 마음을

주고받을 수 있으니까요."

대처 수상은 사랑받는 정치인이 되기보다는
존경받는 정치인이 되고 싶다고 했지만,
다이애나는 존경받는 왕비보다는 사랑받는 왕비를 택한다고
말했지요.

불행한 가정에서 태어나 부모의 정이 어떤 것인지 몰랐던 다이
애나는
계모 밑에서 자라나 어머니의 품이 어떤 것인지를 몰랐던 다이
애나는
그녀가 가지지 못했던 것을 남들에게 주려고 한 것이지요.
50세 이하의 영국인 가운데 반수는 이혼 경험자가 아니면
부모가 이혼한 상태에서 자란 경험이 있다는 거지요.

다이애나 허그,
다이애나가 죽었을 때 그렇게 많은 사람들이 오열한 것은
다이애나가 가슴을 열어 그들을 끌어안았기 때문이지요.
다이애나가 사랑을 받았던 비밀이지요.

다이애나 허그,
하루에 한 번 아이를 끌어안으세요.
따뜻하게 가슴을 열고,
하루에 한 번씩 다이애나 허그를 하세요.

레밍을 아시나요

어느 외국인이 그랬지요. 한국인은 레밍과도 같다고요.
레밍은 북방에 사는 들쥐 같은 작은 동물입니다.
이상하게도 한 마리가 뛰면 다른 것들도 덩달아
그 뒤를 쫓아서 따라가는 습성이 있다고 해요.
그래서 때로는 천 마리, 만 마리 무리를 지어 한데 휩쓸려 달리
다가
바다로 뛰어들어 집단 자살을 한다는 것이지요.
그런데 어느 외국인이 한국 사람들이 살아가는 걸 보고
레밍 같다고 말을 했지요.

분노의 주먹을 쥐기 전에 생각해봅니다.
아니라고 부정하기 전에 먼저 내 모습과 이웃들의 얼굴을 생각
해봅니다.
나만은 그렇지 않다고 우기기 전에 비디오를 되감듯이

지나온 날들을 생각해봅니다.

그러면 남들을 따라서 레밍처럼 들판을 가로지르고,
숲과 도시와 냇물을 가로질러서 바다에 떨어져 함께 파도에 휩
쓸려간
우리의 맹목적인 모습들이 떠오를지 모릅니다.

이제는 아닙니다. 내 품 안에 내 아기가 있습니다.
이 아이들이 커서 레밍이 되어
어느 들판을 무리 지어 달리리라고는 생각할 수 없어요.
내 아기는 바람이 불면 한곳으로 눕는 풀잎이 아닙니다.
내 아기는 한 마리가 울면 모두 따라 우는 개구리,
달밤의 늑대 무리가 아닙니다.
내 아기는 다른 아이와 지문이 다르듯이 이 세상에 하나밖에

없는 생명,
　내 아기는 내 아기의 이름으로 키워갈 거예요.

　옛날, 서로 다른 천을 모아 아름다운 조각보를 만들었던 우리의 누님들처럼,
　옛날, 작고 큰 돌을 모아 튼튼한 돌담을 만들었던 우리의 형님들처럼,
　그렇게 개성이 다른 사람들이 한데 어울려
　현란한 삶의 무늬를 짜가는 새천년의 사회,
　남과 다른 독창성이 서로 어울려 거미줄같이 이어진 네트워크 사회.
　내 아기는 더 이상 벌판으로 떼 지어 다니다가
　바닷물에 빠져 죽는 레밍의 무리가 아닙니다.
　그 외국인에게 말하세요. 아주 큰 소리로 말하세요.

"이제는 아닙니다."

눈에 보이지 않는 땅

나라도 없이 유태인들이 수천 년 동안 뿔뿔이 흩어져 살았어도
그들이 같은 유태인이라는 생각을 잃지 않았던 것은
유태교의 전통 문화가 있었기 때문이지요.
어느 나라, 어떤 땅에 가 살아도 유태인으로 살아갈 수가 있었고,
그래서 천년 뒤에 이스라엘을 세울 수가 있었습니다.

그러나 한국은 땅이 한 민족의 동일성을 주었습니다.
고향을 떠나도 고향 땅을 생각하면서 우리는 하나가 되었습니다.
국토를 잃었을 때에도 우리는 반도 삼천리라는 말을 통해서
우리가 한 민족임을 깨달았습니다.
고무신에까지도 반도의 모양을 그린 상표를 달고,
쓰러져가는 빈자의 토방 벽에도 토끼 모양의 반도 땅에
무궁화를 수놓은 족자를 걸어두었습니다.

정신문화에 의해서 자기를 보전해가는 유태인과

토지에 의해서 자기를 지켜가는 한국인의 차이는 어떤 것일까요.

국토는 지도를 그려 눈으로 볼 수가 있고,

흙은 퍼서 손으로 쥐어볼 수가 있습니다.

그러나 종교는, 문화는 아니에요.

눈으로 볼 수도 없고, 만질 수도 없는 것이지요.

그리고 흙으로 된 나라의 땅은 나의 발목을 잡지만, 나를 가두
지만,

마음으로 된 문화의 땅은 나를 세계의 어느 곳에서도 살게 해
줘요.

눈에 보이지 않는 것,

마음속에서만 볼 수 있는,

유태인을 유태인으로 지탱하게 한 『탈무드』같은 정신문화를

우리 아이의 손에 들려주어요.

신 포도를 먹고 사는 사람들

아시지요, 『이솝우화』의 여우 말예요.
높은 가지에 열린 포도를 따먹으려다가
끝내 뜻을 이루지 못해 여우는 그만 포기하고 말지요.
그러고는 이렇게 말하잖아요.
"저 포도는 시다."라고.
그 여우는 못 따먹은 것을 안 따먹은 거라고 속인 것이지요.
남을, 그리고 자기를 말이에요.

그런데 요즘 『이솝우화』는 달라졌대요.
천신만고 노력 끝에 여우는
높은 가지의 포도를 따먹게 된 것이지요.
그러나 이 일을 어쩌지요.
그 포도는 정말 신 포도였던 거예요.

하지만 그렇게 애써서 노력한 것이 아까워서라도
남이 못 먹는 포도를 자기만 따먹을 수 있다는 긍지 때문에
모든 여우들이 부럽게 자기를 쳐다보고 있는 시선 때문에
여우는 시고 떫은 포도를 계속 따먹었지요.
아주 맛이 있는 체하고, 저 포도는 달다고
남을, 그리고 자기를 속인 것이지요.

그러다가 어느 날, 그 여우는 신 포도를 먹고 또 먹다가
결국 위궤양에 걸려 죽었다는 게 현대의 『이솝우화』지요.
남들이 부러워하니까, 남들이 못 오르는 자리니까
그것이 신 포도인 줄 알면서도 행복한 미소를 지으며
손 흔들고 살아가는 출세한 사람들의 장례식.
그것이 우화의 끝, 우리 인생의 끝이지요.

남들이 부러워하는 아이로 만들지 말고,
내 아이가 진정 좋아하는 삶을 만들어주세요.
그것이 높은 나뭇가지의 포도가 아니라도 좋으니,
정말 자기 입에 맞는 포도를 발견하게 하세요.

콩나물시루에 물을 주듯이

콩나물시루에 물을 줍니다.
물은 그냥 모두 흘러내립니다.
퍼부으면 퍼부은 대로
그 자리에서 물은 모두 아래로 빠져버립니다.
아무리 물을 주어도
콩나물시루는 밑 빠진 독처럼
물 한 방울 고이는 법이 없습니다.

그런데 보세요.
콩나물은 어느새 저렇게 자랐습니다.
물이 모두 흘러내린 줄만 알았는데,
콩나물은 보이지 않는 사이에 무성하게 자랐습니다.
물이 그냥 흘러버린다고
헛수고를 한 것은 아닙니다.

아이들을 키우는 것은 콩나물시루에
물을 주는 것과도 같다고 했습니다.
아이들을 교육시키는 것은
매일 콩나물에 물을 주는 일과도 같다고 했습니다.
물이 다 흘러내린 줄만 알았는데,
헛수고인 줄만 알았는데,
저렇게 잘 자라고 있어요.

물이 한 방울도 남지 않고
모두 다 흘러버린 줄 알았는데
그래도 매일매일 거르지 않고 물을 주면,
콩나물처럼 무럭무럭 자라요.
보이지 않는 사이에 우리 아이가.

향기로운 포도주처럼

기억은 단순히 사라져버린 시간을 저장하는 창고가 아닙니다.

그것은 포도주를 익히는 지하실의 어둠처럼,

시간과 사건, 그리고 모든 의식을 발효시킵니다.

그 속에서 기억의 포도알들은 일찍이 없었던 향내와 빛깔을 얻어내고,

한 방울 한 방울에 여름 햇살과 들판의 그 바람들을 다시 일깨웁니다.

기억은 그렇게 시간 속에서 발효해가는 것입니다.

아이들은 태내의 기억을 그대로 가지고 태어난다고 합니다.

아이들이 그네를 타기 좋아하는 것도

아기집의 양수 속에서 흔들리면서 지내던 그 기억 때문이라고 합니다.

아이들은 아기집 안에서 듣던 엄마의 목소리까지 기억할 수 있

다고 합니다.

갓 태어난 아기의 양 곁에서 간호사와 산모가 목소리를 내면,
어머니 쪽이 있는 곳에 반응을 보낸다고 합니다.
태내 교육의 효과가 거짓말이 아닌가 봅니다.

어머니는 아기의 기억을 발효시키는 지하실의 어둠이며, 침묵
입니다.
딸이라면 20년이 지난 뒤,
잘 익은 그 기억의 한 방울 한 방울의 술을
사랑하는 이의 술잔에 따릅니다.
사내아이라면 20년이 지난 뒤,
잘 익은 그 기억의 한 방울 한 방울의 술을
사랑하는 여인의 술잔에 따릅니다.

그 술이 정말 발효가 잘된 것인지, 얼마나 향기로운 것인지,
합환주의 그 맛은 바로 어머니가 빚은 기억의 발효 속에서 결
정됩니다.
아기집에서 어머니의 목소리를 기억하고 태어나듯이
내 말 한마디, 행동 하나하나가 그들의 기억이 되고 발효가 되어
딸은 아내가 되고, 아들은 남편이 되는 것입니다.
아기집 안에 있을 때 태교를 하였듯이,
어머니는 그들이 결혼할 때까지 기억을 발효시키는
케이브(지하실의 포도주 창고)가 되어주는 것입니다.

왜 늑대가 온다고 했는가

늑대가 온다고 번번이 소리치던 양치기 목동이
결국은 늑대에게 잡아먹혔다는 이 우화를
가끔 어머니들은 들려주지요,
내 아이들이 거짓말을 할 때.

하지만 양치기 목동이 왜 그런 거짓말을 했는지를
생각해본 어머니는 드물 것입니다.
양떼가 온종일 풀 뜯는 것을
어제도 보고, 오늘도 보고, 또 내일도 봐야 할
목동의 심심한 마음, 기지개 같은 따분한 삶을
상상해본 어머니는 없었을 거예요.

심심한 들판을 향해 무엇인가 외치고 싶었겠지요.
잠자는 마을을 술렁거리게 만들고 싶었겠지요.

갑자기 종루에서 종들이 울릴 때처럼
아무도 눈여겨보지 않던 사람들이
자기에게로 달려오는 발자국 소릴 듣고 싶었겠지요.

자신의 말 한마디에 시간이 멈추고, 마을이 공포에 떠는 것을
자신의 말 한마디에 들판에 회오리가 불고, 번개가 치는 것을
양치기 목동은 반짝이는 눈으로 바라보았을 거예요.
분명히 그 눈빛은 매일같이 양떼를 바라보던
그런 눈빛이 아니었지요.

거짓말을 하는 욕망과 그 능력은 인간만이 가지고 있는 것.
짐승들은 거짓말을 할 줄 몰라요.
무대에서 거짓말을 하면 셰익스피어가 되고,
이야기 속에서 거짓말을 하면 김만중이 됩니다.

거짓말을 한다는 건 상상력과 추리력이 있다는 증거입니다.
내 아이가 거짓말을 잘하면
양치기 목동 같은 일을 시키지 말고
무엇인가 상상하고 창조하는 새로운 일을 시켜보세요.
창작하는 일을 시켜보세요.

달리기

무릎을 깨뜨리면서도 아이들은 달리기를 합니다.
조금이라도 빨리 뛰기 위해서,
남보다 한 발짝이라도 앞서기 위해서,
아이들은 달리기 내기를 합니다.
산다는 것은 달리기이지요.
그것은 경쟁, 그것은 승부, 그것은 성취입니다.
아이들이 달릴 때 우리는 대신 달려줄 수는 없지만,
응원을 할 수는 있습니다.

세상 사람들이
하나에다 하나를 보태는 것도 모르는 아이라고
에디슨을 비웃었을 때
그에게 용기를 준 이는 어머니였습니다.
그가 하고 싶어 하는 일을

이해하고 도와준 사람은 어머니였지요.
어머니는 달리는 아이의 응원가입니다.
관심, 그것이 바로 힘찬 응원가입니다.

두발자전거

처음 이 세상에 태어났을 때에는 누구나 짐승처럼 네 발로 기었습니다.

네 발로 기어다닐 때에는 넘어져 무릎을 깨뜨리는 위험도 없었지요.

그러나 자라면서 아이들은 두 발로 서려고 합니다.

가르쳐주지 않아도 위험을 무릅쓰고 위태롭게 홀로 섭니다.

그리고 한 발짝 한 발짝 앞으로 내딛는 연습을 합니다.

주저앉으면 다시 일어서고, 넘어지면 다시 일어섭니다.

그리고는 이윽고 두 발로 걷기 시작합니다.

그때 아이의 얼굴에 어리는 미소를 보셨습니까.

성장한다는 것은 네 발에서 두 발로 선다는 것이며,

낮은 곳에서 높은 곳으로 옮겨간다는 것이며,

안전에서 위험으로 나아간다는 것입니다.

그렇지요, 두 발로 서는 것은 불안정한 것이지만,

네 발로는 도저히 해낼 수 없는 것들을 만들어냅니다.

대체 네 발로 기어다니는 어떤 짐승이 저 발레리나처럼 춤출

수 있겠습니까.

대체 어떤 짐승이 축구 선수처럼 그렇게 볼을 차며 달릴 수 있

겠습니까.

인간이 처음 짐승의 무리로부터 떨어져나오던 그날,

분명 직립의 자세로 서는 법을 배웠을 때일 것입니다.

알고 계십니까.

세발자전거를 타던 아이가 왜 두발자전거를 타려고

그처럼 애를 쓰는지를 말입니다.

왜 아이들이 안전한 세발자전거를 버리고

위험스럽고 어려운 두발자전거로 갈아타려고 하는지를 말입

니다.

몇 번이고 쓰러지고 무릎이 깨진 후, 이윽고 두발자전거를 타게 될 때

아이의 얼굴에는 홍조와 미소가 어립니다.

세발자전거로는 맛볼 수 없었던 속도와 높이,

그리고 스릴 있는 빠른 회전을 맛보았기 때문입니다.

안전에서 위험으로 가면서 인간은 키를 높이고, 새 환경을 만들어갑니다.

위험이 높을수록 돌아오는 보상도 크다는 것을 잊지 마십시오.

짐승들은 두 발로 일어서는 리스크를 피했기 때문에

거북처럼 갑골을 등에 짊어지고 안주합니다.

세발자전거를 타는 귀여운 내 아이들에게 두발자전거를 사주십시오.

기어다니던 녀석이 처음 두 발로 일어설 때의 기쁜 미소를 주십시오.

패자부활전

흔히 미국을 기회의 나라라고 합니다.

그것을 아메리칸 드림이라고도 부릅니다.

거의 밑바닥 인생을 살던 사람들이 미국으로 이민을 와서

백만장자가 된다는 성공담을 두고 하는 소리만은 아닙니다.

정말 미국이 기회의 나라요, 꿈의 나라라는 것은

사이러스 필드처럼 한 번 실패한 사람도

다시 재기할 수 있는 사회라는 점을 보여주고 있기 때문입니다.

'젊은 미국과 구대륙의 결혼'을 축하하는 환영 인파 속에서

해저 케이블 설치에 성공한 필드는 국민의 영웅이 됩니다.

그러나 얼마 안 가서 해저케이블이 마비되어버리자,

사기극으로 오인한 시민들은 그를 범죄자로 규탄하게 됩니다.

악성 루머 속에서 그의 이름은 차가운 대양의 밑바닥에 버려진

케이블과 함께 매장되고 맙니다.

그러나 6년 뒤, 그는 그 사업에 다시 도전해서

이번에는 아주 또렷하게 미국인의 음성을 유럽 대륙에 보내게 됩니다.

그래서 필드는 구대륙과 신대륙의 맥박을 하나로 이은

영원한 영웅으로서 부활하게 되는 것입니다.

우리는 필드의 그 불굴의 의지보다도,

그의 재기를 가능하게 한 사회를 더 높이 평가해야 할 것입니다.

늪에 빠진 그에게 손을 내민 사람들이 있었기 때문에 그는 재기할 수 있었습니다.

그 뒤 백 년 후에도 똑같은 일이 벌어지고 있습니다.

금융계의 제왕에서 사기범으로 전락한 마이클 밀켄이 출옥한 뒤에

이제는 교육사업가로 크게 성공하여 미국인들의 눈부신 각광을 받게 된 것입니다.

패자부활전은 우선 가정에서부터 시작되어야 합니다.

아이들의 실수나 실패에 대해서 편견이나 고정관념을 가져서는 안 됩니다.

다시 일어설 수 있는 기회와 힘을 주십시오.

사랑과 힘의 손을 내미십시오. 틀림없이 일어설 것입니다. 필드처럼, 밀켄처럼.

35억 년의 진화

태내에서 자라는 아이들은
35억 년의 길고 긴 생명의 진화를
단 열 달 만에 그 전 과정을 마친다고 합니다.

수정된 직후에는 아메바와 다름없는 원생동물이지요.
점차 물고기에서 개구리 같은 양서류로 변하고,
다음엔 도마뱀 같은 파충류가 됩니다.
그러다가 토끼나 고양이 같은 포유류로 진화해서
원숭이 단계로 대뇌가 커집니다.
이윽고 생각하는 유인원의 뇌와 같은 전두엽이 생기고,
완전한 사람의 뇌를 모두 갖추게 되면,
이 세상 밖으로 태어납니다.

열 달이 아닙니다.

지금 내 품 안에 있는 이 생명은
35억 년이나 되는 길고 긴 시간을 지나
지금 이 밝은 세상으로 나온 것입니다.

누가 이 아기의 나이를 묻거든,
한 살이라고 대답하지 말아요.
누가 이 아기가 살아갈 날을 묻거든,
새천년이라고 대답하지 말아요.
지금 당신은 35억 년의 세월을
품 안에 안고 있는 것입니다.

보이지 않는 십일면관음보살

조각예술의 보석이라는 경주 석굴암 중에서도
으뜸 중의 으뜸은 십일면관음보살상이라고 합니다.
다른 조각보다 입체감으로나 아름다움으로나
얼마나 조각가가 특별히 심혈을 기울였는지
한눈에 알아볼 수가 있다고 합니다.

그런데도 말이지요, 십일면관음보살은
한가운데의 석가모니상에 가려서 보이지 않는 거예요.
가장 아름다운 관음상을 만들어놓고
하고많은 자리 중에 하필 부처님 바로 뒤에 배치했을까요.
사람들은 석가와 관음을
완전히 일치시키려고 한 것이라고 말하고 있지만,
정말 아름답고 귀중한 것은
눈에 안 띄는 깊숙한 곳에 몰래 숨겨두는 것.

가끔 아이들에게 정말 소중한 것이 있으면,

몰래 감춰두세요.

십일면관음보살처럼,

주실 뒤 가장 깊은 곳에 숨어 있다가

갑자기 떠오르는 보살의 아름다움처럼,

어머니에 가려서 보이지 않던 깊고 깊은 사랑과 정을

언젠가는 보고 놀랄 거예요.

어머니와 하나가 되는 그 말들의 의미를.

한 손에는 국어, 한 손에는 영어를

"생각은 지구적global으로 하고, 행동은 지역적local으로 한다."는 어느 미래학자의 말이 있습니다.

지금 인류는 세계화할수록 지역화되어가는 모순된 현상을 보여주고 있습니다.

밤과 낮이 따로 있는 것이 아닌 것처럼 신토불이와 세계화는 반대 명제가 아닙니다.

내쉬는 숨이 있으면, 들이마시는 숨이 있는 것처럼,

밖으로 나가는 길은 곧 안으로 들어오는 길이기도 한 것입니다.

그래서 세계화란 말과 지역화라는 말이 합쳐져 'glocal'이라는 새 말이 등장했습니다.

아이들이 밖으로 나가려면 영어를 알아야 합니다.

아이들이 자기 집 안으로 들어오려면 우리나라 말을 알아야 합니다.

처칠은 노벨상을 타고 이렇게 말했습니다.

"영국 사람들은 영어(국어)를 다 할 줄 안다고 믿고 있기 때문에

학교에서 국어를 소중하게 생각하지 않는다.

그러나 나는 학교에서 낙제를 하는 바람에 영어 과정을 두 번

이나 들었다.

그것이 오늘의 나를 만든 것이다."라고.

거기에서 나온 그 유명한 '피와 눈물과 땀'이라는 명연설로

영국인을 전쟁에서 구해낸 것입니다.

싱가포르는 작은 나라지만 세계의 금융 중심지이고,

정보화가 아시아에서 제일 빠른 나라입니다.

이유는 한 가지, 그 작은 나라에서 네 가지 말을 국어로 사용하

고 있는 나라―

그것이 전화위복이 되어 영어를 공식어로 정하고,

모든 국민이 초등학교 때부터 영어를 배우게 된 까닭입니다.

영어는 이제 영국이나 미국 사람들이 쓰는 말이 아니라 세계의 공통어가 된 것입니다.

내 아이를 글로벌도 로컬도 아닌 글로컬로 키우려면,

한 손에는 국어, 또 한 손에는 영어를 들려줘야 합니다.

그래요, 새천년준비위원회가 내건 표어를 다시 한 번 생각해보세요.

"새천년의 꿈, 두 손으로 잡으면 현실이 됩니다."

글로컬의 꿈을 사랑하는 아이들에게 주기 위해서

그 두 손에 국어와 영어를 함께 들려주세요.

세계가 그들의 것이 될 것입니다.

어느 갠 날

태양은 태양만으로 빛나는 것이 아니라고 생각합니다.
비와 구름과 암흑과 함께 있을 때, 그 빛은 더욱 아름다워집니다.
어째서 사막의 태양이 저주인가를 생각해보면 알 것입니다.
그것이 우리의 살갗을 태우거나 눈을 멀게 하는
과잉의 햇살이기 때문이 아닙니다.
작은 태양같이 빛나는 사막의 모래알들이
태양을 한층 더 건조하게 만들고, 모든 그늘을 죽일 것입니다.

이슬이 있는 아침 햇살을 생각해보면 알 것입니다.
이슬들은 젖어 있는 태양이기 때문에 축복이 되는 것입니다.
그리고 보면 하나님은 우리에게 밤을 주신 것이 아니라,
밤을 통해서 새벽의 빛을 주신 것입니다.
하나님은 우리에게 홍수를 주신 것이 아니라,
홍수를 통해서 아름다운 무지개를 주신 것입니다.

언제 아담이 울었을까를 생각해봅니다.

에덴동산에 핀 꽃들을 보았을 때인가,

아니면 최초로 이브를 만났을 때인가,

그것도 아니라면 낙원에서 쫓겨났을 때인가,

아닐 것입니다.

태양이 지고, 어둠이 깔리는 것을 보았을 때에도

낙원에 밤이 있다는 것을 알고 최초의 공포를 느꼈을 때에도

아담은 울지 않았을 것입니다.

아담은 그때 울었을 것입니다.

아담이 뜻하지 않게 어둠 속에서 솟아오르는 태양을 보고는

그때 울었을 것입니다. 그러니까, 정확하게

아담이 만들어지고 7일째 되는 날 아침이었을 것입니다.

아담의 아침이나 노아 홍수의 무지개가 아니라도 좋습니다.

어느 갠 날, 젖은 이불을 말리듯 마당에 나가서 심호흡을 하십시오.

앞산이 너무 가까워져서 나의 집이 훨씬 좁아진 것같이 느껴질 것입니다.

스모그에 덮이지 않은 산은

꼭 이불 속에서 알몸으로 걸어나온 것 같아 부끄럽기까지 할 것입니다.

그때 아이들의 얼굴이 갑자기 무지개처럼 떠오르는 것을 볼 것입니다.

더 이상 가난이나 고통을 미워하지 않게 될 것입니다.

LD를 아시나요

40년 전부터 일어난 일이라고 했어요.
쓰기와 읽기를, 그리고 그림조차 못 그리는
아이들이 늘어나기 시작했어요.
그것을 학술 용어로는 LD(learning disability)라고 부른대요.
학습 불능—잠시도 주의를 집중하지 못 하는
조급증이 전염병처럼 번져
학급 전체가 수업을 못하게 되는 것을
수업 붕괴라고도 부른다고 해요.

홍역이나 볼거리 같은 병명이 아닙니다.
일찍이 들어본 적이 없는 ADHD(주의력결핍과잉행동장애),
참을성을 잃게 되는 병이래요.
모유를 오염시킨 화학물질이 어린아이 머리로 침입해서

뇌세포를 교란했기 때문이래요.
20년 전 보고서에도
미국의 초등학교 어린이들의 5~10퍼센트가
일본의 초등학교 어린이들의 3퍼센트가
학습 불능에 걸려 있다고 진단했지요.

우리가 버린 쓰레기의 화학물질이
다시 식탁으로 되돌아와 인체로 들어가
어머니의 모유까지 오염시킨 것이지요.

옛날 우리 할아버지들은 벌레가 죽을까 봐
일부러 느슨하게 삼은 오합혜를 신고 산길을 다녔지요.
오합혜를 삼는 심정으로
가계부가 아니라 환경 쓰레기 장부를 적어가요.

내 아이의 작은 그 뇌세포를 지키기 위해서
육아일기를 쓰듯이 쓰레기의 환경 가계부를 적으세요.
오늘은 무슨 쓰레기를 얼마나 버렸는지,
사온 것들이 아니라
버린 것들을 적는 가계부를 적어요.

2퍼센트의 차이

분자생물학이라는 첨단 분야의 학문이 있습니다.

그것을 통해 요즘에서야 인간과 침팬지의 유전자의 차이가

겨우 2퍼센트밖에 되지 않는다는 사실이 밝혀졌다고 합니다.

이 2퍼센트의 작은 차이가 바로 짐승과 인간의

그 엄청난 차이를 만들어낸 것이지요.

그중의 하나가 바로 침팬지의 사회에는 아버지가 없다는 점입니다.

침팬지의 모자 관계는 인간보다 강하지만

부자 관계는 어디에서고 찾아볼 수가 없습니다.

부드러운 어머니의 젖가슴 못지않게

껄끄러운 아버지의 수염을 필요로 하는 것이 인간의 조건입니다.

그 수염을 통해서 아이들은 법과 질서와 스포츠 같은

승부의 세계를 배우게 됩니다.

아버지 문화가 사라질 때 우리 아이들은 침팬지 새끼가 되고

맙니다.

2퍼센트의 그 작은 차이가 무너져버리고 마는 것입니다.

심장의 고동

심장이 뛰는 고동 소리를 들어보세요.
숨 쉬는 소리를 가만히 들어보세요.
살아 있는 모든 것들은 자기 몸속에
시계를 지니고 있다는 말이 거짓이 아닙니다.

숨을 한 번 내쉬고 들이마실 때마다
심장은 네 번 뛴다고 합니다.
사람도, 코끼리도, 작은 생쥐도
모든 포유류가 다 같대요.
숨 쉬는 횟수는 5억 번,
심장이 뛰는 수는 20억 번,
뛰는 속도가 다를 뿐
일생 동안 뛰는 횟수는 똑같다고 합니다.

짐승들의 몸집과 수명은 다 달라도
몸속의 시계는 일정한 것.
각자의 시계로 일생을 재보면
코끼리의 시간도, 생쥐의 시간도 똑같은 거래요.

아니지요, 그럴 리가 없어요.
젖을 먹으며 아기는 엄마의 가슴속에서 뛰는 심장 소리를 들어요.
엄마는 아기를 품 안에 안으며 그 숨소리를 들어요.
그것은 사랑의 시계, 우주의 시계, 영원의 시계가 돌아가는 소리,
그것은 5억이나 20억의 수로는 셀 수 없는 것이지요.

꿀벌과 개미의 시대에서 거미의 시대로

짐승들은 떼를 지어 살긴 하지만 가끔 자기 행동을 합니다.
그러나 벌이나 개미는 분업 체제로 조직되어 있어서
전원이 생산을 향해 집단적으로 움직입니다.
개체란 없지요. 그러니까 무리에서 벗어난다는 것은
곧 죽음을 의미하는 것입니다.

우리는 아이들에게 벌과 개미를 본받으라고 가르쳐왔지요.
『이솝우화』 때부터 동요와 동화가 늘 어린이들에게
그렇게 속삭여왔지요. 개미는 베짱이를 이기고,
꿀벌은 '비지 비지busy busy'라고 날갯짓을 한다고 말입니다.

그러나 지금까지 인간의 사회와 국가가
어떻게 발전해왔는지를 생각해보세요.
고대 사회, 고대 국가에서는 개인이라는 것이 없는

벌과 개미처럼 살아왔지요. 지금은 아니지요.

근대 국가는 개미와 꿀벌 같은 세계에서 벗어나,

한 사람 한 사람이 자유롭게 어울려 살아가는 데서 시작됩니다.

꿀벌의 조직, 개미의 집단 노동을 부러워 마세요.

로빈슨 크루소처럼 무리에서 떨어져 혼자서도

무인도를 개척할 줄 아는 사람들만이 미래의 사회를 만들어갑니다.

지금, 저 놀이터에서 그네를 타고 노는 아이들은

일렬로 늘어선 벌과 개미가 아니지요.

인터넷의 www는 world wide web―세계에 널리 깔린 거미줄이라는 뜻이지요.

지구에 쳐진 거대한 은빛 거미줄 위에서 살아가는 시대입니다.

꿀벌과 개미의 시대에서 거미의 시대로 세계가 변한 것입니다.

까마귀와 편견

언제부터인가 까마귀를 볼 수 없게 되었습니다.
을씨년스러운 겨울날 아침, 고목 나뭇가지 위에 앉아
서리 내린 마을 들판을 굽어보던 까마귀들이 이제는 없습니다.
사람들이 그 검은 색깔과 울음소리와 썩은 고기를 먹는 그 식
성을 미워한 까닭입니다.

미국에서도 그랬지요.
농부들은 까마귀가 곡식을 위협하는 존재라 하여 총부리를 겨
누고,
1940년 일리노이 주 정부의 환경보호국은 다이너마이트를 폭
발시켜
32만 8천 마리의 까마귀를 죽였다고 합니다.
그러나 까마귀를 죽인 후, 사람들은 곧 후회를 했습니다.
까마귀들은 옥수수보다도 옥수수를 해치는 해충들을 먹었기

때문입니다.

　요즘 까마귀를 죽음의 흉조라고 생각하는 것이 인간의 편견이
었음이 많은 학자들의 연구로 밝혀지고 있습니다.
　어떤 새보다도 영리하다는 것, 어떤 새보다도 가족적으로 정과
의리가 두텁다는 것,
　어미 새가 늙으면 자식들이 먹이를 물어다 봉양한다는 것 —
　반포지효가 옛날이야기가 아니었음을 재평가받게 된 것입니다.

　정말이래요. 형제 오누이가 몇 년씩이나 한가족을 이루면서
　서로 돕고 지키며 살아가는 의좋은 새라는 것이 정말이래요.
　그런데 우리가 사람 같은 까마귀를 몰살시켰어요.
　단지 색깔이 검다는 이유로, 단지 목소리가 흉하다는 이유로
　까마귀를 죽이는 것을 못 본 체한 것이지요.

흑인들을 깜둥이, 흑석동, 연탄장수라고 부르는 어머니 밑에서
아이들이 자라면
　그 아이들이 결국은 까마귀의 세상을 만들게 되지요.
　편견이 까마귀를 죽이듯이, 결국은 내 아이를 못쓰게 만들어요.

마음을 열고

옛날 우리가 초등학교에 처음 갔을 때
필통 속에는 예쁜 지우개가 있었습니다.
말랑말랑한 촉감이 어머니의 가슴처럼 보드라웠지요.
지우개를 쥔 손에서는 바다 너머 멀고 먼 남쪽 나라의
고무나무와 석유 냄새가 풍겨왔지요.

그 지우개로 잘못된 글씨도 지우고 잘못된 그림도 지우고
처음처럼 다시 시작할 수가 있었어요.
그러나 날이 갈수록 지우개는 줄어들고 망가지고 작아져서
필통 한구석에 버림을 받다가 잊혀지게 되지요.

다시 지우개를 들고 초등학교에 처음 들어갔을 때의
그런 새 지우개를 하나 마련하세요.
잘못된 생각 잘못된 나날들을 모두 지우고 새로 쓰세요.

새천년이 오잖아요.
마음을 비우고 머리를 비우고 새 햇빛을 보면
그러면 늘 보던 살림살이 늘 보던 집 안이
다르게 보일 거예요.

다시 보세요, 내 아이를.
매일 뜨는 해가 새롭게 보이듯이
새천년 아침
늘 보던 내 아이의 얼굴이
환하게 그리고 새롭게 보일 거예요.

어머니와 책

내 서재에는 수천수만 권의 책이 꽂혀 있다. 그러나 언제나 나에게 있어 진짜 책은 딱 한 권이다. 이 한 권의 책, 원형의 책, 영원히 다 읽지 못하는 책, 그것이 나의 어머니이다. 그것은 비유로서의 책이 아니다. 실제로 활자가 찍히고, 펴볼 수도 있고, 읽고 나면 책꽂이에 꽂아둘 수도 있는 그런 책이다.

나는 글자를 알기 전에 먼저 책을 알았다. 어머니는 내가 잠들기 전 늘 머리맡에서 책을 읽고 계셨고, 어느 책들은 소리내어 읽어주시기도 했다. 특히 감기에 걸려 신열이 높아지는 그런 시간에 어머니는 소설책을 읽어주신다. 『암굴왕』, 『무쇠탈』, 『흑두권』, 그리고 이제는 이름조차 기억할 수 없는 이야기들을 나는 아련한 한약 냄새 속에서 들었다. 겨울에는 지붕 위를 지나가는 밤바람소리를 들으며, 여름에는 장맛비 소리를 들으며, 나는 어머니의 하얀 손과 하얀 책의 세계를 방문한다.

어머니와 책의 세계는 꼭 의사가 주사를 놓고 버린 상자와 같은 것이었다. 주삿바늘은 늘 나를 두렵게 했지만, 그 주사약의 앰플을 담았던 상자 속의 반짝이는 은박지나 흰 종이솜은 포근하고 아름다웠다. 39도의 높은 신열 속으로 용해해 들어가는 신비한 표음문자들을 나는 지금도 기억하고 있다.

그리고 상상력의 깊은 동굴 속에서 울려오는 신비한 모음의 울림소리를 듣는다.

좀 더 자라서 글자를 익히고, 스스로 책을 읽게 되고, 몽당연필로 무엇인가 글을 쓰기 시작한 뒤에도 나에게는 언제나 어머니의 손에 들려 있던 책 한 권이 있다. 어머니의 목소리가 담긴 근원적인 그 책 한 권이 나를 따라다닌다. 그 환상의 책은 60년 동안에 수천수만의 책이 되었고, 그 목소리는 나에게 수십 권의 글을 쓰게 하였다.

빈약할망정 내가 매일 퍼내 쓸 수 있는 상상력의 우물을 가지고 있다면, 그리고 내가 자음과 모음을 갈라내 그 무게와 빛을 식별할 줄 아는 언어의 저울을 가지고 있다면, 그것은 오로지 어머니의 목소리로서의 책에서 비롯된 것이다. 어머니는 내 환상의 도서관이었으며, 최초의 시요, 드라마였으며, 끝나지 않는 길고 긴 이야기책이었다.

어머니와 뒤주

　바깥 하늘이 눈부시게 갤 때일수록 대청마루는 어둡다. 그 그늘진 곳에 괴목나무의 묵직한 뒤주가 있고, 그 위에는 모란꽃무늬를 그린 청화백자 같은 것이 놓여 있다. 나보다 키가 커서 그 뒤주 속을 들여다보려면 까치발을 디뎌야만 한다. 네 기둥과 두꺼운 나무판자로 짜인 뒤주 모양은 어머니가 안방에 앉아 계신 것처럼 늘 마음을 든든하게 한다.

　끼니때가 되면 이 뒤주에서 '수복강녕'이라고 손수 붓글씨로 쓰신 복바가지로 어머니는 하얀 쌀을 퍼내신다. 대가족이 먹어야 하는 그 양식은 옛날이야기에 나오는 화수분 단지처럼 이 뒤주 속에서 어머니의 바가지 속으로 넘쳐나온다. 많을 때에는 족히 서른 명이 넘는 식솔을 거느리시는 어머니는 이 뒤주처럼 묵직하고 당당하시다.

　그러나 어머니는 밖에 나가실 때마다 끼니때가 아닌데도 꼭 뒤주 문을 여신다. 그러고는 엎드리셔서 손가락으로 글씨를 쓰신다. 왜 그러시는지를 몰라 하루는 어머니께 여쭈어보았다.

어머니는 말씀하셨다.

"쌀 위에 글씨를 써놓으면 남들이 양식을 퍼내갈 수가 없게 된단다. 내가 쓴 글씨 자국이 지워질 테니 말이다. 양식이 아쉬운 사람이 있으면 그냥 도와주어야지 훔쳐가게 해서는 안 되는 거야. 양식이 아까워서가 아니란다. 뒤주를 자물쇠로 잠그면 남을 의심하는 것이라 그들이 상처를 받게 되고, 그렇다고 그냥 놔두고 집을 비우면 나쁜 짓을 할 생각이 없었던 사람들도 나쁜 짓을 하게 되는 거지. 쌀을 퍼간 사람보다 그런 틈을 준 사람이 더 죄를 짓는 거란다."

어머니는 늘 어렵게 사는 사람들과 불쌍한 사람을 돕고 후한 덕을 베풀어주시는 분으로 소문이 나신 분이다. 그러면서도 어머니는 뒤주처럼 대청 한복판에 떡 버티고 앉아 집안을 지키신다.

어머니는 어두운 대청마루에 신전처럼 자리하고 있는 뒤주이시다.

어머니와 금계랍

나는 막내였다. 늦게까지 어머니의 품에서 떠나려 하지 않았기 때문에 젖에 금계랍金鷄蠟을 바르셨다고 한다. 금계랍은 하루 거리에 먹는 키니네이다. 그 맛이 얼마나 쓴 것인지 나는 잘 안다. 우리가 성장한다는 것은 어머니의 몸으로부터 조금씩 떨어져나가는 의식儀式이기도 한 것이다. 그것이 나에게는 금계랍의 맛일 것이다.

태어나는 순간부터 우리는 그 아픔을 겪어야 한다. 모태로부터 태어나는 순간, 어머니와 연결된 그 탯줄을 끊어주지 않으면 안 된다. 어머니의 가슴에서 떨어져야 하는 이유기도 마찬가지다. 어머니는 자식을 위해서 금계랍을 맛보게 한다. 어머니의 사랑은 이런 고통을 자진해서 받아들인다는 데 있다. 두 살 터울인 원형과 나는 많이 싸웠었다. 어머니는 어느 날 우리가 몹시 싸우는 것을 보시고 끝내 회초리를 드셨다. 처음으로 호된 매를 맞게 된 것이다. 우리 형제는 묵묵히 그 자리에 서서 매를 맞고 있었다. 그러나 어머니는 때리다 마시고 이렇게 소리치셨다.

"이 바보들아, 너희들은 남의 애들처럼 그래, 도망칠 줄도 모르
니."

이 말에 우리는 용기를 얻어 바깥으로 도망치고 말았다. 어머
니는 우리를 매질하시면서도 마음이 아프셨던 것이다. 도망치기
를 속으로 원하셨던 것이다. 내가 금계랍의 쓴맛을 빨고 있을 때,
어머니는 그보다 몇 배나 더 쓴맛을 맛보고 계셨던 것이다. 생각
하면 어머니의 금계랍 맛은 어떤 꿀보다도 달다.

어머니와 귤

　수술을 받기 위해서 어머니는 서울로 가셨다. 이른바 대동아전쟁이 한창 고비였던 때라 마취제도 변변히 없는 가운데 수술을 받으셨다고 한다. 그런 경황에서도 어머니는 나에게 예쁜 필통과 귤을 보내주셨다. 필통은 입원하시기 전에 손수 골라서 사신 것이지만, 귤은 어렵게 어렵게 구해서 병문안 온 손님들이 가져온 것이라고 했다. 어머니는 귀한 것이라고 머리맡에 놓고 보시다가 끝내 잡숫지를 않으시고 나에게로 보내주신 것이다.

　그 노란 귤과 거의 함께 어머니는 하얀 상자 속의 유골로 돌아오셨다. 물론 그 귤은 어머니도 나도 누구도 먹을 수 없는 열매였다. 그것은 먹는 열매가 아니었다. 그것은 사랑의 태양이었고, 그리움의 달이었다. 그 향기로운 몇 알의 귤은 어머니와 함께 묻혔다.

　서울로 떠나시는 마지막 날, 어머니는 나보고 다리를 주물러달라고 하셨다. 열한 살이었으니까 이젠 어머니의 다리를 주무를 수 있을 만큼 그렇게 성장한 것이다. 정말 다리가 아프셔서 그러셨는지 혹은 막내라고 늘 걸려 하셨는데 그만큼 자란 것을 확인하고 싶으셔서 그러셨는지, 혹은 내 손을 가까이 느끼시며 마지막 작별을 하려고 하신 것인지 확실치 않지만 다리를 주물러달라고 하셨을 때의 어머니는 외로워 보이셨다.

왜 그랬던가, 어머니에게 나는 숙제를 해야 한다고 핑계를 부리고는 제대로 다리를 주물러드리지 않았다. 어머니는 내 얼굴을 물끄러미 쳐다보셨다. 나는 어머니의 신병이 무엇인지 잘 몰랐던 것이다. 그것이 정말 마지막인지 몰랐던 것이다.

나는 더러 산소에 갈 때 귤을 산다. 홍동백서의 그 색깔에는 지정되어 있지 않은 과일이지만 제상에다가 귤을 고인다. 그때마다 지천으로 흔하게 나돌아다니는 귤을 향해서 분노를 한다. 어머니가 소중하게 머리맡에 놓아두고 가신 그 귤은 그렇게 흔한 것, 지폐 몇 장으로 살 수 있는 그런 귤이 아니기 때문이다. 내 이제 어디에 가 그 귤을 구할 것이며, 내 이제 어디에 가 어머니의 다리를 주물러드릴 수 있을까.

어머니와 나들이

어머니는 최초의 외출, 집을 떠나고 마을을 떠나고, 그리고 고향을 떠나는 법을 가르쳐주셨다. 그냥 떠나는 것이 아니라 집으로 돌아오고 마을로 돌아오고, 그리고 고향으로 돌아오는 법도 함께 가르쳐주셨다. 그것이 한국말 가운데 가장 미묘하고 아름다운 나들이다. 나들이는 나가면서 동시에 들어오는 모순을 함께 싸버린 아름다운 한국말이다.

어머니는 나의 작은 손을 잡으신다. 그리고 보리밭 사잇길과 산모롱이, 마찻길, 신작로, 이렇게 작은 길에서 점점 넓어지는 길로 나는 어머니를 따라서 나들이를 한다. 아버지가 서울에서 사오신 작은 가죽 구두를 신고 흙을 밟으면 이상한 소리가 난다. 그것은 새 가죽이 구겨지는 구두 소리가 아니라 눈부신 이공간異空間 속으로 들어가는 내 작은 심장의 고동소리였는지도 모른다.

길가에 있는 뱀풀을 처음 본 것도, 땅개비가 뛰는 것도, 하늘에 높이 떠서 원을 그리는 솔개도, 모두 어머니의 등 너머로 본 풍경들이다. 이 나들이의 절정은 십 리쯤 떨어진 외갓집을 찾아갈 때이다. 그곳으로 가려면 장승이 서 있는 서낭당 고개를 넘어야 한다(여기가 바로 나의 에세이 『흙 속에 저 바람 속에』의 마지막 장에 나오는 그 서낭당고개다). 설화산 뒤편의 이 작은 분지에는 유난히 대추나무와 감나무가 많았고, 그 나무가 우거진 곳에 외가가 있었다. 긴 돌담을 돌아 솟을대문과 십장생도가 그려진 어머니의 장롱 속 같은 안채로 들어가면 정말 믿기지 않도록 늙으신 외할머니가 살고 계셨다.

미숫가루라도 외가에서 먹는 것은 집의 것과는 다른 맛이 난다.

사랑채로 가는 일각대문 너머로는 인기척이 없는 남새밭이 있었다. 한구석 빈터에는 양 모양을 조각한 이상한 석물들이 모여 있었다. 벽장이나 벽지의 무늬도 다 달랐다. 어머니가 원주 원씨이고, 외할머니는 덕수 이씨라는 것, 어머니의 어머니가 외할머니라는 것, 그리고 여자들의 성은 서로 다르다는 것을 알게 된 것도 이 나들이에서 배운 것들이다.

외갓집은 공간만이 아니라 그 시간도 달랐다. 벽시계 모양도, 시간마다 치는 종소리도 우리 집 시계와는 달랐다. 종소리는 깊은 우물물 속에서 들려오는 것 같은 소리를 냈고, 문자판에는 알 수 없는 글자들과 십이간지의 동물들이 그려져 있었다. 어머니의 어머니가 살고 계시는 이 외갓집에는 기왓골 이끼처럼 훨씬 오래된 시간이 있었다. 이곳에 오면 어머니도 나처럼 작은 신발을 신은 아이가 되는 것 같았다. 외갓집을 떠날 때가 되면 어머니와 할머니는 서로 우신다. 외할머니는 긴 돌담을 돌아 우리가 서낭당 고개를 넘어갈 때까지 서 계시고, 뒤돌아보기만 하면 빨리 가라고 손짓을 하신다. 늦은 날에는 집에 돌아가기도 전에 별들이 나오고, 이 나들이로 나의 장딴지에는 조금 알이 배고, 키는 한 치가 더 큰 것 같은 생각이 든다.

떠나는 것과 돌아오는 것, 만나는 것과 헤어지는 것. 번쩍이는 비늘을 세우고 먼 이국의 바다로 헤엄쳐 나갔다가 모천으로 회귀

하는 연어떼처럼, 어머니는 나에게 떠나는 법과 돌아오는 법을 가르쳐주신다. 이제는 돌담도 다 무너지고, 감나무도 잘리고, 아무도 아는 사람이 살지 않는 빈 마당뿐인 외갓집인데도, 나는 지금도 가죽 소리가 나는 작은 구두를 신고 어머니를 따라 이따금 외갓집 나들이를 한다.

어머니와 바다

나는 열한 살에 어머니를 잃을 때까지 바다를 본 적이 없다.

그 책이나 사진에서 본 바다 말고는 하얀 모래밭, 소금기가 있는 해풍, 해안의 바위와 파도, 그리고 무엇보다도 무한히 퍼진 푸른 수평선을 몸으로 체험해본 적이 없다. 그런데 분명히 내가 보기 전에 나에게는 하나의 바다가 있었다. 그것이 바로 어머니이시다. 한자의 바다 海에는 어머니의 모母 자가 들어 있다. 그리고 바다를 가리키는 불란서 말의 메르mer는 어머니를 뜻하는 메르mère와 똑같다. 그래서 불란서에는 어머니 속에 바다가 있고, 중국에는 바다 속에 어머니가 있다는 말이 생겨나기도 했다.

바다는 넓고 깊다. 어머니의 무한한 사랑과 그 은혜는 바다 같다. 그리고 인류의 생명은 바다에서 탄생했다. 바다는 생명의 시원이며, 최초의 인류를 잉태한 양수다. 그러므로 누구에게 있어서나 생명의 발원이 된 모태는 태초와 바다인 것이다.

그러나 그만한 이유로, 그리고 그러한 관념적인 풀이로 내가 바다를 보기 전에 이미 바다를 보았다고 말하는 것은 아니다. 내가 말하는 어머니와 바다의 그 동질성은 보다 감각적인 것이고 구체적인 것이다. 바다는 늘 나에게 있어 살아 있는 죽음으로 다가온다. 바다는 살아 있는 어떤 것보다 생명력에 가득 차 있다. 어떤 짐승이 저렇게 강렬하게 숨 쉴 수 있고, 소리칠 수 있고, 쉴 사이 없이 생동할 수 있겠는가. 어떤 풀, 어떤 나무가 저렇게 늘 푸른빛으로 번지고 뻗쳐서 이 지상을 덮을 수 있을 것인가.

그러나 바다의 생명체는 가상현실일 뿐 실제로 살아 있는 것은 아니다. 바다의 표면은 끝없이 변화하지만 결코 살아 있는 꽃처럼 꺾을 수는 없다. 파도는 말보다 힘차게 뛰지만, 그리고 그 부력으로 우리를 그 잔등이에 태울 수도 있지만, 그 푸른 말갈기를 손으로 잡을 수는 없다. 슬프게도 바다에는 육체가 없기 때문이다. 그래서 영원하면서도 공허한 그 바다는 육체가 아니라 영혼이라고 불러야 옳을 것이다. 살아 있는 것 같으면서도 죽어 있는 것, 꽉 차 있으면서 텅 비어 있는 것, 이것이 바다의 역설이다.

　돌아가신 어머니, 그러나 늘 내 눈앞에서 생생하게 살아 움직이시는 어머니, 살아 있는 어떤 사람보다도 가깝게 계신 어머니, 기쁠 때 제일 먼저 달려가 자랑하는 어머니, 슬플 때나 고통스러울 때 아직도 응석을 부릴 수 있는 어머니, 그러나 언제나 발을 디디고 서 있는 이 딱딱한 흙의 저쪽 밖에서만 존재하고 있는 어머니—이 '현존하는 거대한 부재' 그 바다가 바로 나에게 있어서의 어머니인 것이다. 나는 오늘도 이 갈증의 바다 앞에 서 있다.

시와 함께 살다

왜 사느냐고 묻거든

발레리Paul Valéry는 삶을 생각하면 눈물이 나온다고 말한 적이
있다. 그러나 우리의 시인 김상용은 "왜 사냐건 웃지요"라고 적
고 있다. 그리고 김상용의 그 시구는 멀리 이태백의 시 「산중문
답」의 한 구절과도 통한다.

그러나 나는 왜 사느냐고 물을 때 울지도 웃지도 않았다. 질문
에 대한 답보다 나에게 소중한 것은 질문 그 자체였기 때문이다.
울음이나 웃음은 정반대의 것으로 보이지만 그것이 질문에 대한
답변의 한 형식이라는 것에서는 동일하다.

나는 답이 아니라 질문 자체에 시선을 돌릴 때 언제나 산문이
아닌 시를 생각한다. 산문은 질문에 대한 답변의 언술이고 시는
언제나 의문형을 지닌 물음의 형식이기 때문이다. 비평가들은 질
문이 아니라 그에 대한 답을 쓰기 위해서 산문을 선택한다. 가장
정확하고 논리적이고 분명한 산문을 쓴다.

하지만 해답보다 질문으로 시선을 돌릴 때 나는 비평가가 아

니라 시인으로서의 몸짓을 모방하게 된다. 그래서 누가 왜 사느냐고 물을 때 나는 산문 같지 않은 산문인 의사산문 혹은 시 같지 않은 시의 의사시를 쓴다. 「우수의 사냥꾼」이나 「녹색 우화집」 그리고 칼럼 중에서도 계절에 관계된 글들이 그런 글들이다. 불행하게도 이러한 산문시 형태의 글들, 혹은 인생론을 담은 글들은 내 저서의 여러 곳에 흩어져 있었다. 『지성의 오솔길』, 『눈을 뜨면 그때는 대낮이어라』, 『아들이여 어디로 가는가』 등이 그것이다. 그래서 이번 라이브러리의 새 기획 편집을 계기로 산문시 형태의 글들을 '시와 함께 살다'라는 제목으로 모두 한곳에 모아 놓았다.

"왜 사느냐고 묻거든"이라고 누가 물으면 울지도 웃지도 말고 그냥 내 삶을 그대로 써서 보여주라. 그러면 아마도 여기 이 글들처럼 시도 산문도 아닌 이상한 형태의 글이 나오게 될 것이다.

2003년 3월
이어령

I
우수의 사냥꾼

누군들 사냥꾼이 아닌 사람이 있을까?

누군들 사냥꾼이 아닌 사람이 있을까?

그 길, 그 빌딩, 그 공장.
도시는 하나의 사냥터이다. 돈을, 권력을, 여자를, 이름을, 그리고 자기 자신까지도 사냥하는 사람들이다. 그러나 나는 인간의 우수를 사냥할 것이다.

그것은 하나의 안개 낀 강이며, 8월의 들판을 가로지르는 마지막 여름 햇볕이며, 개가죽나무의 가로수와 텅 빈 의자, 야간 열차의 차창들, 빗속으로 사라지는 붉은 테일 라이트 또한 그 많은 것들의 의미다.

윈체스터 엽총은 없어도 좋다. 그것들의 심장을 꿰뚫기 위해서는 한 개의 펜대로도 족하다. 그것들을 향해 총구를 겨눌 것이다.

그리고 아주 민첩하게 사라져가는 사물과 인간과 자연 속의 모
든 몸짓들을 향해 사격할 것이다.

이마를 짚는 손

만약 이 세상에 태어나 지금껏 한 번도 감기에 걸린 적이 없는 사람이 있다면 우리는 과연 그를 부러워할 것인가?

그렇지 않을 것이다.

그는 행복한 사람이 아니라 도리어 가장 불행한 사람일지도 모른다. 이 세상에 태어나 단 한 줄의 시도 읽지 않은 사람이 있다면 나는 그와 악수 정도는 할 것이다. 한 번도 사랑을 모르고 이 세상을 살아온 사람이 있다면 나는 그와 차 한 잔 정도는 마실 수 있을 것이다.

거짓말도 후회도 해본 적이 없다는 사람, 시곗바늘처럼 세상을 살아가고 있는 그런 사람이 신부 차림의 검은 옷을 입고 내 집 문을 두드린다면 최소한 문의 빗장 정도는 열어줄 용의가 있다.

그러나 이 세상에 태어나 감기 한 번 걸린 적 없는 사람과는 악수도, 차 한 잔도, 그리고 대문의 빗장을 열어주는 일까지도 사절할 것이다.

이 옹졸한 편견을 비웃는 사람이 있다면, 나는 그를 하나의 방, 즉 감기에 걸려 누워 있는 그 병실의 세계로 안내해줄 것이다. 우리는 거기에서 많은 소리들을 들을 것이다.

은폐되어 있던 소리, 생활의 먼지와 육체의 두꺼운 비계 속에 감춰져 있던 소리들이 마치 의사가 청진기를 대었을 때처럼 우리들의 귓속으로 똑똑히 들려올 것이다. 감기에 걸리면, 그리고 방 안에 홀로 누워 있으면 갑작스레 예민해지는 청각.

거리를 거닐 때, 직장에서 때 묻은 서류를 넘기고 있을 때, 많은 사람들과 악수를 하기도 하고 눈을 흘기기도 하고 의미 없는 손짓과 함께 말을 주고받을 때, 그럴 때는 결코 들을 수 없었던 소리들이 그 방 속으로 스며들어온다.

새들이, 참새들이 나뭇가지 위로 옮겨다니는 그 부드러운 날갯짓 소리와 비밀처럼 내리고 있는 눈발 소리와 두꺼운 얼음장 밑을 흘러가는 강물 소리 같은 것을 들을 수 있다.

창문 틈으로 새어들어오는 바람들이 북쪽의 많은 도시들을, 눈과 얼음에 묻힌 시베리아의 대지들을, 낯선 산 이름과 그 많은 강 이름들을 거쳐온 길고 긴 겨울의 이야기를 듣는다.

아니다.
그런 소리들이 아니다.
옛날에, 아주 옛날에 잊어버렸던 음성들, 사라져버린 시간과 함께 다시는 돌아올 수 없는 옛사람들의 먼 음성들을 다시 듣는다.

슬픈 음성도, 분노의 음성도, 섭섭하고 부드럽고 안타깝고 야속하고, 그렇게 우리들의 삶 속을 흘러갔던 그 음성들이 후회의 한숨처럼 다시 울려온다.

이미 세상을 떠난 사람의 음성도 있고, 헤어져버린 사람, 의절의 편지와 함께 다시는 돌아오지 않는 사람, 사소한 오해로 이제는 인사조차 하지 않게 된 친구들.

그리고 이미 아기 엄마가 돼버린 연인들의 목소리가 있다.

아니다.

그런 소리들도 아니다.

감기 때문에 최초로 체험했던 그 자유의 목소리를 듣는다.

38도의 하얀 수은주(체온계는 인간의 고독을 재는 유일한 자이다) 속에서 우리는 인간의 자유가 얼마나 두렵고 불안한 것인가를, 그러면서도 또 얼마나 즐거운 것인가를 배웠다.

출석부 안의 내 이름에 하나의 사선이 그어질 것이다.

결석한 자리, 내 의자와 내 책상은 비어 있을 것이다. 감기는 이등변삼각형보다도 더 엄격한 교실 속의 질서에서, 시간표의 질서에서, 식장에서 입는 그 닳고 닳은 교장 선생님의 검은 모닝코트와 흰 장갑의 질서에서 나를 해방시켜준 자유의 목소리였다.

떨리는 부름 소리였다.

범죄자의 소리와도 같고, 붉은 혓바닥을 가지고 이브를 꾀어낸 그 뱀의 소리와도 같은 결석의 꿈. 내가 앉아 있지 않은 교실 속의 빈 의자와도 같은 인생의 공터로, 감기는 우리의 손목을 끌고 간다.

누구든 어린 시절에 감기에 걸리면 결석을 하고, 그 결석의 날들은 질서에서 벗어난 불안과 자유를 귀엣말로 몰래 가르쳐준다.

우리는 이렇게 감기를 앓으면서 자유의 목소리와 최초의 인사를 나눈다.

감기의 신열은, 체온계의 숫자는 우리들에게 하나의 삶의 흔들림을, 빈 의자의 공허를, 이름이 등록된 출석부의 사선, 지우개 같은 것으로는 결코 지울 수 없는 그 사선의 의미를 가르쳐준다.

그런 흔들림이 있기에 우리는 아직도 공장이나 서류나 통계표나 규격이 똑같은 IBM 카드나 제복이나 절망적일 정도로 정확한 법조목의 문자들로부터 나 자신을 도피시킬 수 있는 삶의 부름 소리를, 그 유혹을 들을 수 있는 것이다.

그러나 아니다.

그 목소리가 아니다.

그 소리는 자신의 몸 깊숙이 숨겨져 있는 고요한 내부의 음성이다. 자유라고 이름 지을 수조차 없는 생명의 소리, 우리가 듣고 있는 것은 보통 때는 느낄 수 없었던 심장의 고동소리이며, 손목에서 뛰는 맥박소리이며, 관자놀이가 움직이는 신경의 소리이다.

그리고 기침소리이다.

폐부를 울리는 기침소리이다. 아무리 정교한 엑스레이 사진도 기침소리만큼 그렇게 선명하게 우리들 자신의 폐부를 찍을 수는 없을 것이다. 기침소리와 두근거리는 자신의 맥박소리를 통해서 우리는 붉은 피가 묻어 있는 자기 내부의 폐부와 심장의 크기를 확인한다.

거울을 통해서 자신의 얼굴을 마주 보듯이, 기침소리를 통해서 나는 내 생명과 대면한다. 겨울의 차가운 공기 속에서 기침소리가, 핏방울과 같은 기침소리가, 여기 하나의 생명이 있다고, 숨쉬고 꿈틀거리고 저항하고 있다고, 생명을 가로막는 온갖 장벽을 뚫고 외치는 소리가 들려온다.

소리가 아니다. 그것은 소리가 아니다.

그런 모든 소리는 하나의 손이 되어 우리의 이마를 짚는다. 이마를 짚는 손, 우리는 그 손을 기억한다.

어렸을 때도, 어른이 된 후에도, 모든 감각이 창문을 닫듯 유폐되어버린 노인이 된 그날에도 우리는 이마를 짚는 손을 잊을 수 없을 것이다. 만약 당신이 감기에 걸려 방 안에 누웠던 경험이 있다면, 이마를 짚던 그 손의 의미도 이미 느껴봤을 것이다.

그것은 어머니의 손일 수도 있고,

연인의 손일 수도 있고,

아내의 손일 수도 있고,

친구들이나 혹은 조그만 자기 아들의 손일 수도 있다.

나는 나 자신의 신열을 느낄 수가 없다.

가장 분명한 병까지도 자기 힘만으로는, 그 인식만으로는 잡아낼 수가 없다. 타인들의 손이 내 이마를 짚어줄 때의 그 촉감을 통해서만, 선뜻한 타인의 체온을 통해서만 자기 자신의 열을 비로소 확인한다.

아, 이마를 짚는 손

장갑을 벗은 맨손

그것은 타인의 손이면서도 이미 타인의 것이 아니다.

대체 머리맡에 앉아 이마를 짚고 있는 사람은 누구인가.

이마에 와닿는 그 손, 어머니와 아내의 그 손은, 아니 그 건강한 손들은 내 감기를 대신 앓아줄 수 없는 멀고 먼 이방인과 다름없는 손들 중 하나에 지나지 않는다.

그들의 몸에서는 차가운 바깥 공기가 풍겨나고 있었다. 조금 전까지만 해도 그들은 내 곁에 있지 않고 건강한 생활 이야기들을 주고받던 사람들이다. 그러나 그 손이 이마에 닿을 때, 거기에서 나는 나 스스로 신열을 느낀다.

어렴풋한 황혼의 빛 속에서 어둠과 밝음을 나눌 줄 알고 5월의 바람 속에서 사라져가는 봄과 다가오는 여름의 의미를 분간할 줄 아는 사람일지라도 이마를 짚는 그 손과 나 자신의 한계를 뚜렷하게 가를 수는 없을 것이다.

이 손들이 줄곧 우리를 따라다니고 있다.

환자들처럼, 감기에 걸린 환자들처럼 자신의 삶을 살고 있는 사람들은 이마를 짚는 손을 그리워한다. 타인의 손을 구하는 것이 아니라, 생존하는 자신의 열기를 인식하기 위해서 우리는 삶의 머리맡에 남들이 조용히 참석해주기를 바란다. 그리고 그 싸늘한 손이 이마와 눈과 입술과 가슴속에 와닿기를 기대한다. 그 손의 차가움은 곧 내 이마의 뜨거움이다. 내 입술의 뜨거움은 곧 설목雪木의 가지와도 같은 차가운 그 손가락들이다.

그 접촉의 사이에 너와 내가 착석하는 존재의 빈자리가 있다.

너의 건강과 나의 병

너의 냉기와 나의 열기

너의 바깥과 나의 방

그 모순되는 반대어들이 하나의 동의어가 되어 서로 끌어안는 기적의 회랑이 있다.

감기는 이마를 짚는 손이다.

존재의 빈터이다.

환상의 회랑이다.

감기 바이러스는 용서의 언어, 화해의 언어, 침잠의 언어, 후회의 언어, 자유의 언어이다. 아무리 아름다운 시의 언어도, 또 아무리 깊이 있는 사색(철학)의 언어도 우리들의 혈관이나 뼛속으로 스며드는 감기 바이러스처럼 온몸 속에서 꿈틀거리지는 않을 것이다.

감기의 그 미세한 세균들은 온 육체와 그 신경 속에 침잠하여 잃어버린 나를, 사라져버린 시간들을, 헤어진 이웃들을 다시 불러들인다.

어떤 의학자도, 어떤 약품도 인간의 감기를 완전히 치료할 수는 없다. 인생이 우리에게 남아 있는 한, 감기도 또한 우리 곁에 있다.

때때로 우리는 감기의 함정에 빠질 것이다. 누구는 글을 쓰다가, 누구는 사랑을 하다가, 누구는 지폐장을 세다가, 누구는 정치를 하다가, 기계를 만지다가, 총기를 닦다가 이 감기의 함정에 빠질 것이다.

그리고 땀을 흘리고 기침을 하고 이마를 짚는 그 손들과 만나게 될 것이다.

거기에서 잊었던 벌판들을, 생존의 고향들을 다시 찾게 되리라. 낡은 앨범을 넘기며 사라져간 인간들의 얼굴을 기억해내듯이, 기침소리 속에서 잊었던 자신의 폐부와 심장의 존재를 확인할 것이다. 타인들과 내가 만나는 자리를 확인할 것이다. 결석한 빈자리의 공허한 여백을 확인할 것이다.

　새들이 잔가지 위로 옮아앉는 날갯짓 소리를

　많은 도시의 굴뚝을 스쳐 지나온 겨울의 바람소리를

　몰래 내려앉는 소리를…….

　"그것은 당신의 오해였습니다."

　"정말 이것이 마지막인가요?"

　"언젠가 또 만나게 되겠지요."

　"그렇게 성난 얼굴로 보지 마십시오."

　이런 마지막 말들의 목소리를, 그 의미를 듣게 될 것이다.

　근육 깊숙이 숨겨져 있던, 비계 속에 숨겨져 있던, 맥박의 울림 속에서 상실한 많은 소리들을 들을 수 있을 것이다.

　감기란 병이 없었더라면 이 세상은 훨씬 더 황량해졌을 것이다.

　감기 바이러스는 존재의 고향에서 멀어지려는, 타인들의 손에서 떨어지려는, 온갖 소리에서 도피하려는 우리들 역사의 냉랭한 병을 치료하는 역설의 아스피린이다.

　내가 또 감기에 걸리면 가장 부드러운 융으로 만든 내의를 한 벌 지어 입을 것이다.

　캐시밀론 같은 이불이라면 더욱 좋다. 그런 가벼운 이불을 덮을 것이다.

　머리맡에는 빨간 서너 알의 사과, 아니면 못 먹는 유자나 석류

같은 것을 놓아두리라. 그리고 이마를 짚는 손이 누구의 것이든 상관하지 않겠다.

아무리 밉고 덤덤하고 귀찮은 사람일지라도 그 손이 열에 들뜬 내 이마를 짚는 선뜻한 촉감에 감사하리라. 눈을 감고 내 심장의 두근거리는 소리를 들으며, 내가 아직도 이 눈에 뒤덮인 벌판의 한 지역에 살아 있음을 나사로가 부활한 그 기쁨으로 맞이할 것이다. 해열제를 준비하듯 이웃 사람들과 새로운 아침 인사를 준비해야 할 것이다.

그때, 아무리 선생님이 위엄 있는 목소리로 내 이름을 부른다 해도 교실 속의 빈 의자, 내가 결석한 그 자리에서는 대답이 없을 것이다.

그러다가 지루한 겨울이 지나고 감기의 기침소리가 멈추는 새로운 계절이 되면 나는 건강한 몸으로 외출을 할 것이다.

이제는 좀 더 따뜻하게, 좀 더 부드럽게 타인과 악수를 할 것이고, 어느 제과점이나 다방에 들러 슈크림 빵이 아니면 따끈한 커피 한 잔 마셔야 할 것이다. 한약 냄새 같은 온돌방을 빠져나와 페이브먼트pavement가 잘된 도시의 거리를 걷겠다.

낯선 사람들 사이에 끼어 시끄러운 자동차 경적소리들을 경쾌한 휘파람 소리로 지워버리겠다.

그리고 말할 것이다.

"만약 이 세상에 태어나서 한 번도 감기에 걸린 적이 없는 사람이 있다면 나는 악수도, 차 한 잔도 사양하겠다. 그리고 결코 내 대문의 빗장 같은 것은 열어주지 않겠다."

그리고 또 말할 것이다.

"당신의 손은 내 이마를 짚는 손, 당신의 손이 장독처럼 펄펄 끓는 괴로운 내 이마를 짚어줄 때, 비로소 나는 당신의 눈 속에 비친 내 얼굴을 보았노라."

겨울에 잃어버린 것들 1

겨울에 바람이 부는 냇둑에서, 온 나목들이 떨고 있는 언덕 위에서, 우리들은 이따금 언 손을 비비며 떨고 서 있는 마을 아이들을 본다.

그들은 왜 거기에 서 있는가?

주전자에서 물이 끓어오르는 따뜻한 화롯가의 평화를 거부하고 왜 그들은 지금 그곳에서 떨고 있는가?

아니다. 우리는 그 이유를 묻지 않는다.

차가운 하늘에, 까치집만이 남아 있는 썰렁한 나뭇가지들 위에, 그리고 눈에 뒤덮여 번득이는 저 산골짜기 위에 아이들의 연이 날고 있는 것을 보고 있기 때문이다.

아무리 추운 겨울날에도 연이 떠 있는 겨울은 솜옷처럼 따뜻하다.

그 하늘은 가을 하늘보다도 더 높다.

그러나 웬일인가?

연들을 볼 때마다 나는 어떤 아픔 같은 것을 느낀다. 울음과도 비슷한 것을, 이미 어른들끼리는 서로 말할 수도 없고 이해하기조차 힘든 어린아이들의 상처 같은 것을 생각하게 된다.

그것은 겨울 하늘을 바라다보면서 울고 서 있는 한 소년의 모습이다. 소년은 아직도 빈 연자새를 두 손으로 꼭 움켜잡고 있지만, 연줄은 끊어져서 땅 위에 늘어져 있다.

연은 이미 하늘에 있지 않다. 실이 끊긴 연은 멀리, 아주 멀리 사라져버렸거나, 어느 마른 나뭇가지 아니면 고압선 철골 위에 감겨 있는 것이다.

나는 그런 소년들의 얼굴을 잘 알고 있다. 그들이 지금 무엇을 바라보는지를, 무엇을 찾고 무엇을 아쉬워하는지를 알고 있다. 누구나 지연紙鳶을 바람 속에 날려버리고 난 뒤에야 어른이 되는 법이다.

그들의 손에서 사라진 것은 연이 아니라 하나의 꿈이었으며, 비상의 의지였다. 그것들이 어떻게 해서 겨울바람 속에서 끊어져버렸는지를 그리고 또 어떻게 돌아오지 않고 사라져버렸는지를 그들은 안다.

끊어진 것은 연줄이 아니었다. 하늘의 구름과 땅의 흙을 이어주고 있는 것들, 우주의 공간과 나를 이어주고 있는 것들, 지평선 너머 참으로 먼 그 세계들과 바람 부는 이 언덕을 이어주고 있는 것들, 어머니와 나를, 제사 때 이야기로만 듣던 그러나 사진조차 구경할 수 없는 먼 조상들의 체온과 나를 이어주고 있는 것들, 이 웃 친구와 강아지, 토끼, 노루, 사슴, 참새, 눈 속에서도 파랗게 자 라는 이상한 풀들, 강가의 조약돌, 가시 위에서도 피는 꽃들.

이런 모든 것들을 이어주고 있는 실이다.

연을 쫓아가다가, 소름이 돋듯 까칠한 그 겨울 하늘로 날아가 버린 연을 쫓아가다가 눈물을 흘리고 돌아오는 소년들을 우리는 본다.

우리는 겨울을 보고 있는 것이다.

이 삶에 있어서 최초로 겨울의 의미를 깨닫게 된 그날 우리는 어느 검은 나뭇가지엔가, 바람소리를 내고 있는 어느 전봇대엔가 한 조각의 지연이 얽혀 있는 모습을 본다.

그 연들이 눈보라 속에서 찢기어가고, 자꾸 퇴색해가고, 앙상 한 뼈만 남은 채로 사그라져갈수록 봄은 한 발짝씩 그 바람 부는 언덕을 향해서 온다.

하지만 노신魯迅처럼 우리는 끝내 그 소년들의 실의를 풀어줄 수는 없을 것이다. 노신은 연을 좋아하는 동생이 싫었다고 했다. 그래서 어린 시절 언젠가 동생이 만든 연을 빼앗아 짓밟은 적이 있었다고 한다.

그리고 세월이 흐른 뒤, 그때 그가 저지른 소행이 유년 시절의 정신에 대한 하나의 학살이었다는 사실을 깨닫게 된다.

아이들에게 있어 장난감이, 그리고 연이 천사와도 같은 존재라는 사실은 20년이 지난 후에야 깨달았다.

그러나 노신도, 우리들 자신도, 유년 시절의 정신을 학살했던 그 많은 다른 범죄자들도 그것을 보상하기 위해서 그들에게 다시 새 연을 만들어준다. 그리고 그 겨울의 높은 언덕으로 같이 뛰어갈 것이다. 추위로 빨갛게 얼어붙은 고사리 같은 아우의 손에 연자새를 들려주어야 한다. 그리고 벌판을 건너가는 바람소리를 들어야 한다. 같이 뛰고, 같이 웃고, 그 바람 속에서 외쳐야 한다.

"우리들의 연을 띄우자……."

그러나 늦었다. 벌써 20년이나 지났다. 부서진 연을 멍하니 쳐다보고 있던 그 아이들도, 그 연을 짓밟던 사람들도 이젠 모두 다 턱에 수염터가 잡힌 어른이 되었다.

연을 띄우기엔 우리들은 너무나도 많은 나이를 먹었다. 그 방법으로 연을 상실한 아이들을, 그들의 아픈 마음을 보상해줄 수는 없을 것이다.

그렇다. 다시 그들의 손에 새 연을 띄우도록 해줄 수는 없다. 다만 우리에겐 용서를 빈다는 또 다른 방법이 남아 있다. 노신도 그때의 일을 사과하기 위해서 아우를 찾아간 적이 있다고 증언했다. 정말 우리는 묵은 기억들을 되찾아 위로해주어야만 한다. '그때 일을 용서해달라'고.

하지만 지금 만나는 그 얼굴들은 모두 생활하는 괴로움으로 주름살이 잡혀 있고, 이지러진 그 입술은 어렸을 때처럼 그렇게 웃지는 않을 것이다.

날아가버린 연들처럼, 어느 나목엔가, 어느 전봇대엔가 얽혀서 사그라져버린 그 연들처럼, 그리고 싸늘한 흙바닥에 짓밟혀서 찢겨버린 그 연들처럼, 어렸을 때의 그 아픈 기억 역시 아주 그들 곁을 떠나버린 것이다.

그들은 노신의 동생처럼 놀란 얼굴로 이렇게 말할 것이다.

"그래요? 그런 일이 있었던가요?"

기억이 없으니 남을 용서해줄 수도 없다. 우리는 누구에게 사죄를 할 것인가? 사죄를 해도 그 말을 듣고 용서해줄 사람이 우리 곁에는 없는 것이다.

그러나 지금도 그때 그 마을 언덕에 오르면 겨울 하늘에 연들이 날고 있다. 어린아이들은 지금도 그 후회와 좌절의 연들을 오들오들 떨면서 날리고 있는 것이다. 연을 날리며 외치는 아이들의 목소리들이 얼어붙은 강줄기를 타고 잿빛 하늘로 사라지는 것을 우리는 들을 수 있을 것이다.

그러다가 연실이 끊어지는 것을 볼 것이다.

그리고 우리는 바람 속에 표류하고 있는 연들을 뒤쫓는 발소리를, 미끄러운 겨울길로 비틀거리며 뛰어가는 아이들의 발소리를 또다시 듣게 될 것이다.

겨울은 그렇게 사라져간다, 하나의 연이 날아오르듯.

그렇게 우리들의 겨울은 파랗게 얼어붙은 물굽이를 지나서

검고 하얀 벌판을 지나서

움직이지 않는 잿빛 구름을 지나서

기침을 하듯 시들어가는 겨울의 작은 태양을 향해서

그 연들이 영영 자취를 감춰버린 허공 속으로 겨울의 우수는 꺼져가는 것이다.

그리고 이제 나는 알 것 같다.

노신의 후회를 알 것 같다. 유년 시절의 그 정신을 학살한 겨울 바람의 풍속을 알 수 있을 것 같다. 어째서 아이들은 주전자 물이 끓어오르고 있는 따스한 화롯가를 떠나서 찬 바람이 부는 언덕을 찾아가는지 알게 될 것이다.

연은 지상을 떠나려 한다. 초록들이 죽어버린 흑색의 땅을 떠나서 바람처럼 저 언덕을 넘어가려고 한다. 그러나 연자새의 실들은 그것을 도망가지 못하도록, 고드름이 깔린 차가운 이 땅 위에서 사라지지 않도록 잡아매두려 한다.

나는 이제 말할 수 있을 것 같다.

하늘을 향해 솟아오르는 마음과 거꾸로 땅에 집념하고 지층 속 깊이 파고드는 마음, 그 두 마음 사이에 팽팽한 생명의 실이 쳐지는 그 연의 의미를.

그러나 끝내 그것이 끊기고 차가운 허공만이 남는 그 이유를. 맨발로 서서 절망에 찬 눈으로 허공을 응시하는 우리 소년들의

마음을. 나는 지금 모든 것을 말할 수 있을 것 같다.

위로하지 못하리라.

누구도 겨울에, 그 추운 겨울에 잃어버린 어린 마음의 좌절을 위로하지는 못하리라. 나뭇가지 위에 얽힌 그 연들을 누구도 풀어주지 못하리라. 끊어진 그 실들을 누구도 다시 잇지는 못하리라.

때때로 볼 것이다.

겨울이면 언덕 위에서 연을 날리고 있는 아이들의 모습. 거기서 우리들의 잊어버린 겨울을, 고통과 좌절의 미끄러운 겨울을 볼 것이다.

나목에 걸린 아이들의 연이 앙상한 댓가지만 남게 될 때, 얼었던 강이 풀리고 푸른 새싹이 움트는 봄이 다시 돌아오리라.

그러나 옛날처럼 봄은 따스하고 그렇게 즐겁지 않다는 것을 소년들은 알게 되리라. 다시는 옛날처럼 봄의 감동은 돌아오지 않을 것이다. 손바닥만 한 꽃들이 피고 아지랑이가 북새를 떠는 봄의 벌판을 옛날처럼 소년들은 놀란 눈으로 바라보지는 않을 것이다.

겨울에 잃어버린 것들 2

나는 한 남자를 알고 있다. 그러나 굳이 그의 이름을 밝히지 않겠다. 그 남자에게 하나의 고유명사를 붙인다는 것은 아무 의미도 없기 때문이다.

조그만 한 컷의 삽화. 우리가 그에 대해서 알고 싶은 것은 바로 그런 한 컷의 삽화다.

그 남자는 언제 보아도 가난하다. 그런데도 그가 언제나 부자인 것처럼 느껴지는 이유를 나는 알 수 없다. 그의 일생은 아주 어린 시절, 변변히 자기 이름도 쓸 수 없었던 그런 어린 시절, 어느 겨울날 아침에 선물을 받았다.

그는 겨울에 아버지로부터 값비싼 털모자를 선물로 받았다. 그 모자가 데이비드 크로켓이 쓰고 다녔던 것 같은 수달피 가죽의 털모자였는지, 그렇지 않으면 하얀 방울술이 달린 산타클로스의 모자였는지, 또 그렇지 않으면 셀룰로이드 안경이 달린 파일럿 모자였는지는 확실치 않다. 분명한 것은, 시골에선 아주 보기 드문 모자, 서울 백화점에서 산 값비싼 겨울 털모자라는 사실이다. 그리고 그가 어느 겨울날 아침 이 모자를 자랑하려고 밖에 나갔다가 일생을 지배하는 그 사건을 저지르고 말았다는 사실이다.

얼음이 깔린 마을의 공터에 아이들이 모여서 팽이를 치고 있었다. 시골에서 자란 사람이라면 그들의 팽이가 어떻게 생겼으며 또 어떻게 만들어졌는가를 잘 알고 있을 것이다. 시골 아이들은 장난감 가게에서 팽이를 사지 않는다. 돈이 없다는 이유만이 아니라, 시골 아이들은 팽이를 만드는 재미를 잘 알고 있는 까닭이다. 산에서 팔뚝만 한 나뭇가지를 잘라다가 배추 밑동을 깎듯이 낫으로 깎아 원추형을 만든다. 그리고 뾰족하게 깎은 팽이 끝에, 부서진 자전거에서 빼낸 쇠구슬(베어링)을 박는다. 그것을 구할 수 없으면 못을 박기도 한다. 이렇게 해서 만든 팽이에 손때가 묻고 길이 들면, 무슨 신경을 가진 곤충처럼 그것은 부드러운 날개 소리를 내며 도는 것이다.

똑같이 기계로 깎은 팽이가 아니기 때문에 그 모양도 가지각색이고, 도는 시간도 또한 제각각이다.

아이들은 이 팽이를 가지고 시합을 한다. 그래서 가장 오래 돌고 힘이 세고 또 가장 길이 잘 든 팽이를 가진 아이는 마을의 영웅이 된다.

털모자를 쓴 아이는 지주의 아들이었다. 으레 팽이는 장난감 가게에서 사오게 마련이었다. 그애는 다른 아이들처럼 나무를 어떻게 찍어야 하고 낫질을 어떻게 해야 하는지를 모른다. 다른 아이들처럼 그애는 나무 팽이를 만들지 못한다.

나는 그 남자의 비극을 알고 있다. 그 겨울날 아침에 일어난 사건을, 그 운명과도 같은 사건을 나는 알고 있다. 털모자를 쓴 아이는 그 마을에서 제일 잘 도는 팽이를 갖고 싶었고, 가난한 소작인의 아이들은 포근하고 멋진 그 털모자를 부러워했다. 겨울이었다. 나무도 창문도 강물도, 모든 것이 얼어붙어 꼼짝도 않는 겨울이었던 것이다. 그날 아침에 요술사의 채찍 같은 팽이채가 침묵의 얼어붙은 허공을 가르고 울리면 팽이가 도는 것이다. 얼음판 위에서 무슨 신경을 가진 곤충처럼 팽이가, 그리고 모든 것들이 도는 것이다.

털모자를 쓴 아이는 황홀한 눈으로 그것을 바라보고 있었다. 이러한 경우, 사건이 어떻게 전개됐을지를 짐작하기는 어렵지 않다. 그는 드디어 그 팽이와 값비싼 모자를 바꿔버리고 만 것이다. 그것이 수달피 가죽 같은 값비싼 가죽이었다 해도, 도는 그 팽이만큼 겨울 추위를 잊게 할 수는 없었다. 그는 조금도, 팽이보다 털 모자가 더 귀중한 것이라고는 생각지 않았다. 그것이 더 값비싸다거나, 그런 모자를 살 만한 돈이면 시골 아이들이 깎아서 만든 그 따위 팽이쯤은 수백 개를 사고도 남을 수 있다는 것을 그는 생각하지 않았다.

다만, 겨울 아침 햇살에 번쩍이는 빙판 위에서 도는 팽이만이 그에게는 즐겁고 소중하고 자랑스러웠던 것이다. 움직이는 것, 겨울의 그 침묵에서 움직이는 것…….

그 사건이 그의 아버지를 노하게 만들고 실망케 했다.

그는 많은 땅을 상속받아야 할 맏아들이었다. 조상 대대로 물려받은 그 재산을 지키고 늘려야 할 장손이었던 것이다. 그런 아이가 실없이 값비싼 털모자와 팽이를 바꾸고 집으로 돌아왔을 때, 그의 아버지와 집안 식구들은 모자 하나를 잃은 것으로 생각지 않았다.

그날 그는 심한 매를 맞았고, 아궁이의 장작불 속에서 그의 팽이채와 박달나무 팽이는 재가 되었다. 눈물 자국처럼 재가 되었다. 그 뒤에도 놀림을 당하고, 유산을 탕진한 탕아처럼 경계를 받았다. 그 겨울날 아침부터 시작된 추위는 봄을 열 번이나 스무 번이나 맞이했어도 풀리지 않았다.

털모자와 팽이를 바꾸었듯이, 그는 일생을 그렇게 살 수밖에 없었다. 그는 기름진 많은 땅을 휴지나 다름없는 원고지와 바꾸었다. 땅을 탕진한 지주의 아들은 시인이 되려고 했던 것이다.

그리고 그는 많은 집과 많은 가구들을, 한 번 울렸다 영원히 사라지는 하나의 소리와 바꿔버렸다. 그는 음악가가 되려고 했던 것이다.

그는 화수분 단지처럼 하얀 쌀이 쏟아지는 정미소를 팔아서, 허공 속에서 외치고 발을 구르고 웃고 눈물을 흘리는 몇 시간의 열정을 사려고 했다. 그는 연극배우가 되어 무대 위에서 살려고 했던 것이다.

털모자와 팽이를 바꾼 어느 겨울날 아침 햇살은 평생을 두고 그의 뒤를 따라다닌다.

털모자는, 탐욕스럽고 기름기 많으며 목이 굵고 광대뼈가 나온 그 많은 사람들의 때 묻은 손으로 넘어갔다. 그 대신 그의 손에서는, 하찮은 나무 조각일망정 무슨 신경을 가진 곤충처럼 끝없이 하나의 팽이가 돌고 있었다. 그는 시인도 음악가도 무대 배우도 되지는 못하였다.

한 줄의 아름다운 시, 흐느끼는 한 가락의 선을, 폭발하고 타오르고 맞부딪치는 한 장면의 몸짓.

끝내 그런 팽이들은 얼어붙은 겨울의 땅, 그 미끄러운 삶의 땅 위에서 돌지는 못했다. 언제나 박달나무 팽이는 하나의 불꽃으로, 연기로 그리고 재가 돼버렸다.

그는 털모자를 잃은 것뿐이었다.

데이비드 크로켓이 쓰던 수달피 가죽 같은 털모자였는지, 하얀 방울술이 달린 산타클로스의 모자였는지, 혹은 셀룰로이드 안경이 달린 파일럿 모자였는지, 그 남자도 우리도 지금은 기억할 수 없다.

다만, 그는 값비싼 모자를 팽이 때문에 잃은 것이다.

한 생애를 잃은 것이다. 그의 혈족을, 재산을, 집을, 땅을 잃었다.

그러나 나는 그 남자가 언제나 가난하면서도 또 무엇인가를 들고, 털모자 같은 것을 들고 팽이와 바꾸려고 두리번거리면서 도시의 겨울 골목을 지나는 것을 본다. 술집의 창문들에서 하나씩 불이 꺼져가고 있는 겨울밤의 골목길을 그는 서성거리면서, 불타버린 잿더미를 들추고 하나의 팽이채와 박달나무 팽이를 끄집어내려고 한다.

그러다가 언젠가 빛나는 겨울 아침에 그는 채찍을 다시 한 번 내리칠 것이고, 팽이는 곤충의 날갯짓 소리처럼 이상한 소리를 내며 돌 것이다.

그리고 정말 겨울이, 그 추운 겨울이 끝없이 그의 발밑에서 돌고 있는 것을 우리는 볼 것이다.

진주의 변주곡

차라리 보석이라는 것이 없었더라면 우리의 연인들은 좀 더 행복했을지도 모른다. 원시의 벌판에서 맨발로 뛰노는 야만스러운 여인들처럼 그들은 다만 몇 개의 아름다운 꽃만으로 자신들의 몸을 장식할 수 있었을 것이다.

그들은 불평을 모른다. 지금도 가난한 여인들은 보석이 아니라 꽃으로 목걸이를 만든다. 가슴의 브로치나 손목의 팔찌를 만들 줄 안다. 결코 그 빛과 향기는 하루 이상 행복을 주지 않을 것이지만, 그들의 액세서리는 생명의 환희 같은 것을 지니고 있다. 그것들은 시들 수 있기 때문에 더욱 귀중하다. 시드는 액세서리야말로 가장 생명적인 사치품이 아니겠는가.

그러나 사람들은 시들지 않는 꽃을 구하려고 한다. 영원히 그들의 머리카락에서, 부푼 가슴 위에서, 하얀 목과 손가락에서 변색하지 않을 하나의 꽃을 바라고 있다. 그렇기 때문에 사람들은 보석을 발견하고 말았다.

보석은 시들지 않는 꽃, 퇴색하지 않는 꽃, 얼어붙어버린 꽃이다. 하지만 그것은 꽃의 미라에 지나지 않는다. 가짜 보석이 진짜 보석의 모조품이라면, 진짜 보석은 꽃의 이미테이션imitation에 지나지 않는 가짜 꽃이다.

어떤 순수한 보석일지라도, 그것이 들판이 아니라 쇼윈도에 진열되어 있는 한, 자연의 모조품에 지나지 않는다. 보석에는 계절도 없으며, 피고 지는 생명의 변화도 없다. 변화가 있다면 그 보석을 지닌 자, 즉 소유자가 바뀐다는 것뿐이다. 한때 그것으로 장식했던 육체들이 점차 시들고 병들고 부패되어간다는 그 변화뿐이다.

옛날의 제왕들은 이제 한 줌의 흙으로 변했으나, 그들의 머리에서 빛나던 왕관의 보석은 옛날 영광 그대로 번득이고 있다. 이 죽지 않는 꽃은 인간을 더욱 고독하게 만든다. 보석은 이 지상에서 가장 고독한 우수의 꽃인 것이다.

보석의 고독.

사파이어에는 영원히 흐릴 수 없는 하늘의 고독이 있고, 루비에는 타오르고 또 타오르지만 아무것도 태울 수 없는 불꽃의 고독이 있고, 토파즈에는 안개 핀 저녁의 어둠, 더 짙어질 수도 없고 더 밝아질 수도 없는 저녁 어둠이 지닌 고독이 있다. 다이아몬드는 이슬처럼 번득이지만, 거기에는 영원한 아침이 있을 뿐이다.

시간에서 소외돼버린 꽃들의 순수성이야말로 보석들의 고독이다. 그러나 그것들과는 다른 생명적인 하나의 보석에 대해서 나는 말하고 싶다.

나는 다이아몬드가 숯검정과 똑같은 탄소동위체라는 사실을 알고 얼마나 절망했는지 모른다. 어떤 아침 이슬보다도 더 찬란하고 어떤 백합보다도 순결한 그 다이아몬드가 하나의 오래된 숯에 지나지 않는다는 사실은 분명 서글픈 아이러니가 아닐 수 없다.

그처럼 귀족적인 다이아몬드의 고향이 실은 천하고 더럽고 검은 숯검정에 지나지 않는다는 사실에서 우리는 무엇을 연상할 수 있을까?

백작 부인이 된 창녀, 벼락부자가 된 넝마주이, 그리고 하루아침에 권력자로 둔갑해버린 폭력자, 메이크업을 하고 스크린에 나타난 인기 배우와 같은 존재들. 허망한 변조된 얼굴의 역사이다.

그러나 진주의 과거는 우리를 신비스러운 생명의 세계로 이끌어 간다. 한 알의 진주 속에는 병과, 그리고 생명의 투쟁, 그 아픔의 결정이 숨어 있기 때문이다.

우리가 들어온 것처럼 진주는 병든 굴과 조개에서 생긴다. 트레마토드라는 작은 열대성 흡충류나 그 밖의 어떤 이분자異分子들이 굴과 조개의 체내로 침입해 들어왔을 때, 굴과 조개는 그 병을 막기 위해 분비물을 배출한다는 것이다.

생명을 지키기 위한 그 싸움 속에서, 그 아픔 속에서, 그 부패 속에서 도리어 번득이는 하나의 진주알이 결정된다.

그렇다.

진주는 땅속에서 캐낸 돌이 아니다. 죽어버린 그 돌의 광채가 아니라, 그것의 고향은 하나의 생명이었다. 그리고 그 생명의 병이 아름다운 광채로 변신되어버린 기적이다.

병든 생명 없이 진주는 탄생되지 않는다.

그러므로 진주의 아름다움은 우리들에게 생명의 한 변주곡을 들려준다. 어떻게 해서 병든 생명이나 그 고통을 하나의 광채의 덩어리로 만들 수 있는가 하는 그 결정 작용의 비밀을 침묵의 언어로 속삭인다.

우리들도 지금 어느 깊숙한 삶의 물결 속에서 트레마토드, 생명의 체내로 침입해 들어오는 온갖 고뇌의 벌레들인 그 트레마토드와 싸우고 있다. 이 불행, 이 비극, 이 두려운 침입들 없이 우리는 어떻게 삶의 진주를 얻을 수 있겠는가?

마치 한 개의 조개처럼 진주충의 분비물로 고뇌의 침입자들을 포위해버릴 수 있을 때만이, 우리들의 불행한 생명도 하나의 결정 작용을 이루는 것이다.

그리고 삶의 아픔과 그 부패가 진주와 같은 영롱한 빛을 띠는 창조의 비밀을 가르쳐준다.

그래서 사람들은 진주를 눈물이라고 했다.

서양의 신화에서나 동양의 전설에서나, 한결같이 진주는 눈물과 깊은 관계를 맺은 보석으로 그려졌다. 북유럽 신화를 보면 진주는 여신 후리크의 눈물이 결정된 것이라고 전한다. 후리크 여신은 사랑하는 아들 발다를 잃었다. 로키의 흉계로 불의의 죽음을 당한 발다의 영혼을 다시 부활시키기 위해서 비탄에 젖은 후리크는 죽음의 여신 헤라를 찾아갔다. 사랑하는 아들의 생명을 돌려달라고 후리크는 눈물을 흘리며 애원한다.

헤라는, 지상의 모든 것들이 하나도 빠짐없이 발다의 죽음을 슬퍼해 모두 눈물을 흘리며 통곡한다면, 다시 그의 생명을 돌려주겠다고 약속했다.

그래서 신도, 인간도, 산천의 온갖 초목들도 모두 발다의 소생을 위해서 울었다고 했다. 그러나 단 한 사람, 요녀 도크만이 울지 않았다.

우리는 그것을 상상할 수 있다.

사랑하는 자식의 생명을 위해 후리크가 흘린 눈물이 얼마나 뜨겁고 순결했을까를. 끝없이 흐르는 그 눈물은 지상의 온갖 것이 흘렸던 모든 눈물방울보다도 더 크고 깊었을 것이다.

그리고 죽은 영혼을 불러 깨우는 그 지순한 눈물방울이 어떻게 진주가 되지 않을 수 있었겠는가.

"그대가 오늘까지 흘려온 눈물은 번득이는 진주가 돼 다시 돌아오리라."라고 말한 에드워드 4세(셰익스피어의 작품)의 말처럼, 발다의 영혼이 다시 소생하지 않았다면 그 눈물이라도 진주가 돼 돌아왔을 것이다.

중국의 전설에서도 진주는 눈물이었다.

남해에 교인鮫人이라는 인어가 살고 있었는데, 달이나 별이 밝은 그런 밤에는 해안에 서서 자신의 서러운 신세를 생각하며 울었다고 한다. 인어가 울 때마다 그 눈에서는 맑고 고운 눈물(진주)이 바닷속으로 굴러떨어졌다고 한다.

우리는 그 인어의 슬픔이 무엇이었는지 알 수 없다. 그러나 진주 눈물을 흘릴 수 있는 그런 슬픔이라면, 그리고 한밤중에 해안에 홀로 서서 눈물을 흘려야만 했던 그런 슬픔이라면, 그것이 얼마나 순수하고 아름답기까지 한 처절한 비탄이었는가를 짐작할 수 있다.

후리크 여신과 남해 바닷가의 인어가 흘린 눈물만이 진주가 되는 것은 아닐 것이다. 우리들의 슬픔도 또한 그와 같다. 순수한 비탄은, 그 눈물은 진주처럼 아름답게 결정될 것이다. 비극의 순화, 눈물의 전신轉身, 이렇게 해서 삶의 보석은 결정된다. 값진 진주는, 아름다운 진주는 도리어 어둡고 아프고 고통스러운 그 비탄 속에서 영롱한 빛을 얻는다.

삶의 진주를 따기 위해선 지상의 온갖 것을 울려야 한다. 요녀 도크까지도 울려야 한다.

바닷물이 쓸리는 한밤의 암흑 속에서 날이 샐 때까지 남해의 인어를 울려야 한다. 비극을 피하는 그 비극 속에서 눈을 돌리고 그냥 도망치는 것이 아니라, 도리어 그것을 눈물로 씻어 없애는 일이다.

신도 인간도 온갖 초목도 후리크 여신처럼 진주알이 되는 그런 눈물을 흘릴 수만 있다면, 죽은 자의 모든 영혼들이 우리 곁으로 돌아올 것이다.

진주는 달이다. 진주는 빛을 발하면서 또한 은폐한다. 빛에 의하여 또 하나의 빛을 감싼다. 그 내면의 빛에서, 그 반투명의 진주에서 우리는 달을 생각한다. 달을 하늘의 진주라고 부르는 것도 결코 과장된 표현은 아니다.

달이 어둠과 빛을 동시에 간직하고 있듯이, 진주 빛깔은 빛과 어둠의 그 모순된 두 개의 세계를 거느리고 있다. 비유로만 이야기하는 것이 아니다. 진주를 태양빛에 내놓으면 그것은 일시에 광채를 잃는다. 달의 숙명과도 같다. 광명이 사라질 때 비로소 빛날 줄 아는 진주의 운명은, 그리고 그 외로움은 언제나 우울한 어둠을 전제로 하고 있다.

밤의 주민들은 진주의 빛이 무엇인가를 분명히 알고 있다.

모든 창문에서 불이 꺼진다. 온갖 생명의 색채가 암흑의 빛으로 변해가는 시각, 마치 하나의 월광처럼 영혼의 가장 깊숙한 곳에서 우러나오는 광채, 이 내면의 빛은 유리 조각처럼 번득이지 않는다. 자기를 드러내는 빛이 아니라, 자기 내부로 끝없이 스며들어가는 빛이다.

진주의 빛은 이런 영혼의 빛을 띠고 있다. 그것은 밤이슬과도 같이 대낮에는 살 수 없다. 달이, 어둠이 만들어낸 역설의 광채이듯, 어둠이 도리어 빛을 만들어낸 것이 바로 진주의 빛이다. 이 역설과 모순의 빛이 있기에 인간은 절망 속에서 희망을 보고, 비탄 속에서 즐거움을 맛볼 수 있다.

묵묵히 어둠이 우리를 휩쓸 때 비로소 빛날 줄 아는 달의 신비, 진주의 빛처럼 인생을 사는 사람들은 우수의 밭에서 환희의 열매를 따는 농부들이다.

우리는, 안토니오를 위해 베푼 잔치의 자리에서 클레오파트라가 술잔에 진주를 넣어 마셨다는 이야기를 들은 적이 있다. 진주를 술잔에 넣으면 녹아서 분해된다. 진주의 그 결정체와 광택은 한 방울의 술로 변해버리는 것이다.

녹아서 사라지는 보석, 영원할 수 없는 보석은, 계절과 함께 시들어가는 꽃잎처럼 그렇게 사라질 줄 안다.

하나의 보석이, 딱딱한 보석이 광기狂氣가 잠들어 있는 술방울이 되어 형태도 없이 사라질 수 있다는 것은 보석의 영원한 영광을 거부하는 것이다.

우리들 고뇌의 술잔에도 이 아름다운 진주를 넣어라. 그리고 그 빛을 마시고 아픔과 눈물이 굳어버린 슬픔을 다시 녹여라. 그 생명의 술잔을 기울일 때 우리들의 피는 다시 시끄럽게 파동치리라.

바닷물처럼, 진주조개를 흔들어놓던 그 바닷물처럼, 고뇌의 술잔에도, 그 생명의 술잔에도 잔잔한 파도가 일리라.

진주는 우리들의 혈액 속에서 붉은 꽃처럼 맺히고 필 것이다.

어느 여인의 뜨거운 목덜미에서 빛을 발하던 그 진주알들이 이젠 우리들의 핏방울 속에서 그 광택을 침전시킨다. 클레오파트라처럼 값비싼 진주알을 마셔버릴 때, 보석의 그 영광은 우리들의 생활과 함께 끝나버릴 것이다. 생명의 아픔을, 그 눈물을, 그 내면의 빛을 우리들 고뇌의 술잔에 타서 마셔버리면, 그때 우리들의 우수는 차마 뜨거운 인간의 피를 침범하지 못할 것이다.

생명은 부패한다.

생명의 비탄이 그리고 생명의 어둠이 진주처럼 결정結晶되고 그것이 다시 우리의 혈액 속으로, 광기의 술방울로 젖어들어갈 때 우리들은 유쾌한 우수의 사냥꾼이 될 것이다.

길고 긴 탄생

나는 귄터 그라스Gunter Grass를 미워한다.

그는 『양철북Die Blechtrommel』이란 소설에서 자기가 탄생하는 장을 묘사했기 때문이다.

그는 마치 엊저녁의 칵테일 파티 이야기를 하듯이, 어머니 태 속의 양수에 둘러싸여 철벅거리고 물장난을 하다가 바깥세상으로 나오는 자신의 탄생 광경을 세세하게 묘사했다.

이 엄청난 사기술에 나는 질투를 느끼고 있다. 인간 기억의 한 계를 돌파하는 터무니없는 용기에 일종의 패배감을 느끼고 있는 탓일까.

인간의 한평생 가장 중요한 것은 탄생과 사망이다. 삶의 시작과 그 삶의 마지막보다 대체 더 중요한 의미를 갖고 있는 것이 또 어디 있단 말인가.

그런데도 우리는 우리의 탄생을 기억할 수 없고, 우리들 자신의 죽음을 알 수 없다.

이 하나의 사실만으로도 인간은 누구나 자기 삶에 대한 발언권을 박탈당하고 있는 기억 상실자이다.

그러나 귄터 그라스여, 나는 당신처럼 이 세상에 태어날 때 60촉짜리 전등이 켜져 있었는지, 그렇지 않으면 램프 불이나 등잔 불이 펄럭거리고 있었는지는 말할 수 없다. 하지만 내가 내 탄생을 목격했더라도 산실의 묘사 같은 것은 하지 않겠다.

왜냐하면 우리는 이 세상에 한 번 태어나는 것이 아니라, 호적부에 기록되어 있는 하나의 출생일만을 갖고 있는 것이 아니라 무수히, 무수히 탄생되어가고 있다는 것을 알고 있기 때문이다. 인간은 하루에 한 번씩 태어나고, 심할 경우에는 하루에 네 번, 다섯 번씩 태어난다.

우리들의 첫 번째 탄생은 아버지와 어머니, 두 분의 애정 속에서 두 개의 다른 얼굴로 태어난다.

어머니의 사랑은 젖가슴의 부드러움이었고, 아버지의 애정은 수염털의 그 깔끄러움이었다.

어머니는 옷깃을 풀어헤친다. 그리고 우리는 젖가슴의 그 부드러운 세계 속에서 의식의 눈을 뜬다. 그러나 아버지가 아이들을 안고 뺨을 비벼댈 때는 그 우악스러운 애정 표시로 인해 깔끄럽고 따끔따끔한 또 하나의 다른 딱딱한 세계 속에서 자기의 탄생을 바라보는 것이다.

이 두 세계는 이 세상에서 인간이 탄생되는 두 가지 다른 방식의 상징이 된다.

아버지는 언제나 밖에서 안으로 돌아온다. 철길 너머의 낯선 도시로부터 야간 열차를 타고 아버지가 돌아온 때는 백화점의 포장지에 싸인 여러 가지 선물이 머리맡에 놓여진다.

미키 마우스, 번쩍거리는 에나멜 구두, 호화로운 색채의 그림책. 아버지가 밖에서 가지고 온 선물들은 모두 도시와 멀고 먼 바다 건너의 냄새가 난다.

미키 마우스의 고무 냄새도, 걸을 때마다 이상한 소리를 내는 구두 소리도, 그림책의 현란한 색채의 잉크 냄새도, 그것은 모두가 바깥세상에 존재하고 있는 울타리 너머의 것들, 마을 너머의 것들, 그리고 우리가 알아들을 수 없는 말로 이야기하는 사람들이 살고 있는 땅—아버지는 그런 땅으로 우리를 데리고 간다.

그러나 어머니는 울타리 안으로, 방 안으로 우리를 끌어들인다. 어머니가 우리에게 주시는 선물들은 십장생도+長生圖가 그려져 있는 반닫이 안에서 나온다. 밖이 아니라, 철길의 끝에 있는 그 도시의 것이 아니라, 방 안에 있는 반닫이 속, 좀약 냄새가 풍기는 그 반닫이 속에서 색실로 수놓은 예쁜 복건과 주머니와 하얀 버선들이 나오는 것이다.

그것은 반닫이 속보다도 더 깊숙한 곳에서, 우리가 알 수 없는 아주 깊숙한, 어쩌면 향 주머니 속 같은 다른 세계에서 생겨나는 것 같기도 했다.

언제나 어머니는 안으로부터 많은 것들을 꺼내주신다. 엿이며 곶감이며 고소한 호두 같은 것들을 다락 속 깊숙한 곳으로부터 꺼내오신다.

바깥의 세상과 안의 세상, 그것들은 두 개의 자석처럼 우리들의 마음을 끌어당기고 두 개의 다른 탄생을 가르쳐준다.

눈이 몹시 내리던 날, 나는 아버지와 어머니의 세계가 어떻게 다른가를 체험한 적이 있다.

오후에 얼마나 많은 눈이 내렸는지, 언덕을 하나 넘어야 집으로 갈 수 있었던 나는, 초등학교의 교실에서, 난롯불이 다 꺼져버린 추운 방과 후의 교실에서 손을 비비며 누군가 집에서 나를 데리러 오기를 기다리고 있었다. 내 나이는 너무 어렸고, 몸은 또 그렇게 약하기만 했기에, 비가 오거나 눈이 내리는 날이면 언제나 집에서 마중을 나왔다.

그러나 그날은 청소 당번이 다 가고 교무실 선생님들이 가방을 들고 교문을 나서는데도, 나를 찾아오는 사람은 없었다. 혼자 눈 속을 가야만 했다.

손이 얼고, 눈은 발목까지 찼다. 엎어지고 미끄러지고, 눈을 제대로 뜨지도 못한 채 언덕을 넘고 논길을 건넜다. 대문을 박차고 안방으로 눈사람이 되어 뛰어들어갔을 때, 어머니는 몹시 당황스러운 표정을 지으셨다.

언 손을 입김으로 녹여주시고 눈 묻은 옷을 털어주시면서 꼭 껴안는 것이다. 눈보라 속에서 얼마나 고생했겠느냐는 것이었다. 어린것이 어떻게 고개를 두 개나 넘었느냐는 것이었다.

어머니는 학교로 마중을 보낼 생각을 잊은 것을 후회하시면서 눈물을 글썽이기도 했다.

그런데 아버지는 웃고 계셨다. 발갛게 언 볼, 아직도 눈송이가 녹지 않은 내 뚜께머리를 바라보시면서 자랑스럽게 웃고 계셨다. 행복한, 아주 행복하기까지 한 그런 얼굴이었다.

'저놈이 혼자서 이 눈 속을 걸어왔다니……'

아버지는 대견스럽게 생각하고 계셨던 것이다.

눈 속의 언덕을 넘어온 나를 한니발 장군이나 알프스 산을 넘은 나폴레옹처럼 생각하고 계셨던 모양이다.

'이젠 이 녀석도 코흘리개 어린애가 아니란 말야……'

어째서 똑같은 눈길을 걸어온 것인데 어머니는 눈물을 흘리셨으며, 아버지는 또 웃고 계셨으며 그토록 기뻐하셨는가?

눈보라 언덕을 넘어오던 날, 나는 어머니의 얼굴과 아버지의 얼굴이 어떻게 다른지를 미처 알 수는 없었지만, 벌써 그때 이미 나는 남자의 세계와 여자의 세계의 갈림길을 나서는 삶의 언덕을, 또 하나 다른 탄생의 눈보라 언덕을 넘고 있었다.

아버지는 우리를 바깥세상으로 탄생시키고, 어머니는 반닫이와 같은 깊숙한 내부의 세계로 우리를 탄생시킨다.

깔끄럽고 딱딱하고 그지없이 넓고 먼 밖으로 번져가는 세계, 그러나 또 한편에서는 부드럽고 따스하며 그지없이 안으로 안으로 파고드는 함지박 같은 그 세계.

우리는 서로 다른 이런 세계 속에서 매일같이 다른 얼굴로 탄생해간다. 우리는 그것을 성장이라고 부른다. 인간의 키는 어느 한계에서 성장을 멈추고 말지만, 의식의 키는 발톱처럼 죽을 때까지 자란다.

그러나 발톱은 잠자는 사이에 몰래 자라지만, 의식의 키는 고통 없이는 한 치도 자랄 수가 없다.

어른이 된다는 것은 무엇인가?

심리학자들은 그 과정을 두 이유기離乳期로 나누어 설명한다.

우리가 자라기 위해서는 어머니의 젖꼭지로부터 떠나지 않으면 안 된다. 생명의 줄기이며 사랑의 샘이기도 한 어머니의 젖가슴을 떠나는 데서부터 성장의 첫발을 내딛는 것이다.

젖꼭지에 금계랍을 묻히면서까지 어머니들은 아이의 젖을 떼려고 애쓴다. 아이들은 거기에서 쓰디쓴 젖을 맛보게 된다. 그 좌절, 그 고통 속에서 떼를 쓰다가 끝내는 밥상에 앉아 숟가락을 쥐는 법을 배우게 된다.

인간이 성장하기 위해서는 어머니의 젖으로부터 떠나는 허전하고 외롭고 배신 같은 이유기의 고통을 겪지 않으면 안 된다.

그러다가 또 수염터가 까칠해지면 이번에는 정신적인 이유기를 넘어서지 않으면 안 된다. 먼젓번과 다른 것은 자진해서 부모 곁을 떠난다는 점이다.

어머니로부터 구하던 사랑은 연인들에 대한 사랑으로 옮아간다. 아버지의 권위와 그 명령은 선생과 자기가 좋아하는 운동선수, 그리고 위인전의 책갈피 속으로 옮아간다.

부모로부터 가정으로부터 외출을 하기 시작할 무렵, 그 젊음의 몸살이 바로 정신의 이유기이다.

아버지에 대한 존경심은 반항심으로 바뀌어진다. 어머니에 대한 애정은 간섭과 구속으로 느껴지기 시작한다. 아버지는 더 이상 바깥세상으로 우리를 끌어내지 않는다. 신비한 바깥세상, 아버지만이 아는 철길 너머의 딴 세상은 이미 낡고 뻔하기 짝이 없는 낡은 지도처럼 퇴색한다.

나는 어느 친구가 "오늘 아버지가 돌아가셨습니다."라고 침통한 표정으로 말하는 것을 들은 적이 있다. 그는 레스토랑을 가리키면서 "오늘 바로 저기에서 돌아가셨습니다."라고 말했다. 그리고는 비프스테이크 이야기를 했다.

그가 시골에서 어린 시절을 보내고 있을 때, 아버지는 서울에 다녀올 때마다 서울역 구내식당에서 서양 요리를 먹었다는 것을 자랑스럽게 이야기해주곤 했다.

금단추를 단 식당 종업원이 가지고 온 번쩍거리는 은접시의 그 음식들은 이상하게 생긴 숟가락으로 먹어야 한다는 것이었다. 쇠스랑처럼 생긴 포크와 역시 은으로 만든 칼로 고기를 썰어 먹는다는 아버지의 이야기는 꼭 동화책에서나 나오는 이야기 같았다.

날로 먹는 양배추, 송진 냄새가 나는 서양 간장 소스, 그리고 예쁜 화초처럼 생긴 유리그릇에 남양 실과가 나오기도 한다고 했다.

기차들이 모여들어 기적을 울리고 많은 사람들이 구름다리를 지난다는 그 서울역에서 뻔적이는 칼과 쇠스랑처럼 생긴 이상한 숟가락으로 양요리 고기를 썰고 있는 아버지는 얼마나 자랑스러운가?

시골에 돌아와서도 한 열흘 동안이나 이 사이에 낀 고기를 쑤시며 동네 사람들에게 서울역 양요리 맛을 이야기하는 아버지의 손을 몰래 만져보기만 해도, 전차가 다니고 휘황찬란한 불빛이 움직인다는 서울의 진동이 느껴지는 것 같았다.

그러나 이제 그는 서울에 있고, 서울역 레스토랑에서 자랑스럽게 비프스테이크를 썰던 그의 아버지는 거꾸로 시골 농가의 아랫목에서 기침을 하고 있다. 그런 아버지가 아들을 찾아 오랜만에 다시 서울로 올라왔다. 아들은 옛날의 그 위대했던, 서울역에서 값비싼 비프스테이크를 먹고 시골에 돌아온 후에도 며칠 동안이나 이를 쑤시면서 희한한 요리 맛을 자랑하던 그 위대했던 아버지의 옛 모습이 그리워졌다.

그래서 그는 고급 레스토랑을 찾아가 가장 연한 비프스테이크를 아버지에게 대접하게 된 것이다. 하지만 그저 묵묵히 내려다보고만 있을 뿐, 자랑스럽게 포크와 나이프를 휘두르지는 않았다. 샐러드와 감자를 조금 드시고 긴 한숨을 쉬며 일어서더라는 것이다.

그제야 비로소 아들은 아버지가 얼마나 늙으셨는가를 깨닫게 되었다.

비프스테이크를 먹을 만한 치아가 하나도 남아 있지 않을 정도로 늙어버린 아버지. 그 아버지는 서울역 레스토랑에서 비프스테이크를 썰던 기억 속의 그 신기한 아버지가 아니었다. 어린 시절에 놀란 눈으로 바라보았던 아버지는 하나둘씩 빠져가는 이와 함께 죽어가고 있었다.

나는 또 어느 친구가 말하는 것을 들었다.

"오늘 내 어머니가 돌아가셨습니다."

그날은 그의 결혼식 날이었다. 그는 신부의 손가락에 결혼반지를 끼워줄 것이다. 부드러운 손, 가장 맑은 바닷물 속에 조용히 가라앉은 상아의 닻과도 같이 그는 그 여인의 손가락을 따라 생명의 내부로 침잠해 들어갈 것이다.

옛날 어머니의 품속에 안겨 깊은 잠에 빠져 가라앉던 그 의식의 세계를 재현할 것이다. 이미 어머니의 가슴은 옛날부터 부드럽고 풍성하지 않았다. 너무나 많은 것을 탄생시켰기 때문이다. 한 젊음에게 내면의 반닫이문을 열어주기에는 그 자물쇠가 너무도 녹슬어버렸다. 그는 일어나 아내의 화장대와 장롱 속을 들여다볼 것이다. 많은 비밀 같은 것이 담겨져 있는 서랍 속의 향내를 맡을 것이다. 젊은 아내는 방 안에 그를 가두어둘 줄 아는 마법의 힘을 지니고 있다. 대문 밖으로, 길 너머로, 고향 바깥으로 자꾸 도망가려는 한 생명을 조용히 응접실 소파에 앉히고 자장가를 부르듯 잠재울 것이다.

옛날 어머니가 그에게 가르쳐주었던 것을 이 새로운 여인이 진솔치마폭을 펴고 그에게 보여준다.

"그날 어머니가 돌아가셨습니다."

어머니는 저만큼 먼 곳에서 하나씩 둘씩 해져가는 옷소매처럼 죽어가고 있었던 것이다.

아버지의 죽음과 어머니의 죽음.

탄생의 고향은 이렇게 바뀌어가면서 다른 것들이 그 빈자리를 채워간다. 그렇지만 우리를 낳아준 아버지와 어머니가 이 세상을 떠난다 하더라도 우리들의 탄생은 결코 멈추지 않을 것이다.

우리의 뺨을 비비던 깔끄러운 아버지의 수염이, 오랜 여행에서 돌아온 아버지의 여행용 가방으로부터 생겨난 그 많은 물건들이, 전쟁의 세계, 높은 굴뚝이 솟아 있는 공장의 세계로 변한다. 생존의 그 피부들 속에서 의식의 정충精蟲들은 헤엄치고 있다. 질벅거리는 하수구와 끈적끈적한 모발이 묻어 있는 기계들의 톱니바퀴, 그렇지 않으면 지폐를 세는 은행 창구의 축축한 해면 속에서, 출근부에 도장을 찍는 붉은 인주 속에서, 새로운 생명을 잉태한 정충들이 꿈틀거리고 있는 것을 우리는 본다.

아버지처럼 전장과 시장과 공장과 그런 터전에서 우리는 바깥으로 바깥으로 탄생한다. 우리들을 탄생시키는 그 아버지들은 등록 상표, 깃발과 군복, 공장의 매연이나 대낮에도 켜져 있는 사무실의 형광등 같은 것들이다.

그러나 우리를 낳아준 어머니는 하나의 음악이고 시이고 언덕 위에 서 있는 교회의 첨탑이었다.

우리들의 아버지는 법복을 입은 판사, 신호 표지등을 흔드는 교통순경, 철조망의 병사, 원양어선의 선원들로 우리 앞에 나타난다.

왜 그런 것들이 이 세상에 있어야 하는가를 조금씩 배워가게 될 때, 우리 인간의 얼굴이나 모습도 수정되고 변형되어 재탄생하게 된다.

그러나 고아원의 보모, 병원 뜰을 거니는 하얀 옷을 입은 간호원, 창문 틈으로 새어나오는 희미한 불빛들, 금테 모자를 쓴 공원의 수위와 길가의 벤치들, 지쳐서 쉬고 있는 사람들의 모습 속에는 반달이 속과도 같은 어머니의 세계가 있다.

오색영롱한 모자이크의 천창으로부터 햇빛이 흘러들어오는

교회의 긴 회랑이 어째서 이 도시 한복판에 서 있는가를 알게 될 때, 우리들의 마음은 다시 분만대 위에서 태어난다.

외부를 향한 탄생의 의지와 내부로 몰입하는 탄생의 의지는 서로 다른 방향으로 뛰어가는 두 필의 말처럼 작은 인간의 육신을 찢는다.

찢기고 또 찢긴다.

그 살점들은 제각기 다시 새로운 생명의 얼굴을 하고 생존의 현장 속에서 고고의 성을 지른다. 탄생의 아픔, 그 우수…… 이 세상에 태어날 때 그 첫소리가 어째서 울음소리에서부터 시작되는가를 이해할 수 있을 것 같다. 아이들이 분만될 때, 어째서 즐거운 웃음소리를 내지 않고, 비통하며 고통스러우며 분노에 가까운 울음소리를 터뜨리는가를…….

그때만이 아니라 줄곧 우리는 그런 울음소리를 터뜨리면서 새롭게, 그리고 무수히, 수백 번, 수천 번이나 태어나는 것이다. 기쁨만으로는, 슬픔만으로는, 그리고 또 근육이 꿈틀거리는 육신만으로는 하나의 생명을 탄생시킬 수가 없다.

그 상극하는 두 개의 세계가 맞부딪치면서 휘황한 광채를 던지는 순간, 인간은 태어난다.

생명은 장미의 모순처럼 그렇게 태어난다.

누군가 빗속에서 울고 있다

누군가 2월 17일이라고 말한다.

그러나 당신은 그날에 대해 아무것도 말하고 싶지 않을 것이다. 신속히 지나가버리는 달력 위의 그 많은 평범한 날들처럼 누구도 그날을 기억하지 않을 것이다. 그것은 옛날, 아주 오랜 옛날에 조상의 이름과 함께 잃어버린 우리들 인류의 기념일이다.

이따금 누군가 2월 17일이라고 말한다. 당신은 이웃집에서 울리는 초인종 소리를 듣듯 무심히 듣는다. 그러나 가만히 귀를 기울여보면, 어두운 심연 속에서 빗방울이 떨어지는 불길한 음향을 들을 것이다. 나뭇가지 위에, 숲속의 동굴 위에, 거리의 지붕 위에 한숨처럼 지나가는 비바람 소리를 들을 것이다.

깊은 샘들이 터지며 하늘의 창들이 열리는 소리이다. 신은 이 땅에 창조물을 만든 것을 슬퍼하고 뉘우치고 또 슬퍼한다.

그런 신의 한탄과 분노, 그것이 지금 가슴을 지지는 어두운 고통의 빗발소리로 혹은 모든 생명을 쓸어버리는 죽음의 빗자루 소리로, 잃어버린 그 기념일이 당신의 나태한 졸음을 깨운다.

'노아의 홍수'라고 당신은 말할 것이다.

2월 17일.

모든 생명을 홍수로 씻어버린 최초의 그 빗방울이 떨어지던 날.

그러나 누가 다시 그날 이야기를 하는가?

사과를 깨물다가 무심히 신문 호외를 주워 볼 때, 권력자의 행렬이 경적을 울리며 아름다운 5월의 창가에 먼지를 일으키고 지나갈 때, 컴퓨터가 시를 쓰고 인간이 하수도를 치는 도시의 사무실 거리를 생각할 때, 흑인영가를 부를 때, 영화관의 광고 간판을 볼 때, 고장난 엔진을 갈아끼우듯 심장이식에 성공한 의사들이 축배를 들고 라틴어가 섞인 문자로 보고서를 쓸 때, 억울하다고 말할 때, 어느 맑은 아침 두부 장수가 흔드는 종소리처럼 고딕식 종탑에서 차임벨이 울릴 때, 죄수와 정신병자가 사는 쇠창살 안에서 기침소리가 울릴 때, 모든 기계 소리가 솔베이지의 노래를 압도하고 압도할 때, 누군가 그 심연에서 부르짖는 소리를 또다시 들을 것이다.

대홍수, 2월 17일의 잃어버린 기념일을 기억하라고 누군가 그 흙탕물 속에서 물을 켜며 부르짖는 소리를 들을 것이다.

비가 백 일을 두고 내리고 있을 때, 당신은 1년이나 죽음의 바다를 항해해야 할 한 척의 방주를 근심할 것이다. '노아의 방주는 어디에 있는가'라고……. 그러나 당신은 슬프게도 수학을 배운 것이다.

자를 들고 노아의 방주를 측량할 수 있는 계산법을 우리는 알고 있다. 그 배는 길이가 500규빗이라고 했다. 너비는 50규빗이고 높이는 30규빗이라고 했다. 1규빗은 그대여! 크게 쳐야 22인치(55.88센티미터)밖에 안 되는 길이이다.

값싼 필름이 돌아가는 어느 군청 소재지의 극장만큼도 안 된다.

어떻게 그 좁은 곳으로 들어갈 수 있단 말인가.

사랑하는 물건들은 이렇게 많이 가지고 있는데, 어떻게 그 작은 배 안으로 들어갈 수 있단 말인가.

한 쌍의 개와 한 쌍의 비둘기, 말, 돼지, 토끼. 당신의 따스한 옷과 기름진 식탁을 마련하는 데 쓰일 너무 많은 가축들, 귀여운 병아리와 정원의 꽃들까지, 어떻게 그 많은 것들을 데리고 1년 동안이나 빗속에서 젖어야 할 그 방주의 문을 열 것인가?

슬픈 수학이, 냉혹한 수학이 당신을 용서하지 않을 것이다. 철없는 짐승들은 염치없이 새끼들만 낳을 것이다. 좁고 좁은 노아의 방주, 마지막 남은 구제의 땅, 희망의 그 좁은 나라에는 짐승들에게도 가족계획을 가르쳐야 될 슬픈 수학이 있다.

당신은 노아의 방주를 믿어서는 안 된다.

신은 멸망의 홍수를 노아에게만 몰래 귀엣말로 가르쳐주었지만 오늘의 인간들은 누구나 그것을 엿듣고 있다. 텔레비전에서, 신문에서, 방송에서, 운명의 날들이 가까이 오고 있음을 엿듣고 있다. 맑게 갠 날에 도끼를 들고 전나무를 찍어 방주를 만들듯이, 사람들은 누구나 노아가 되려고 노아의 식구가 되려고 아귀다툼을 하고 있다.

당신도 퍼렇게 날이 선 도끼를 들고 전나무 숲으로 가려 하는가? 죽음의 홍수에서 피하기 위해 그 나무를 찍어 하나의 방주를 만들려고 하는가?

노아처럼, 선택된 노아처럼 되고 싶다고 기도를 하는가?

당신에게 말하리라, 방주는 아무데도 없다고.

노아는 과연 행복한 사람이었는가를 당신에게 또 물어보리라.

아니다. 나는 묻지 않을 것이다. 노아가 되기보다는 차라리 흙탕물 속에서 죄 많은 이웃들과 함께 끝없이 끝없이 침몰하리라.

당신은 생각해본 일이 있는가? 모든 이웃들이, 모든 도시들이 탁류 속에 침몰하는 것을.

그것을 노아는 보았다. 인류의 최후를……

그들이 어떠한 모습으로 죽어갔는지, 노아는 그것의 목격자였다.

4개월 동안 회색 비가 내린다.

햇빛도 하늘도 없는 침울한 회색의 공간을 바라보며 늙은 노아는 무슨 생각을 하고 있었을까? 당신은 그것을 궁금해한 적이 있는가?

홀로 살아남았다는 기적의 기쁨 때문에 그는 춤을 추고 있었을까?

그렇다면 그는 의인이 아니다. 신에게 선택받을 만한 의인의 가치가 없는 자이다. 어떻게, 착한 사람이라면 모든 이웃들이 죽어갈 때 차마 춤을 출 수 있었단 말인가.

그는 자기에게 생명의 배를 만들게 한 신의 은총에 감사 기도를 드렸다고 생각하는가?

그렇다면 그는 의인이 아니다. 죄를 지었을망정 불쌍하고 그리운 이웃들, 그 이웃들이 침몰하는 것을 그는 혼자 살아 목격했다. 사랑이 무엇인지 알고 있는 사람이라면 비극의 증인으로 선택된 자신의 운명을 도리어 저주해야 한다.

노아의 방주는 미친 배이다.

노아는 구제받은 행복자가 아니라, 인류 가운데 가장 큰 고통을 겪은 불행한 의인이었다. 신이 창조물을 만든 것을 후회하고 있을 때, 노아는 그 배가 좁은 것을 한탄하고 있었을 것이다. 그 배를 만든 것을 후회하고 있었을 것이다.

생각해보라.

비는 4개월이나 내리고 있었다. 우수에 가득 찬 비가 아무것도 없는 쓸쓸한 바다 위에 4개월이나 내리고 있었다. 노아는 그 비

오는 날들을 견디고 또 견디는 아픔을 겪어야 했다. 차라리 죽은 자들은, 침몰한 자들은 홍수의 의미를 모른다. 단조로운 빗발 속에서 죽어가는 생명의 아픔을 모른다. 목격자의, 증인의 그 고통과 슬픔을 당신은 아는가? 구제는 차라리 형벌보다도 외롭고 쓸쓸한 것. 노아의 방주는 홍수의 밑바닥보다도 더 어둡고 답답한 것. 대체 노아보다도 더 불행한 사람이 이 인류 가운데 누가 있을까? 노아는 가장 행복한 사람이 아니라 가장 비통하고 슬픈 불행한 인간이었다. 그래서인가, 그는 치매에 걸려 망각의 생을 보냈다.

당신은 이 역설, 노아의 우수와 그 불행의 의미를 깨달을 때 비로소 그 작은 배의 빗장을 열 수가 있다. 노아의 방주를 거부하는 자만이 정말 노아의 방주에 들어갈 수 있는 선원이 된다는 것을. 지금 사람들은 혼자 살아남을 수 있는 기적의 배를 꿈꾸고 있다.

그들은 이웃들이 모두 침몰할 때 그 불행의 장소에서 혼자 탈출할 수 있는 방주를 설계하고, 전나무를, 푸른 전나무를 찍어서 쓰러뜨린다. 그렇기 때문에 비는 내리고 있고, 홍수는 언제고 멎지 않는 것이다.

당신은 이 노아의 역설을 알고 있는가?

방주를 부숴라! 혼자 살아남은 행복의 그 방주를 후회하라! 인류의 불행에서 도망치려는 돈과 권력의 방주를 거부하라!

이것이 우리의 이웃을 다시는 침몰시키지 않게 하는 영원한 방주를 만드는 길이다.

이제 또 당신에게 말하리라.

아브라함의 수학에 대해서 말하리라. 자기 비단옷이 더 빛나기 위해서는 남들이 넝마를 걸쳐야 한다는 현대의 수학(논리)과 아브라함의 태곳적 그 수학은 얼마나 다른 것인가를 당신에게 이야기하자.

소돔과 고모라의 주민들은 신에게 죄를 범했다. 홍수로 벌했듯이, 신은 불로써 그 마을을 태워 없애려 했다. 착한 아브라함은 누구의 편이었던가?

그는 죄인이 아니다. 그는 항상 신의 곁에 있었고, 신의 은총 속에서 찬미가를 부를 수 있는 선택받은 자이다. 소돔과 고모라가 불꽃 속에서 사라진다. 그들이 받아야 할 징벌은 아브라함의 것이 아니다. 그들이 받아야 할 그 고통은 아브라함의 고통이 아니다.

소돔과 고모라는 아브라함이 쉬는 그의 고향이 아니다. 그 불꽃은 결코 아브라함이 누워 있는 방까지 침범하지는 못할 것이다.

그런데도 아브라함은 그것들과 무관하였던가? 그렇지 않다고 당신은 말할 것이다. 그는 자기가 당한 일처럼 아파했다. 그도 신처럼 죄를 미워할 줄 안다. 그러나 아브라함은 인간의 편, 죄 많은 이웃들의 편이었다. 그렇기 때문에 그는 신이 소돔과 고모라를 불태우지 않기를 소망했다.

마치 그 죄의 공범자처럼 신의 옷소매를 잡고 만류하려 했다. 그는 신에게 찾아가서 하나의 약속을 받으려 했다. 여기에서 바로 아브라함의 그 수학이 시작된다.

그는 이렇게 말한다.

"주여, 의인을 악인과 함께 멸하시려나이까? 그 성안에 의인 50명이 있을지라도 주께서 그곳을 멸하시고 그 50명의 의인을 위하여 용서치 아니하시려나이까?"

신은 아브라함의 말을 듣고, 소돔에서 의인 50명을 찾으면 멸하지 않겠노라고 약속한다.

그런데 또 아브라함은 말한다.

"50명의 의인 중 다섯 사람이 부족할 것 같으면 그 다섯의 부족함 때문에 온 성을 멸하시겠습니까?"

신은 다시 약속한다.

45명이라도 멸하지 않겠다는 것이다. 아브라함은 약속받은 45명에서 또 다섯을 빼서 40명으로 그 수를 줄여서 간청한다. 신도 또 그렇게 해주겠노라고 약속한다. 당신은 신과 아브라함의 그 거래를 물건값을 에누리하는 장사꾼과 같다고 비웃을지 모른다. 그러나 조심스럽게 조금씩조금씩 에누리해가는 아브라함의 수학은 물건값을 깎는 것과는 오히려 정반대라는 것을 깊이 이해해야 된다.

아브라함은 자기의 이익을 위한 것이 아니다. 그리고 그는 알고 있다. 인간이 얼마나 약하고 부질없는 존재인가. 소돔 성에 의인이 열 명도 있을 것 같지 않다는 서글픈 현실을 신보다도 더 잘 알고 있다.

그가 그렇기 때문에 소돔 성을 멸하지 않는 조건으로 처음부터 의인의 수를 열 명이라고 신에게 내세우지 않고, 50명으로부터 시작하여 조금씩조금씩 그 수를 에누리해가는 아브라함의 독특한 수식數式 에서 우리는 그의 모든 마음을 엿볼 수 있다. 약하고 어질고, 그리고 현실적이며 교활하기까지 한 아브라함의 그 외로운 휴머니즘을……. 아브라함의 선량함은 곧 그의 연약한 마음이기도 하다.

40명에서 다시 30명으로 에누리할 때 그는 이렇게 말한다.

"내 주여, 노하지 마옵시고 말씀드리게 하소서. 거기서 30명을 찾으시면 어찌하시려나이까?"

신에게 자꾸 수를 에누리해가는 것을 아브라함은 미안하게 생각한다. 그의 마음은 어린애처럼 약하다. 그러나 송구스럽게 여기면서도 감히 또 말하고자 하는 것은 소돔의 불쌍한 인간, 그의 이웃들을 살려내려는 인간의 강한 사랑 때문이었다.

아브라함의 약하면서도 강한 말은 마지막 열 명으로까지 내려갈 때 절정에 달한다.

그는 이렇게 말했던 것이다.

"주여, 노하지 마옵소서. 제가 이번만 더 말씀드리리이다. 거기서 열 명을 찾으시면 어찌하시려나이까?"

그는 신과의 약속에서 50명을 열 명으로 줄였다. 그러나 아브라함은 수를 더 에누리하고 싶었을 것이다. 소돔에는 단 열 명의 의인도 없을 것이라는 사실을 그도 잘 알고 있었기 때문이다.

열 명으로 줄이긴 했으나 돌아가는 그의 발걸음은 우수에 차 있었으리라.

아버지의 마음과도 같다. 그것이 곧 아브라함의 인간애이며 고독이라는 것을 당신은 알아야 한다. 단 열 명의 의인도 없어 소돔 성에선 불꽃이 올랐다. 그는 불타는 소돔에서 무엇을 보았을까? 홀로 있다는 그 외로움이며 그 고통이었을 것이다. 많은 사람들 가운데 단 열 명도 그의 편이 아니었다는 것을 확인했을 때, 아브라함의 외로움은 얼마나 컸을 것인가?

유황불에 타고 있는 것은 소돔 성의 사람들, 그 집, 그 나무, 그 길들이 아니라 아브라함의 마음이었을 것이다.

잃어버린 기념일을 생각하자.

노아의 고독 속에서 지금 우수의 비가 내리고 있다. 아브라함의 고독 속에서 우수의 불꽃이 타고 있다. 신과 약속하기보다는 인간과 약속하고 싶었던 노아와 아브라함……. 당신은 또다시 홍수 시대에 살고 있다. 소돔의 불사른 유황불의 시대 속에서 살고 있다.

노아와 아브라함이 되고 싶거든 먼저 그들의 우수를 알지 않으면 안 된다. 선택된 인간이 선택받지 못한 인간보다 더 불행하고 외롭다는 것을 알지 않으면 안 된다. 이 창가로 오라. 비 오는 날 우산을 받듯이, 너와 내가 한 우산을 같이 받듯이 비에 젖는 그 마음을 알기 위해서 좀 더 가까운 창가로 오라.

혼자 우산을 받고 가면 비를 피할 수도 있겠지만, 아! 너무 견디기 어렵지 않은가? 축축한 빗방울이 적시는 그 아스팔트의 길목이 너무 미끄럽고 쓸쓸하지 않은가?

단조로운 빗소리가 너무 외롭지 않은가? 같이 젖어야 한다. 좁은 우산을 너와 내가 받는 편이 좋다. 흠씬 젖는 것이 좋다. 그것이야말로 비를 피하는 우리들의 마음이다.

젖는 것이 말이다. 한 우산을 둘이서 셋이서 함께 받고 가다가, 들판에서 비를 맞는 외로운 쥐들처럼 서로 몸에 묻은 빗방울을 털고 있는 것이 비를 피하는 우리들의 어리석은 방주이다.

우리들의 비둘기를 날리자. 어디엔가 굳은 땅이 있다는 소식을, 감람의 어린 새싹을 입에 물고 돌아오는 그 소식을 맞이하기 위해서 비둘기를 날리자. 회색 깃털을 세우고 흩어져가는 저 구름보다도 더 높게, 홍수의 탁류보다도 더 멀리 우리의 비둘기를 날려 보내자.

노아여!

슬픈 노아여!

당신은 보았는가?

비둘기가, 한 마리 비둘기가 감람나무의 엷디엷은 새싹을 물고 돌아와도, 당신들의 이웃은 이미 아무곳에도 없었다.

노아여!

슬픈 노아여!

비가 오는 날이면 당신의 목소리를 듣는다. 누군가 저 빗속에서 흐느끼고 있음을.

우수의 이력서

여섯 살 때의 우수는 포대기 속에 있었다.

어머니가 누워 있던 그 자리가 문득 비어 있는 것을 발견했을
때, 구겨진 이부자리에서 우리는 우수가 어떤 모습으로 앉아 있
는가를 알 수 있었다.

금세 있다 사라진 사람들처럼 우수는 다만 가슴이나 손끝 위에
남아 있는 엷은 체온이었다.

여섯 살 때, 이 우수를 사냥하기 위해서 우리는 울었다.

목이 쉬도록 울고 또 울면 비었던 자리에 다시 어머니가 돌아
오고, 우수는 저만큼 영창 너머로 달아나고 있었다. 어머니가 돌
아오지 않을 때는 과자가, 장난감이, 할머니의 옛날이야기 같은
것이 우수를 사냥해주었다. 생과자를 싼 번뜩이는 은종이가, 빨
갛고 파랗고 하얀 풍선의 그 율동이 혹은 어느 으슥한 산고개에
서 예쁜 색시로 둔갑한 꼬리가 아홉 개나 달린 여우가 우수의 그
털을 뽑고 있었다.

열 살 때의 우수는 숙제장의 하얀 공백 속에 있었다. 공책 위에 써야만 할 많은 숫자, 많은 글자들을 생각하고 있을 때, 우리는 우수가 어떤 목소리로 기침하는가를 알 수 있었다.

그래서 풀지 못한 숙제장의 빈터에서는 늘 가을의 벌판처럼 흰 서리가 내리고 있었고, 나무 이파리를 떨어뜨리는 빈 바람소리가 울렸다.

우수는 그렇게 하얀 빛을 하고 있었고, 아침 시간에 종이 몇 번이나 울렸을 그 시각에 나태한 사람의 기상起床처럼 고개를 들고 일어났다.

하지만 열한 살 때 우수는 앵두나무 가지에 앉은 참새처럼 고무총으로 사냥할 수가 있었다.

우수에 쫓기는 계집애들은 줄넘기를 하고, 미친 듯이 줄넘기를 하고, 사내애들은 자치기 같은 것을 했다.

작대기로 조그만 우수를, 가슴을 향해 날아오는 우수의 그 조그만 막대를 후려갈기고 또 후려갈긴다.

땀이 솟을 정도로 뛰어놀면, 아, 교정의 철책이나 벌을 받던 긴 복도의 어둠이나 교무실의 딱딱한 마룻장 위에 차가운 불안이 흰 공처럼 한 움큼의 구름이 되어 산 너머로 흘러가는 것을 볼 수 있었다.

열일곱 살 때의 우수는 연둣빛 편지 봉투 속에 있었다.

붉은 지붕과 상춘등賞春藤이 벽을 가린 어느 양옥집, 그리고 창가에 초록빛 커튼이 쳐져 있었다는 이유로, 피아노 소리가 들려오고 있었다는 이유로, 그리고 그것들이 여름의 저녁 바람에 흔들리고 있었다는 이유로, 그 집 속에서 사는 여인들을 가까운 곳에서는 한 번도 볼 수 없다는 이유로, 몸은 보이지 않고 숲속의 어둠 속에서 흐느끼는 울음소리만 울려오는 키츠의 나이팅게일 같다는 그 이유로, 열일곱 살 때의 우수는 연둣빛 편지 봉투 속에 있었다.

'사랑하는 사람아!'라고 이름도 모르는 사람들에게 긴 편지를 쓰고 있을 때, 소녀들은 눈부신 하얀 칼라를 목 위에 세우고 곁눈질도 하지 않은 채 연둣빛 봉투 위를 걸어가고 있었다.

우수는 소녀의 풀 먹인 스커트 자락처럼 줄이 서 있었다. 그것을 구기고 또 구겨도 우수는 다리미질을 하고 있었다.

열일곱 살 때의 우수는 수신인도 없고 답장도 없는 연둣빛 편지 봉투 속에 있었지만, 여드름을 짜면 그것을 사냥할 수도 있었다. 심심한 거울 앞에서 여드름을 짜던 오후, 그런 오후가 몇 번이나 우리들 곁을 스치고 되풀이되면 우수는 시퍼런 자국만을 남기고 아물어갔다.

여드름을 짜다가 커피 맛과 담배 맛을 배우면 상춘등이 벽을 타고 올라간 빨간 지붕의 양옥집들이 집짓기 장난감처럼 허물어져 내려앉는 소리를 들을 수 있다.

하얀 안대를 하고 있었다는 이유만으로 소녀에게 편지를 썼던 우수는 여드름의 흉터만큼이나 이젠 아프지 않다.

스물두 살의 우수는 책 속에 있었고, 껌이 붙어 있는 영화관의 좌석번호 속에 있었다. 맑은 날에도 비가 내리는 낡은 필름처럼 그 우수는 돌아가고 있었다.

찢긴 책장의 활자들처럼 우수는 의미를 알 수 없는 불완전한 토막난 문장으로 엮어져가고 있었다.

"배신자여, 나는 너의 가슴을 찌르기 위해 거친 사바나를 말 한 필로 건너왔다. 사흘 밤을 자지 않고 모래바람 속에서 헤매었고, 그늘 없는 태양 밑을 사흘 낮 동안이나 떠돌아다녔다. 너의 가슴을 찌르기 위해서."

멜로드라마의 화면에 번지는 집념과 사랑과, 그리고 그것이 비록 해피엔드라 하더라도, 우수는 스크린처럼 필름이 끊긴 하얀 스크린처럼 스물두 살의 가슴 위에 펼쳐진다.

구둣솔 같은 수염이 달린 빅토르 위고가 애국을 말할 때, 랭보가 "때여, 오라. 도취의 때는 오라."고 외치고 있을 때, 헤겔이 미네르바의 부엉이를 말하고, 프로이트가 꿈을 해몽하고 있을 때, 그리고 광야에서는 세례 요한이 "죄지은 자는 모두 들으라."고

설교하고 있을 때, 우수는 고양이 같은 혓바닥으로 스물두 살의 뇌수를 핥고 있었다.

하지만 유리창을 깨듯이, 술에 취해서 찻잔을 내던지듯이 스물두 살의 우수는 저항의 주먹질로 사냥할 수 있었을 것이다.

거부하고 거부한다.

세상이 끝날 때까지, 세 천사가 나팔을 불어 인류의 멸망을 고하는 날까지 거부하고 또 거부한다.

데모대원들같이 주먹을 쥐고 금제禁制의 유리들을 부수는 소리를 듣고 있으면 우수는 붕대를 감고 눈치를 살피며 머뭇거린다. 우수의 사냥꾼은 F학점을 받은 학생이 모멸 속에서 수음을 하듯 그렇게 우수를 모독한다. 그러면 책장이 넘어가는 소리를 내며 우수는 그 표지를 닫는다.

그러나 스물여섯 살 때의 우수는 도장 속에 있었다.

서류에 찍힌 도장 속에 있었다. 출근부 위의 도장 속에 있었다. 신분증명서와 수표장과 승낙서의 네모나고 둥근 도장 속에 있었다.

인지의 소인이라든가, 인감도장에……. 아! 그 도장만큼의 크기로 우수는 손바닥 위에서도 찍히고 있었다.

스물여섯 살 때의 우수는 울음으로도, 고무총 같은 것으로도, 그리고 여드름을 짜듯이 데모를 하듯이 그런 짓으로 사냥할 수는 없다. 이미 그것은 저만큼 자라서 흰 이와 튼튼한 발톱을 갖고 사람들의 심장을 찢는다.

어떻게 사냥하랴?

그러나, 그러나 스물일곱 살의 우수는 예식장의 하얀 주례 장
갑 같은 것으로 사냥할 수도 있다.

신부의 손에 모조품 대신 5부 다이아 반지라도 끼워주면 잠시
사슴처럼 유순해질 수도 있을 것이다.

서른세 살 때의 우수는 아내가 벗어놓은 때 묻은 버선이라든
가, 립스틱이 반쯤 지워진 입술이라든가, 장식이 떨어진 콤팩트
라든가, 쓰레기통에 버려진 어느 백화점의 포장지 쪼가리와 캐러
멜갑과 담배꽁초와……

사그라져가는 그 모든 것들 속에 있었다.

그것은 빈 트렁크에 가득히 괴어 있는 우수이다.

INVALID(무효)의 스탬프가 찍힌 못 쓰는 여권, 많은 이국의 도
시 이름과 판독하기 어려운 일부인日附印이 찍힌 여권의 그 갈피
마다 묻어 있는 우수이다.

아들 녀석이 발톱을 깎고 있는 뒷모습에서, 여학생 제복을 입
고 있는 아내의 옛날 앨범 속에서, 그리고 맨드라미나 백일홍 같
은, 시골에서나 자라는 꽃들을 도시의 어느 담 모퉁이에서 발견
했을 때 서른세 살의 우수는 하품을 하고 있었다.

날이 갈수록 철사처럼 꼬여가는 정맥을 들여다보듯 딱딱하게 굳어져가는 우수의 의미, 아침 9시와 저녁 5시에 생각하는 우수의 의미, 바둑판의 돌처럼 빈 줄을 따라 늘어서는 우수의 의미, 서른세 살 때의 그 우수는 노동으로 사냥을 한다.

바쁜 꿀벌들처럼 일하고 벌고 쓰고, 쓰고 벌고 일하고, 손가락에 잉크가 묻고 기름이 묻고 횟가루가 묻어서 감각이 저려오는 그 순간에 우수는 힘줄같이 살 속에 묻혀버린다.

서른세 살 때는 울어서는 안 된다. 속으로 흐느낄지언정 통곡 같은 것을 해서는 안 된다.

다만 호주머니를 위해서, 낡은 지갑의 공백을 위해서, 벗어던진 아내의 서글픈 버선을 위해서, 발톱을 깎으며 성장해가는 자식들의 뒤통수, 그 뒤통수의 우수를 몰아내기 위해서 우리는 모두 도시락을 싸야 한다.

늙어버린 창녀의 치마폭에 몇 장의 지폐가 남듯, 우수의 정조를 화폐로 바꿔나간다.

생각하지 말아라. 당신이 방문한 먼 이국의 길들을, 단풍이 드는 티롤의 골짜기나 가스등이 켜지는 피아자 미켈란젤로의 언덕을…….

생각하지 말아라. 너무도 파아랗던 지중해변의 종려나무나 붉은 그 석죽화들을…….

기차를 생각하지 말아라. 죽어도 그 기차가 내뿜는 우수의 수

증기 소리를…….

낯선 시골에서 1박 2일의 짧은 여행을 하는 그 유혹을 무슨 수를 쓰더라도 이겨내야 한다.

떠나지 말아라.

우수를 사냥하기 위해선 도시락을 싸라.

월급날을 기다려라.

마흔아홉 살의 우수는 콘돔에 괴어 있는 정액 속에 있다. 죽어가는 정액들의 축축한 회상들. 대체로 잠들기 전, 전등불의 스위치를 누르려고 할 때 이불 속에서 손을 내밀고 풀 스위치의 끈을 잡아당기려고 하는 그 순간에 마흔아홉 살의 우수는 창밖에서 머뭇거리던 어둠과 함께 밀려든다.

연하장을 보내야 하는 친구들의 이름도 얼마 남지 않았다.

'그렇게 하는 것이 아니었는데…….'

'그렇게 하는 것이 아니었는데…….'

마흔아홉 살의 우수는 늙은 개가 달을 향해 짖듯이 젖고 있다.

다 먹어서 비어버린 정력강장제의 약병 속에 아직도 남아 있는 것은 무엇인가? 다 써버린 저금통장의 잔고란에 아직도 남아 있는 것은 무엇인가?

골프공이 날아가버린 푸른 잔디밭의 하늘에 아직도 남아 있는 그 소리는 무엇인가?

그것은 무엇이었을까?

그러나 분노하거라.

빠져가는 머리카락을 한 움큼 틀어쥐고 분노하거라.

마흔아홉 살의 우수를 사냥하기 위해선, 마루 밑에 버려둔 지
팡이를 다시 잡아야 한다.

정부情婦가, 정부가 있어야 한다. 요사스러운 정부와 뻔뻔스럽
게 낄낄거리며 웃어라.

램프의 심지를 밤새도록 태우고 어둠이 창밖에서만 기웃거리
도록, 마흔아홉 살의 우수를 분노하라, 뻔뻔스러워져라.

그러나 모든 날의 우수는, 쉰 살의, 예순 살의, 일흔 살의⋯⋯
쇠약해져가는 시력 속에서 주름져간다.

우리가 늙어질 때 야윈 언덕의 한 그루 소나무처럼 한 그루 노
송처럼 우수의 가지만이 남아서 바람에 흔들거린다.

'내가 지금 무엇을 생각하고 있었던가?'

'내가 지금 무엇이라고 말했던가?'

되풀이해서 묻고 되풀이해서 생각한다.

노인의 우수는 어느 빌딩 입구 유리창 안에 갇혀서 우두커니
앉아 있는 수위와도 같다.

아! 사람은 사라지고 우수만이 앉아 있다.

누가 대체 저 늙고 가난한 수위에게 저토록 번쩍이는 모자를

씌웠는가?

옛날 장군들 모자 같은 금테 두른 모자를 쓰고 금몰이 달린 소매와 금 단추를 단 수위……. 그러기에 더욱 슬퍼 보이는 그 우수를 향해서 거수경례를 한다.

사람들이 드나들 때마다 열리는 문과 층계로 올라가고 내려올 때마다 들려오는 발소리를 3평방미터의 밀실에 가두기 위해서 지켜보고 또 지켜본다.

훌쩍거리며 무엇을 마시고 있을 때, '옛날에……'라고 말하려할 때, 흘러내리는 바지를 올리고 허리띠를 매려고 할 때, 우리들 노인의 우수는 단 한 방울만의 눈물이 되어 손등 위에 떨어진다.

노인은 우수를 사냥하지 않는다.

다만 앉아서 지켜보고 있으면 우수는 머리카락이 빠지듯, 썩은 이가 빠지듯 그렇게 힘없이 빠져가고 있다.

더 이상 우수를 말하지는 않을 것이다.

하얀 수염은 더 이상 우수의 길이를 재지 않을 것이다.

발음이 확실치 않은 말을 입속에서 웅얼거리다가, 헐렁거리는 바지를 걷어올리다가, 뜨거운 보리차를 훌쩍거리며 마시다가, 우수는 까만 테를 두른 부고장만큼 졸아든다.

빌딩 입구에서 서성대던 수위의 우수도 이제는 보지 못하리라.

금테 두른 모자를 벗고, 해군 제독의 윗도리 같은 제복을 벗고, 그들은 영원히 외출하리라.

우수는 이제 타인들의 것이 돼버렸기 때문이다.

우리는 보았었지.

어느 봄날엔가, 아이들이 빈 깡통을 들고 아지랑이를 잡으러 다니는 것을.

아지랑이는 노고지리처럼 운다고 아이들이 수상한 소리를 하며 언덕에 오르는 것을.

우리는 보았었지.

어느 봄날에 아이들이 빈 깡통을 들고 오랑캐꽃을 캐러 다니는 것을.

오랑캐꽃에서는 석유 냄새 같은 것이 난다고 아이들이 수상한 소리를 하며 들판으로 가는 것을.

우리는 보았었지.

어느 봄날에 아이들이 빈 깡통을 들고 뱀을 잡으러 다니는 것을.

뱀은 아무리 죽어도 흙내를 맡으면 다시 살아난다는 수상한 말을 남기며 숲으로 가는 것을.

그러나 우리는 보았었지.

어느 봄날에 맨발인 아이들이 푸른 냇둑에 누워 낮잠을 자는 것을.

빈 깡통에는 아지랑이도 오랑캐꽃도 징그러운 뱀도 없었지.

빈 깡통은 여전히 비어 있었고, 아이들의 낮잠만으로 채워져 있는 것을 우리는 보았다.

그래서 봄은 게으른 하품을 하고 강물 위에서 잠시 머물다가 아래로 아래로 흘러가는 것을.

여름이 오고 있었다.

벌판으로 소나기가 급히 지나가고 있을 때 비를 피하는 어느 두 젊은이가 나무 밑에 숨는 것을 우리는 보았었다.

흙냄새가 풍기는 여름의 저녁이나, 머큐로크롬같이 붉은 아침 햇살이 여름 아스팔트 길을 비질하고 있을 때, 어느 두 젊은이가 심호흡을 하듯이 서로 포옹하는 것을.

바다가 젊은이들의 옷을 벗기고 알몸으로 뜨거운 모래밭을 뛰어다니게 하는 그 여름은 미쳐버릴 듯이 모든 것을 불태우고 있었다. 욕망이 땀을 흘리며 짭짤한 소금기를 거두고 있는 여름에 젊은이들이 태양을 럭비공처럼 옆구리에 끼고 거리로 뛰어가는 것을.

먼지 묻은 개가죽나무가 은빛으로 그 잎을 진동시키고 있을 때 우리는, 이 세상은 좀 더 살 만한 가치가 있다는 것을 알았다.

그러나 여름은, 그 짧은 밤 속에서 눈을 감고 소나기가 지나 간 그 나무 밑에도, 머큐로크롬 같은 아침놀이나 저녁놀이 비질을 하고 지나가는 아스팔트 길이나 모래가 타고 있던 바닷가에

도, 개가죽나무의 이파리가 은빛으로 진동하고 있던 가로수 밑에
도……

이미 젊은이들은 아무데도 없었다.

가을에, 바람이 부는 가을에 우리는 보았었지.

어느 부부가 들에 떨어진 나뭇잎을 불태우는 것을.

연기가 흩어지고 있어서 '가을이 타는 냄새'가 잠시 나무 삭정
이 위에서 흐느끼는 소리를 들었었지. 그것은 비올라 소리와 같
은 소리였어.

모든 나무들은 장작같이 되어 들에 쌓이고, 사람들은 그것을
패어 추운 날을 견딜 생각을 했었지. 그 여자가 지나갈 때, 우리
는 나프탈렌 냄새나 벤졸이 휘발하는 냄새 같은 것을 맡을 수 있
었다. 날이 추워지니까 묵은 옷들을 꺼내 입기 시작한 거지.

그리고 까칠한 것을 만질 수 있었지.

밤송이의 가시 같은 것을 손으로 만질 수가 있었지.

늦가을의 서리가 서너 번 내리고, 정다운 사람은 벌써 기침을
하며 38도 5부의 가을을 앓고 있을 때, 까칠한 것들이 우리들 손
끝에서 '가을이에요'라고 말하는 것을.

사람들은 집으로 돌아가고 있었다.

스크랩 속에 나뭇잎들을 끼워두고 사람들은 방으로 돌아가고 있
었어. 거리는 문을 닫았다. 산도 벌판도 냇물도 문을 닫고 있었다.

문들이 닫히는 소리를 들으며 우리는 겨울의 숯불을 기다리고 있었지.

겨울에, 마지막으로 겨울밤에 본 것은, 화롯불의 재를 뒤지며 불덩어리를 찾고 있던 우리들의 늙은 아버지들이 무슨 소리를 듣고 고개를 드시는 몸짓이었다.

"무슨 소리가 들리고 있어."

"아니에요. 바람소리예요."

"무슨 소리가 들리고 있어."

"아니에요. 발소리예요."

"무슨 소리가 들리고 있어."

"아니에요. 이웃집에서 울리는 초인종 소리예요."

겨울의 대화는 늘 이러했다. 무슨 소리가 들려오고 있다고.

정말 그것은 지붕 위를 스쳐 부는 바람소리였을까?

정말 그것은 골목길로 신발을 끌며 지나가는 사람들의 발소리였을까?

이웃집에서 누군가 누르는 초인종 소리였을까?

겨울밤에 우리가 마지막으로 본 것은, 식은 화로의 재를 헤집다가 무슨 소리를 들었다며 놀란 얼굴로 고개를 치켜든 늙으신 우리들 아버지의 몸짓이었다.

우수의 이력서를 쓰자.

‘우右와 여如히 상위相違 무無함’이라고, 열 번이나 백 번이나, 백 번이나 천 번이나

‘우와 여히 상위 무함’이라고…….

우리들 이력서를 쓰자.

빛의 무덤에 세우는 묘지명

1

빛이여,

10월의 야윈 벌판을 가로지르는 빛이여, 너는 산의 능선을 달리는 사슴이나 그 벼랑에 핀 꽃들처럼 존재할 수 없을 것이다. 에리만토스 산의 골짝에서 재빠른 멧돼지를 잡던 헤라클레스의 손으로도 결코 너를 잡을 수는 없다. 이슬조차 떨어지지 않는 가장 고요한 아침의 미풍일지라도 우리는 그 움직임을 피부로 느낄 수 있을 것이다.

죽어간 사람들의 목소리를 듣듯이 환청幻聽 속에서 그 음성을 들을 수도 있을 것이다.

하지만 빛이여, 10월의 투명한 빛이여, 너는 그렇게 움직인 적도 없고 그렇게 소리를 지른 적도 없다.

그러나 나는 너를 본다.

너는 건너편 언덕의 붉은 지붕 위에 있었고, 시들어버린 샐비어의 꽃잎에도 있었고, 여름의 천막들이 걷혀버린 회심한 바닷가의 바위 틈바귀에도 있었고, 도시의 공원과 골목길과 지하도 입구의 계단과 그리고 마른 옥수숫대가 서 있는 시골 밭길 사이에도 너는 있었다.

소멸해가는 모든 것들 속에 너는 있었던 것이다.

어둠 가운데 촛불이 타고 있듯이 딱딱하고 미끈거리고 또 부피와 무게를 가지고 있는 분명한 사물들이 하나의 광채로 소모되어가고 있는 것을 보았다.

빛이여,

10월의 야윈 벌판을 가로지르는 빛이여,

나는 너의 운명을 알고 있다. 빛의 근원 속에 있는 것은 하나의 어둠이라는 것을 알고 있다. 존재하는 모든 것들은 어째서 너를 갈망하는가.

우리가 하나의 빛이 되기 위해서는 불꽃 속에서 타오르지 않으면 안 된다. 타오른다는 것은 소모해서 없어진다는 것이며, 그 형체도 그 본질도 시간과 더불어 사라져가고 있다는 것을 의미한다.

삶은 촛불과도 같다. 삶은 끝없는 자기 표현이며, 그 표현은 곧 하나의 소모이다. 타오르려고 하니까 꺼질 수밖에 없는 인간의 모순.

몸살을 앓듯이 뜨거운 열기 속에서만 비로소 우리는 휘황찬란한 빛으로 변할 수가 있는 것이다.

빛이 되기를 갈망하는 자들은 시간이 무엇인지를 알고 있다. 조금 전, 아주 조금 전까지도 분명히 거기 그렇게 존재하고 있었던 것들이 싸늘한 잿더미로 변해버리고, 이젠 그 불빛마저도 찾아볼 수 없게 됐을 때, 우리는 그 빛들이 시간과 함께 영영 다시는 돌아올 수 없게 되었음을 깨닫게 된다.

그러나 빛이여,

10월의 빛이여,

나는 장자莊子의 말을 기억한다.

한 개비 한 개비의 장작들은 다 타서 사그라져가고 있지만, 불은 꺼지지 않고 그 빛은 사라지지 않고 끊임없이 이어져 내려가는 것이다. 나는 다시 불붙고 타오르고 또 타오르고 할 것이다. 아주 기억할 수 없게 될 때까지 빛은 이 공간에서 끝없이 진동하고 있을 것이다.

그렇기 때문에 빛이여,

나는 네가 하나의 죽음이라는 것을, 많은 것들의 무덤이라는 것을, 그리고 너의 텅 빈 심장 속에서 우수의 고동소리가 들려오고 있다는 것을 알고 있다.

빛이여,

그러기에 대리석을 쪼아대는 미켈란젤로의 끌소리를 나는 듣는다. 하나의 돌덩이 속에 재빨리 사라져버리는 너를 가두기 위해, 통곡을 하듯이 끌을 두드리고 있는 미켈란젤로의 음모陰謀와 그 비밀을 듣는다. 메디치 가의 분묘 위에 '아침'과 '점심'과 '저녁'과 '밤'의 조상彫像들이 생겨나게 된 연유를, 시들고 썩지 않는 다윗의 코와 딱딱한 돌을 헤집고 어깨와 손이 뻗쳐나오는 '노예의 상'이 어떤 연유로 저 광장 위에 서 있는가를 나는 생각하고 있다.

조각은 하나의 포즈를 정지시켜놓는다. 그래서 시간도 정지한다. 사진 기술의 발달로 시간의 정지가 평면적이 되고 만 것을 나는 슬퍼한다.

빛이여,

10월의 야윈 벌판을 가로지르는 빛이여,

강물처럼 흘러서 사라지는 빛이여,

녹슨 범종梵鐘처럼 저녁 안개 속에서 울리다가 사라져가는 빛이여, 향불처럼 한 오라기 연기의 향내 속에서 머뭇거리고 서성대고 맴돌다가 사라지는 빛이여,

마지막 10월의 빛이여,

너를 위해 죽어간 모든 것들의 무덤 위에

누가 서투른 묘지명을 쓰는가.

2

사람의 기억이라는 것은 부정확하다기보다 차라리 무책임하다는 편이 옳을지 모른다. 모든 사람들의 기억 속에 편견과 고집이라는 것이 있기 때문이다.

매우 따분하고 심심한 외국의 어느 심리학자는 실제로 학생들을 대상으로 인간 기억의 무책임성을 실험한 적이 있었다.

강의실 문을 열고 우편배달부가 교수에게 편지 한 통을 주고 나간다. 물론 시간은 길지 않다. 다만 1, 2분 동안이다. 편지 한 통을 주고는 금세 사라져버리는 1, 2분 동안.

잠시 후에 교수는 학생들에게 이 광경을 다시 재현시켜본다.

우편배달부가 입은 옷의 색깔이라든가, 그가 신은 구두 모양이라든가, 그리고 그의 인상이나 외모의 특징, 키가 큰지 작은지, 몸집이 뚱뚱한지 여위었는지, 그리고 그가 준 편지 봉투의 색깔은, 모양은……. 이렇게 인상착의로부터 시작해 그 낱낱의 동작에 대해서 여러 가지 질문을 해본다.

분명히 그들의 눈앞에서 벌어진 광경이었지만 그들의 대답은 가지각색이다. 붉은빛이 까만빛이 되고, 사각형이 원형이 되고, 모든 것이 기억의 혼란 속에 빠져버린다.

법정에 선 증인들도 예외일 수는 없다. 증인들은 기억력이 좋아야 한다. 그러나 기억은 술과도 같아서, 시간 속에서 발효하고 변질된다. 기억이란 결국 시간이 낳은 또 하나의 사생아일 뿐이다.

그런데도 근엄하신 재판관들은 대체로 증인의 기억을 수천 년 전의 나일 강 연안에서 발굴한 무슨 금석문처럼 생각한다.

　피고가 된 사람들은 이 무책임한 기억 앞에서 떨어야 한다.

　가령 말이다.

　어느 날 자기가 이상한 사건의 피의자로 경찰에 체포되었다고 하자. 그리고 몇 월 며칠 몇 시에서 몇 시까지 어디에 있었느냐고 물었을 때, 더구나 그것이 두 달 전이나 석 달 전, 심하면 1년이고 2년이고 참으로 먼 시간에까지 거슬러올라갔을 때, 과연 우리는 그 알리바이를 말할 수 있겠는가?

　추리소설이나 신문 기사 속의 피혐의자들은 모두 기억력이 비상한 듯하다. 그것이 우리를 더욱 불안하게 만들 것이다. 기억이 부정확하고 무책임하다는 것을 알고 있는 한, 누구도 범죄 현장으로부터 자신을 완벽하게 떼어놓을 수는 없을 것이다.

　나는 구스타프 노이만이란 사람이 누군지를 잘 모른다.

　내가 그 사람에 대해서 알고 있는 것은(이것도 정말 확실한 기억인지는 모르겠다), 그가 인간에 대해서 참으로 신통한 소리를 한마디 한 적이 있다는 사실뿐이다.

　그는 말했다.

　"인간은 한 개의 기계로서 볼 때 절망적일 만큼 비능률적인 존재다. 불행하게도 인간공학이라는 것은 아직도 무엇 하나 발명되어 있지 않다."

그러나 뜻밖에도 노이만의 이 증언이 우리에겐 희망을 준다. 기계의 행동에는 예외란 것이 없다. 예외가 생기면 고장난 것이다. 하지만 인간은 때로 예외가 생길 때 도리어 인간적인 기능을 제대로 발휘한다.

고장이 났을 때 더욱 놀라운 일을 하는 것이 인간이라는 비능률적 기계인지도 모른다.

기억의 무책임성처럼 유쾌한 것도 없다.

내가 어렸을 때 건넜던 도랑물은 아마존 유역의 그 강물보다도 더 넓고 신비해 보였다. 내 기억 속의 숲들은 오늘날 보는 그런 숲처럼 푸른빛 일변도로 우거져 있진 않았다. 그것들은 유리로 만든 나무처럼 번뜩이고 마녀의 휘파람 소리 같은 이상한 소리로 서로 지껄이고 있었다. 지금 돌아가보는 그런 고향은 아닌 것이다. 기억 속의 고향은 좀 더 그 색채나 형태나 그 장소들이 장대하고 찬란하며 깊숙하다.

그 언덕은 지금처럼 낮지 않고, 썩어가는 초가지붕들은 지금처럼 그렇게 가난하지 않았다.

이 기억의 편견과 고집이 있기 때문에 우리는 시간과 사물의 그 폭력으로부터, 저항이 불가능한 그 결정적인 지배력으로부터 벗어날 수가 있다.

3

내가 이야기하려는 것은 기억에 대해서가 아니다. 하나의 빛에 대한 이야기인 것이다.

어느 날 나는 길 위에서, 시장이 가까이 있는 도시의 골목길에서 한 여인을 만났다. 그 여인은 시장에서 가까운 골목길이라면 어디에서고 볼 수 있는 그런 평범한 주부에 지나지 않았다. 혼수로 가져온 장롱이 유리가 깨지고 칠이 벗겨지고 있는 것처럼, 그 여인의 얼굴도 그렇게 퇴색해 있었다.

그런 여성들은 대개 광대뼈가 드러나 보였고 기미가 끼어 있는 법이다. 으레 한 손에는 찬거리가 든 시장바구니가 들려 있고, 그 바구니 속에는 예외 없이 비늘이 떨어진 한두 마리의 생선과 몇 다발의 야채, 그리고 신문지 조각에 싼 멸치와 콩나물 등이 들어 있을 것이다. 그리고 또 한 손에는 시장바구니와 별로 다를 것이 없는 어린아이를 잡고 있다. 우리는 이런 여인들이 신는 신발은 굽 높은 하이힐이 아니라는 것을 안다. 맨발에 아무렇게나 신는 슬리퍼라는 것을 우리는 알고 있다.

내가 골목길에서 만난 여자도 그런 여자였다.

그러나 기억 속의 그 여인은 광대뼈가 나오지 않았으며, 기미도 끼지 않았으며, 그 손에는 시장바구니나 땀띠투성이의 그런 아이도 없었다. 내가 만난 그 여인은 생선이 썩어가고 있는 시장의 어느 골목길에 있지 않았다.

그녀는 5월의 바람 속에 있었고, 여름의 파란 잔디 위에 있었고, 10월의 낙엽 위에 있었고, 12월의 눈길 위에 있었다.

대학 캠퍼스가 아니면 바흐의 음악이 흘러나오는 어느 커피숍이나 끝이 없을 것 같은 어느 계단 위에 그 여인은 있었다.

풀기 있는 하얀 빳빳한 블라우스, 그리고 감청색 스커트의 주름에는 언제 봐도 구김살이란 것이 없었다.

기억 속의 그 여자 손에는 비린내나는 조기 대가리가 아니라 우리들의 불쌍한 랭보 씨의 시집 아니면 바이킹의 후손으로서는 너무도 섬세한 키르케고르의 철학 서적 같은 것이 들려 있었다.

그러나 지금 그 여인의 두 손은 저녁의 반찬거리와 땀띠투성이의 어린아이에 잡혀져 있고, 그녀가 듣고 있는 것은 바흐가 아니라 덤핑 장수의 외침 소리이다.

나는 분명히 그것을 말할 수 있다. 집으로 돌아간 그 여인은 30촉짜리 희미한 형광등 밑에서 동강 난 연필에 침을 바르며 가계부를 기록할 것이다. 그리고 기다릴 것이다. 한 마리의 노새처럼 등에 무엇인가를 짊어지고 남편이 돌아오기를 기다릴 것이다.

대체 이 계산은 언제 가야 끝이 나는 것인가.

도대체 저 문소리는 언제까지 기다려야 하는가.

수은 칠이 벗겨져가는 경대 거울 위에 얼비치는 얼굴을 바라보면서 기미가 또 늘었다고 한탄할 것이다. 여자의 일생이란 화장대와 시장의 양극을 오고 가는 하나의 시계추라고 할 수 있다.

'내가 원했던 것은 그런 남자가 아니었던 거야. 술냄새가 아니었던 거야. 저녁마다 들고 들어오는 그 서류뭉치가 아니었던 거야. 나는 어머니처럼 되고 싶지 않았었지. 콩나물과 멸치와 비곗덩어리만이 붙어 있는 비리고 역겨운 이런 고기들이 아니었던 거야.'

그러나 이런 것은 중요한 것이 아니다. 여인들은 반드시 이렇게만 늙어가는 것은 아니니까.

중요한 것은, 내가 골목길에서 만난 그 여인과 나는 이미 학생이 아니라는 사실이다. 우리는 다시 5월의 바람 속에서는 만날 수가 없는 그런 사람들이다. 이 길 위에는 바흐나 좀 허풍이 심한 랭보나 키르케고르의 찌푸린 얼굴이 이미 존재하지 않는다는 사실이다.

나는 그 여인이 앙비타시옹 오 바이아지의 시를 외던 그 목소리로 남편에 대해 불평의 욕설을 늘어놓는 것을 듣고 있었다. 사람들이 늙어갈수록 사투리가 더 억세지는 이유를 나는 알고 싶었다. 그녀는 부끄러움도 없이 가슴을 풀어헤치고 아무 데서나 아이에게 젖꼭지를 물리는 그런 여자 중 하나가 된 것이다.

그러나 내 기억은 무책임하다.

내가 본 그 여학생은 지금도 아직 어느 교정의 숲길을 걷고 있고, 계단을 내려오고 있고, 랭보를 읽고 있고, 바흐를 듣고 있다.

대체 누가 여인의 손에 콩나물과 멸치 봉지를 들리게 할 수 있었단 말인가.

기억은 하나의 광망光芒과도 같은 것인지 모른다. 촛불처럼 타들어가기만 하는 한 여인의 모습은 기억의 빛만을 남기고 있다. 누구나 고향으로 돌아갈 수 없듯이, 누구나 옛날의 여인을 만나지는 못할 것이다.

사람들은 흔히 고향으로 돌아간다고 하지만 사실 고향은 아무 곳에도 없는 공간이다. 옛날에 그것은 타서 없어지고 말았다. 거기에서는 하나의 벌레, 하나의 들꽃, 하나의 돌, 붉은 흙이 상처처럼 찢긴 하나의 언덕이라 하더라도 기억 속의 그 고향에서처럼 존재하지는 않는다.

여인들도, 우리가 사랑했던 그 많은 여인들도 이젠 두 번 다시 만날 수 없을 것이다. 시장 골목에서 만난 여인은 이름은 같아도 이미 그때의 그 여인은 아닌 것이다.

그렇다. 그때의 여인은 지금의 이 여인이 아니다. 우리를 잠들지 못하게 했던 그 여인은 10월의 햇빛과 함께, 여름의 그 마지막 햇빛과 함께 이미 없어지고 만 것이다.

기억은 은행에 맡겨둔 예금액이 아니다.

기억의 통장에 찍혀진 낡은 문자들은 영원히 현찰로 바꾸지 못할 것이다. 하나의 빛처럼 그것은 텅 빈 공간을 채우고 있을 뿐, 존재하지도 않고 만질 수도 없고 냄새 맡을 수도 없으며, 공작새처럼 가두어둘 수도 없다.

빛은 우주의 모든 기억을 지니고 있는 마이크로필름이다. 그것은 가둘 수 없는 공작새이다. 프리즘의 날개를 가진 형태 없는 새, 이 세상에서 가장 변덕스러운 새이다.

나는 그 여인이 어떻게 골목길로 사라져가는지를 보았다. 그것은 낙서와 벽보와 벗겨진 페인트가 상흔처럼 입을 벌리고 있는 담이 아니라 하나의 시간이었다. 여인은 그 시간의 골목길로 돌아선다. 슬리퍼를 끌고, 시장바구니를 흔들고, 그 여인의 얼굴에 까칠한 기미를 돋게 한 어린 자식의 손목을 틀어쥐고, 그는 시간의 골목길을 돌아가고 있다. 허공 속에서 무언가를 잡으려고 흐느적거리는 등나무 덩굴처럼 그 여인은 움직이고 있었다.

나는 거기에서 10월의 빛을 보고 있었다. 야윈 벌판을 가로지르는 10월의 햇빛을 보았다. 마지막으로 타오르는 불빛들, 소멸해가는 것들의 그 빛과 아픔과, 다시 돌아올 수 없는 순간들의 무덤을 바라보고 있었다.

저 찬란한 빛 속에서 우리가 보고 있는 것은 하나의 거대한 암흑이었고, 침묵이었고, 생명을 상실해가는 무덤의 입구, 그리고 그 계단들이었다.

우리들의 기억이 늘 그렇게 고집스럽고 엉뚱하고 갈피를 잡을 수 없는 까닭은, 현실과 사이가 좋지 않은 기억의 덫에 때때로 그 빛의 파편들이 걸려드는 까닭인지도 모른다.

II
녹색 우화집

수인囚人의 영가

　허공을 향하여 독침을 찌르고 땅 위에 떨어져 죽은 웅봉熊蜂 의 시체를 본다.
　어느 왕자의 장례 행렬같이 숱한 개미떼가 열을 지어간다.
　이 조그만 비극의 모형 앞에서 나는 차마 울 수도 없다.
　묘지에 피는 하나의 꽃송이처럼 인간은 인간의 피를 마시고 아름답게 핀다.

　어째서 그 사람은 나를 보고 웃었을까.
　어째서 그 사람은 나를 보고 울었을까.
　어째서 나는 그 사람을 보고 웃었을까.
　어째서 나는 그 사람을 보고 울었을까.

　제각기 혼자서 자라나는 꽃나무처럼 자기가 서 있는 위치를 떠날 수 없다. 서로의 그림자만이 얼핏 얽혀보는 적막한 화원花園이다.

메멘토 모리Memento mori―'죽음을 기억하라'는 말이다. 비둘기와 비둘기가, 별과 별이 자기들의 고운 눈 속을 들여다보듯 우리도 서로의 시선을 바라다본다. 그러나 내일은 종소리, 자기 몫만 조금씩 살다가 모두 헤어져야 될 오늘의 광장이다.

메멘토 모리―서로의 이름을 기억하라는 말이다.

예수의 십자가와 유다의 십자가, 어느 쪽이 무거웠을까를 생각해본다. 예수―지상을 초월한 사랑보다 유다의 실패한 배반이 더 인간적인 것이었다면, 누가 뿌리고 간 피눈물이 더 짙을 것인가?

유다의 회한이여, 우리만이 아는 비밀이다. 신도 인간도 될 수 없는 유다의 비극은 우리 것이다. 천국과 은 30세겔을 맞바꾼 그 슬픈 새타이어satire를 이해하고 싶다. 동정하고 싶다.

망두석의 자세로 무엇인가 기다리면 갈대와 바람과 조수의 소리뿐이다. 태초의 하늘빛이 허허한데 갈가리 찢겨 그냥 밀려만 가는 구름 조각들―휠휠 별들이 떨어져 강물로 묻힐 적에 나는 무엇인가 잉태한 채로 시체가 된다. 웅벌처럼, 죽은 꽃나무처럼 혹은 저주받은 유다처럼 나는 시체가 되어야 한다.

이 50퍼센트 독한 합성주의 도취에서 우리 모두는 깨어나야겠다. 창부의 웃음, 지폐처럼 흔한 그 창부의 웃음이 있는 답답한 골목길에서 어서들 **빠져나가야겠다.** 하나의 담배꽁초만도 못 한 시시한 생활 앞에서, 이 억울한 원죄의 형벌 앞에서 다시 한 번 우리 분노해보자.

봄만 되면 피어나는 꽃송이들, 그런 것은 삼동 추위의 온실에도 있다. 동상으로 부푼 소녀의 손가락과 발찌를 앓는 소년의 목덜미와 화장한 노파의 얼굴과 스펀지로 카무플라주camouflage(위장)한 노처녀의 유방과……. 결국은 모두 눈물 같은 것, 화류병 환자처럼 육체는 썩어지는 것—거짓말같이 우리를 괴롭히는 사막에 뜬 신기루를 망각해보자.

사막이라도 있으면 싶다. 짠 바닷물이라도 있으면 싶다. 아무래도 이 허공 속에선 살기 어렵다. 춘화도를 보듯 그런 쾌감이라도 좋으니 달력에는 없는 그런 오늘이 왔으면 싶다.

비눗방울, 오색영롱한 비눗방울, 너는 어느 바람 속에서 사라졌느냐. 지푸라기 같은 목숨을 지키다가 무척 피곤했구나. 많이 울다가 돌아섰구나.

발가벗은 어린이처럼 살고 싶었다. 눈치도 부끄러움도 없이 발가벗은 채로 살고 싶었다. 궁전 같은 엄청난 사치는 외면하면서 솔잎 같은 것하고 벗하며 살고 싶었다.

어쩌다가 사과를 따먹었느냐. 뱀의 혓바닥은 독이 있는데, 어쩌다가 사과를 따먹었느냐. 향기 짙은 그 붉은 껍질을 저미어 물고. 그래도 후회는 하지 말아라.

옷을 벗어라. 천치처럼 옷을 벗어라. 발가벗은 살덩이에 햇볕이 묻고, 하늘이 묻고, 눈치 없는 어린이처럼 살고 싶어라.

전쟁은 싫구나. 해골 같은 달이 뜨는데 전쟁은 싫구나.

낙엽은 그래도 행복했다.

계절도 없이 죽어야 하는 우리는 아무래도 성城처럼 영원할 수 없다.

전쟁은 싫구나. 카키색 전쟁 앞에서 찢어진 자명고처럼 울 수도 없이 눈을 가리고 태양을 본다.

저 구약 시대 신은 어린 양들의 생혈生血을 빨고 살이 쩌갔다. 인간이 손을 벌리고 무엇인가 애소哀訴할 적에 신은 목상木像의 얼굴로 침묵하였다.

풍금을 울리지 마라. 지친 탕아가 되어도, 버리고 온 고향일랑 찾지 말아라. 이제는 잡아줄 양조차 없어 오늘의 신들은 굶주렸는데, 홍수가 나도 다시는 노아의 방주를 만들지 말라.

해초가 되어, 먹탕 같은 흙탕물 속에서 해초가 되어 흐느적거리며 살아야 한다.

피리 소리를 내자. 그 고운 목소리로 피리 소리를 내자.

산도 바다도 머리 풀고 울도록, 구성진 북소리도 울려보아라.

저녁놀이 오면 하루살이처럼 죽게 되는데 그만한 노래쯤은 있어야 한다. 꼭두각시 모양으로 춤을 추다가, 펄펄 타오르는 불꽃이 되어 어둠에 묻힌 방을 밝혀보라.

너무 늦었다. 그렇게 되기에는 너무 늦었다.

광장의 고독이 기둥 같은데 우린 참 너무 늦었다.

한 마리 학이 되어 구름 밖을 날기에는, 한 송이 꽃이 되어 향내로 살기에는 너무 늦었다. 너무 늦었다.

이 50퍼센트 독한 합성주의 도취에서 우리 모두는 깨어나야겠다.

맑은 정신으로 벌집같이 구멍난 인간을 보라. 못쓰게 만들어놓은 병든 사지를, 야위어가는 병든 사지를.

다음에는 찢어진 깃발을 꽂고 우리의 패배를 서러워하자.

인간들끼리, 약한 인간들끼리 최후의 만찬처럼 음식을 차려놓고 헤어지자. 모두들 헤어지자.

소년과 계절

풍선이 날아가버린 하늘을 향해 목 놓아 운 소년이 있었다.

봄을 노래하지 않는 작은 새와 그렇게 마주 서서, 소년은 두고 온 고향을 생각한다.

참 많기도 한 꽃들이다. 개나리, 진달래, 철쭉, 그리고 떡쑥, 냉이, 구실봉이, 제비꽃……. 그만 꽃의 향기에 취해서 쓰러진 언덕을 본다. 소년은 계절의 연륜과 함께 자라던 들판이 그립다.

생화와 새를 파는 거리가 아니라, 물결 무늬로 바람 불고 눈썹 위에 함부로 꽃잎 피우던 산협山峽 길이다.

버들개지에 물이 오르면 호드기, 푸른 물이 뚝뚝 떨어지는 이끼 낀 바위에 누워 피리를 불면, 쪽빛 하늘과 목화송이 같은 구름이 돈다.

칡덩굴, 머루, 다래, 떡갈나무, 윤이 오른 숲을 헤치고 물 마시러 뛰어나온 한 마리의 사슴. 문득 소년은 어린 짐승이 되어 호숫가 오솔길을 달린다.

땅 냄새 향기로운 대지를 디디고 계절을 따라 소녀의 이름을 부르면 축축한 죽순처럼 자꾸만 키가 자라는 꿈, 어느 처마 밑 들창 너머로 와락 쏟아지는 별빛을 보고 별 하나 나 하나 끝끝내 세지 못한 채 잠이 든다.

봄비 내리는 바다, 종이로 접은 배처럼 먼 곳에서 기적을 울리며 돌아오는 돛단배, 갈매기, 보지도 못한 어느 섬나라에 꽃이 한창 피고 놀라운 왕자의 금마차가 달리는 동화의 나라.

또다시 봄의 계절, 소년은 그래서 나비처럼 지쳐 돌아오고, 향부자 냄새의 사태를 만나 옷자락마다 풀물이 스몄다.

계절이 키워준 소년은 웃음을 꽃처럼 피우고 지고, 그러다 빨갛고 파랗고 하얀 풍선을 놓쳐버리고 운다.

그러나 여기는 폐허가 돼버린 도심지.

풍선이 아주 날아가버린 회심한 하늘을 보고 소년의 검은 속눈썹에 이슬 같은 눈물이 구른다. 몇십 척 높은 굴뚝에서 쏟아지는 매연은 검은 꽃가루. 눈을 감으면 종다리 뜬 방울 소리가 아니라 녹슨 레일을 굴러가는 전차 바퀴 소리.

어디선가 머무른 봄의 풍경을 찾느라 사슴처럼 길어진 하아얀 소년의 목.

어느 황홀한 쇼윈도에 비친 에메랄드의 눈은 꿈을 지니지 못한다.

무지개를 보아도 다시 뛰지 못하는 소년의 가슴엔 선인장과 같은 가시가 돋고, 계절을 잃어버린 쓰디쓴 웃음이 아스팔트 위에 떨어져 구둣발에 짓밟혀 부서진다.

동화책에서 살던 요정들은 쫓겨가고, 어쩌다가 핀 요화妖花의 독즙이 소년의 손등에 묻어 부풀어오른다.

머리를 풀고 서러워하는 버들개지. 소년과 손을 잡고 울면 슬며시 외면하는 태양.

끝내 돌아오지 않는 계절을 부르기 위해서 산과 들과 말라버린 냇물이 수녀와 같은 검은 상복을 입었다. 전쟁을 알리는 벽보. 석유통처럼 터지는 포화의 불빛 또한 번갯불.

마침내 소년의 풍선은 하늘 복판 어느 밝은 기류 속에서 터져버린다.

어디까지고 뻗어나가는 행렬, 계절을 제사하는 소년들의 제복, 양치류 고산식물, 꽃 없는 풀들이다.

버섯이 전해준 생활의 미학, 텅 빈 새장 속의 가득 괴어버린 소년들의 눈물은 도살장의 풍경, 벌을 유혹하지 못하는 불구의 꽃들은 오늘도 천치의 웃음을 흉내낸다.

사이프러스의 그늘 밑에서 어쩌면 또 하나의 신화가 돋아날지 모른다. 계절을 잃어버린 소년, 소년은 지금 고향을 생각하지 않고 있을지도 모른다.

어디선가 지금 머무르고 있을 봄 풍경을 위해 소년은 선인장 같이 서서 바다의 조수와 산바람 소리를 귀 기울여 엿듣다 그만 지쳤다.

봄은, 또한 가을은 없다.

환한 대낮에 황혼도 밤도 없다.

그림자를 죽이는 형광등, 병영의 불빛, 골목의 어둠 속에서 들리는 창녀의 웃음소리…….

계절이 다시 돌아오지 않는 이 지역은 수목도 조류도 없는 사바나의 땅이다. 종이 조각이 바람에 흩어져 날고, 소년은 맨발로 서서 데스마스크처럼 처절한 달을 보고 눈물을 말린다.

녹색 우화집

루비앙카 수인의 기도

나를 용서할 수는 없으십니까? 사슬을 끌며 층계를 올라가는 이 괴로운 형벌을. 정말 그것은 내 아버지, 그리고 먼 내 혈족들이 저지른 잘못입니다.

루비앙카 털끝만 한 자물쇠 구멍으로 밤이 옵니다.

어느 화려한 호족豪族 무리가 살다 간 이 방의 사치를, 그들이 남기고 간 음란한 숨결을, 불사른 지폐를, 또한 그 생활을 나 혼자 어떻게 하란 말씀입니까?

그 많은 계절로도 가꾸지 못한 폐허의 정원, 그 위에 내리는 빗발소리, 언덕을 타고 미끄러져 내려오는 북녘의 바람소리.

귀로만 트인 바깥세상에 가엾은 육신이 풍화됩니다. 철의 침대를 닮아가는 척추와 스스로 메아리치는 피로한 심장과 언어도 없는 루비앙카, 참말 이 침묵은 견디기 어렵습니다.

나를 용서하기만 하신다면 풀 뜯는 한 마리 말처럼, 강아지처럼 순종하겠습니다. 하늘을 보고 꽃을 보고 푸른 나뭇잎을 다시 내 옆에 있게만 하신다면 다시는 아무 불평도 없이 살아가겠습니다.

루비앙카 구릿빛 천장은 참으로 싫습니다.

꼭 그런 시간에 자물쇠를 잠그는 침울한 소리, 여울져 돌아가는 물결처럼 감수監守의 구둣굽이 타일을 두드리는 공허한 소리, 창부의 이름이라도 얼굴이라도 부르고 싶은 그것이 나를 이대로 미치지 않게 해주십시오.

루비앙카, 옛날엔 아름다운 사람들이 주연과 노름과 이야기로 긴 밤을 지내던 여숙旅宿. 눈보라의 추위를 막고 설원으로 떠나는 많은 나그네를 잠재우던 곳.

그러나 루비앙카, 지금은 암흑. 방바닥에 쓰고 지우고 또 써도 슬픈 이름. 이야기도 몸짓도 없는 슬픈 이름.

나를 용서할 수는 없으십니까. 사슬을 끌며 층계를 올라가는 이 괴로운 형벌을. 정말 그것은 내 아버지, 그리고 먼 내 혈족들이 저지른 잘못입니다.

장미와 전쟁

신은 어느 날, 마지막 시들어가는 장미밭의 폐허를 슬픈 표정으로 바라보았다. 이윽고 유언과 같이 한마디 말을 남긴 채 그의 침실 속으로 영영 자취를 감추고 말았다.

"쇠잔하는 장미의 빛깔을 전쟁으로 되살게 하고, 피의 우물을 파서 짙은 생명의 수액樹液을 돌게 하라."

신의 유언이 실현되던 날, 상인과 도박사와 정치가들이 백지장 위에 서명을 하고, 그날부터 물과 피가 장미밭의 하늘을 물들이기 시작했다.

GMC 국방색 천개天蓋 안에 무수하게 실려가는 사람의 얼굴ー 얼굴, 그리고 얼굴. 가솔린과 먼지의 연기 속에 가버린 날들을 부르는 통곡의 노래. 화염 속으로 뛰어들어가는 석탄 덩어리처럼 '젊음'과 '사랑'과 '내일'을 태우고 사라져가는 당신의 얼굴.

그 속에 또한 내 얼굴. 홍수의 물결을, 불꽃이 타는, 그리고 구름이 타는 석류알 같은 파편이 심장을 찢고, 다정한 당신의 이름처럼 아름다운 얼굴의 그 모습을 찢고ー피혁을 재단하고 해진 고무창을 때우는 그 게으른 구두 수선공처럼 적십자 소녀들이 주워 깁는 해체된 사지ー주위의 전쟁은 아, 그렇게 슬픈 음악처럼 그림처럼.

전쟁은 그 불꽃의 촉수에 얽히는 모든 것을 도살하고 파괴하고 소멸시켰다. 철로와 목장과 산의 울창한 수목과 현판懸板, 고책古冊, 잉크, 그리고 다람쥐와 도마뱀, 사슴, 노루, 산토끼, 푸나무 또한 인간과 인간의 모든 것을.

금강역사金剛力士도 무색할 거탄巨彈의 위력은, 그 핵의 분열은 구름도 닿지 못할 저 하늘 높이로 꽃잎 같은 불길을 뿜었다. 혈맥이 터져서 흐르는 피, 향긋한 선지피가 울음 울듯 꿈틀거리며 장미밭의 고랑으로 줄지어 흘렀다. 피를 가진 모든 생물이면 가슴속 몰래 숨겨두었던 거룩한 액체를 한 방울도 없이 흘려버려야 한다는 억울한 판결이었다.

철판을 뚫고 흩어지는 탄막뿐이다. 장군들의 훈장과 야욕은 불로도 물로도 달랠 수 없어, 전쟁은 오는 해를 강물처럼 흘려보냈다.

'아, 그렇게 슬픈 음악처럼 그림처럼 그것은 왔다. 총구와 같던 흑점이 해를 삼키고 기어코 빛을 가린 암흑의 하늘, 붉은 빛깔, 색채는 있어도 밝지 않은 그냥 빛깔만 남아, 초토를 포옹하는 촉수만 남아 누구의 얼굴인지도 알 수 없는 이 풍선처럼 사라져가는 얼굴과 얼굴. 수화기에서 울려나오는 음성으로 내일을 부르는, 부상한 병사들의 가냘픈 목소리. 단조로운 운동으로 장부와 지폐장을 넘기는 비루한 상인의ㅡ완구와 같은 주판알을 굴리는 비루한 상인의ㅡ계산자와 붉은 치수가 붙은 도량형기. 오유烏有된 건물, 회신灰燼된 땅덩이에 마지막 남겨진 인간의 유산.

얼마간 세월이 흘러 달도 별도 수척해 피로한 날, 신은 이제쯤 인간들의 전쟁이 끝났을 것이라 생각하였다. 침대 옆의 커튼을 밀치고, 창 밑에서 어른거리는 장미밭을 보았다. 죽은 인간과 생물의 목숨이, 그것을 태워버린 위대한 불꽃이 또다시 장미의 꽃잎에 진홍색 아름다운 색채를 주었다.

수없이 흩어져 떨어진 파편들로 인해 장미의 푸른 줄기에 독기 오른 가시들이 싱싱했다. 신은, 되살아나 아름답게 핀 장미들 하나하나의 탐스러운 꽃송이를 어루만질 듯 굽어보면서 엷은 미소를 지었다. 신은, 장미밭 하나를 위해서는 이런 전쟁이 앞으로도 계속되어야 한다고 생각했다.

옛날처럼 이슬을 내리게 해 피 먹은 장미의 향긋한 향내를 그의 머리맡 위에서까지 떠돌게 하고, 무지개보다 아름다운 장미의 살결 위에 인간의 젊은 목숨에서 뚝뚝 떨어지는 핏방울을 흐르게 해, 그 황홀한 빛깔이 들창 유리마다 빛나게 하는 그런 고마운 기적을 베풀었다.

실명한 비둘기

눈먼 비둘기는 밤이면 고운 별들을 생각한다. 지금쯤 그 많은 별무리 속에 잃어버린 두 눈이 한 쌍의 별이 되어 빛나고 있을 것이라 믿어본다.

비둘기가 실명하던 날, 도시에서는 전쟁이 있었다. 삐라와 같이 흩어지는 휘황찬란한 빛이 쫓겨가는 인간들을 불태우고, 불기둥은 마치 기적처럼 서서 적막해진 초토 위를 밝히고 있었다. 순간, 도도히 일어나는 폭음과 뜨거운 일진의 질풍이 온갖 수목들을 쓰러뜨렸다. 쓰러진 것은 나무만이 아니었다.

그때 비둘기는 기억을 상실했다. 자기가 지금 탄환과 같은 구름 뒤로 흐르고 있다는 것을 겨우 의식했다. 그러다가 하늘이 영영 보이지 않는 밤이었다. 최초에는 그것이 지옥이라고 여겨졌다. 새큼한 피 냄새와 무슨 맹수의 토굴에서 풍겨나오는 부패한 살덩어리의 악취, 피로한 발목에 후텁지근한 기류와 고름처럼 흐느적거리는 끈끈한 유액이 휘감겨왔다.

나중에야 비둘기는 자기의 두 눈을 잃었다는 슬픈 사실을 알게 되었다. 언제나 시야는 한결같이 밤이었다. 다만 침묵으로 밤을 가늠했고, 소음으로 낮을 짐작했다.

주위가 고요하고 아주 침통한 바람소리만 있으면 그것은 밤이었다. 소음과 먼지 낀 냄새가 일기 시작하면 그것은 낮이었다.

귀로만 듣는 밤과 낮 사이에서 비둘기는 슬픈 마음을 울어줄 눈도 없이 고독했다.

어느 날, 아주 침묵하는 대낮이 있었다. 잠시 전쟁이 끝나고 인적도 끊긴 허물어진 도시에 닭과 개 울음소리도 없었다. 폐허 속에 밀려오는 대낮의 적막—전쟁에 파괴된 유해들의 침묵—실명한 비둘기는 가엾게도 그것을 밤이라 생각했다.

지금쯤 하늘에선 무수한 별들이 떼를 지어 빛나고 있을 것이라 믿었다. 그 별 무리 속에 잃어버린 자신의 두 눈이 틀림없이 한 쌍의 별이 되어 빛나고 있을 것이라 믿었다.

비둘기는 드디어 하늘을 날았다. 하늘로 난 것이 아니라, 가장 고요한 음향의 여울을 향해 날았다. 그것이 하늘이라 생각했기 때문이다. 몇천만 리 날다 지치면, 날개가 찢어지고 부리가 문드러지고 목숨과, 그리고 온갖 생각을 잊을 때까지 그냥 날 것을 다짐했다. 그러다 죽을 것이고, 그렇지 않으면 그리운 자기의 두 눈동자를 만나 밤이 끝날 때까지 실컷 울어보리라 생각했다.

비둘기가 날아가는 방향은 사실, 하늘이 아니라 어느 병사들이 주둔해 있는 진중이었다. 전쟁에 피로한 병사들은 포연이 가시지 않은 초원 위에 누워 낮잠을 자고 있었다. 총구와 포구를 닦는 병사도 있었다. 칼에 얼룩진 핏자국을 씻고 있는 노병도 있었다. 그렇게 그들은 아무 말도 없이 한자리에 앉아 있었다. 탱크도, 위장한 장갑차도, 대포와 미사일, 그리고 정찰기 그 모두가 침묵하고 있었다.

비둘기는 낙엽처럼 하늘거리다 그 진중 한가운데로 추락하고 말았다. 실명한 슬픈 비둘기는 잃어버린 눈동자가 자기의 모습을 찾아줄 것이라고 생각하면서…….

허공으로 뻗친 10여 척 포신, 그걸 나무 등걸로만 알았다. 포구에 앉은 비둘기는 밤하늘이 참으로 적적한 곳이라고 생각하면서, 자꾸 잃어버린 눈동자를 불렀다. 가는 목소리로 자기 눈을 불렀다.

병정들이 비둘기의―비명과 같은 울음소리를 듣고 모여들었다.

그리하여 실명한 비둘기는 이윽고 병사들의 천막으로 납치되었다. 조소와 연민과 학대의 진흙을 온몸에 바르고 전야戰野를 전전하는 실명한 비둘기. 실명한 비둘기는 그리하여 무슨 옛날의 깃발과도 같이 전두戰頭의 광야 위에서 퍼덕이고 있었다.

버섯과 소년

산에서 내려온 소년은 예쁜, 향내 짙은 버섯만 한아름 따가지고 왔는데, 할머니는 놀란 눈으로 색색 아름다운 독버섯의 요려妖麗한 자태를 바라보면서, 굵은 가선에 구름 끼듯 잠겨오는 어두운 그림자를 지우고 철모르는 소년을 자꾸 꾸짖기만 하셨다.

"대개 색이 있고 향내가 짙은 버섯에는 살을 썩게 하고 피를 못 쓰게 만드는 무서운 독이 있느니라. 못 먹는 버섯만이 아니라, 세상의 모든 물건과 돌아가는 일들도 그와 같아서, 겉이 화려하고 가슴을 들뜨게 하는 향내가 있는 것이면 모두 사람을 해치고 사람의 목숨을 빼앗아버리느니라.

그래서 너의 할아버지는, 느타리버섯 테처럼 잘룩하고 화사한 허리통을 한 어느 계집애—독한 그물버섯 갓과 같이 얼굴 위에 청홍점靑紅點의 교기嬌氣가 어리고 그 버섯 주름에서 풍겨오는 향내같이 사람의 마음을 걷잡을 수 없이 취하게 하는 얇은 입술 냄새와 뜨거운 입김이 떠도는—그런, 어느 요려한 계집애에게 흘려, 송이버섯과 같이 향내도 색깔도 없는 불쌍한 할머니를 버리고, 북만주 아니면 러시아의 눈벌판 같은 곳으로 영영 떠나고 마셨단다.

또 요번에는 네 에미가 아주 독버섯같이 예쁜 계집이어서 불쌍한 너의 아범은 한시도 그 곁을 떠나질 못했는데, 너를 낳고 세월이 점점 흐르자 어느 날 무슨 일이 있었는지 에미는 너를 버리고 아주 자취를 감추고 말았단다.

그래서 너의 아버지는 사흘 밤낮을 자지 않더니 술과 아편에 취해 폐인이 되어 세상을 떠났다. 네가 할아버지, 그리고 아버지의 얼굴을 보지도, 그리고 한번 불러보지도 못한 까닭은, 그래서 이 늙은 송장 같은 할머니 하나 데리고 이렇게 산골에서 나물 캐며 살아가는 생활은 그 독버섯과 같은 계집들 때문이다."

그렇지만 소년은 그렇게 아름답고 향긋한 버섯을 버릴 수가 없었다. 그것들이 아주 맑은 골짜기의 흐르는 물소리와 철 따라 달리 부는 산바람의 숨결과 오색 구름과 별 기운을 마시고 자랐다는 것을 알고 있었다.

그렇게 색색 고운 얼룩무늬와 산 너머 딸기밭 머루 냄새보다 그윽하고 쌉쌀한 향내가 사람의 목숨을 절단내는, 그렇게도 무서운 독을 품었을 것이라고는 믿어지지 않았다. 할아버지와 아버지를 슬프게 한 것은 정말 그것이 버섯이 아니라 사람이었던 까닭이지, 이 부드러운 버섯 테에, 곱기만 한 버섯 갓과 수줍고 여린

버섯 주름에 사람을 망쳐놓는 독기가 있을 리 만무하다고 생각해보는 것이었다.

먹는 버섯이라는 국수버섯, 싸리버섯, 송이버섯, 그리고 사사버섯, 그따위 것들은 모두 험상궂은 주먹처럼 생기고 빛깔도 향내도 없어, 그저 흙처럼 투박한 악취만 있어서 싫었다. 할머니의 말이 아무래도 거짓말이고, 이젠 눈도 어두워지고 냄새 맡는 힘도 없어져서 그런 말을 하셨거니 생각하면, 이렇게 고운 버섯들의 맛을 모르고 얼마 안 있어 돌아가실 늙은 할머니가 도리어 딱하게만 여겨졌다.

빨갛고 노랗고 하이얀 이 버섯들을 삼키면 입에서는 저 산속으로 풍기는 야릇한 향내가 떠돌 것만 같고, 눈은 하늘처럼 파아란 빛이 돌아 아주 까마득하게 뜬구름도 머물다 갈 것 같고, 상기한 뺨에는 선녀의 옷자락 같은 혹은 노루 잔등이의 얼룩무늬와 같은 것이 어른거릴 것만 같은 생각이 자꾸 들기만 하였다.

소년은 그날 독버섯을 먹었고, 이제는 늙은 할머니 혼자 흉측하게 썩은 소년의 시체를 어루만지며 통곡하였다. 그 못된 버섯들이, 그 요염한 색과 향내들이 차례차례로 목숨을 빼앗아간 그 원망스러운 일을 생각하면 차마 목이 메어 울 수도 없다.

썩어가는 소년의 시체 옆에 한층 요염한 교태로 피어나는 버섯들, 꽃보다 아름답고 바다보다 향기로운 그 많은 독버섯들은 모여드는 독사와 포옹하며 입 맞추며 대견스럽게 습지 위로 번져가는 것이었다.

용설란 지역

완구 잃은 소년은 한 포기의 용설란이다.

가시 돋친 사보텐, 적갈색의 구름, 이슬도 그늘도 없이 저 혼자 자라나는 용설란은 녹지를 건너오는 바람만을 듣는다.

모래밭이다. 천 년을 두고 까무러친 모래밭이다. 끈끈한 수액마저 증산蒸散해버린 미칠 것 같은 밤이 좋아서 용설란 가시밭은 이파리가 밤을 마신다.

회심한 영사막映寫幕에 어리는 빗방울처럼 구슬픈 빛깔처럼, 완구 잃은 소년은 상가 문 앞에서 피어나는 용설란이다.

라디오방 또는 카바레에서 흘러나오는 요한 슈트라우스의 음악 혹은 그렇게 화사한 현악 소리에 젖어 아스팔트 위에 지푸라기처럼 쓰러져가는 소년들의 얼굴. 어느 장대한 파티가 끝나는 시각이면 한 떼의 강아지처럼 모여 더러운 쓰레기를 줍는 소년들의 이빨. 골목길에서, 가시철망에서, 지하도와 다리 밑과 시장 입구에서 목쉰 어른의 목소리로 생활과 고향을 부르는 소년들의 또한 음성.

낙엽처럼 굴러다니는 도시의 소식을 듣다가도 어머니와 산과 바다 풍경이 그리워 사슴처럼 귀를 세우고 발돋움하는 아, 용설란의 자세여.

천치와 같이 착한 소년에게서 완구를 빼앗아간 것은 지폐의 역, 초연과 강철 또는 셀룰로이드를 태우는 파아란 불꽃이다.

그처럼 고운 핏줄기에 끝내 가솔린 기름 냄새를 스미게 하였구나. 목에 사슬을 걸고 피를 토하듯 저 수인囚人의 웃음소리 같은 울음을 남기면서 모두 그러한 골목길로 빠져나가야만 하는 것인가?

오늘도 기적과 같이 황급한 아침에 한 줄기 피어나는 황흑색 연기가 있었다. 그것은 학살된 어린아이들의 시체를 태우는 연기. 타자기에서 찍혀나오는 가냘픈 알파벳의 순서처럼 흑색 소문자로 이 시대의 비극을 예고하는 스크린의 자막이다.

봄은 와도 결국은 춘화도 같은 것. 1년 사시사철 계절과 외면한다. 독즙으로 엉긴 흑록색 혓바닥을 늘어뜨리고 모래알을 핥는, 모래알을 핥는 용설란.

그것은 완구 잃은 소년의 이름, 또한 우리의 이름이다.

유리 공화국

집도 인간도 수목도 모두가 유리로 된 신비한 공화국. 비밀이라고는 없습니다. 투명한 여인의 나체 속을 엿보면, 고운 피가 흘러가는 혈맥들이 보입니다.

"엑스레이 사진을 보는 광경입니다."

산도 유리라서 수맥과 화산맥이 환히 보입니다.

하늘도 유리라서 천국의 풍경들이 엿보입니다.

유리 공화국 착한 백성들은 언제 보아도 새로 꽂은 깃발처럼 싱싱합니다.

목욕탕 안에서처럼 유리 공화국의 유리 백성은 모두들 평등입니다.

유리 공화국 아무 데를 보아도 벽은 없습니다. 광선이 막히지 않아 시야는 무한입니다. 아무리 자물쇠를 잠가도 내부를 감출 수 없는 유리 공화국, 음모도 비밀도 있을 수 없다는 평화의 지대. 언제 보아도 투명합니다.

집도 인간도 수목도 모두가 유리로 된 수족관과 같은 나라, 유리 공화국의 백성들은 해방된 생명만을 가졌습니다.

수정궁

신부新婦는 수정궁水晶宮을 가지고 있다. 우아한, 그리고 독향이 흐르는 수정궁의 뜰 위에 진홍색 달리아가 핀다. 수정궁에는 애화哀話가 많은 전설이 숨어 있다. 꽃방석처럼 폭신한 자리. 사람들은 그 안락의자를 망각할 수가 없다.

수정궁 연못에는 투신한 내시들의 시체가 뜬다. 대부분의 남자들은 수벌처럼 그 연못 속에서 죽어갔던 것이다.

장군과 호상豪商과, 그리고 많은 백성들이 이 궁으로 초대되었다는 기록이 남아 있다. 그러나 아무도 되살아나는 사람들의 이름을 알 수 없었다. 슬픈 일이었다. 수정궁 사방의 유리벽이 그들을 가두고, 마침내는 피를 빨아먹는 나비떼가 날아들어오는 것이었다.

혹은 거미, 혹은 독충, 그런 것들이 수정궁의 가축처럼 양육되어 있었다.

이렇게 날마다 신부들은 수정궁을 다스리다가 까맣게 야위어간다. 어느 폭탄으로도, 폭군의 위력으로도 부술 수 없는 궁을 향해서 투항하는 인간들은 그렇게 수척해져만 가는 것이었다. 생명이 지폐와 같이 탕진되고, 지상에는 표표히 나는 재뿐인데, 그래도 수정궁에 솟은 첨탑만은 독향을 풍기며 버섯처럼 습지를 찾아 번져가는 것이다.

성 피터의 패배

금요일, 그리고 토요일이 지나면 일요일이다. 위태하던 시간이 지나고 통금이 해제된 도로에는 달력 위에서처럼 하루가 온다.

감기 기운이 있는 피터 씨는 마스크 속에서 가벼운 기침을 하며 참으로 오랜만에 외출을 한다. 스틱, 주석 스틱, 아침 음악의 바람 속에서 뱀가죽 같은 스틱은 지휘봉이다.

전쟁이 낙엽처럼 폐허를 뿌리고 간 도심지—형해形骸만 남아 아슬한 빌딩은 전선의 거미줄에 얽힌 한 마리의 나비다. 혈맥이 끊긴 네온의 유리관은 사라진 빌딩의 이름들을 암송하다가 그만 지친다.

상가는 일요일, 문이 닫히고 고독의 공장 속으로 말려들어가는 때 묻은 시민들. 그들을 부르는 구식 라우드 스피커의 처량한 목소리는, 피터 씨의 거룩한 일요일 설교 강연이 벌어졌다는 소식이다.

죄수의 번호를 부르는 옥리獄吏처럼 인간들을, 그 이름들을……

초토의 광장, 피터 씨는 이 땅 '여호와 식민지'를 다스리는 대총독의 위력, 엄숙한 제스처로 '죄를 버려라, 죄를 버려라' 외치기 시작한다.

청중들은 걸인이다. 배고픈 이재민의 무리, 혹은 옛날에 실각한 정치인들이 가난한 비서에게 '오리가방'을 들리고 거만한 기침을, 그리고 유산 목록을 뒤지듯 지난날의 권세를 회상하며 피터 씨의 설교에 열중한다.

'피터 씨는 울음 우는 수탉만을 두려워한다. 닭이여, 오늘만은 울지 말아라.'

"인간이여, 머리 위의 하늘을 보라. 하늘에 어둠이 와도 푸르지 아니하냐. 어떠한 밤도 하늘의 푸른빛을 지우지 못하느니라. 목숨은 하늘이며, 목숨의 빛깔은 하나의 빛이니라. 하나님은 너희들의 목숨을 이런 모습으로 창조하지 않으셨느냐. 인간이여, 죄를 버려라. 죄의 밤이 지나면 인간은 푸른 목숨. 저 영원한 기쁨의 사랑과 행복의 하늘 같은 대낮 속에 너희가 산다. 창부여! 장사치여! 육체를 버려라. 아편과 같은 유혹, 지폐의 누런 빛깔 속속들이 물들어버린 육체를 버려라. 죄를 담는 항아리, 그것이 너희들의 육체니라. 인간이여! 육체가 죄를 버리면 너희의 정신은 가벼워지고 투명해지고 풍선처럼 하늘로 올라가느니라. 잃어버린 천국 위로 올라가느니라."

'성 피터 씨는 울음 우는 수탉만을 두려워한다. 닭이여, 방정맞은 닭이여, 오늘만은 울지 말아라.'

"성 피터여! 하나님이 실존주의자란 말이 정말입니까?"
"하나님도 배고파본 적이 있으셨나요?"
"말은 망아지를 낳고, 까마귀는 까마귀를 낳고, 사슴은 사슴을 낳는데, 어째서 하나님은 하나님을 낳지 않고 불쌍한 인생과 불쌍한 짐승들을 창조했나요?"

설교가 끝난 피터 씨는 아우성치는 걸인들에게 대답 대신 먹을 것을 베풀어준다. 행상인의 짐과 같은 피터 씨의 보따리에서 흘러나오는 비스킷과 식빵과 우유 혹은 값싼 샌드위치. 공복의 군중은 짐승처럼 이빨을 내밀고 포효하며 몰려들었다.

다시 성 피터의 설교. 그러나 텅 빈 광장엔 일모日暮가 오고, 담배꽁초와 신문지 조각─열이 오른 라우드스피커의 호소하듯이 호소하듯이 부르는 소리에도 사람은 없다.

뿔뿔이 흩어져 사라져버린 사람들. 그 공백의 광장 위에 두 개의 그림자. 전쟁 미망인은 분노한 피터 씨의 망토 자락을 잡고 기적을 기다리는 수인처럼 울어버렸다.

시들고 이지러지고 까맣게 타버린 유방을 감싼 벽보와도 같이 낡은 의상이며 녹슨 브로치가 저녁 햇살에 그래도 휘황한데, 구리 반지 낀 손마디에 피가 흐른다.

피터, 몸은 텅 빈 주머니 속처럼 공허합니다. 당신의 비스킷과 샌드위치, 그리고 술과 아편으로도 채울 수 없는 커다란 공허, 두드리면 북과 같은 울림입니다.

불이 붙는 것, 참으로 막을 수 없는 텅 빈 기둥입니다. 한 마리의 생쥐가 핏줄기를 달리는 그 욕망의 소스라침은 간지럽고 숨막히고, 아─피터, 피터!

어느 유적 허물어진 빌딩의 침묵은 어둠보다 깊고, 부서진 유리창 너머로 페인트로 이겨붙인 것 같은 달덩어리가 뜬다. 해골 아니면 금세 터질 암종癌腫 혹은 고름이 응결한 그것은 아직도 뜨는 광체光體의 타성이다.

거룩한 합장으로 땅 위에 꿇어앉아 하늘을 부르고 여호와를 부르는 피터의 기도―기도의 음향은 수해樹海와 같이 퍼져가는 것. 당신의 숨결이 이 여자의 텅 빈 마음의 집 가운데 살게 하시고, 꽃으로 구름으로 그 향내로 가득 채우십시오. 그것으로 출렁거리지 않게 그득 채우시고, 어둠을 보는 눈이 외롭지 않은 빛을 보도록 해주십시오.

기도는 빛처럼 맑은 바람. 그러나 피터의 노래는 미망인의 귀를 스치고 허공으로 미끄러져가는 그냥 향내. 여인은 상기한 볼에 홍조를 띠며 부풀어오른 가슴을 콘크리트의 기둥으로 직신거리며 자꾸만 초조해지는 몸짓이다.

'하나님은 멀고, 당신의 육체는 내 앞에 있습니다.'

'닭이여, 오늘만은 울지 말아라.'

미소는 이지러진 입가에 무늬를 그리며 퍼져간다.

드디어 슈미즈의 끈이 끊기는 소리. 별안간 벽보와 같이 남루한 치맛자락이 걷히며 나타난 여인의―물 흐르듯 흘러가는 여인의 육체. 알몸뚱어리에 한 점 구름도 일지 않는 여인의 나목裸木.

불쌍한 피터 씨는 기도의 다음 말도 찾지 못하고, 너무 가까운 거리 앞에서 해시海市 어린 듯한 인간의 몸뚱어리에 독주毒酒를 끼얹은 듯 취해 쓰러지며 공허여, 공허여.

'닭이여, 오늘만은 울지 말아라.'

고름이 터져 흐르는 것 같은 달빛 속에 흐르는 여인의 육체. 나목 같은 허벅다리와 불룩한 아랫배에 산산이 찍힌 흉측한 상흔. 포탄에 맞아 불덩어리로 그을린 흉터의 곡선은 나목을 휘감아 올라가는 한 마리 구렁이의 잔등이처럼 꿈틀거리며 비늘을 세워 어둠에서 서기한다.

"피터, 흉터를 보지 마십시오. 당신은 자비로우신 하나님의 아들. 그리고 착한 당신의 마음은 못쓰게 버려진 육체도 끌어안을 단 하나의 인간. 징그러운 흉터마다 사랑을 주시고, 그 자국 속에 바람 일듯 부는 고적한 그림자를 지워주시오. 그전에 몸이 성할 때처럼 내 남편이 혹은 모든 남자들이 이 육체를 사랑해주고 어루만지듯, 피터여, 한 번만 그렇게 안아주시오."

'이때 별안간 어느 허물어진 교회의 첨탑 위에서 방정맞은 수탉이 홰를 치며 울어제친다. 꼬끼오 꼬끼오 꼬꼬댁 꼬꼬……'

닭이 울면 연기 사라지듯 사라져버린, 이 땅 여호와 식민지를 다스리는 대총독의 위신─남은 것은 불쌍한 피터의 늙어빠진 육체뿐이다.

육체는 육체 위로 엎어지고 취한 몸들끼리 가쁘게 돌아가며 웅얼거릴 때, 향훈이여, 잊어버렸다. 인간의 냄새여, 장밋빛 육체의 그 숨 막히는 인간의 냄새여, 오랫동안 잊었던 내 고향, 내 땅이여!

피터 피터 피터

피터 피터 피터

불쌍한 피터, 추악한 인간의 몸짓으로 여인의 가슴에 돌아온 육체를 비비며 선악과의 달콤한 맛을 젖꼭지를 빨듯 빨아넘기는 불쌍한 피터.

'제발 그런 눈짓으로 바라보지 마십시오. 닭이 울었습니다. 당신의 예언대로 나는 약하기만 한 인간―육체를 버릴 재간이 없었습니다. 인간의 마음은 대청처럼 울리다가 찢어지는 것―하늘거리는 얇은 마음을 그런 눈초리로 찢지 마십시오.'

피터는 달빛 속에서, 흐물거리는 육체 속에서 울음 울듯 웃어대는 여인의 가슴속을―어둠 속에 숨은 포도鋪道만을 생각했다.

목매어 죽은 시체처럼 상처난 가로수 플라타너스, 피터는 패배한 걸음걸이로 통금 시간 넘어 거리를 배회한다. 음모陰毛 같은 밤이 휘감겨오고, 지팡이로 허공을 치며, 호통하며.

아―피터여, 남루한 행장이다.

삶을 위한 다섯 개의 소나타

'수원은 확실치 않아도 강물은 여전히 흐른다.'

그 근원, 그 본질은 알 수 없어도 인간은 이렇게 오늘도 여전히 살아가고 있다. 그러나 강물이 흘러가고 또 흘러오는 것처럼, 한 세대가 가면 또 한 세대가 온다.

그것은 모탈mortal의 숙명이며 질서이다. '과실 속에 씨가 있듯 이, 인간은 모두 죽음이 자신의 육체 속에 깃들어 있다'는 것을 안다. 인간은 죽음과 함께 탄생되어진 존재라는 것을 말이다.

그렇다. 지금 보는 이 강물이 조금 전에 보던 그 강물이 아니 며, 앞으로 흐를 강물 또한 이 강물이 아닐 것이다. 아! 우리들은 그 수원을 모르고 있다. 그것이 어디로부터 와서 어디로 흐르는 지를 모르고 있다. 그러나 조금도 서러워할 것은 없다. 흘러가고 흘러오는 물로 인해 이 생명의 강하江河는 언제나 새로울 수 있기 때문이다.

보라, 지금 저 흘러가는 강하의 한 토막을. 어디로부터 와서 어디로 흘러가는지는 모르나, 분명 우리 눈앞에 저렇게 생생한 현실로 존재하지 않는가?

그것은, 어느 때는 밝고 어느 때는 흐리다. 잔잔한 때가 있는가 하면, 더러는 소용돌이치며 격랑을 이룰 때도 있다. 그런 변화 가운데 가지각색으로 빛나는 포말들.

거기는, 한때 차라투스트라를 믿던 페르시아 인의 정열이 있었고, 피라미드를 세웠던 이집트 인의 피땀이 있었고, 뜨거운 사막을 맨발로 방황하면서 여호와의 땅을 찾던 이스라엘 사람의 기도가 있었고, 한 손엔 칼, 또 한 손엔 코란을 든 알라신의 아들과 대자대비한 부처 앞에 오백나한五百羅漢처럼 꿇어 엎드린 동방 사람들의 그 생명이 있었다.

전쟁과 사랑과 증오와 후회가 조용히 흘러갔던 곳이다.

우리가 알고 있는 것도 바로 그렇게 흘러가는 인간의 강하다.

인간의 수원과 인간의 바다를 따지다가 지금 이렇게 움직이고 있는 인간들의 모습을 망각해서는 안 된다. 때로는 맑고 때로는 흐리고 때로는 물결치고 때로는 잔잔한 그 인간들의 벽화, 수시로 변해가는 인간들의 표정을 놓쳐서는 안 된다. 그것이 아무리 사소한 뉘앙스일지라도.

지금 우리는 그 삶의 강하에 대해서 말한다. 이 시대에 있어서 그 강하는 어떤 빛깔로 어떤 물결로 어떤 음조로 흐르고 있는가를 말한다.

어디서 이렇게 바람이 불어오고 있는가, 어디서 이 햇살은 쏟아져오고 있는가?

'모든 강물은 다 바다로 흐르되 바다를 채우지 못하여, 어느 곳으로 흐르든지 그리로 연하여 흐르느니라.'

강줄기가 끝나는 바다. 파도소리마저 없는 바다. 유리의 바다. 죽음이라고 하는 것은 강하가 바다로 흘러 그 줄기를 상실하는 것, 더 큰 물로 합치듯, 그렇게 더 큰 생명으로 이르는 길이다.

수원은 확실치 않아도 강물은 오늘도 여전히 흐르고 있다.

우리가 살고 있는 인생의 내용이란 어느 조그만 초상집 풍경과도 같은 것이다. 망자와 생존자 사이에서 벌어지고 있는 우울한 의식儀式─이 의식의 나날이 곧 우리의 삶이다.

어제의 사건, 어제의 대화, 어제의 몸짓⋯⋯. 그런 것들은 지금 어디에 있는가? 과거의 모든 삶을 기억이라는 묘지에 묻는 장례식, 그 느릿느릿한 행렬이 바로 우리들의 시간인 것이다.

지난날의 저 빛나던 모습들은 모두 어디로 사라지고 만 것일까? 경이롭던 여름의 대낮, 은은한 목소리들, 나뭇잎, 천둥, 벽지 위의 캘린더, 그리고 어린 날의 장난감들은⋯⋯.

그러니까 기억의 시체와 시체가 되어야 할 예기豫期의 한복판에서 인생은 훌쩍거리고 있다. 우리가 알고 있는 것은, 이 훌쩍거리는 목소리로 울려오고 있는 오늘이다. 오늘, 오늘이 있을 뿐이다. 그러나 이 오늘은 주먹 사이로 새어나가는 모래처럼 얼마나 민속하게 얼마나 가볍게 빠져나가고 마는 것일까? 새로운 오늘이 밀려오고 밀려간다. 이 오늘을 잡기 위해서 우리에겐 초상집의 그 가난한 잔치 같은 것이 필요하다.

의식이란 무엇일까? 이것은 과거를 일깨워 달아나는 이 현존과 결혼시키는 하나의 잔치인 것이다. 그렇기 때문에 어떠한 제사도 그것은 축제와 같은 즐거움을 지니고 있다. 의식이 없으면 우리는 사라진 것들의 내용을 확인할 도리가 없는 것이다. 과거를 잡아둘 어떠한 포승도 없는 것이다.

그렇다. 의식은 망자와 생존자를 연결하는 무형의 교량이다.

생각해보라. 그대의 그리운 벗이나 육친이 이 세상을 떠난 지 오래인 훗날에……. 이제는 앨범 안의 사진도 퇴색하고 생존의 증거로 남기고 간 필적도 이미 판독하기 어려울 정도로 돼버렸을 때, 문득 망각이 되돌아온 듯 그의 주기일이 돌아온다. 의식이 시작된다. 그대는 하얀 제상과 분향의 가는 연기의 오라기 앞에서 잃어버린 과거의 나날이 소생되는 전율을 느낄 것이다. 사람들은 향불을 피우면 죽은 넋이 되돌아온다고 믿고 있다. 이것은 거짓 없는 생각이다. 의식은 망령을 되돌아오게 한다. 그것처럼 분명히 의식은 흘러간 그의 기억을 다시 돌아오게 하는 것이다.

영영 잊어버리고 있던 고인의 기억이 제상과 향로 앞에서 피어나고 있다. 그래서 그대는 다시 고인을 위해서 슬피 통곡한다. 이러한 의식이 없이 어떻게 우리는 먼 고인의 기억을 생생하게 일깨워낼 수 있단 말인가? 감정이, 망자와 생존하던 그날들이 의식을 통해서 현존화되고, 이미 사라진 것들의 내용이 오늘 이 순간에 체험되는 것이다.

타인만이 아니다. 인간은 그 과거를 제사 지낸다. 자기의 과거들을 이 의식의 형태에 의해서 재생시킨다. 그러므로 인생이라는 것은—어제와 오늘과 내일에 하나의 선과 흐름을 갖는 그 인생이라고 하는 것은—하나의 제사와 같은 것이다.

나는 나의 혼백을 부른다. 사라진 시간 위에서 살던 나의 실체를 일깨운다. 시간을 잠식하고 사는 누에와도 같은 그 인간은 잠식한 시간을 명주실처럼 다시 뽑고 살아간다. 이 명주실이 삶의 내용이요 삶의 실체이다.

인간은 이렇게 순간 속에서 죽는다. 무수히 죽는다. 캘린더의 낱장과도 같이 삶은 하루를 살고 떨어져나간다. 어제의 '나'와 오늘의 '나'도 망자와 생존자의 관계처럼 애매하고 허망한 것이 돼버린다.

지금 저 사이렌 소리를 듣고 있다. 울리는 저 음향을 타고 '나'의 삶도 흐른다. 사이렌 소리가 곧 멎을 것이다. 아니, 멎었다. 분명히 그 생생한 음향을 듣고 있던 나는 그 음향이 멈추는 것과 동시에 멈춰버렸다. 새로운 침묵의 탄생과 함께 새로운 침묵의 '내'가 탄생하고 있는 것이다. 그런데도 망자가 돼버린 무수한 '나'와 지금 이렇게 있는 '나' 사이에 끊이지 않는 하나의 율동이 생겨나는 것은 오직 과거를 일깨우는 그 의식 때문이다.

생활한다는 것은 바로 그 의식이다. 언어라든가 색채라든가 일기장이라든가, 주위의 그 고정된 물체들은 어제를 오늘에 연결시켜주는 제상의 음식이요, 가냘픈 한 오라기의 향연과도 같은 것들이다.

생활이 의식이라면, 인간은 과거만을 위해서 그 과거의 확인과 재생만을 위해서 살고 있는 것일까? 유령처럼 돼버린 '나'를 위해서 살고 있는 것일까?

저녁이다. 황혼은 대낮의 시체를 안고 있다. 부드러운 회색 연기는 작열하는 한낮의 기억을 되새기고 있다. 황혼은 지금 어둠을 기다리고 있는 것이다. 어둠의 농도는 점점 짙어지고 있다. 그럴수록 저녁은 대낮의 인상을 천천히, 그리고 확실하게 새김질한다.

태양의 잔광이 완전히 사라지고 숲과 마을은 어둠에 싸이고 만다. 모든 색채들은 빛을 잃고 움직이던 생물은 어둠의 침소로 돌아간다.

좀 전까지 존재하던 황혼은 대낮처럼 부재한다. 대낮이 황혼 속에서 죽어버린 것이다. 현존하던 것이 과거가 되고, 기억하고 있던 것이 기억거리가 돼버린다. 시간은 이렇게 다른 시간을 잡아먹고 또 다른 시간에 의해서 잡혀먹힌다.

그러나 아침이 되면 대낮이 현실이 되고 어둠은 과거가 된다.

대낮은 그 광채 속에 어둠을 기억으로 간직한다. 밝음이 짙을수록 어둠의 기억은 멀어진다. 이것이 시간의 리듬이다. 이 반복의 리듬 속에서 망자는 생존자로 화하고, 생존자는 망자로 변한다. 이 리듬은 삶의 의식 속에서 전개되고 있으며, 이 의식은 공허한 삶의 의미를 충만한 광채로 메워주고 있다.

어제와 같은 창가에서 바깥을 내다본다. 같은 풍경이, 같은 음향이 전개된다. 그러나 결코 이것은 어제의 풍경, 어제의 음향이 아니다. 새로운 아침과 함께 부활된 그 고인들의 모습이다.

새는 똑같이 상하로 날갯짓을 한다. 그 동작의 반복은 변함이 없다. 그러나 날개를 파닥일 때 새는 앞으로 비상한다. 전진한다.

인생의 의미란 결국 이와 별로 다를 것이 없다. 과거와 현존의 뒤바뀜, 그 반복 속에서 삶은 전진하고 인생은 비약한다. 그렇다면 죽음이란 의식이 끝나버린—초상집의 잔치가 다 끝나버린—텅 빈 오후의 들과도 같은 것이리라.

삶의 의식은 망자와 생존자 사이에서 벌어지는 것이지만, 죽음은 망자와 망자뿐이어서 그 의식이 불가능해지는 경우이다. 이 고인들만의 침묵이 바로 '죽음'이다.

인류의 형이상학이 최초로 발생되던 날은 분명히 비가 내리는 날이었을 것이다. 그러니까 인간의 조상들인 혈거족穴居族들은 비가 쏟아지는 날 온종일을 두고 침울한 굴속에 갇혀 있지 않으면 안 되었으리라. 다른 날과는 달리 수렵이 불가능했고, 그래서 그들은 우울한 빗발 속에서 무료한 시간을 보내지 않으면 안 되었을 것이다.

현대에 있어서도 그렇다. 비가 내리면 사람들은 고요한 마음으로 인생을 사색한다. 질척한 회색의 거리는, 그 단조한 빗발소리는 동굴의 휴일 그것처럼 사색을 가져다준다. 사색은 이렇게 비 오는 날의 공백 혹은 그러한 여가에서만 뻗어간다. 인류 문화는 일하는 시간에 이루어진 것이 아니라, 일손을 멈추고 잠시 휴식하는 그 여백의 시간에 이루어졌다는 말을 우리는 믿어야 한다.

바쁜 꿀벌은 슬픔이 없다. 그러나 동시에 바쁜 꿀벌은 형이상학(사색)도 없다. '겨를'을 가질 수 있는 인간만이 인생을 생각하고 인생을 이해하고 인생을 개선한다. 비 오는 날의 동굴처럼 작업이 중단되었을 때 인간은 인간의 운명을 생각하고 삶의 내용을 음미한다.

반대로 인류의 하늘을 향해 최초의 깃발을 꽂은 것은 날씨가 가장 청명한 날이었을 것이다.

이것은 소리 없는 아우성.
저 푸른 해원을 향하여 흔드는
영원한 노스탤지어의 손수건.
순정은 물결같이 바람에 나부끼고

오로지 맑고 곧은 이념의 푯대 끝에

애수는 백로白鷺처럼 나래를 펴다.

아! 누구인가?

이렇게 슬프고도 애달픈 마음을

맨 처음 공중에 달 줄 안 그는.

— 유치환,「깃발」

청마는 '맨 처음 공중에 기를 달 줄 안 그는 누구인가'라고 묻고 있다. 그러나 상상컨대, 생명의 심벌[旗]을 최초로 하늘에 날린 그 사람은 결코 센티멘털리스트가 아니라, 전신이 근육 덩어리인―체념할 줄 모르는, 굴복할 줄 모르는, 휴식할 줄 모르는―원시의 어느 사냥꾼이었을 것이다.

산속의 모든 짐승들을 쫓고도 피로를 모르는 이 수렵가에게, 그날 하늘은 너무도 눈부시고 태양은 너무도 뜨거웠다. 이 수렵가는 갑자기 하늘을 향해 도전하는 힘을 발견했을 것이다. 아직도 피가 생생한 짐승의 가죽을 벗겨, 가장 높은 산봉우리의 나무 꼭대기에 걸쳐, 그것이 나부끼도록 하였다. 그는 생명의 의지와 제어할 수 없는 행동의 불꽃을 이 모피의 기로 천상에 날렸다.

그 행동이 극치에 다다랐을 때, 기쁨이 하늘을 찌를 듯할 때, 무한과 영원이 손짓할 때, 인간은 하늘을 향해 기를 꽂는다.

기는 허무 가운데 꽂아진다. 생명의 증거를 무한 속에 내던지는 행위, 모든 행위는 이 기에서 출발한다.

말로의 문학, 헤밍웨이의 행동, 그것은 모두 수렵가의 기와 다를 것이 없다.

> 기旗는 말한다.
> 도취에서 살라!
> 모든 날은 굴러가고 찢긴다.
> 생명은 싸늘해진다.
> 태양과 폭풍 속에서 살라!
> 폭력 속에서 살라.
>
> —에른스트, 「리사에르」

기는 호전적이다. 그리하여 '비 오는 날의 사색'과 '청명한 날의 행동'은, 그 '눈물'과 '기'의 출현은 인생의 평형을 이루고 있다.

사색의 정적주의靜寂主義는 동굴과 같은 침울 속에서, 기의 행동주의는 야생의 푸른 들에서 각각 삶의 한 부분을 이루어가고 있다. 폐쇄와 개방이 부단한 왕래가 있음으로 해서 인생의 의미는 성숙을 이룬다.

그러나 인생은 흐린 날과 맑은 날을 동시에 소유할 수는 없다. 비 오는 날에 탄생한 사람이 있는가 하면, 맑은 날에 탄생한 사람도 있다. 여기에서 인생의 의미가 두 갈래로 갈라진다. 그러나 오늘은 비가 내리고 있다.

우리들의 병은, 철저하게 고민하지 않고 철저하게 절망하지 않는 데에 있다. 사람들은 어렴풋한 희망이나 막연한 기대를 가지고 언제나 자신과 그 주위의 어둠을 기만하려 든다. 그러나 인생에서 정말 필요한 것은 미지근한 희망도 아니며 가면을 쓴 기대도 아니다.

춥고 어둡고 지루한 그 인간의 삶을 '자기기만' 없이 송두리째 소유하려고 드는 것, 그것이 우리에게 지워진 유일한 성실성이다.

월요일 다음에는 화요일이 오고, 화요일 다음에는 수요일이 오리라는, 가을이 가면 겨울이 오고, 겨울이 가면 봄이 오리라는 그리고 또다시 찬란한 아침이 이 암흑의 밤 속에 나타나리라는 그 타성화에 젖은 기대가 또한 기계화된 연속이 인간의 정신을 부각시키고 있다.

아침이 올 것을 생각하며 밤을 견디는 사람은, 봄부터 생각하며 겨울에 사는 사람은, 미리 내일을 생각하며 오늘을 사는 그 사람들은—진정한 '밤', 진정한 '겨울', 진정한 '오늘'의 의미를 알지 못하는 사람들이다. 밤은 아침과 단절되었을 때, 그리고 겨울은 봄과 단절되었을 때, 역시 오늘은 내일과 단절되었을 때 그것들은 비로소 꾸밈없는 자기의 표정을 지니고 우리 앞에 나타난다.

어떻게 밤의 의미를 알지 못하는 사람이 저 눈부신 아침과 순수한 태양의 의미를 알 수 있을 것인가? 우울하고 침통한 암흑의 밤 속에서 까무러치도록 절망하고 번민해보지 못한 사람이 어떻게 저 밝음의 전율을 소유할 수 있을 것인가?

그러므로 우리가 정말 아침의 희열을 맛보기 위해서는 아침 그것을 이 밤에서 떼어내야 한다. 말하자면 아무것도 기대하지 않은 채, 아무것도 희망하지 않은 채 침묵하는 밤, 영원한 그 어둠 속으로 침몰해가는 비극의 작업이다. 이것이 바로 거대한 절망, 헤어날 수 없는 고민에의 시련인 것이다.

예수는 부활할 것을 믿으며 십자가에 못 박혔는가? 만약 그랬다면 그의 죽음은 하나의 연극에 불과하다.

그가 십자가에서 고통을 맛볼 수 있는 것은, 진정한 죽음을 선택할 수 있는 것은 그리하여 인간의 사랑을 위해서 아픈 피를 흘릴 수 있는 것은, 오직 그가 부활에의 기적을 완전히 저버렸을 때 가능해진다.

다시 살아날 수 있다는 희망을 품고 십자가에 못 박히는 자는 결코 절실해질 수도 없으며, 결코 '죽음' 그것을 죽을 수도 없는 사람이다. 그러므로 부활을 배경으로 한 십자가는 무대 위 세트에 지나지 않으며, 어린아이의 목마 그것보다 가치 없는 죽은 나무에 불과한 것이다. 그런 죽음이라면 삼류 배우라도 능히 해치울 수 있고, 인간에 대한 사랑을 모르는 샤일록도 장난 삼아 할 수 있는 연극이다. 그렇기에 십자가의 의미는 부활이라는 기적에서 단절됐을 때만 가치를 지닐 수 있다.

예수는 부활할 것을 생각하지 않고 십자가에 매달렸기 때문에 진정 부활할 수가 있었던 것이다. 만약 그가 부활의 희망을 가지고 십자가에 못 박혔더라면, 그에겐 부활의 기적이 찾아오지 않았을 것이다.

이런 역설은 하나님의 아들에게만 있는 것일까? 이런 부활은 2천 년 전 예수에게나, 그 성서 속에나 있는 것일까?

그러나 우리도 역시 상징적인 의미에 있어선 그런 부활이 가능할지도 모른다. 그리고 그러한 부활은 삶의 완전한 단절, 완전한 무無, 완전한 절망 속에서 가능해진다.

그렇다. 가능을 포기했을 때 가능이 찾아오는 역설이 우리에게도 있다. 말하자면 숫자에서 모든 것을 빼면 우리에겐 제로가 남는다. 그것처럼 일상적인 의미를 완전히 상실했을 때 백지와 같은 무의미의 지대인 영이 나타난다. 사막에 어리는 녹지의 신기루마저 자취를 감추고, 아무런 영상도 존재하지 않는 허허한 모래밭만이 있다. 죽음과도 같은 대지가 이 공허한 대지에 이르기 위해서는 기존적인 모럴과 그 가치와 행동에 대해서, 그리고 그러한 인생들에 대해서 끝없이 'No'라고 외치지 않으면 안 된다. 철저하게 고민하고 절망하지 않고는 이 불모의 영역에 잠입할 수 없다. 얼마나 고되고 슬픈 여로인지 모르겠다.

드디어 이 제로의 영역에서 새로운 작업이 시작된다. 제로 이후의 그 행동이 말이다. 이 행동 속에서 전연 다른 모럴이, 가치가, 생명이 탄생한다. 예기치 않던 제로의 의미가 제로의 타원 속서 부활된다. 그러나 이 제로 이후의 행동, 그 부활은 미리부터 계산되어진 것이 아니라는 점을 거듭 생각하지 않으면 안 된다.

영에서 숫자를 **빼면** 마이너스 숫자가 나타난다. 그러니까 영 이후의 행동은 마이너스 숫자와 같은 법이다. 그러므로 그 행동과 모럴은 영 이전의, 즉 '플러스'의 수치와는 전연 다르다. 같은 1, 같은 2일지라도 -1, -2와는 결코 그 성격이 같지 않다. 이것이 바로 삼강오륜三綱五倫에서 나온 외부적인 모럴과 오랜 절망 끝에 자기 내면에서 스스로 움튼 모럴이 서로 구별되는 이유이다. 제로 이전과 제로 이후—이 두 개의 세계를 혼동해서는 안 될 것이다.

그대는 『페스트La Paste』의 의사 류의 행동을 기억하고 있을 것이다. 죽음의 전염병 속에서 도시는 봉쇄되어 있다. 벗어날 수 없는 그 사지에서 인간은 어떻게 생활할 수 있고 무엇을 믿을 수 있겠는가? 그 죽음의 도시 오랑에도 저녁의 평화가 있는가? 작열하는 태양과 눈부신 채색의 풍경이 있는가? 곳곳에 밀폐되어 있는 페스트 균 속에서 모든 날은 소멸되고 모든 삶은 그 색채를 상실해버리고 만다.

그러나 이 지대에서는 완전히 절망한 자만이 행동할 수 있는 역설이 전개되고 있다. 페스트 균이 우글거리는 이 도시로부터 피할 수 있을지도 모른다는, 이 질병에 감염되지 않을 수도 있다는 그 희망, 그 기대를 가지고 있는 자는 아무런 행동도 할 수 없는 자이다.

의사 류는 자기가 이 재화災禍로부터 도망칠 수 없다는 것을 알고 절망했을 때, 그리고 죽음 그것과 직면했을 때 도리어 위대한 행동을 발견할 수 있었던 것이다.

의사 류의 모럴과 연대의식은, 그리고 페스트 균에 도전하는 행동은 어디서 온 것일까? 그것은 제로 이후에 오는 것들임에 틀림없다. 무한정한 포기 속에서, 절망 속에서 얻어진 행동이요 모럴인 것이다.

나는 시골의 농업 창고에서, 사형수를 수용한 그 농업 창고에서 씨름판이 벌어졌던 광경을 목격한 일이 있다. 그들은 모두 죽음을 기다리고 있었다. 한 점의 햇빛도 들지 않는 어두운 창고 안에서 수주일 동안 그들은 죽음을 기다리며 머물러 있어야 하는 것이다. 그런데 그들은 죽음을 앞에 두고도 씨름을 하고 있었다. 이러한 인간의 행동을 그대는 상상해본 일이 있는가? 이것은, 관중들이 에워싸고 있는 경기장에서 황소를 타기 위해 벌이는 씨름과는 결코 같을 수가 없다. 그들은 절망한 것이다. 죽음의 이쪽에서 씨름하고 있는 것이 아니라, 이미 죽음 저 건너편 지대에서 행동하고 있는 것이다. 어차피 죽을 것이라는 사실을, 이 죽음에서

도피할 수 없다는 사실을 그들은 현명하게도 눈치 챈 것이다. 그들은 모두 며칠 밤을 그 어두운 창고 안에서 땀을 흘리고 있었던 자들이다. 그 절망과 피의 고민 끝에 이윽고 그들은 즐거운 씨름과 같은 놀이를 발견한 것이다.

그 창고의 상황은 바뀌어졌다. 완전한 외부와의 단절을 느끼고, 거기 허허한 영의 지대를 인식하고, 그러다가 그들은 전연 예기치 않던 제로 이후의 행동을 발견하게 된 것이다. 모든 상황과 의미가 달라지는 현기증을 그들은 맛보았다. 이것이 현대를 살아가는 우리들의 행동이다. 더 이상 수를 뺄 수 없는 무와 직면한 후에야 비로소 전개되는 우리의 행동이다.

그러므로 우리가 오랑 시와도 같고 혹은 답답한, 그리고 헤어날 수 없는 창고와 같은 현대에 있어서 하나의 의미, 하나의 행동을 찾아낼 수 있다는 것은 끝없는 절망 속에서 얻어진 제로 이후의 행동인 것이다.

주위의 풍경, 인간의 거리, 삶의 순결, 이런 것들이 어제의 것과는 전연 다른 얼굴로 우리 앞에 부활하는 전율을 체득한다.

그러므로 우리가 가장 존경해야 할 인간은 최초로 수영술을 발견한 무명의 용사인 것이다. 그는 비행기나 수폭을 발견한 자들보다 한층 위대하다. 비행기를 만들고 수폭을 만든 사람은 어떤 추리나 근거 있는 이론을 믿을 수 있었기 때문에 꾸준히 실패를 참으며 목적을 완성시켜갔다. 그러나 최초로 수영술을 발견한 사람은 완전히 허무한 실패를 되풀이한 끝에 비로소 목적을 달성시킨 사람이다. 몇 번이고 몇 번이고 무익하고 절망적인—거의 희망이 없는 행동을 되풀이했다. 번번이 물속에 가라앉는 그 절망을 꾸준히 되풀이한 것이다.

여기서 이윽고 그는 설명할 수 없는, 그리고 미리 예감할 수 없었던 수영술을 터득했을 것이다. 그리하여 그는, 인간은 수영할 수 있다는 전례를 만들어주었다. 그러므로 이후의 사람은 미리 희망을 가지고 실패를 되풀이할 수 있게 되었다.

예수는 최초의 수영 선수와 같다. 남을 대신해서 죽을 수 있다는 증거와 사랑을 위해서 목숨을 버릴 수 있다는 전례를 그는 만들어주었던 것이다.

지금은 또다시 새로운 모럴이 움터야 할 시기이다. 그 증거와 전례를 보여주기 위하여 우리는 절망을 되풀이하지 않으면 안 된다. 자신도 상상할 수 없었던 기적을 제로 이후의 행동 가운데 계시해야 된다.

더 이상 수를 뺄 수 없었던 그 영의 지대에서 빠져나온 제로 이후의 행동을, 죽음을 넘어선 그 행동을, 그 의미를.

그러나 아직도 길은 멀다. 한 마리 제비가 오는 것만으로 우리의 여름이 이루어지진 않는다. 그러므로 그대는 서투른 희망보다는 절망의 모험을 선택해야 한다.

끝없는 절망, 피 묻은 고뇌들! 이 아픔과 고독 없이는 진정한 행동을 발견하기 어렵다.

불행한 세기의 밤을 위하여 너 자신을 울어라. 이 불행한 인간의 조건을 위해 스스로 삭막한 영의 사막으로 가라. 이것이 그대의, 그리고 우리 모두의 모험적 절망이요 제로 이후의 행동이다.

지금은 소용돌이 시대다. 더구나 이 세기에 태어나서 한줄의 글을 쓴다는 것은 얼마나 괴롭고 또 얼마나 어려운 일인지 모르겠다.

모든 사람은 우리 곁에 머물러 있기를 거부한다.

그들이 말하는 것은 투표장의 숫자이며, 임금의 액수이며, 오늘 저녁 식탁에 오를 메뉴에 관한 것이다.

그들은 모든 것을 숫자로 환산하려 한다. 돈과 권력과 직접적인 쾌락 이외에는 아무것도 생각하지 않고 있다. 그것은 필요한 것이냐, 그것은 편리한 것이냐, 그것은 안락한 것이냐 하는 판단이 이 시대의 모든 가치, 모든 선악, 모든 사랑을 대신하고 있다.

말하자면 생활의 외피—항상 유동하고 있는 해면의 굴곡밖에 보지 않고 있다.

해저의 어두운 정밀, 그 깊숙한 생명의 내류를 탐색하기 위해서 사색이라는 무거운 잠수복을 입기를 누구나 꺼리는 시대다. 그렇기에 오늘날의 사람들은 사색 대신 가이거Geiger 계수기를 메고 살아간다. 그러므로 우리의 언어는 이들 앞에서 얼마나 무참하게 붕괴되어왔던가? 지루한 밤을 견디며 며칠이고 며칠이고 우리는 몽롱한 언어의 숲을 방황해야 했다.

그러나 그러한 언어들, 말하자면 우리의 시와 산문은 저 시장의 떠들썩한 소음이나 공장의 잡음이나 혹은 의회의 혼탁한 음성들에 비해 얼마나 연약하고 공허한 것으로만 느껴졌던가?

하지만 우리의 고독과 가난과 수난에 대하여 절망해서는 안 된다. 저 군중의 아우성 가운데 휩쓸릴 때, 그대의 눈은 어두워지고 귀는 아무것도 들을 수 없게 된다. 낙엽이 대지를 향해 떨어지는 그 은미隱微한 공기 속의 파문과 구름이 찢기어가는 그 사소한 율동을 보기 위해서 좀 더 그대는 저 거리로부터 물러서기를 주저하지 말라. 맑은 시각을 가지고, 예민한 청각을 가지고 저 군중의 호흡, 그리고 몸짓을 보다 잘 관찰하기 위해서 도리어 우리에겐 그런 거리가 필요한 것이다. 선택한 것은 언어이며, 상상이며, 생명의 뒤안길이며, 영원한 인류의 사랑과 문명의 양심이란 것을 잊어서는 안 된다.

그러나 결코 그대의 언어(문학)를 노아의 방주 같은 것으로 생각해서는 안 된다. 이 세기의 폭풍으로부터 은신할 수 있는, 그대만이 그 재난으로부터 피할 수 있는 도피의 기적으로 문학을 생각해서는 안 된다. 사실 그런 도피처는 아무 데도 없다. 도리어 그대의 언어는 익사해가는 저들의 물거품과 같은 것이다. 광란의 물결 속으로 인간의 얼굴이 소멸해가려 한다.

그때 긴 한숨처럼 내쉬는 최후의 호흡—그 인간 최후의 호흡에서 끓어오르는 물거품이 바로 그대가 매만지고 있는 언어다.

모두들 갔다. 상흔을 직접 만져보지 않고는 신의 부활을 믿을 수 없었던 현명한 도마들만이 남아 이곳에 있다(예수의 열두 제자 중 한 사람인 도마는, 처음에는 좀 회의적이었으나 예수의 부활을 보고 확실한 믿음을 가졌다).

그러나 오랜 세월이 흘렀기 때문에 신의 상흔은 완전히 치유되었고, 이제는 그리스도가 손을 내민다 해도 그 증거가 될 만한 자국을 찾아낼 수조차 없을 것이다.

그러므로 이제는 그대가 그 상흔이 되어야 한다. 그대 자신이 피 묻은 상흔이 되어야 한다. 그대는, 그대 자신이 도마 앞에서 하나의 찢긴 상흔이 되어야 한다는 것이 얼마나 어렵고 괴로운 일인가를 생각하고 있을 것이다.

그대는 인간을 사랑한다고 섣불리 말해서는 안 된다. 안이한 휴머니즘처럼 해로운 병도 아마 없을 것이다. 우리가 어떻게 저 탐욕스럽고 오만하고 추악한 인간을 사랑할 수 있겠는가? 비곗덩어리인 저 상인들을, 상상력이 결여되어 있는 저 무식한 세속인들을 우리는 어떻게 사랑할 수 있단 말인가?

그리하여 고독한 그대 자신이 상처 입지 않고는 저들을 사랑할 수가 없다. 저들을 사랑하기 위해서는 먼저 그대 자신에게 절망하지 않으면 안 된다. 그리고 끊임없이 인간을 저주하고 증오하지 않으면 안 된다. 이 자기 부정과 끝없는 증오 속에서 마치 그대는 콜럼버스처럼 목적 없는 항해를 되풀이하게 될 것이다.

그렇다. 휴머니즘은 죽음의 항해에서만 발견되는 대륙이다.

해결을 모르는, 이 자기 부정과 인간에 대한 불신과 증오로 이룩된 죽음의 항해 속에서 그대는 하나의 멍든 핏자국의 상흔을 얻을 수 있다.

이러한 출발과 이러한 상흔을 갖지 않은 휴머니즘은 모두가 위선적인 분장에 지나지 않는다.

그대는 또한 일시적인 분노를 믿어서도 안 된다. 그것은 마치 빙산을 향해 터지는 다이너마이트에 지나지 않기 때문이다. 빙산을 녹이기 위해서는 전체적인, 그리고 눈에 띄지 않는 훈기의 바람이 불어와야 한다.

그 계절의 변화가, 그 해빙기가 결코 폭력이나 직접적인 파괴로 이루어지진 않는다는 것을 믿어야 한다. 그것이 지루하고 아무리 더딘 것이라 할지라도 계절의 변화를 기다릴 수밖에 없다. 그리고 그 계절의 변화는 행복한 그대의 호흡, 그대의 상처, 말하자면 그대의 모든 언어에 의해서 서서히 형성되고 있다.

그러므로 행복한 그대의 작업은 역설적인 것이라는 사실을 잊지 않도록 부탁한다. 그대가 고독할 때 군중은 고독하지 않고, 그대가 글을 쓴다는 그 사명의 어려움을 느낄 때 시대는 모든 어려움 속에서 벗어난다. 그리고 그대는 증오 속에서 사랑을 찾을 수 있으며, 절망 속에서 희망을 보며, 목적 없는 항해 끝에 황홀한 목적지를 얻는다.

친애하는 사람들이여! 그러므로 전 세계를 그대에게 준다 해도 그 유혹을 거부할 수 있는 작가의 순교정신이 필요하다. 그대가 침묵할 때 저 숲속의 새들도 하늘도 별도 침묵한다. 모든 사랑이 침묵한다, 벗이여.

III
시와 더불어 인생을 가다

시 그리고 삶에의 출항

인생은 어부, 시간은 강물이다.
하지만 인간들이 강물에서 낚는 것은
오직 한 줌의 꿈뿐이다.

영국의 방랑 시인 데이비스William Henry Davies는 인생을 '꿈을 낚는 어부'로 비유했다. 세월은 강물처럼 흘러간다.

우리는 이 시간이라는 강기슭에서 무엇인가 의미 있는 것을 낚으려 한다. 서투른 솜씨로 혹은 재빠른 솜씨로 사람들은 누구나 다 그 삶의 낚시질에 골몰하고 있다. 그리고 잠시도 쉬지 않고 숱한 것을 낚아챈다. 기쁨인가 하면 슬픔이, 즐거움이 걸렸는가 하면 곧 괴로움이 나타난다. 누구는 권세를 낚았다고 한다. 누구는 사랑을 낚았다고 하고 누구는 행복을 누구는 부귀를……. 또 누구는 아무것도 낚은 것이 없다고 말하는 이들도 있다.

그러나 대체 이 시간이라는 허무한 강 속에서 진정 우리는 무엇을 낚았다고 말할 것인가? 감정은 얼마나 쉽사리 사라지는 것이며, 인간들의 저 갈채와 영광은 고통 그것과 마찬가지로 또 얼마나 속절없이 변질되고 마는 것일까?

영원한 '고기'는 없다. 어떠한 '고기'일지라도 부패와 변색 속에서 머지않아 자취를 감추고 마는 것이다. 얻은 것도 없으며, 잃은 것도 없다. 그것은 그늘, 한 토막의 꿈이다. 그 시간과 바람은 인생에게 무엇인가를 주고 또 빼앗기 때문이다. 하나의 계절 속에서 꽃이 시드는 것처럼, 바람은 뜰 앞에서만 부는 것이 아니다.

어느 잎새도 열매가 되기를
어느 아침도 저녁이 되기를 바라고 있다.
이 땅 위에 영원한 것은 없다.
변화와 바쁜 걸음밖에는.

가장 아름다운 여름이라도
언젠가는 가을의 시들음을 느끼려 한다.
참거라, 나뭇잎이여, 끈기 있게 조용하거라,
바람이 너를 데리고 사라지려 할 때.

너희 놀이를 놓거라. 거역하지 말라.
조용히 되는 대로 몸을 맡겨라.

너를 휘몰아 꺾어대는 바람이 시키는 대로

본향本鄉 길로 날리며 고요히 져가거라.

—헤르만 헤세,「고엽」

그리하여 데이비스의 어부는 헤세의 시에선 가을의 나뭇잎과도 같은 것이고, 그 시간의 강물은 계절의 바람과도 같은 것이다.

바람 따라 피어나고 바람 따라 떨어져가는 나뭇잎에는 불변의 녹색은 없다. 바람이 시키는 대로 조용히 그리고 참을성 있게 묵묵히 떨어져가는 생명의 순리. 결국 인생이란 변화와 덧없는 분망奔忙의 되풀이에 지나지 않는다.

그러나 인생의 어부가 꿈밖에는 낚을 수 없는 것이기에, 그리고 인생의 나뭇잎은 바람을 거역할 수 없는 것이기에 하나의 노래[詩]가 생겨난다.

데이비스는 어부의 그 운명이 '노래의 운명'으로 바뀔 수밖에 없다는 것을 다시 한 번 생각해본다.

새들이 만약 그 생명의 날이

얼마나 짧은가를 생각한다면

나뭇가지에 앉아 그토록 아름다운 노래를 부를 수야 있겠는가?

우리들, 슬픔과 비탄에 젖어 세상을 살기보단 노래하는 새의 무리와 어울려 사는 편이 좋지 않은가?

그렇다. 웃어보렴 — 옆에서 들어주는 재인才人이 없더라도.

그렇다. 노래하렴 — 아무리 가까운 데서 귀를 기울이는 이가 없을지라도.

그렇다. 춤을 추렴 — 우리들의 우아함을 칭찬하는 이가 없더라도.

그리고 구경꾼이 없는 그 자리에서 그만큼 즐겁게 살아보고저!

— 데이비스의 시

덧없고 괴로운 것이 인생이지만 그것을 망각하고 아름다운 새처럼 노래 부르며 살자는 새로운 각오, 줄기찬 또 하나의 의지가 우리를 사로잡는다. 외롭고, 그리고 아무도 보아주지 않고 들어주지 않는다 해도, 웃음과 노래와 춤의 유혹을 받는다. 그 웃음, 그 노래, 그 춤이 바로 우리들 인생의 시인 것이다.

헤세도 마가지이다. 묵묵히 바람에 날려 떨어지는 시든 잎의 존재라 할지라도 거기에서 하나의 노래[詩]가 울려오고 있음을 그는 알고 있다. '노래도 또한 멸망해가는 것이고, 영원히는 울려올 수 없는 것'이지만, 우리는 그 노래를 부르지 않고는 견딜 수 없다. 인생이 비참하고 어두울수록 보다 깊은, 보다 부드러운 노래가 있어야 하는 것이다.

나뭇잎은 나무들의 등걸에서

노래[詩]는 생활의 꿈 사이에서

하늘거리며 나부끼어라.

많은 것들이 떨어져간다.

부드러운 온갖 멜로디를

우리들 처음으로 노래 불러라.

　　　　　　　　　　—헤세, 「어느 시집에의 헌시」

　이곳에 노래를 아는 인간의 슬기가 있다. 고통을, 슬픔을, 외로움을, 그 모든 인생의 그늘을 도리어 아름다운 광채로 바꾸어가는 희망이 있다.

눈물에서

꽃은 피어나고 한숨도

가락[調]으로 변한다.

뜻이 있으면

꽃을 보낼지라.

창가에선

노래도 부를지라.

　　　　　　　　　　—하이네, 「눈물에서」

　하이네의 시처럼 슬픈 눈물이 꽃이 되고 외로운 한숨이 노래의 율조가 되는…… 말하자면 삶의 고뇌가 창조의 모태가 되는 그 인생의 역설을 향해 우리는 출항의 돛을 올린다.

　모든 바람을 향해 돛을 달 필요는 없다. 그냥 보내는 바람도 있어야 하고, 돛 가득히 품어야 할 바람도 있어야 한다. 그래서 한 조각 외로운 배는 거센 파도를 헤치고 앞으로 향한다.

　이것이 시와 더불어 인생을 살아가는 항로이다.

　이탈리아에는 타란텔라tarantella 춤이란 것이 있다. 경쾌한 춤이다. 그러나 이 춤이 생겨난 것은, 타란툴라라는 독충에게 물린 사람이 고통을 참지 못하고 껑충껑충 뛴 데서 비롯된 것이라 전한다. 그 아픔이 도리어 유쾌한 춤으로 발전된 것—바로 그 타란텔라 춤 같은 것이 시와 더불어 살아가는 우리들의 삶이다.

　우리는 세월의 강물 속에서 꿈을 낚는 어리석은 어부인지 모른다. 그러나 이 어부는 덧없는 꿈을 하늘같이 영원한 꿈으로—그렇게 만들어가는 자유를 부여받고 있다.

　시는 이 상상의 자유 속에서 날개를 편다.

　　시는 학대받는 자들의 호소다.
　　살아가는 힘을 잃은 자들의 외침이다.
　　사랑을 받아보지 못한 자들의 눈물이다.
　　술에 취해버린 눈, 패배한 자들의 탄성이다.

재빨리 사라지는 것이기에 아름다운 그 일순一瞬을
가슴에 품어보려는 어리석은 노력이다.
한 걸음 한 걸음 디디고 나가
그 탐욕스러운 손 가운데
공허한 꽃을 가득 채우려는 무모한 욕망이다.

더구나 누구도 주고받을 수 없는 야릇한 비밀을
두 눈 가운데서 구하려고 드는 것은 미친 것 같다.
아, 내 몸 가운데 단 하나의 신앙을 갖고 미래를 기다린다!
때문에 말을 타고 기병처럼 내닫는다.

—샤를르 크로즈, 「기旗」

크로즈의 말처럼 시는 불행한 패자의 영탄이며, 무모한 원망이
며, 불가능한 것을 구하는 광기의 행동처럼 보일 때도 있다. 그러
나 '철학을 멸시하는 것, 그것이 참되게 철학하는 것'이라는 파스
칼의 말대로, 진정 시에 대해서 회의하는 자만이 시를 사랑할 수
있다. 그러므로 미래를 기다리는 신앙 속에서 기병처럼 앞을 향
해 뛸 수가 있는 것이다.

학대받는 자, 살아가는 힘을 잃어버린 자, 사랑을 받지 못한
자—그 모든 패자들은 시와 더불어 인생을 간다. 비록 그것이 허
망한 노력일지라도.

또다시 달의 발견을

모파상Guy de Maupassant의 소설에 「월광Clair de lune」이라는 것이
있다. 고지식한 광신도인 시골 사제가 '어째서 신이 달빛을 만들
었는가' 하는 막막한 의혹에 잠겨가는 대목이 나온다. 섬세한 안
개, 백색의 수증기가 투명한 솜처럼 시냇물에 깔려 있는 월광을
바라보며 그 시골 사제는 이렇게 독백한다.

어째서 신은 이것(월광)을 만드셨을까? 밤은 잠을 자기 위해서, 의식을
잊기 위해서, 휴식을 위해서, 그리고 모든 것의 망각을 위해서 존재하
는 것이라면, 어째서 그 밤을 낮보다도 한층 매력이 있게 하였으며, 여
명보다도 저녁놀보다도 한층 그리운 것으로 만들어놓았을까? 그리고
어째서 유유하고 매혹적인 이 천체가 태양보다도 한결 시적인 것일까?
그리고 또 그 달이 어째서 어둠을 그렇게도 투명하게 비출 힘을 지니고
있는 것일까?
어째서 우짖는 새들 가운데서도 가장 교묘하게 울 줄 아는 바로 그

새(나이팅게일)가, 다른 새들처럼 휴식하지 않고 마음을 엉클어놓는 음영 속에서 즐겁게 우짖고 있는 것일까?

어째서 이 박사滯沙가 온 누리를 향해 던져지고 있는 것일까? 어째서 이 마음의 운율, 이 영혼의 감동, 이 육체의 권태가 있는가?

사람들이 침상에 잠들어 아무도 보아주지 않을 때 이러한 유혹을 전개하고 있는 것은 무슨 까닭인가?

이 장미壯美한 광경이, 하늘에서 땅으로 던져지는 이 풍부한 시가, 대체 누구를 위해서 펼쳐지는 것일까?

시골 사제만이 아니다. 우리는 베르길리우스처럼 달의 호의 있는 침묵 속을 걷는다. 그리고 무엇 때문에 저 월광이 있는가를, 그것이 우리에게 무엇을 던져주고 있는가를 명상해본다.

그리스 사람들은 달을 셀레네 여신이라고 생각했다. 셀레네는 제우스 대신도 홀딱 반할 만큼 예쁘디예쁜 미모의 여신이다. 큰 날개가 달린 이 셀레네 여신은 '오케아노스에서 아름다운 몸을 씻고, 으리으리한 옷을 입고, 빛나는 말 여러 필이 끄는 마차에 올라타고 하늘 높이' 올라간다. 머리에 쓴 황금 관으로 캄캄한 밤 세계를 비춰주면서. 그런데 셀레네 여신은 미소년 엔디미온 왕자를 사랑했다. 엔디미온이 라트모스 산으로 사냥을 나갔다가 어느 서늘한 동굴 속에 들어가 잠시 잠이 들었을 때의 일이었다. 셀레네 여신은 잠자는 엔디미온의 고운 모습을 내려다보다 그만 그에게 반하고 말았다.

잠든 왕자의 얼굴에 몰래 키스를 한 셀레네 여신은, 언제까지나 이 엔디미온이 그렇게 아름답고 그렇게 젊은 채로 자기 곁에 있게 해줄 것을 제우스 대신에게 청원했다. 영원히 젊은 채로 죽지 않게 해달라고⋯⋯. 제우스 대신은 그녀의 부탁을 들어주긴 했지만, 그 대신 엔디미온을 영영 그 잠에서 깨어나지 못하도록 했다. 그리하여 엔디미온은 영원히 그 젊음과 아름다움을 지닐 수 있었지만, 다시는 그 깊은 잠에서 깨어날 수가 없었다. 하지만 셀레네 여신은 밤마다 빼놓지 않고 잠든 자기 애인 엔디미온의 얼굴을 들여다본다는 것이다.

이 신화는 달과 우리 인생의 관계를 아주 함축성 있게 상징해준 것이라고 생각된다. 잠자는 엔디미온, 영원히 잠에서 깨어날 수 없는 엔디미온, 셀레네의 아름다운 키스와 사랑의 손길에 담뿍 애무를 받으면서도 그냥 잠에 취해버린 엔디미온, 어떻게 보면 행복하고 어떻게 보면 불행하기 짝이 없는 운명이다.

셀레네 여신도 마찬가지다. 그녀의 사랑에는 대답이 없다. 그녀의 애인은 영원한 젊음과 아름다움이 있지만, 그것은 잠 속에서 홀로 침묵하고 있을 뿐이다. 환상처럼, 꿈결처럼 그것은 실재하면서도 존재하지 않는 미美요 젊음이다.

잠들어버린 엔디미온이란 바로 우리 자신이며, 우리 주변의 그 자연이 아닐까. 달빛 속에 아름답게 나타난 저 강물, 저 숲길, 그리고 인간들이 모여 사는 그 마을들─. 그것들은 엔디미온처럼 침묵하고 있다. 달빛의 사랑 속에서도 그 사랑을 소유하지 못한 채로 있다. 이것이 달과 인생의 서글픈 관계요 그 거리다.

달은 인간과 자연에게 사랑과 영원을 준다. 그러나 이 사랑과 영원을 뜬눈으로 받을 수는 없다. '잠'이라는 비현실과 '잠'이라는 가면을 쓰고서야 그것의 손길을 만질 수가 있다. 잠 속의 사랑, 잠 속의 영원은 생과 사의 어렴풋한 경계선, 현실과 환상의 파리한 건널목…… 그 애매한 경계선에서의 끝없는 방황이다.

그렇기에 인간은 '달'을 언제나 현실로서, 타오르는 생명의 율동 그것으로 소유할 수가 없다.

구름 틈 사이, 새어나는 달그림자 어렴풋하게
수풀을, 골짜기를 채운다.
소리도 없이 이제는 벌써 내 영혼도
매듭이 풀려나서 갈 바를 몰라.

그대[月]의 눈시울은
부드러이 내 뜰에 넘쳐흘러서
친구의 눈과도 닮았어라, 그립게도.
내 서 있는 그 자리를 지켜서 본다.

즐거운 날, 서글픈 날들의 아쉬움들은
모든 것 내 가슴에 되돌아와서
기쁨과 슬픔과의 만남을 나는
홀로 적적하게 방황하도다.
......

아, 증오에서 떠나 세상을 외면하고
나의 몸 가운데 잠기어드는 그 사람이여.
한 사람의 벗을 가슴에 품어
그와 앉아서 마음을 털어
이야기할 수 있는 이는 행복하여라.

—괴테, 「달에게」

그리하여 괴테의 달은 그리운 벗의 눈시울이 된다. 그러나 그 벗은 현실 그 속에서의 벗이 아니라, 슬픈 날과 즐거운 날들, 그 사라진 시간 속에서 방황하는 외로운 상념 속에서의 벗이다.

달은 과거이거나 추억이거나 망각이거나 혹은 현세를 초월한 바의 그 침묵하는 언어로써 인생과 교섭한다. 도리어 달은 현실에서의 체험 내용을 부정하고 탄생 이전의 원시적인 이미지를 우리에게 던져주는 까닭이다.

그대[月]가 파리하게 보이는 것은

배가 다르게 태어난 별들 사이를

홀로 떠돌면서

변함없이 한곳만 바라보기에

알맞는 것을 찾지 못해서

쓸쓸한 눈처럼 언제나 더듬거리며

하늘에 올라 지상을 굽어보다 지친 탓인가?

내 '마음'이 골라낸 누이여, 내 마음은

그대를 바라보다가

끝내는 인생의 서러움도 알게 되느니.

— 셸리, 「달에게」

달은 인생 그것보다도 먼저 방황을 알고 먼저 서러움을 익히고 있다. 잠든 엔디미온은 달그림자에게서 자기의 운명을 느끼게 되는 것이다. 괴테가 달을 벗의 눈시울로 느끼고, 셸리가 또 그것을 마음이 선택한 누이라고 할 때, 그들은 다 같이 의지할 것 없는 삶의 방황을 달로 암시하고 있는 것이다.

현대 시인 샌드버그Carl Sandburg의 것도 마찬가지다.

가을의 만월滿月 아래

보드라운 백은白銀이

뜰의 밤들을 향해

삐쩍거리며 방울져 구를 때에.
회색의 조소자嘲笑者, '죽음'
찾아와서 당신에게 속삭인다.
옛날을 잊지 않은
아름다운 친구처럼.
여름 장미의 꽃 아래
그 타오르는 진홍의 빛이
강렬한 붉은 꽃이파릴 향해
어둑한 속 안으로 잠겨들 때에
작은 손을 가진 사랑이
찾아와서 당신을 건드린다.
헤아릴 수 없이 많은 추억
그리고 당신에게 묻는다
대답할 수조차 없는 아름다운 물음을.

— 샌드버그, 「가을의 만월 아래」

가을의 만월 아래 설 때 우리는 황량한 죽음의 그늘을 느낀다.
여름의 태양과는 정반대로 냉랭한 백은빛 달빛은, 현실을 인생을
엔디미온처럼 잠들게 한다. 여름 장미의 꽃 아래서, 그 스며드는
진홍의 빛깔 속에서 우리는 작은 손을 가진 '사랑'을 만나지만, 가
을의 만월 아래서 우리가 영접하게 되는 것은 싸늘한 '죽음'이다.

여름의 장미가 현실적인 삶의 충동, 불타는 아름다운 삶의 정열을 불러일으키는 것이라면, 가을 달빛은 열정도, 삶의 감격도 모두 잠들어 침묵하는 영원한 공허와 죽음을 준다. 그 속에는 여름 장밋빛 삶의 잔광이 안으로 젖어 스며들어가 있다.

결국 '달'은 삶을 잠재우는 것이고, 그 잠 속에서 생사를 동시에 소유할 수 있는 투명한 영상을 던져주는 것이다. 엔디미온은 '산 것'도 '죽은 것'도 아니다. 잠이란 완전한 삶도 아니며, 완전한 죽음도 아닌 것이다. 우리는 달에게서 바로 그와 같은 몽롱하고 신비한 인생의 의미를 체험하게 된다. 말하자면 삶을 '대낮' 속에서 체험한다면, 죽음은 암흑의 어둠 속에서 체험한다. 그러나 월광이 공간을 가득 채우는 그 밤은 대낮의 광명도 아니요 야밤의 어둠도 아닌 것이다. 달빛은 사물을 노출케 하고 동시에 은폐시킨다. 그것이 월광의 몽롱함이다.

달빛은 어둠 속에 감춰져 있던 숲의 얼굴을, 강줄기의 흐름을 밝혀낸다. 그러면서도 숲과 강줄기와 들판의 모든 색채, 그 모든 경계선을 애매한 것으로 만들어버린다. 일광처럼 명확하게 그것들을 노출시키지 않는다. 보드라운 은빛 광채로 모든 자연을 감싸준다. 즉 그것은 삶의 베일이라고 할 수 있다. 완전히 가리지도 않고 완전히 드러내지도 않는……. 되풀이해서 말하자면, 월광은 바로 영원히 잠든 엔디미온의 아름다움이다. 살아 있지도 죽어 있지도 않은 그 어렴풋한 경계선상의 삶, 우리는 달에서 그런

'삶'의 의미를 체험한다. 그러므로 달의 박명薄明은, 삶과 죽음이 서로 만나고, 어제와 내일이 서로 만나고, 지상과 천상이 서로 만나는, 그리고 기쁨과 슬픔이, 순간과 영원이, 말하자면 상극하고 모순되는 것들이 서로 조화와 중화를 이룰 때 생겨나는 광채인 것이다. 이 광채 속에서 우리는 부조리한 인생의 의미를 이해하고 또 실천한다.

　그래서 시인 번연은 달에 두 개의 운명이 있음을 노래한다. 사랑에 취한 애인들은 하얀 벽 위에 뜬 달을 보고 한결 행복감에 젖는가 하면, 유형지로 끌려가는 수인들 앞에 뜬 달은 그들의 마음을 한결 불행 속으로 몰아넣는다는 것이다.

　　잠자는 사람의 얼굴 같은 달이여,
　　그렇게도 사람을 높이고
　　그렇게도 사람을 떨어뜨리는
　　그 힘 어디에서 솟아나느뇨.
　　연인들의 보다 즐거운 꿈에
　　유형수의 보다 무거운 괴로움에
　　쉴 새 없이 그대는 쏟아붓는다
　　빛나는 야릇한 빛줄기를.
　　한 잎새가 혼들리지 않아도
　　한 점의 바람소리가 들려오지 않아도

그대[月]로 하여 세상이 마음이 바뀌어간다.

　　　　　　　　　　　　　　　　　—번연, 「가을 달이 오른다」

　또 이쿠바클과 로렌스 두 시인은 인간 생활을 고뇌에서 영원한 미로 이끌어가는 달의 위력을 노래하고 있다. '영원의 미는 모든 것에 반영된다. 달은 하늘의 시인, 그 마음이다. 하늘에는 달빛이, 지상에는 고뇌가 넘쳐흐른다'는 이쿠바클은, 인간의 고뇌와 슬픔을 달의 정적 속에 잠재우려 한다.

　　달빛은 고요하게
　　나무들의 가지도 말이 없고
　　골짜기의 가수도 노래를 멈추었다.
　　산의 녹색은 침묵
　　대자연은 무심하게
　　밤의 품 안에 잠들어 있다.
　　고요하다. 산도 숲도 냇물도
　　마치 신이 명상하라고 명령한 것처럼.
　　오, 마음이여 너도 조용하게
　　슬픔을 가슴에 묻어두고 잠들어라.

　　　　　　　　　　　　　　　　　—이쿠바클, 「어느 밤」

그리고 누가 달을 보았는가?

누가 보지 못하였는가?

그녀(달)가 깊은

바다의 방에서 나타나는 것을.

상기한 그리고 포만하게 나체인 채로 마치 애무를 끝내고 나오는 새

아씨처럼,

그녀는 발돋움치며 기쁜 고백을

물결 위에 던진다.

물결에 자기의 행복한 문자를 낙서한다.

이윽고 그녀의 평화롭게 타오르는 미는

하나도 빠짐없이

우리에게 파동쳐오고 퍼져가면서

이제는 뚜렷이 볼 수가 있어

우리는 믿는다.

미는 무덤 건너에서도 멸망하지 않는다는 것을

송두리째 빛나는 경험은 결코 무無가 되어버리는 일이란 없다는 것을.

시간이 달빛을 어둡게 할지라도 이 반토막 인생에게

우리가 성심껏 다한 일은

흐리거나 하는 일이 없다는 것을.

—로렌스, 「월출」

로렌스는 바다에서 솟아오르는 달을 보고 무덤 너머에서도 멸망하지 않는 미의 영원성을 생각한다. 그것은 신부의 나체처럼 신선하고 생생한 생명력의 상징이다.

「무의식의 환상」이라는 글 가운데서도 로렌스는 역시 달을 에너지의 응결체로 보고 있다.

"달은 싸늘해진 우리 자신의 세계처럼 결코 그렇게 차디찬 눈 같은 세계는 아니다. …… 그것은 에너지의 생생한 극에서 응고한 라듐이라든가 혹은 인燐처럼 다이내믹한 물질로 되어진 구체 球體이다."라고 그는 주장하고 있다.

그러나 이러한 달에의 명상과 찬미는 현대에 접어들면서 차차 그 빛을 상실해가고 있다. 말하자면 현대인에게 있어서 달은 잃어버린 향수이며, 소실된 감탄부호인 것이다. 땅밑을 파고, 수판을 튀기고, 무수한 활자와 서류를 들추다가 하늘을 잊었고 달을 잃었다. '달은 한 개의 돌덩어리'라고 주장했다가 사람들로부터 규탄을 받은 사람은 그리스 시대의 소크라테스였다.

그러나 이제는 거꾸로 달을 '에너지의 응결체, 라듐의 구체'라고 말한 로렌스가 비웃음을 당해야 할 차례다. 초등학교 아이들만 해도 달은 라듐이 아니라 돌덩어리라는 사실을 잘 알고 있기 때문이다.

달의 신화가 멸망해가고 있는 것은 과학 교과서의 죄만은 아닌 것 같다. 이지러지고 둥글어지는 달의 그 호흡이 되풀이되는 동안, 인심도 변했고 세상도 많이 달라진 까닭이다.

　노송의 구부러진 가지 위에 뜬 달이 아니라, 강하와 벌판과 숲의 오솔길을 비추는 달이 아니라—저 고층 건물의 텔레비전 안테나 혹은 전신주 혹은 공장의 굴뚝에 위태롭게 걸려 있는 달. 등화관제와 계엄령이 선포된 거리. 도처에 오프리미츠의 말뚝과 보초가 서 있는 그 슬픈 전쟁의 시가를 비추는 달—황금과 권력의 모의자들이 도사리고 앉아 있는 탐욕스러운 현대의 밤을 비추는 그 달은 이미 옛날의 그 달이 아닌 것이다.

　은빛 보드라운 월광이 가슴속에 스며들어도 철편처럼 굳어, 현대인은 이제 그것을 감각조차 하지 못하는 것이다. 달은 현대의 문명, 기계와 정치와 그 전쟁의 소용돌이에서 학살되었다.

　　그는 일어섰다. 오랫동안 잠들어 있던 전쟁이 깊숙한 동굴 밑바닥에
　서 천천히 머리를 들고 일어섰다.
　　그리고는 황혼 가운데 거대한 낯선 모습으로 우뚝 서서
　　그 검은 손아귀로 움켜 터뜨린다, 달을⋯⋯.
　　　　　　　　　　　　　　　　　　　　　　—하임, 「전쟁」

　오늘의 시인들은 달의 영광과 사랑을 노래 부르는 나이팅게일이 아니다. 검은 손아귀 속에서 소멸되어가는 달의 운명을 묵묵히 바라볼 뿐이다. 현대 문명은 달빛처럼 어렴풋한 회색 지대의

생명을 허락하지 않는다. 숫자처럼 엄정하고 뚜렷한 경계선이 있을 뿐이다.

그렇기에 이미 오스카 와일드Oscar Wilde는 달을 '해골'이라 했고, 릴라당Auguste de Villiers de L'Isle-Adam은 그것을 '은화'에다 비유했다. 뮈세Alfred de Musset만 해도 종루 위에 뜬 달을 보고 알파벳의 'i' 자 위의 그 둥근 점과 같다고 노래했다. '벗의 눈초리'(괴테)로, '스스로 마음이 정한 누이'(셸리)로, '하늘의 시인'(이쿠바클)이나 '신부'(로렌스)로 해석되던 그 달은, 현대에 와서는 하나의 해골이나 은화나 활자로밖에는 느껴지지 않는다.

설령 달을 보고 '사랑'과 '미'를 느낀다 하더라도, 현실은 그런 감정을 용납하지 않는 것이다. 그렇기에 이태백의 후예들인 동양의 시인들도 달을 향해 화살을 쏜다.

발걸음이 몸뚱이를 옮겨 못가에 세워줄 때, 못 속에도 역시 가을이 있고 삼경이 있고 나무가 있고 달이 있다. 그 찰나, 가을이 원망스럽고 달이 미워진다.

더듬어 돌을 찾아 달을 향하여 죽어라고 팔매질을 하였다. 통쾌! 달은 산산이 부서지고 말았다. 그러나 놀랐던 물결이 잦아들 때 오래잖아 달은 도로 살아난 것이 아니냐. 문득 하늘을 쳐다보니 얄미운 달은 머리 위에서 빈정대는 것을…….

나는 곳곳한 나뭇가지를 고나 띠를 째서 줄을 매어 훌륭한 활을 만들

었다. 그리고 좀 탄탄한 갈대로 화살을 삼아 무사의 마음을 먹고 달을
쏘다.

— 윤동주, 「달을 쏘다」

달의 아름다움을 소유할 수 없는 현대인들은 차라리 달이 사라
져버릴 것을 원한다. 달을 상실한 현대에서 또다시 달을 발견한
다는 것은, 몰락한 왕족이 박물관에 진열된 옛날의 왕관을 보는
심정과 다를 것이 없기 때문이다. 그리하여 시인들은 '무사의 마
음'으로 달을 쏜다. 시인 이상李箱도 고층 건물의 도시 위에 뜬 달
을 보고 이렇게 독백한다.

"달아! 이태백이 놀던 달아, 너도 19세기와 함께 죽었더라
면……."

지하철을 타고 귀가하는 카인의 후예들은 이미 달을 쳐다보지
않는다. 그런 마음의 여유도 없다. 그리하여 달은 구시대의 유물
또는 미라가 돼버린 시체와도 같은 것. 망각과 체념이 있을 뿐이
다. 다만 현실의 기름 냄새가 아직 살결에 묻지 않은 철없는 아이
들만이 경이의 눈초리로 달을 손가락질한다.

낡은 달을 본다.

아이들의 경이驚異는

밤마다 되돌아온다.

나뭇가지 위에서 빛나고
나무 이파리에 금모래를 뿌리는
멀고 조용한 노란 것을
계집애는 손가락질하고
조그만 헛바닥으로 외친다.
"저 달님을 보세요."
그리고 잠자리에 들어가
조그만 입으로 달 이야기를 재재거리면서
잠들어간다.

─ 샌드버그, 「어린아이의 달」

그러나 여덟 시간 노동제를 말하고 유급휴가를 이상으로 삼고 있는 어른들은 달빛을 보고 이렇게 말한다.

빛나거라, 오, 달이여,
더욱 더 많이 그 은전銀錢을 뿌려다오.

─ 샌드버그, 「뒤뜰」

비밀에 싸인 달의 이면을 촬영하고 우주복을 입은 사람들이 달에서의 여행을 꿈꾸는 현대지만, 사실은 현대인처럼 달을 상실하고 달에 대해 무지했던 시대도 없다.

현대 과학은 달과의 거리를 단축시켰지만, 그것은 물리적인 거리에 지나지 않는다. 정신적인 거리, 마음과의 거리는 날이 갈수록 멀어지고 있다.

헉슬리Aldous Huxley는 「달에의 명상」에서 다음과 같이 말하고 있다.

달은 돌덩어리이기는 하나, 아주 초자연적인 존재의 돌이다. 또는 더 정확히 말한다면, 사람들이 지니고 있는 초자연적 존재의 감정, 그것의 대상이며 원인이 되는 것이다. 그리하여 이해를 넘어선 평화를 우리들에게 부여하는 부드러운 월광이 있다. 외포에게 고독성과 절망적인 고립, 무의미한 부정을 고하는 싸늘하고 엄한 월광이 있다. 사랑으로—개인만이 아니라 때로는 전 우주에 대한 사랑으로 유혹해가는 요염한 월광이 있다. ……그러나 달은 눈의 창을 통해서, 마음만이 아니라 육체에게도 빛난다. 이유를 붙일 수 없는 기쁜, 설명할 수조차 없는 비참, 원인 없는 웃음과 회한이 있다.

그렇다. 우리는 다시 눈을 뜨고 달을 보자. 그리고 달들이 속삭이는 침묵의 밀어에 귀를 기울여보자. 통속화된 달, 무관심 속에서 망각해버린 달, 비정의 계절 속에서 감동을 상실해버린 달—그 달의 타락 속에서 우리는 다시 한 번 진정한 '달의 의미'를 찾는다. 말하자면 스테인리스와 원자운 속에서 평화와 사랑과 영혼의 고립, 그리고 어렴풋한 중화中和의 언어를 불러일으키기 위해서 어둠 속에 가려진 달을 본다.

그리하여 상천上天의 제왕을 영접하기 위해서는 월광의 하얀 제단이 있어야 한다는 클로델Paul Claudel에 공감한다.

"어부들은 물결 밑바닥 깊숙이 통발을 드리우고 고기를 잡고, 사냥꾼은 눈에 보이지 않는 그물을 숲에 쳐 새를 잡는다. 정원사는 말한다. 우리가 달과 별을 잡으려 할 땐 몇 방울의 물만 있으면 된다. 벚꽃 피는 벚나무, 불처럼 타오르는 단풍나무를 잡으려면, 내가 펼치는 한 줄기 물만 있으면 족하다."라고.

그리하여 시인은 말한다.

우리가 형상과 사상을 잡으려면, 다만 소백素白의 종이쪽만 있으면 족하다. 즉 신이 그 위를 지나면 눈 위에 발자국을 남기는 작은 새처럼 반드시 거기에 그늘을 찍는다.

창명蒼暝의 왕후를 초대하는 데에는 내가 펼치는 이 소백의 비난만 있으면 족하고, 상천의 제왕을 영접하려면 월광, 즉 그 소백의 계단만 있으면 족하다…….

— 클로델, 「에도 성城 내호內壕에 붙여서」

어부에겐 통발이, 수렵자에겐 그물이, 정원사에겐 물이 있어야 한다. 마음속에서 찾는 목적물을 얻기 위해서는 그 수단과 도구가 필요하다. 그렇다면 영원한 미와 휴식과 사랑, 초자연적인 상상의 세계를 잃은 현대인에겐 무엇이 요구되는가! 그것을 회복하기 위해선 월광의 하얀 계단이 있어야 되는 것이다. '죽음의 어둠'을 광채로 감싸주는 그 위안의 달빛이…….

낙엽을 밟으며

시몬, 나뭇잎이 진 숲으로 가자.
낙엽은 이끼와 돌과 오솔길을 덮는다.

시몬, 그대는 좋아하는가? 낙엽을 밟고 지나가는 소리를.

낙엽의 빛깔은 부드럽고 모습은 쓸쓸하다.
낙엽은 덧없이 버려져 땅 위에서 구른다.

시몬, 그대는 좋아하는가? 낙엽을 밟고 지나가는 소리를.

저녁 낙엽의 모습은 쓸쓸하다.
바람에 불리어 흩어져갈 때,
낙엽은 잔잔하게 소리친다.

시몬, 그대는 좋아하는가? 낙엽을 밟고 지나가는 소리를.

가까이 오라, 우리들도 언젠가는 슬프게 떨어져가는 나뭇잎이 될 것을.
가까이 오라, 벌써 밤이 왔다. 바람이 몸에 스민다.

시몬, 그대는 좋아하는가? 낙엽을 밟고 지나가는 소리를.

— 구르몽, 「낙엽」

나뭇잎이 진다. 슬픈 음악처럼 혹은 고별의 몸짓처럼, 그렇게
나뭇잎이 지고 있다. 퇴색한 생명의 조각들이 마지막 여름의 추
억을 간직한 채 아쉬움 속에서 전율한다.

낙엽을 밟고 지나가면 우리들도 무엇인가 상실해가고 있다는
생각이 든다. 다정하게만 느껴지던 벗들이, 화려한 것처럼 보이
기만 하던 생명의 채색들이, 그리고 모든 대화가 환상처럼 꺼져
가고 있음을 느낀다. 떨어져가는 나뭇잎은 영원하지 않은 인간의
생명을 새삼스럽게 깨우쳐주기 때문이다.

낙엽의 은은한 음향이 우리 가슴에 와닿을 때, 시간이 붕멸崩
滅하는 참으로 크고 비통한 '메아리'가 울린다. 잠시 우리는 소스
라치게 놀란다. 내가 혼자라는 것을…… 이 풍경과 이 감동이 결
코 영원할 수 없다는 것을…… 언젠가는 그리운 사람도, 뜨거운
열정도, 부풀어오르는 아침의 희망과 쾌락도 결국은 저 낙엽처럼

허공 속으로 흩어져갈 것을 우리는 안다.

그리하여 나뭇잎이 질 무렵이면, 외부로만 향하던 눈이 마음속으로 돌려진다. 인간의 운명을 생각해보는 것이다. 우리들의 사랑과 덧없는 젊음의 요설을 생각해보는 것이다.

나뭇잎들은 천천히
안개 깔린 길 위로 구른다.
길은 정적―모든 소리는 끊기고
아무 음악도 들리지 않는다.
그러나 시든 갈대 속에서
한 가지 경건한 예감이 있다.
마음속으로 눈을 돌려야 할 때가 왔다고.

―틴마만스, 「아다지오」

세속의 욕망과 기름때 묻은 생활 풍속에서 잠시 물러나, 나뭇잎이 지는 정적한 시간이면 사색의 촉수가 내면으로 향한다. 그러면 강가에서 흩날리는 나뭇잎은 우리에게 온갖 삶의 내용을 고백해준다.

"고별을 생각하십시오. 헤어져야 할 시간이 돌아왔습니다. 시간은 모든 것을 주고, 시간은 모든 것을 지워버립니다. 서둘러주십시오. 당신에게도 고별의 시각이 가까워졌습니다."

예이츠는 낙엽이 전해주는 침묵의 목소리에 조용히 대답한다.

가을이 왔다. 우리들 사랑에 겹던 나뭇잎에도, 나락들의 다발에 드나드는 들쥐 위에도 추색秋色이 짙다.

로우언의 나뭇잎도 누렇고, 축축한 들딸기의 이파리도 노랗다. 우리에게도 사랑이 시들어가는 때가 왔다. 그대와 나의 슬픈 마음은 지금 권태와 피로에 젖어 있다. 헤어지자, 정열의 계절이 우리를 저버리기 전에.

풀 죽은 그대 얼굴에 한 점의 키스와 한 방울의 눈물을 남겨놓고 헤어지자.

— 예이츠, 「낙엽」

낙엽의 의미를 아는 사람은 결코 '영원히 사랑한다'고 말하지 않는다. 면면한 연정도 때가 되면 시들고 떨어져 진흙 속에 묻혀야 한다는 것을 너무나 잘 알고 있기 때문이다. 차라리 사랑과 열정이 다하기 전에, 애틋한 아쉬움이 꺼지기 전에 고별을 준비하는 사람이 현명할지도 모를 일이다.

미련과 애착 속에서 나뭇잎이 지듯, 그렇게 인간은 헤어져야 한다. 조용한 체념이 있다. 회자정리會者定離요 생자필멸生者必滅이다. 만난 자는 반드시 헤어지고, 살아 있는 자는 반드시 죽기로 되어 있다는 조용한 체념이 있다. 마른 가지에서 푸른 나뭇잎을 탄생케 한 것이 계절[時間]의 의사다. 행복한 여름이 너무 짧다고 불평하지 말라. 저 태양과 소나기와 천둥의 추억이 미칠 것처럼 가슴을 쥐어뜯는다고 애석해하지 말라.

뜻 없는 가운데 잎이 돋은 것처럼 그렇게 뜻 없이 떨어져가는 것이 나뭇잎의 순리—우연히 만난 사람을 우연히 잃어야만 되는 것이 또한 인간의 정명定命이다.

> 이별을 고하는 때는 부드럽고
> 낙엽의 향내는 포근하다.
> 인생은 보다 거칠게 사라지고
> 남아 있는 오늘에 위안은 없다.
>
> —란드, 「가을」

낙엽은 인생에게 헤어짐의 의미를 가르쳐주고, 방랑의 그 외로움도 암시한다. 생명의 모체요, 그 고향인 나뭇가지에서 떠나 싸늘한 땅 위로 굴러다니는 낙엽의 고립, 거기에는 고향 잃은 나그네의—의지할 것 없는 그 방랑자의—우울한 영탄이 깃들인다.

> 가을날 바이올린의 긴 흐느낌,
> 한결같은 괴로움에 가슴이 찢겨,
> 종소리에도 숨이 막히고 파리해져서,

눈물은 흘러, 지난날의 추억

그래서 떠도는 이 몸,

거센 바람에 이리저리 휩쓸려가는 낙엽다워라.

―베를렌느, 「가을의 노래」

벌써 가을이구나, 낙엽을 보고 설레는 마음.

시들어 바람에 날리는 것은

나그네의 마음과도 닮았어라.

이리 뒤집혀 저리 날리며

아직도 땅 위에 떨어지지 않는 것은

못내 옛 수풀을 아쉬워하는

그 마음 다하지 않음이런가.

―공소안, 「낙엽」

고별 그리고 방랑. 낙엽에게는 그리운 추억의 나날이 있고, 고향의 꿈이 짙다. 그러나 방향도 없고 의지할 땅도 없이 바람이 와 닿는 대로 몸을 맡겨야 하는 그 나뭇잎. 이것은 모든 생명 그리고 인간이 겪어야 하는 고뇌의 상징이다. 그리하여 가을밤 수풀의 어느 곳에선가 나뭇잎이 지고 있을 무렵, 우리는 잃어버린 고향, 잃어버린 사람들의 이름을 마음속으로 외워본다.

양로원이 아니면 감옥의 뒤뜰처럼

남몰래 슬픔을 감춘 채로 때를 만난 듯

금빛 낙엽이 어른거리며 떨어져간다.

잔디 위로 추억을 새김질하듯 느릿느릿

'침묵'이 우리들 사이를 거닌다……

거짓을 품은 가슴속으로.

서로 여로旅路에 지쳐 새로운 꿈을 안고 옛날 항구로 되돌아가고자 제 일에만 골몰한다.

그러나 오늘 밤 수풀은 우수에 가득 차서 우리들 마음까지 뒤흔들어, 넋 잃고 잠든 잠잠한 하늘의 그 옛날 지내온 일을 이야기한다.

정답게, 나직한 목소리로

죽은 애 이야길 하듯…….

─A. 사맹, 「가을」

낙엽은 이별…… 방랑…… 추억과 같은 애잔한 운명의 빛깔을 우리에게 던진다. 모든 비애와 그리움을 안으로 잉태한 채 운명에의 수줍은 반응을 나타내고 있다. 결국 외로운 낙엽이 우리에게 말해주고 있는 것은(아무리 작은 소리로 고백할지라도) 크나큰 환멸과 죽음에 대해서이다.

나뭇등걸에서 떨어져나온 나뭇잎은 방랑과 추억 끝에 조용히 흙 속에 묻히고 마는 것이다. 그것도 홀로…….

옛날 신라의 슬기로운 중 월명月明이 여동생의 죽음을 가을날 떨어지는 나무 이파리로 비유한 것도 바로 그것이다.

생사의 길이 여기 있으니, 두려움 속에서 나는 간다 말도 다 못 잇고 가는구나. 어느 가을날 바람에 여기저기 떨어지는 나뭇잎처럼.

한가지에 났어도 가는 곳은 서로 몰라.

아, 부처님 앞에 엎드려 도를 닦아 너를 만날 것을 기다리고자.

— 월명, 「제망매가」

봄에 태어난 나뭇잎은 가을에 낙엽져 사라진다. 나뭇잎이 한 나뭇등걸에서 돋아났어도 떨어질 때는 제각기 방향도 모르고 흩어져가듯, 인간의 혈육도 같은 생명의 모체에서 탄생했지만 죽음 앞에서는 운명을 같이할 수는 없는 것이다.

낙엽이 홀로 외롭게 져가듯이 인간도 홀로 죽어갈 수밖에 없는 그런 존재다. 여기에 낙엽과, 그리고 인간의 절대 고독이 있다.

셸리도 또한 「서풍에 부치는 노래Ode to the West Wind」에서, 떨어지는 낙엽으로 생명의 조락, 그 죽음을 암시하였고, 겨울을 몰아오는 서풍 속에서 '죽음'의 운명을 보았던 것이다.

그렇기 때문에 시인들은 가을을 통곡하였다. 레나우Nikolaus Lenau는 낙엽이 날리는 가을바람 속에서 덧없는 인생의 보람, 시들어버리는 희망의 슬픔, 그리고 그 통곡의 흐느낌을 듣고 있다.

상냥한 봄이여, 그대는 사라졌구나. 어느 곳에서도 오래 머물지 않아
그대가 즐겁게 꽃피우던 곳에
　　지금 가을의 불안한 숨결이 씽씽 울리고 있다.
　　바람은 울고 있는 것처럼
　　슬프게 풀숲을 거쳐 분다.
　　천지 그 죽음의 한숨이
　　거칠어진 숲을 뚫고 울부짖는다.

　　오는 해도 오는 해도 속절없이
　　시든 이파리와 시든 소망만을 가져다준다.

　　　　　　　　　　　　　　　　　　— 레나우, 「가을의 통곡」

　그러나 낙엽은 우리에게 고별의 쓰라림, 방랑과 추억의 외로
움, 그리고 허무와 죽음의 공포만을 주는 것일까?
　그렇지 않다. 낙엽은 그보다 더 깊은 언어, 불멸의 언어를 간직
하고 있다. 그 말이 너무도 나직하고 너무도 겸허하기 때문에 사
람들은 그것을 듣지 못하는 것이다.
　나뭇잎이 대지를 향해 낙하하는 그 아름다움을 보라. 분명히
그것은 죽음이지만, 그 '죽음'은 얼마나 아름다운 색채와 율동을
잉태하고 있는 것일까? 도리어 그 죽은 이파리가 여름의 한낮, 생
명의 태양 속에서 빛나던 녹색보다도 한층 아름답고 행복한 채색

으로 물들어 있는 것은 무슨 까닭일까? 또 폭풍 속에서 나부끼던 그 여름의 나뭇잎들, 땅 위로 낙하해가는 저 낙엽보다도 자유롭게 움직여본 일이 있었던가?

나뭇잎은 '죽음'의 순간에 완전히 사는 것이다. 태양이 그에게 준 온갖 채색을 겉으로 표현하는 것이며, 바람이 그에게 가르쳐준 율동을 그 순간에 몸소 행동으로 표현하는 것이다.

> 무언의 슬픔을 간직한 가을의 하늘 끝을
> 고요한 꿈에 넘쳐나는 지평선이 하늘의 끝과 맞닿은 그 변두리를 바라본다.
> 언제인가 대낮은 사라진다.
> 갠 하늘, 상쾌하게 맑은 고요한 대기,
> 새빨간 숲…… 밝은 대낮은,
> 말없이 그들 곁을 떠나고 말리라.
> 종말해가는 행복의 순간!
>
> ─프낭, 「낙엽」

그렇다. 종말 속에서 빛나는 행복의 순간, 낙엽은 '죽음'의 의미를 알고 있다. 진정한 삶이야말로 '죽음'에 의해서 실천된다는 것을. 물들어보지 않은 나뭇잎은, 가지에서 떠나보지 못한 나뭇잎은 생명의 의미가 무엇인지를 모른다. 그러나 낙엽은 그것을 안다. 그리고 또 낙엽은 알고 있다. 죽음이야말로 보다 큰 생명에 이르는 과정인 것을, 공포는 죽음이 아니라 바로 생명이라는 것을, 죽음은 이 공포에서의 해방, 고요한 휴식이요, 생명이 완전하게 안으로 숨어배어 죽음 속에 흡수되는 완성인 것을……. 아름답게 물든 낙엽이 아름다운 나선을 그리며 대지를 향해 낙하할 때, 말할 수 없는 고독, 잔잔한 명상에 취해 죽음을 체감한다.

> 잎이 진다. 멀리서 잎이 진다.
> 하늘의 먼 뜰들이 시들어가는 듯
> 부정하는 몸짓으로 잎이 진다.
> 그리고 여러 밤새에,
> 무거운 지구가 고독에 잠긴다.
> 다른 모든 별들에서 떨어져.
> 우리들 모두가 떨어진다. 이 손이 떨어진다.
> 보라, 너의 다른 쪽 손을— 모두가 떨어진다.
> 그러나 한 사람이 있어 이 낙하를 한없이
> 너그러이 그의 양손에다 받아들인다.
>
> —릴케, 「가을」

또 하나 나뭇잎이 진다.
나무, 나무의 홀

높고 둥근 천장(하늘)에서

10월의 안개

바람도 움직이지 않는데

그저 눈물이 흘러.

울고 난 눈물이라고

사람들은 그렇게만 생각하리라.

묘지인 것을!

쉬거라 잎이여, 평화롭게

덧없는 것은 아니어니

무엇이든 영구히

다시 탄생되는 것이다.

지금은 죽어 있을지라도,

태양은 다시

녹색을 눈뜨게 하리라.

너의 녹색으로

나무들을 덮으리라.

여름이 오면

오, 여름이여…… 나도 또한

아담의 죄를

걸머지고 시들어가지 않으면 안 되는

겨울인 무덤의 돌 속.

그러나 나의

죽은 폐장肺臟에

기독基督이 정신을

점화한 영구한

끝없는 목숨으로

소생하리라!

—케제레, 「재빨리 떨어졌어요!」

나뭇잎이 진다. 가을이다.

내 연월年月은 묘지로 사라진다.

낡아빠진 깃발처럼 갈가리 찢긴 내 마음을

놀라게 하는 괴로움은 이제 아무것도 없어……

—브레시스, 「나뭇잎이 진다」

여기저기서 단풍잎 같은 슬픈 가을이

뚝뚝 떨어진다. 단풍잎 떨어져나온

자리마다 봄을 마련해놓고

나뭇가지 위에 하늘이 펼쳐져 있다.

—윤동주, 「소년」

릴케는 나뭇잎을 너그러이 양손에다 받아들이는 그 존재를 알고 있으며, 케제레는 태양 속에서 다시 부활하는 녹색의 여름을 믿고 있으며, 브레시스는 죽음이 도리어 고뇌로부터의 해방임을 노래하고 있다. 그리고 윤동주는 떨어져나간 이파리의 자국마다 새로운 봄이 준비돼 있고 그 위에는 영원한 하늘이 펼쳐져 있음을 발견하고 있다.

낙엽은 결코 고독하지 않다. 낙엽은 결코 죽지 않는다. 저기에서 저렇게 나뭇잎이 떨어지고 있는 것은 보다 새로운 삶이 준비되어가고 있는 목소리이며, 저기에서 저렇게 무수한 단풍이 가지각색 빛깔로 물들어가고 있는 것은 나무보다 더 큰 생명의 모태를 영접하는 몸치장인 것이다.

인간의 '죽음'이란 것도, 인간의 '헤어짐'이나 '방황' 같은 것도 결국은 낙엽 같은 것이다. 휴식, 해방, 귀의, 부활……

"시몬, 그대는 좋아하는가? 낙엽을 밟고 지나가는 소리를……"

겨울과 눈에 대한 사색

최초에는 아무것도 없다.
최후에는 아무것도 없다.
그리고 이 두 개의 덧없는 무의 공간 속에.

광명과 음악과 신과 나 자신이 있다…….
그리운 사람아, 내 가슴을 위해
맥박 치는 심장이여, 그 위에 내가 잠드는
탐스러운 가슴이여—광명으로,
음악으로, 신으로, 그리고 나 자신이
되어다오, 나를 위하여.

최초에는 침묵, 최후에도 침묵.
침묵, 그리고 이 두 개의 침묵 사이에서
열리고 또 닫히는

한 떨기 하얀 꽃의 은은한 스침 소리.
그리운 사람아, 그리운 사람아,
저 하얀 꽃이 되어다오, 나를 위하여.
열리고 또 닫히는ㅡ은은한 그 음향은
나의 세계가 될 것이어니.

최초에는 혼돈, 최후에도 혼돈.
그리하여 이 두 혼돈 사이에
깃들이는 크나큰 경이가,
영광이, 당혹이 있다.
사랑하는 사람아,
저 영광과 광명의 감각이 되어다오.
그대는 혼돈에서 생겨난 것.
나의 별이 되어다오.

ㅡ에이킨, 「최초에는 아무것도 없다」

시인 에이킨C. Aiken의 잔잔한 그 소망처럼, 원래 인생이란 무
와 무 사이에서 혹은 침묵과 침묵 사이에서, 혹은 혼돈과 혼돈 사
이에서 무엇인가를 찾는 그런 존재인 것이다. 최초에도 최후에도
거기에는 아무것도 없었다. 그러나 광명과 음악과 신과 나 자신
이, 잎 피고 또 시드는 한 떨기 하얀 꽃의 음향이 또는 경이와 영

광, 당혹과 광명에의 감각이 하나의 별처럼 출현하는 삶의 의미와 만난다.

　이것이 인간의 마음을 아프게 하고 또한 즐겁게 하는 삶의 여정이다. 이러한 인생의 과정은, 계절의 순서 속에서도 재현되고 있다.

　'겨울'과 '겨울' 틈서리에 끼여 있는 봄, 여름, 그리고 가을의 의미를 생각해보라. 봄이 꽃피우는 삶의 음향과 여름이 불태우는 삶의 정열과 가을이 무게를 더해주는 삶의 성숙은 결국 '겨울'과 '겨울' 틈서리에서 전개되는 생명의 드라마이다. 그러나 그 꽃의 근원과 종말은 다 같이 '무'이며 '침묵'이며 '혼돈'인 겨울이다.

　'무'에서 피어나 '무'로 돌아가는 인간의 생명은 겨울의 대지 속에 피어나 겨울의 대지 속에 묻혀가는 꽃의 그 운명과도 같은 것이다.

　　하나의 날갯짓도

　　밤의 공기를 흔들지 않는다.

　　고요하게 빛나는

　　하얀 눈이 누워 있다.

　　한 조각의 구름도

　　성공星空에 걸쳐 있지 않고

　　하나의 파도도

얼어붙은 호반에선 일지 않는다.

—케라, 「겨울밤」

공허하고 정적한 이런 겨울도 봄이 되면 색채와 율동, 그리고 생명의 음향들을 탄생시킨다. 침묵하던 숲에서는 지저귀는 새소리가 울려오고, 얼어붙은 강에서는 물의 흐름 소리가 들려온다. 회색의 대지는 일시에 이색으로 물들며, 온갖 향내가 허공을 채운다.

그러나 그러한 음향, 그러한 색채, 그러한 향기는 다시 겨울의 정적과 혼돈 속에 묻혀버리고 만다. 강물은 다시 얼어붙고, 숲은 색채를 상실한다. '무'의 벌판(겨울)에서 생겨난 것들이 다시 '무'의 벌판(겨울)으로 돌아가는 반복. 우리는 겨울에서, 생명의 시원이며 종말인 그 '무'와 '침묵' 그리고 '혼돈'을 느끼게 된다.

인간이 기억하거나 체험할 수 없는 탄생 이전의, 그리고 사망 이후의 그 막막한 무의 세계를 겨울을 통해 바라다보는 것이다. 그것은 존재하지 않는 것에 대한 환상이며, 망각되어진 생명의 고향에 대한 회억回憶이다.

사람은 겨울의 마음을 지니지 않으면 안 된다.
눈에 덮인 소나무들의 서리를 보려면.

또 사람은 오랫동안 추위 속에서
떨지 않으면 안 된다.
얼음이 솔아붙은 솔숲을 본다든지
멀리 1월의 태양에서 빛나는
설렁거리는 전나무를 본다든지,
그러면서도 바람소리나 겨울 잎이 엇갈리는
그 소리를 조금도 비참하게 느끼지 않으려면.

그는 눈 속에서 귀를 기울인다.
'무'와 똑같은 그 몸을 가지고
그가 보는 것은
거기에 그저 있는 것들, 거기에 있는 '무'.

—W. 스티븐스, 「설남雪男」

서리와 눈 속에 얼어붙은 겨울 풍경은 생명을 상실한 존재의 해골, 모든 것이 '무'로 돌아간 상태이다. 이런 겨울 풍경을 보려면 우리 자신도 역시 '무' 그 자체가 되어야 한다. 생명의 욕망이라든가 사랑이라든가 열정 같은 것을 모두 버리고, 존재하지 않는 망각의 그 지대로 몸을 옮겨야 한다. 그것은 죽음에의 감각이며, 생존 이전의 혼돈과 침묵에서 피어나는 환상이다. 지루한 겨울밤의 정적과 막막한 겨울의 들판은, 생명의 지평 너머에서 어른거리는 '순수' 또는 '영원'의 그 얼굴을 우리 앞에 던져준다.

그러므로 우리가 겨울을 맞이하고 거기에서 느끼는 이미지란, 탄생 이전과 죽음 이후의 경험할 수 없는 '무'의 세계라 할 수 있다.

로버트 프로스트Robert Frost의 「사과 따기가 끝난 후After Apple Picking」에는 겨울의 그런 이미지가 아주 사실적으로 그려져 있다. 어느 나무엔가 채 따지 못한 몇 알의 붉은 사과가 남아 있을는지도 모르고, 곁에는 아직도 다 채우지 못한 통이 그대로 있을는지도 모른다. 하지만 지금 농부는 사과 따기를 끝내야 한다. 왜냐하면 겨울이 돌아왔기 때문이다. 향긋한 사과의 향내가 밤 속에 무르녹는 그 '동면의 에센스'로 하여, 사과 따기를 끝낸 농부는 나른한 졸음에 취한다. 그는 아침에 풀통에서 살얼음을 건져내어, 서리가 내리깔린 겨울 들판의 풍경을 그 살얼음을 통해 내다본 것이다. 살얼음을 통해 본 그 풍경은 참으로 신기한 것이었다. 그 얼음은 곧 녹아 땅 위에 떨어져 부서졌지만, 그 풍경을 본 그는 벌써 겨울의 잠 속으로 침입해 들어간 것이다.

그 잠결 속에서 그는 거대한 사과가 나타나고 또 사라지고 하는 꿈을 보았다. 가지 언저리, 꽃이 진 자국, 그리고 갈색의 반점 하나하나가 뚜렷이 보이기도 했다. 사과를 딸 때 느끼던 발바닥의 그 아픔이라든가 사다리가 흔들거리던 그 동요감, 또 사과가 굴러내리는 음향이 선하게 떠오르는 것이다. 사과 수확에 지쳐버린 그는, 이런 환몽으로 겨울의 졸음 속으로 **빠져들어가는** 것이다.

프로스트는 사과 따기를 끝내고 겨울을 맞이하는 농부의 그 '졸음(동면)'을 이렇게 노래하고 있다. 그러나 우리는 이 시에서 삶과 죽음의 상징적인 이미지를 느낀다.

봄과 여름과 가을이 가꿔낸 사과, 붉게 빛나는 그 사과는 바로 삶 그 자체라고 할 수 있다. 인생이란 사과의 수확을 위해 존재하는 하나의 과수원지기와도 같은 것이다. 계절이라는 생애 가운데 열려진 아름다운 그 '사과(삶의 결실)'를 따다가, 우리는 겨울을 맞이한다. 그러면 더 따야 할 몇 알의 사과가 남아 있다 할지라도, 또 아직도 다 채우지 못한 통이 곁에 있다 할지라도, 사과 따기의 손을 멈추고 우리는 잠들어야 하는 것이다.

그렇다. 겨울은 우리를 잠들게 한다. 휴식(죽음). 삶의 노동이 끝나고 한아름 삶의 추억과 환상에 휩싸인 채 우리는 잠들어야 하는 것이다. 사과를 따던 그 노동, 그 감각을 여운처럼 지니고 졸음에 잠겨가는 것처럼, 생명의 잔광을 가슴에 안고 우리는 죽음이라는 '겨울의 잠' 가운데 몰입해간다.

동면의 에센스, 사과의 향내가 떠도는 겨울밤의 방향―그것이야말로 생명의 향취가 은은히 망각처럼 떠도는 죽음―존재 저편의 향훈일 것이다. 이것이 프로스트가 말하는 겨울의 의미, '죽음'이라는 졸음 속에 가득 찬 '비존재의 세계'다. '무와 침묵과 혼돈'의 세계는 '살얼음을 통하여 내다본 서리 덮인 그 겨울 들판'

의 이미지와 통한다. 거기에는 존재하지 않는 것들의…… 잠에 싸여 있는 것들의…… 생명 이전의 것들의…… 아름다움과 슬픔과 평화와 정막靜寞이 있다. 시간도 없고 감정도 없고 움직임도 없는 겨울―거기에는 인간 태초의, 인간 최후의, 말하자면 존재하는 것들의 그 모든 향수가 깃들어 있다. 선의식先意識이라고 할까, 기억조차 할 수 없는 망각의 벌판이라 할까, 어쨌든 체험을 넘어선 슬픔과 희열, 또 안식이 있다. 우리는 태어나기 이전에 그런 겨울 벌판 같은 곳에 있었고, 죽고 난 후에도 그런 겨울 들판 같은 곳에 있을 것이다.

영원한 잠의 세계, 색채도 음향도 감정도 없는, 어떠한 생명의 갈등과 고통의 형식도 없는 완전한 무의 세계―겨울은 그런 세계를 암시해주고 있다.

그러므로 겨울날 소리 없이 내리는 '눈'은, 무엇인가 먼 옛날에 잃어버렸던 향수를 일깨워준다. 생명의 근원에 대한 그리움, 원초적 경험 그것이며, 경험할 수 없는 초월적인 세계에 대한 우수다.

찻집 미모사의 지붕 위에
호텔의 풍속계 위에
기울어진 포스트 위에
눈이 내린다.

물결치는 지붕 지붕의 한 끝에 들리던

면— 소음의 조수潮水가 잠든 뒤

물기 낀 기적만 이따금 들려오고

그 위에

낡은 필름 같은 눈이 내린다.

이 길을 자꾸 가면 옛날로 돌아갈 듯이

등불이 정다웁다.

내리는 눈발이 속살거린다.

옛날로 가자, 옛날로 가자.

　　　　　　　　　　—김광균, 「장곡청정에 오는 눈」

서울의 어느 어두운 뒷거리에서

이 밤 내 조그마한 그림자 위에 눈이 내린다.

눈은 정다운 옛이야기

남몰래 호젓한 소리를 내고

좁은 길에 흩어져

아스피린 분말이 되어 곱게 빛나고

나타샤 같은 계집애가 우산을 쓰고

그 위를 지나간다.

눈은 추억의 날개, 때 묻은 꽃다발.

고독한 도시의 이마를 적시고

공원의 동상 위에, 동무의 하숙 지붕 위에

캬스파처럼 서러운 등불 위에

밤새 쌓인다.

― 김광균, 「눈 오는 밤의 시」

눈 내리는 풍경 속에서는 하나의 정물이든 하나의 인물이든 색다른 정조를 풍긴다. 무슨 풍속계, 기울어진 포스트, 공원의 상, 우산을 받고 지나가는 소녀…… 그 모든 것은 현세의 것이 아닌 것 같은 느낌을 준다. 그것들은 망각 속에서의 '출회出廻' 또는 '전생의 이미지'로서의 결합이다.

말하자면 그 눈발은 '옛날로 가자, 옛날로 가자'고 속삭이는 추억의 날개인 것이다. 단순한 '옛날', 일상적인 추억이 아니라, 그것은 생명의 피안에서 전개되는 무에 대한 지각이다. 존재의 모태를 동경하고 그리워하는 감상이다. 그 감상은 '존재하지 않았던 것'에 대한 향수, 절대적인 것에 대한 슬픔이다.

만약 눈이 내 몸에 와닿으면

아마도 내 마음은

터지고 찢길 것이다.

그리고 가야금의 줄이 울리라……

― 몽베르트, 「천상의 주객」

'삶'이라고 하는 욕망에 들떠 있던 우리 마음에 눈송이가 와닿으면, 무의식 속에서 침체해 있던 순수한 본래의 감정(삶에 대한 것이 아닌)이 가야금의 줄을 튀기는 음향처럼 그렇게 울려온다. 그 음향은 허공[無]의 노래이며, 존재의 저편에서 들려오는 침묵의 언어이다. 생명의 아우성, 그 욕망의 가락과는 다른 울림.

허공의 한가운데서
또 펄럭이는 구름의 옷자락에서 눈이 내린다.
흑갈색 그리고 벌거벗은 삼림지로,
망각된 텅 빈 들판 위로
고요히 부드러이 느릿느릿
눈은 내린다.

우리들 애수에 찬 생각이
선뜻 성스러운 말로 표현되듯이
고뇌에 찬 마음이
새하얀 안색顔色으로 고백되듯이
고뇌에 겨운 하늘은
묻어두었던 애수를 나타낸다.
천천히 침묵의 문자로 적어가는
그것은 허공의 노래

오랫동안 애수의 구름에 잠긴 가슴이

숨겨두었던

그것은 절망의 비밀

지금에야 그것을 속삭이고 현시顯示한다.

숲에게, 들에게.

—롱펠로,「눈송이」

롱펠로Henry Longfellow는 침묵 속에서 내리는 하얀 눈송이에서 허공의 비밀이 새어나오는 그 고백의 속삭임을 듣고 그 우수의 조각들을 본다. 그것은 지상의 것이 아닌 존재의 지평 안에 떠도는, 우수가 아닌 '영원'과 '무', 그 허공이 나타내주는 언어들이다.

그렇다. 흰 눈송이는 초월적인 하늘의 언어를 가지고 우리에게 속삭인다. 그 속삭임 속에서 우리는 무엇을 듣는가? 인간과 인간끼리 빚어내는 비극의 언어인가? 변해가는 생명에 들뜬 언어인가? 혹은 애정이라든가 증오라든가 갈등이라든가 쾌락과 연민, 갈망과 절망, 정체와 비약…… 이런 온갖 삶의 양식에서 벌어지고 있는 감정의 영탄인가?

결코 그렇지는 않다. 침울한 허공 속에 나부끼는 그 눈송이는 생명 속의 생명, 침묵 속의 침묵인 '죽음(휴식, 망각, 존재의 근원)'의 언어이다. 얼마나 정숙한 언어인가? 의식이 없는 언어, 빛깔도 형체도 음향도 없는 '무'의 언어, 깊은 잠과도 같고 그림자와도 같고 바람과도 같고 아무 글자도 씌어 있지 않은 텅 빈 교실의 흑판에 흩어진 분필가루와도 같은 유현幽玄한 언어, 부재의 언어…….

눈은 고인들의 세계에서 내리고 있는 것이며, 아직 탄생되지 않은 미지의 어린 생명들의 세계에서 내리고 있는 것이다. 무한한 것을 내포하고 있는 텅 빈 허공[無] 속에서 말이다.

세상에서 눈보다 더 조용한 것은 없다.
가만히 대기 가운데서 내려
그대의 발소리를 지워버리고
너무 큰 소리로 이야기하는 사람들을
상냥하게 상냥하게 침묵시킬 때.

세상에서 눈보다 순수한 것은 없다.
천상의 하얀 나래에서 떨어진 백조의 솜털.
눈송이는 그대의 손바닥 위에서는
눈물방울처럼 진다.
하얀 상념이 아무 소리도 없이 춤을 춘다.

세상에서 눈보다 마음을
평화롭게 하는 것은 없다.

조용히 하라. 그대는 말하지 못하는 것들이

소리를 낼 때까지 귀를 기울이라.

오, 형언할 수 없는 아름다운 소리로

은방울이 구르는 노래가

그대의 마음속 깊이 젖어들리라.

—로데, 「눈」

　그러니까 모든 것을 '무'로 화하게 하는 눈의 언어에는 '정숙'과 '순결'과 '평화'가 있음을 잊어서는 안 된다. 발소리마저 지워주는 눈은 인간의 모든 '삶과의 대화'를 침묵으로 지워놓는다. 침묵은 하얀 상념, 비존재라는 순수에의 상념이다. 이러한 침묵과 순수 속에서 우리는 '평화'의 또 다른 노래를 듣는다. 그 노래는 말하지 못하는 것들(비생명적인 짓)에 의해서 연주되는 노래이다.

　생명이란 순수할 수가 없다. 그것은 조잡하고 들뜬 목소리의 소음을 발한다. 그것은 언제나 유동하여 안정을 찾지 못한다. 그것이 바로 존재하는 것들의 병이며 광기이며 불안이다. 그리하여 존재하지 않는 것의 침묵과 순수와 평화를 지닌 눈송이는, 생명의 불안 속에서 방황하는 인간들에게 끝없는 위안을 준다.

　괜, 찮, 다……

　괜, 찮, 다……

괜, 찮, 다……

괜, 찮, 다……

수부룩이 내려오는 눈발 속에서는

까투리, 메추라기 새끼들도 깃들이어오는 소리

괜찮다…… 괜찮다…… 괜찮다…… 괜찮다……

포그은히 내려오는 눈발 속에서는

낯이 붉은 처녀아이들도 깃들이어오는 소리.

울고

웃고

수그리고

새파라니 얼어서

운명들이 모두 다 안끼어드는 소리…

큰 놈에겐 큰 눈물 자죽,

작은 놈에겐 작은 웃음 흔적,

큰 이야기 작은 이야기들이 오부룩이

도란그리며 안끼어오는 소리

괜찮다……

괜찮다……

괜찮다……

괜찮다……

끊임없이 내리는 눈발 속에서는
산도 산도 청산도 안끼어드는 소리

　　　　　　　　　　—서정주,「내리는 눈발 속에서는」

　내리는 눈발 속에는 위로의 말이 있다. 생명의 생채기를 달래
고 갈가리 찢긴 존재들이 삶의 근원 속에서 서로 깃들이고 안기
어드는, 운명마저도 산과 산마저도 안기어드는 그 소리가 있다.
괜찮다, 괜찮다…… 괜찮다의 소리……. 존재의 어머니인 그 '무'
의 세계에서 내리는 눈발은, 생명을 앓고 있는 모든 존재하는 것
들의 비극을 어루만진다.
　깊숙한 위안과 휴식, 그 평화의 손길로 노천명의 「첫눈」에서도
역시 그런 위안과 화해의 평화로운 소리를 들을 수 있다.

　은빛 장옷을 길게 끌어
　온 마을을 희게 덮으며
　나의 신부가 이 아침에 왔습니다.
　사뿐사뿐 걸어
　내 비위에 맞게 조용히 들어왔습니다.
　오래간만에 내 마음은

오늘 노래를 부릅니다.

잊어버렸던 노래를 부릅니다.
자— 잔들을 높이 드시오.
포도주를 내가 철철 넘게 바치겠소.

좋은 아침
우리들은 다 같이 아름다운 생각을 합시다.
꾸짖지도 맙시다.
애기들도 울리지 맙시다.

—노천명, 「첫눈」

　　그 위안과 평화는 어디서 오는가? 그것은 종교처럼 결국 '죽음' 그것에서 얻어지는 것이다. '잠', '휴식'…… '죽음'의 이미지 속에서 얻어지는 것이다.
　　물론 시인 오스틴Alfred Austine의 경우처럼 철 이른 첫눈을 보고 죽음의 공포를 느끼는 것은 인간의 상정이다.

아직 나뭇잎이 다 지지도 않았는데……
벌써 내리는가, 흰 눈이여.
어두운 구름에서 흩어져 내려오는

오, 흰 눈송이 어제만 해도 자랑스럽던 정원에

향기 그윽하던

또한 국화를 벼 들이지 않았는데,

……

'죽음'은 우리를 손짓하여 떠나자고 하지만, 정들여온 삶의 땅과 헤어지기 어려워, 마음 가운데 슬픔의 첫 눈송이가 조용히 떨어질 때, 은은한 웃음이 얼굴 위에서 가시지 않는구나.

—오스틴의 시

만추晚秋에 내리는 흰 눈송이를 보고 오스틴은, 아직도 다 살지 못한 삶의 집념을 노래한다. 눈이 고하는 죽음의 소리에 파리해진 얼굴이지만, 삶의 즐거운 꿈을 더듬는 미소가 좀처럼 가시지 않는 것이다.

그러나 그 삶의 미련과 집착을 끊고 겨울의 마음을, 눈의 언어를 가슴에 아로새길 때, 영원히 새로운 안식 속에서 침묵의 평화를 발견하게 되는 것이다. 우리는 겨울의 깊은 잠, 그 외로운 정숙, 그 죽음 가운데서 삶의 완성을 본다. 삶이란 열병이며 불안정한 동요에 지나지 않는다.

'무'와 '무', '침묵'과 '침묵', '혼돈'과 '혼돈', 그 사이에서 벌어지는 순간의 불꽃에 지나지 않는다. 고통과 부조리의 실루엣이 어른거리는.

차라리 살벌한 겨울 풍경 속에 흩날리던 눈송이에서, 그 '죽음'의 영상 속에서, 삶을 넘어선 망각과 평화와 위안의 그 '무' 속에서 인간은 위대할 수가 있다.

그렇기에 엘리엇은 생명을 일깨우는 4월을 도리어 잔인한 달이라고 했고, 눈 속에 파묻힌 겨울의 대지에서, 그 망각에서 안식과 평화를 보았다. 또 에이킨은 침묵 속에서 완성되는 사물의 음향을 들었던 것이다.

> 4월은 가장 잔인한 달
>
> 죽은 땅에서 라일락을 눈뜨게 하고
>
> 기억과 욕망을 뒤섞으며
>
> 봄비로 잠든 뿌리를 뒤흔든다.
>
> 차라리 겨울은 우리를 따뜻하게 했다.
>
> 망각의 눈으로 대지를 휩싸고
>
> 마른 구근球根으로 가냘픈 생명을 키웠으니.
>
> — 엘리엇, 「황무지The Waste Land」

겨울의 한때 내 마음을 사로잡는다. …… 지금 겨울은 저 창밖에, 또 내 마음속으로 오고 있다…….

마음속에도 눈은 내리고, 미끄러운 오솔길은 뻗쳐 있고,

얼음의 총검銃劍을 단 벽이 둘러쳐져 있고,

나뭇잎은 얼음 속에 갇혀 있다.

여기 내성內省의 방이 있다……

빙주氷柱가 있다……

침묵 속의 침묵이 있고, 그 침묵 속에서만이 완성되는 사물의 음향이
있다.

　　　　　　　　　　　　　　　　　　　　　—에이킨, 「겨울의 한때」

그렇다. 겨울은 역설의 계절이다. 셸리 말대로 '겨울이면 또한
봄도 먼 데 있지 않고', 데그넬의 말대로 '잔잔한 봄은 굳게 얼어
붙은 강기슭에서 잠들어 있는 것', 겨울 속에 봄이 있듯이 죽음
속에 삶이 있다.

겨울이다. 삶의 최초이며 최후이기도 한 무와 침묵, 혼돈의 그
겨울은 삶의 상처를 씻어주고 감정의 소용돌이를 잠재운다. 무를
향한, '죽음'을 향한, 생명의 고통이 이를 수 없는 존재의 지평을
향한, 그 망각과 향수가 눈처럼 고요히 내리고 있다.

IV
왜 사느냐고 묻거든

계절에서 찾는 생의 의미

인간을 깨우는 봄이

달래마늘같이 봄이 솟아난다. 얼었던 땅에서, 굳게 닫힌 창변에서, 그리고 설원 같은 기억의 세계에서도 지금 봄은 한 치씩 솟아오르고 있다. 이제 겨울은 동상 자국만큼 남아 있다. 햇볕이 들지 않는 어두운 골목길이 아니면 어느 깊숙한 산골짜기에서 잠시 머뭇거리고 있는 잔설殘雪.

아들이여, 보아라. 그러나 새들은 벌써 숲에서 노래하고 바람은 몇 번이나 남해를 건너오고, 우리들의 태양은 다시 그 열기로 달아오르고 있다. 모든 것이 빗장을 연다. 회색의 지평도, 잠든 수목도, 얼음장에 갇혔던 여울과 그 강도……. 아니다. 자연만이 아니라 사람들도 마음의 빗장을 벗기고 거리를 걷는다.

아들이여, 보아라. 그러나 봄은 어디서나 오는 것이 아니다. 계란 껍데기가 널려 있는 쓰레기에도 봄은 온다. 생선 비늘이 깔려 있는 역겨운 시장에도 봄은 온다. 도시의 지붕 위에도 시골의 벌판처럼 봄의 아지랑이는 피어오르리라. 빌딩 옥상 위에서 나부끼는 애드벌룬이라 할지라도 봄의 입김 속에서 흔들리고 있다. 그러나 봄이 오지 않는 곳, 계절이 바뀌고 달력의 숫자들이 떨어져 나가도 언제나 겨울이 지배하는 영토가 있다.

현대인의 마음에는 봄이 없다. 너와 나의 통로는 언제 보아도 미끄러운 얼음길이다. 그들의 대문은 눈보라를 막듯이 굳게 빗장이 걸려 있다. 한파로 수은주는 더욱 내려간다. 모두들 두꺼운 외투로 자신의 마음을 수겹씩 감싸고 있다. 들키지 않게 내쉬는 숨결 속엔 어제도 오늘도 하얀 성에가 서려 있다. 사랑도, 믿음도 문은 열리지 않는다. 불신의 대문엔 입춘대길의 춘방春榜도 없다.

그러나 보아라, 아들이여. 달래마늘같이 봄이 솟아난다. 인간의 마음만 게으른 개구리처럼 동면을 계속하기는 어려울 것이다. 폭설의 긴장과 동상 같은 아픔과 빙벽 같은 권력도 언젠가는 잔설처럼 화평의 밀어 밑에서 낙숫물이 될 날이 있을 것이다.

겨울이 가고 있다. 동상 자국 같은 것을 남기며 겨울이 가고 있다. 지금은 영상 10도…… 빙점의 날들이 허물어져간다.

심호흡을 하자. 숲에서 날갯짓을 하는 봄의 새들처럼 옷깃을 열고 심호흡을 하자.

3월에는 창문을 열 것이다

아들이여, 3월에는 창문을 열 것이다. 뜰 아래서 머물다가는 저 일광을 그늘진 방구석에까지 흘러들어오게 할 것이다. 붕어들이 노는 어항에 새 물을 갈아넣듯 새 바람을 가득히 채울 것이다. 그러면 아들이여, 그 울적한 마음도 아가미를 벌리며 싱싱한 사색을 마실 것이다.

아들이여, 3월에는 무거운 옷들을 벗을 것이다. 먼지가 묻지 않은 가벼운 옷을 걸치고 토슈즈를 신고 춤을 추는 발레리나처럼 새로운 흙을 디디며 걸을 것이다. 억누르는 것들, 이유도 없이 숨막히게 하는 것들, 검고 낡은 의식의 외투를 벗어 서랍 깊숙이 넣어둘 것이다. 그러면 아들이여, 그 침체된 행동도 발톱을 세우고 경쾌한 생활을 달릴 것이다.

아들이여, 3월에는 새·흑판을 달 것이다. 하얀 분필로 새 교과서의 문자를 옮기며, 아무도 건너가지 못한 미지의 넓은 대양을 꿈꿀 것이다. 퇴색한 노트를 암기하는 소리가 아니라 때 묻지 않은 학습의 언어를 낭랑하게 읽어가는 너희들의 목소리를 들을 것이다. 아들이여, 선생들은 회초리를 들지 않을 것이다.

교실은 하얀 구름이 흘러가는 푸른 하늘처럼 넓을 것이다.

아들이여, 3월에는 꽃을 가꿀 것이다. 잠든 구근의 겨울을 깨우고, 그 속에서 움트는 노랑, 빨강, 파랑…… 무수한 색채를 키울 것이다. 꽃들은 우리가 아직도 왜 생의 환희를 거부해서는 안 되는가를, 굴욕과 분노의 삶 속에서도 왜 내일을 기다리며 사는가를, 배신 속에서도 여전히 사랑을 믿고, 오만한 폭력 속에서도 왜 평화를 단념하지 않는가의 그 모든 소망들을 가르쳐줄 것이다.

아들이여, 3월에는 창문을 열 것이다. 3월에는 무거운 옷을 벗을 것이다. 3월에는 새 흑판을 달고 아들이여, 너희들에게 새 공부를 가르쳐줄 것이며, 외로운 뜰에 꽃들을 가꿀 것이다. 그래서 3월에는 돌덩이같이 침묵하던 구근이 하나의 일광으로, 바람으로, 구름으로, 바다 위의 돛으로, 모두가 바뀌어가는 그 기적들을 볼 것이다.

아들이여, 3월에는 누구나 자랑스럽게 살 것이다.

신록만 생각하게 하소서

5월에는 오직 신록만을 생각하게 하소서.

시들어가는 것과 때 묻어가는 것과, 그리고 구성지게 흐느끼는 모든 것을 잊게 하시고 잠시라도 좋으니 저 새순들의 기쁨을 우리에게 주소서.

지금 우리들 생활은 날로 신선한 맛을 잃고 있나이다. 부패한 한 마리의 생선처럼 희망도, 행복도 그 맛이 변질돼가고 있나이다.

5월에는 오직 신록만을 생각하게 하소서.

우리의 어린 자식들이 어떤 말씨를 쓰며, 어떤 몸짓으로 자라나고 있는지를 깊이 생각할 수 있는 그 시간을 주소서. 아직 죄를 모르는 우리의 어린것들이 너무나 끔찍한 일들을 많이 보고 있나이다. 더없는 그 맑은 눈들이 새순처럼 하늘을 향해 열릴 수 있도록 하시고 그들의 어른들처럼 한숨은 쉬지 않게 파란 입김을 불어넣어주옵소서.

5월에는 오직 신록만을 생각하게 하소서.

묵은 빨래를 빨듯이 생활의 때를 벗겨주옵소서. 우리의 아내들이 다시 신부와 같은 마음으로 행주치마를 두르게 하소서. 비취반지나 곗돈 같은 것을 근심하는 습속에서 한 발자국만 물러나, 성모 마리아처럼 귀여운 우리의 자녀들을 앞가슴에 끌어안게 하시고 평화로운 미소를 짓게 하소서. 마치 작은 기적처럼 눈물 없이 이 식구들이 한자리에 모여 앉기를 바라옵나이다.

지금은 5월입니다.

묵은 나뭇가지도 새잎으로 다시 젊어지는 5월입니다. 바람은 가볍고 하늘은 투명하며 벌판은 훤히 트였나이다.

우리도 5월처럼 살게 하옵소서. 우리의 어린것들이 5월을 합창하고 모든 어머니들이 5월의 사랑을 이야기하도록 오직 그 신록만을 생각하게 하소서.

6월의 비유법

딸기를 씹는 것 같다. 6월은……. 그리고 눈부신 구름이 파라 솔처럼 펼쳐지고 여름이 쏟아져내린다. 여름이 타오르기 시작한 것이다. 녹색의 불꽃이라고나 할까? 여름은 흰 이를 벌리고 건강 하게 웃는다. 언덕에서, 강가에서, 그리고 땀을 흘리는 두렁에서.

장미를 숨 쉬는 것 같다. 6월은……. 투명한 광선 속에서 강물 은 해조처럼 싱싱하게 흔들린다. 우리들의 혈관 속에서도 6월은 붉은 장미처럼 생명의 열정을 꽃피운다. 누가 낮잠을 자는가? 피 부를 태우며 많은 일을 해야 할 대낮이 우리를 기다리고 있다. 공 장에서 두드리는 망치는 쇠를 때리는 것이 아니라 한 송이 땀의 장미를 조각하는 것이다.

호미와 삽의 노동은 흙을 파는 것이 아니라, 한 송이 땀의 장미 를 캐내는 것이다. 6월엔 때 묻은 서류와 잉크 속에서도 장미의 향내가 풍긴다.

그네를 타는 것 같다. 6월은……. 6월의 바람은 소낙비를 몰고 오기도 하고 그러다가 유리 조각처럼 날카로운 햇빛을 뿌리기도 한다. 흔들리는 그 리듬을 타고 춘향이가 그네를 타듯이 졸리운 생활을 일깨우며 우리는 내일의 지평을 본다. 마음도 치맛자락처 럼 펄럭거린다. 때 묻은 생활도 6월의 바람 속에서는 기폭처럼 아 름답게 나부낀다.

그러나 6월에 우리는 슬픈 이야기를 듣는다. 포성이 들리고 다리가 끊어지던 날, 우리는 6월의 화단에 핀 장미가, 딸기를 담은 투명한 유리컵들이, 그리고 그네를 타던 너희들의 놀이터가 짓밟히고 깨지고 불붙어버린 날—6월의 슬픈 전쟁 이야기를 듣는다. 사랑과 자유가 얼마나 힘없이 무너졌던가를……. 아들이여, 한국의 6월은 피를 흘렸다.

아들이여, 다시는 우리들의 6월에 침입자의 군화를 들이지 말자. 이제 6월에는 딸기를 씹는 맛으로, 장미를 가꾸는 마음으로, 그네를 뛰는 율동으로, 우리들의 노동을 위해 땀을 흘리자. 여름의 입구에 서서 건강한 팔로 슬픈 생활들을 불태우지 않겠는가. 졸리워도 6월엔 낮잠을 자지 말자, 아들이여.

여름은 어머니

"봄은 처녀, 여름은 어머니, 가을은 미망인, 겨울은 계모." 외국의 이 격언은 인간의 사철을 여인으로 우유寓喩한 것으로 묘미가 있다. 그리고 여름은 어머니라 부르는 것을 보면 이 격언을 만든 사람은 사계절 가운데 분명 여름을 제일 좋아했던 것 같다. 그런데 어째서 무덥고 견디기 어려운 여름철을 이렇게 어머니라고까지 찬양했을까?

'여름의 무더위가 있기 때문에 우리는 맛있는 포도주를 마실 수가 있다'라는 프랑스 속담을 생각하면 누구나 그 참뜻을 이해할 수 있을 것이다. 여름의 땀, 뜨거운 태양, 숨 막히는 염풍炎風, 벼락과 폭우…… 그것은 우리를 괴롭히고 있지만, 그 속에서 모든 곡식과 과일은 성장해간다.

7월! 7월에는 여름도 마루턱 위에 올라선다. 동면이 있는 것처럼 7월은 휴가철, 일종의 하면기夏眠期라고도 부를 수 있다. 아들이여, 벌써부터 바다가, 그리고 푸른 바람이 졸린 가슴속으로 스며드는 산속의 수풀이 그리워지지 않는가? 모든 업무가 권태롭다. 낮잠이 한 조각 황금보다도 더욱 귀중한 철이다. 모든 것이 하면 상태에 빠져버린다. 상가도 가정도 직장도 침체기로 들어선다.

그러나 아들이여, 7월을 어떻게 넘기느냐로 한 해의 의미가 결정된다는 것을 잊어서는 안 된다. 농사를 짓는 시골의 경우만은 아니다. 7월에 땀을 흘리지 않은 사람들은 1년 내내 떨어야 한다. 『이솝 우화』의 매미처럼 노래만 부르며 녹음 속에서 낮잠을 자는 사람들은 남보다 몇 배나 더 추운 겨울밤을 보내야 한다. 언젠가 겨울은 우리들에게 물을 것이다.

"그대는 여름에 무엇을 했는가?"

우리나라 고전작품에는 봄과 가을에 대해 노래 부른 것은 많아도 7월이나 여름을 예찬한 글은 거의 없다. 이제부터 우리는 여름을 노래하고 사랑해야지……. 그리고 아들이여, 7월의 의미를 발견해야겠다. 더위만을 저주하고 피하려 들 것이 아니라 그 더위 속에 바로 가을의 풍성함이 있고 겨울의 평화가 잠들어 있고 봄의 희망이 싹튼다는 사실을 배워야겠다.

이제 7월, 낮잠으로 그냥 보내기에는 너무나도 귀중한 달, 어머니와도 같은 달이다.

8월은 다시 찾는 달

아들이여, 8월은 다시 찾는 달이다. 이 땅을, 이 민족을, 그리고 빼앗겼던 그 이름과 조상이 물려준 그 모국어를 우리는 8월에 다시 찾았다. 어둠의 역사에서 우리가 어떻게 광명을 찾았는가를 8월의 소나기는 모든 기억을 일깨우고, 과거의 역사는 오늘의 이 자리에 다시 정렬을 한다. 아들이여, 8월은 다시 찾는 달이다. 도시의 오염된 하늘을 버리고 잠시라도 저 태초의 하늘과 인사를 나누는 달이다.

바다를, 산을, 전원의 개울물과 조약돌을 다시 찾는 달이다. 남루한 지폐에 가려졌던 인간의 원시적 생명이 문득 우리들의 심호흡 속으로 되돌아오는 달.

하얀 얼굴과 기름 묻은 손을 까맣게 태워라. 어린것들이 알몸으로 뛰어다니는 것을 흉허물하지 말라.

아들이여, 8월은 다시 찾는 달이다. 기계에, 시간에, 정치에, 시장에 구속된 육신을 풀고 야성의 자유를 다시 찾는 달이다. 병든 문화 속에서도 검은 얼굴을 내놓고 웃음 웃는 인간들의 얼굴이 있다.

아들이여, 8월의 열기는 식어가는 인간의 본능을 흔들어 깨우고, 맨발로 내일을 향해 달리는 야성을 우리에게 가르쳐준다.

아들이여, 8월은 다시 찾는 달이다. 열매들이 단맛을 다시 찾고, 메말랐던 강물이 탁류의 의지를 다시 찾고, 침묵하며 방황하던 구름들이 힘찬 천둥소리를 다시 찾고, 무성한 나무가 이파리에 이는 바람의 율동을 다시 찾듯이 그렇게 우리도 오랫동안 잃어버린 것들을 다시 찾는다. 낡은 책상 서랍이나 녹슨 캐비닛 속이나, 좀약 냄새가 풍기는 반닫이 속이 아니라 8월의 환한 저 대낮 속에서 생명이 비등하는 신비를 다시 찾는다.

아들이여, 8월은 다시 찾는 달이다. 잃었던 나라를 다시 찾은 것도 이 8월이요 잃었던 육체와 야성의 열정을 다시 우리들 폐부 속으로 불러들이는 것도 바로 이 8월이다.

방학을 만난 자유로운 아이들처럼 8월에 우리는 다시 찾는다. 교과서에 씌어 있지 않은 것들을……. 8월의 위대한 교사는 저 태양이요, 바람이요, 폭발하는 푸른 자연의 정력이다.

10월은 뜀박질로 온다

10월은 뜀박질로 온다. 하늘에서, 벌판에서, 뒷골목에서 10월은 천천히 휘파람을 불며 걸어오는 것이 아니라 뜀박질로 온다. 샐비어가 시들어가는 정원만이 아니라 세숫대야에서도, 좀약 냄새를 풍기는 코트 자락에서도, 그리고 가로수를 쳐다보는 사람들의 눈시울 속에서도 우리는 10월의 발자국 소리를 들을 수가 있다.

성숙과 조락을, 평화와 슬픔을, 시끄러움과 침묵을 모순되는 두 얼굴로 10월은 우리를 응시한다. 그러기에 아들이여, 10월은 가을 곡식처럼 충만해 있으며 또한 빈 들처럼 텅 비어 있다. 인생 그것을 보는 것 같다. 인간의 삶을 그림으로 그린다면 10월의 풍경과도 같을 것이다. 낙엽은 아름답게 물들어 있지만 거기에는 죽음의 그늘이 있다. 과실은 제왕처럼 영광의 빛을 띠고 있으나 잎은 나뭇가지를 떠나는 외로움이 있다. 10월엔 이렇게 기쁨과 슬픔을 함께 지닌 생명의 노래가 흐른다.

10월은 사람의 의상만을 바꿔 입히는 것이 아니다. 짐승들이 털을 갈듯이 생각하는 마음까지도 낡은 털을 벗는다. 만나보지 못한 사람에게는 긴 편지를 쓰고, 밖에 나갔던 사람들은 집 안의 울타리를 고친다. 지폐를 만지던 손으로 시집을 넘긴다. 고함을 치던 사람이 귀엣말로 이야기한다. 서리가 내리기 전에 사람들은 따뜻한 자리를 마련하기 위해 잃어버린 사랑을 추억한다.

10월은 뜀박질로 간다. 처음부터 10월은 오는 것이 아니라 떠나는 것이다. 모든 것이 멀리서 흔드는 행커치프handkerchief처럼 우리들 곁을 떠나며 손짓한다. 숲은 마르고 마지막 꽃들이 시들어간다. 어느새 태양빛은 저만큼 물러나 긴 그림자를 던진다. 신속하게 떠나기 전에 긴 겨울을 대비하지 않으면 안 될 것이다.

달력의 부피는 같아도 한 해 가운데 가장 짧은 달 10월은 눈 깜짝할 사이에 사라진다. 뜀박질로 왔다가 뜀박질로 가버리는 달이다. 하늘에서, 벌판에서, 뒷골목 속에서, 10월은 어디에서나 오고 어디에서나 간다. 아들이여—.

가을비가 내릴 때

차가운 가을비는 거리와 옷을 적시는 것이 아니라 마음을 적신다. 썰렁하다. 그냥 춥지 않고 공허하다. 가을비가 내릴 때는 거리에서 파는 따뜻한 군밤이라도 손에 쥐고 싶다. 이런 추위는 활활 타오르는 난롯불이나 스팀 파이프로 흐르는 그 수증기만으로는 없앨 수가 없을 것이다.

가을비는 황량하다. 축축이 젖은 낙엽처럼 마음은 의지할 데 없는 벌판을 방황한다. 맞아야 대수로울 것이 없다. 김만 무럭무럭 오르는 한 잔의 차만 있으면 좋다. 그런 차를 훌쩍거리며 옛 친구와 잊어버렸던 이야기를 나누고 싶다. 혹은 묵은 편지를 꺼내놓고 이제는 종적조차 알 수 없는 그리운 사람들의 긴 사연들을 읽고 싶다.

우수수 떨어지는 가을비 소리를 들으면 아들이여, 어린 마음이라 해도 새삼스럽게 인정의 그리움을 느끼리라.

가을의 마지막 꽃들이 비에 젖고 있다. 어느 시인의 말대로 겨울이 되면 비도 죽는다. 그렇다. 죽어버린 비의 영혼, 그 눈물이 이 거리를 덮을 것이다. 그러기에 가을비는 때로 통곡의 소리처럼 들리기도 한다. 문득 번거로운 생활이지만 아직도 우리가 살고 있다는 내면의 열기를 느낀다. 가을비는 노인의 우수처럼 어른스러운 데가 있다.

어쩌면 가을비는 오랫동안 끊임없이 내리고 있었는지도 모른다. 봄에도, 여름에도, 햇볕이 드는 그 청명한 날에도 가을비는 쏟아지고 있었는지 모른다. 제가끔 떨어져 혼자서 살고 있는 이 도시의 거리에는 가을비 같은 황량한 비정非情이 내리고 있다. 인간의 온정이 그리워지는 날들, 사람들은 썰렁한 그 거리에서 추위에 떨고 있다.

사람들은 '좀 더 따뜻하게 살 수 없을까' 하고 생각해본다. '서로가 서로의 체온을 느끼며, 가을비가 내리는 차가운 거리를 우산 한 개를 받쳐들고 걸을 수는 없을까'를 생각해본다.

아들이여, 혼자서는 이 추위를 견딜 수 없을 것이다. 가을비가 내리는 날은 서로 의심하지 말아야 할 것이다. 재만 남는다 해도 불을 지피고 이웃들과 함께 다정한 이야기를 해야 할 것이다.

가을비가 내리는 날에는 참으로 오랫동안 잊었던 사람의 목소리를 들고 싶다. 사랑과 믿음의 우산을 활짝 펴들고 싶다.

아직도 눈이 내리는 까닭은

주여! 지금 창밖에 저 많은 눈송이들이 내리는 까닭은 아직도 당신의 사랑이 인간을 저버리지 않았다는 뜻입니까? 헐벗은 나뭇가지를 순결한 눈송이로 덮어주듯이 지금 고뇌에 찬 저 사람들 가슴속에도 하얀 그 휴식을 갖게 하소서.

이 땅에는 참으로 가난한 사람이 많이 살고 있나이다. 당신의 사랑 없이는 잠시도 먹고 입고 살 만한 집을 찾지 못하는 우리의 이웃들이 지금 동상으로 부푼 손을 내밀며 하루의 생활을 구걸하고 있나이다.

혼자의 입김으로는 그 언 손을 녹일 수 없고 자기들 식구만의 손으로는 냉랭한 이 현실의 추위를 견딜 수 없나이다. 흰 눈이 내리듯 그들에게도 눈물을 흘리지 않고 숟가락을 들 수 있는 평화의 은총을 내려주소서.

주여! 이 땅에는 참으로 외로운 사람이 많이 살고 있나이다. 카인이 아벨을 그렇게 했듯이 서로 증오하고 시기하고 모함하는 일이 끊일 일이 없나이다. 그들의 텅 빈 마음을 사랑의 흰 눈으로 덮어주소서. 그래서 칼을 쥔 저 위험한 손길들을 마치 잠든 아이를 쓰다듬는 어머니의 손길같이 부드럽게 하시고, 이웃을 향해

침을 뱉는 저 입술에서는 감로주와 같은 사랑의 말이 솟아나게 하소서.

주여! 이 땅에는 참으로 죄 많은 인간들이 많이 살고 있나이다. 이웃의 불행을 보아도 눈물을 흘리지 않고, 억울한 사람들을 보아도 분노할 줄을 모르는 사람들, 다만 호화로운 식탁과 침실만을 걱정하며 살아가는 탐욕의 무리들이 많습니다. 권력에 도취하여 오만하고 돈에 취하여 의를 알지 못하는 저들의 검은 핏방울을 눈처럼 희게 씻어주소서.

지금 창밖에 순결한 눈송이가 내려 오탁汚濁의 거리를 하얗게 덮어주듯이 우리가 오늘 겪고 있는 이 슬픔과 이 외로움과 그리고 이 죄악의 더러움도 모두 덮어주옵소서. 그리고 평화로운 마음으로 눈 속에 묻힌 겨울을 찬미하게 하소서.

머지않아 언 강물이 풀리고 얼음이 깔린 골짜기마다 푸른 새잎들이 기적처럼 돋아나는 새로운 계절을 노래하게 하소서.

지금 내리는 저 눈을 보며 산다는 것이 당신이 내리신 기적을 보는 것처럼 반갑고 또한 뜻밖의 행운인 것을, 저 무지하고 탐욕스러운 자들도 깨달을 수 있는 날이 오게 하소서.

겨울을 사는 사람들

'겨울'은 '여름'의 시체라고 한다. 많은 시인들이 그렇게 생각했다. 그래서 눈[雪]을 '죽은 비'라고 부른 사람도 있고, 겨울의 나목을 '나무의 해골'이라고 표현한 사람도 있다. 꿈틀거리며 흐르던 냇물, 헤르만 헤세가 "나의 인생을 물에서 배우고 싶다."고 말했던 그 냇물도 겨울이면 꽁꽁 얼어붙는다. 얼음이 덮인 강은 죽어버린 강물이라고 할까? 아들이여, 아침에 자고 일어나니 흰 눈이 내렸구나. 천둥 벽력 속에 내린 진눈깨비라, 첫눈에서 느끼는 정감은 없었지만 그래도 겨울을 피부로 느끼게 하는 자연의 특종 뉴스였다.

겨울은 정말 여름의 시체인가?

반드시 그렇지만은 않다. 경우에 따라서는 여름보다는 겨울이 한층 생명감을 풍기는 계절일 듯싶다는 생각이 든다. 노인이 청년보다 인생의 깊이와 생명의 의미를 더 잘 알고 있는 것처럼 내면적인 겨울의 날은 행동적인 여름보다 한결 그 정감이 짙다.

현대인의 시선은 밖으로만 뻗어간다. 마음을 장식하는 사람보다는 겉의 옷차림에 더 관심이 많은 것이다. 모두들 외부로 나가 타인 앞에서 자기를 전시하려고 든다. 알맹이보다 포장지가 행세하는 이런 시대는 내부의 소리에 귀를 기울일 만한 여유가 없는 것이다.

현대인들은 돈을 벌고 출세를 하는 그 일 자체보다도 그런 것을 남에게 나타내 보여주려는 데서 어떤 행복감을 찾고 있는 것 같다. 겨울의 외부는 삭막하다. 숲도 들판도, 그리고 밖으로 향한

창들도 모두 닫혔다. 내부에서 생명의 빛깔을 찾지 않으면 안 되는 계절이다. 그러기에 겨울은 어딘지 모르게 구식처럼 느껴지기한다. 우리 주변엔 '겨울이 되면 골프를 칠 수 없어 걱정'이라고한탄하는 신사들도 많다.

권력에 도취되어 있는 사람들, 만사가 다 잘돼간다는 출세 가도의 행운아들, 인생에 있어서 아는 것이라고는 돈밖에 없는 배금주의자들…….

만약 이런 사람들이 다만 하루라도 좋으니 겨울의 흰 눈을 바라보면서, 닫혀진 자기 내부에 귀를 기울여본다면 좀 더 세상은달라질 것도 같다. 한밤의 그 인색한 눈송이일망정 다감한 사람들의 일기장엔 많은 이야기를 남겨주었을지도 모른다.

시간에 세우는 기념비

오늘이 오늘이소서

아들이여, 문을 연다. 시간의 문을 연다. 발자국조차 없는 하얀 길이 내일을 향해 뻗어 있다. 어떤 마음으로, 어떤 몸짓으로 첫발을 디딜 것인가? 아들이여, 새롭다는 것은 그만큼 불안하기도 한 즐거움이다.

1월 1일, 달력도 일기장도 수첩도 모든 것이 백지로 시작된다. 이 위에 무엇을 적어갈 것인가? 사람마다 많은 소망이 있을 것이고 또 사람마다 새해의 그 소망이 다를 것이다. 집이 없는 사람은 새집을 마련할 꿈을 꿀 것이다.

아이 없는 사람은 귀여운 옥동자를, 외로운 사람은 사랑스러운 연인을, 그리고 병약한 사람은 건강을 원할 것이다. 어제보다는 나은 내일을 기구할 것이다.

그러나 한 사람 한 사람의 꿈이 뭉쳐서 그 민족과 역사의 한 시선이 된다는 것을 잊어서는 안 될 시각이다. 개인의 행운과 이익만을 위해 창문을 연다면 누가 저 큰 대문의 빗장을 벗길 것인가? 좀 허황된 소망이라도 좋다. 눈물을 흘리며 밥숟가락을 드는 사회가 아니라 굶주림이 없는 사회, 빼앗는 사회가 아니라 서로 주고 사는 사회, 겉차림만의 사회가 아니라 마음속에 기름기가 도는 사회…….

불쌍한 북녘의 동포들이 우리와 함께 자유를 누리고 사는 사회, 좁은 울안에서 벗어나 넓은 오대양의 세계를 향해 가슴을 활짝 열고 사는 사회, 철조망도 없고 높은 장벽도 없고 오직 있는 것은 믿음과 사랑, 말뚝 없는 푸른 초원, 그런 사회에서 살고 싶다. 옷을 갈아입듯이 그렇게 홀가분한 새 옷으로 단장하고 이제 그 새로운 시대의 문턱을 나서는 것이다. 출발의 기를 꽂고 모두들 심호흡으로 희망과 이상의 바람을 마시는 것이다.

그리고 아들이여, 빛날 시조 한 수를 현대의 목소리로 읊어보지 않겠는가?

오늘이 오늘이소서 매일에 오늘이소서
저물지도 말고 새지도 말고
날이 새더라도 늘 변함없이.

옛 선조들이 새해에 올렸던 그 기구를, 다 이루지 못한 그 기구를 실천해야 된다.

신년인사고

모든 것이 새롭다는 새해, 그러나 막상 새해의 그 인사말처럼 낡은 것도 없을 성싶다. '복 많이 받으시오'가 랭킹 제1위, 다음에는 '올해도 소원 성취하기를 바랍니다', 3위는 혼전을 이루어서 각양각색이지만 그 주된 골자는 '아들 하나 낳아라'거나 '승진을 하라'거나, 상대방이 가장 아쉬워하고 있는 것을 격려해주는 인사말들이다.

원래 인사말이라는 자체가 형식적인 것이니 정초부터 그런 문제를 놓고 시비를 벌인다는 것은 좀 우스운 일이다. 하지만 새해 아침부터 매사를 운수 놀음에 맡기는 것은 한 번쯤 생각해볼 만한 일인 것 같다. 복福이란 대체 무엇인가. 옷과 입(먹는 것) 그리고 밭[田]을 뜻한 것이라고 풀이하는 속설도 있지만 그것은 새빨간 거짓말이다. 시示는 신神을 뜻하는 것이고 복畐은 술을 담은 형상을 나타낸 것이다. 즉 하느님께 술을 바쳐 자신의 행운을 비는 것이 바로 복이란 문자의 자원字源이다.

어렸을 때부터 우리는 '복' 자를 많이 보아왔다. 금박댕기에도, 사기그릇 뚜껑에도, 자개장롱의 문짝에도 이 '복' 자가 씌어 있다. 그리고 그 이미지는 하느님처럼 전능한 자가 위에서 아래로 베풀어주는 행운이었다. 우리는 옛날부터 자기 노력보다는 남이 무엇인가를 주기를 기원하며 살아온 것 같다. 의식주의 상징이 바로 이 '복' 자에 얽혀 있었다고 해도 과언이 아니다.

복의 내용도 문제이다. 복이라 하면 으레 기품이 좋고 뚱뚱하게 생긴 사람, 자식들이 많고 모두들 출세를 하고 수壽를 한 사람을 연상한다. 또 수壽·부富·강령康寧·유호덕攸好德·고종명考終命의 오복론도 있다. 우리가 부러워하는 복은 어디까지나 세속적이고 개인적인 것으로 한정되어 있다. 남을 위해 돕고 정의를 위해서 싸우고 아름답고 슬기로운 것을 위해 불행도 마지않는 인간상을 누구도 복 많은 사람이라고 생각하지는 않는다.

아들이여, 너희들의 세상에서는 하늘에서 굴러떨어진 권세와 부귀를 누리며 혼자 비곗살만 쪄가는 만사형통형의 복을 구해서는 안 되겠다. 복이 없는 사람들—역경 속에서도 타협하지 않고 몸부림치는 용기 있는 사람들—차라리 그런 사람들에게 새해의 희망을 걸어보자.

3월 1일에

3월이면 소리가 들린다.

그것은 언 땅을 비집고 나오는 새싹의 소리가 아니다. 철새들이 꽃을 노래하는 소리가 아니다. 겨우내 동굴 속에 갇혀 있던 욕심 많은 산짐승들의 울음소리도 아니다. 더더구나 아니다. 강물과 바람처럼 절로 들려오는 그런 소리가 아니다.

3월이면 소리가 들린다.

그것은 인간의 소리, 초목이나 짐승에게서는 결코 들을 수 없는 역사의 소리이다. 아들이여, 우리는 그 소리를 지금 듣는다. 눈을 비비고 일어서는 사람의 기침소리이다. 어두운 골목을 빠져나와 광활한 대지를 향해 뛰어가는 발걸음 소리이다. 모욕의 나날을 위해 주먹을 쥐고 함성을 지르는 소리이다. 양심의 소리, 정의의 소리, 그것은 독립의 소리이다.

이 소리는 반세기 동안이나 계속되었다. 생을 억압하는 폭력자들을 향해서 우리가 독립된 하나의 인간임을 선언하고 또 선언했다. 어둠의 역사가 가고 아침을 맞이하는 새 역사가 눈앞에 다가왔다고 예언하고 또 예언했다. 서른세 사람이 아니라 천 사람이, 만 사람이, 그 열 곱의 열 곱이나 되는 많은 사람이 반세기의 긴 날을 두고 외쳐온 소리이다.

칼이나 불로도 누를 수 없었던 3월의 소리는 지금 이 봄에도 들려오고 있다. 아직도 겨울잠으로부터 눈을 뜨지 못한 사람이 있음이다. 늑대와 여우의 얼굴을 한 자들이 우리를 넘보고 있음이다. 우리들 선언서의 그 글자에 아직도 먹물이 다 마르지 않은 까닭이다.

들어라, 3월이면 그 소리가 들린다.

새벽의 종소리처럼 잠든 사람을 깨우는 그 소리가 들린다. 게으른 자들에게 용기를 북돋우는 북소리가 들린다. 3월의 소리는 언제고 우리 곁에서 종달새보다 높게, 강물 소리보다 멀리 그렇게 울려퍼질 것이다. 흰옷 입은 서러운 우리 할아버지, 할머니들이 어떻게 저 뜨거운 노래를 부를 수 있었는가를 아들이여, 3월이면 들어라.

4·19의 소리

가로수에 새잎이 돋아나는 포도를 걸으면, 어디에선가 함성이 들려오고 있다. 마치 해일처럼 밀려오는 목소리가 혹은 화산이 터지는 산울림 같은 소리가⋯⋯. 그것은 자유의 나무가 일시에 개화한 복숭아꽃 같은 젊은이의 합창이었다. 죽었던 나무에서다시 아지랑이가 피어오르는 4월의 광장 앞에 서 있으면, 어디에선가 꿈틀거리며 내닫는 몸짓들이 보인다. 한 사람이 아니라 두 사람이, 두 사람이 아니라 세 사람이 모두들 스크럼을 끼고 행진하는 모습, 그것은 억눌렸던 용수철이 분노의 탄력으로 솟구치는것이 아니면, 막혔던 분수가 하늘로 치솟는 물줄기⋯⋯ 행동의기가 일시에 나부끼는 젊은이의 행동이었다.

언젠가 그 4월에 탱크의 캐터필러caterpillar보다도, 최루탄의 연기보다도, 곤봉이나 소방차의 물줄기보다도 잉크 묻은 맨주먹이더 강했던 신화가 있다.

언젠가 4월에 상품밖에 모르던 사람들이, 구령밖에는 부를 줄모르던 사람들이, 자기 집 부엌에서 찌개 끓이는 것밖에 모르던 사람들이, 그리고 화장이나 옷밖에 모르던 사람들이 인간의 양심과 타인의 주검 앞에서 눈시울을 적셨던 일이 있었다.

봄볕이 졸리운 거리에서 가만히 앉아 있으면 4월의 저 정숙 속에서 무엇인가를 물으려고 우리를 향해 걸어오는 사람이 있다. 왜 그들은 젊은 나이에 죽어야 했는가를, 아직도 책꽂이에 읽지 못한 책들을 그대로 버려두고 왜 그들은 피를 흘렸는가를, 사랑의 약속이 있었고, 불러야 할 노래가 있었는데 어째서 그들은 돌아오지 않는가를……

대답하라. 그 봄이 어떻게 갔는지를.

지금 살아서 눈을 뜨고 말을 하고 손짓하는 사람들은 4월의 그 기억을 말하라. 지금 우리가 무엇을 하고 있는가를 이야기하자. 그 함성과 몸짓의 의미를 이야기하자. 꽃들이 피고 있는데, 지금 꽃들이 피고 있는데 누군가 4월을 울고 있다. 아들이여.

4월 초파일

4월 초파일. 석가탄신일이다. 크리스마스가 주로 도시와 젊은 이들의 축제일이라면 이날은 농촌과 노인이 즐기는 기념일이기도 하다. 불교는 고대 종교, 그리고 기독교는 현대 종교라는 편견이 없지 않다. 우리나라엔 이렇게 종교에도 전통과 근대의 두 갭이 있다. 심지어 아이들이 초파일이 무슨 날이냐고 물으면 '동양의 크리스마스' 같은 것이라고 설명해주어야 쉽게 이해할 수 있다.

불교는 과거의 종교인가? 물론 그렇지 않다. 오히려 불교정신은 현대 철학에 많은 영향을 끼치고 있으며 서양에서도 불교열이 대단하다. 그러나 적어도 한국의 경우를 보면 현대에서 점차 소외돼가고 있는 것이 사실이다. 사찰을 옛날의 문화재나 관광물로밖에 인식하지 않는 사람들이 많다. 현대 생활과 대중 속에서 살아 움직이는 종교가 되기 위해서는 불교의 근대화가 시급할 것 같다.

경전을 우리말로 번역해서 누구나 쉽게 읽을 수 있게 한 것도 극히 최근의 일이다. 번역은 되었다 할지라도 아직은 성서처럼 널리 보급되지 않아 읽어볼 수 있는 기회가 그리 흔치 않다. 기독교는 많은 전도지와 사회봉사 활동을 통해 그런대로 현실 참여를 하고 있다. 이에 비해 불교는 너무도 점잖게 도사리고 앉아 있는 감이 없지 않은 것이다.

초파일을 석가가 탄생한 날로 기념만 한다는 것은 의미가 없다. 새로운 불교의 힘을 탄생시키는 날이 되어야만 참된 초파일이라 할 수 있겠다. 불교는 단순한 종교적인 문제라기보다도 한국의 전통 문화와 깊은 상관관계를 지니고 있다. 삼국 시대와 고려의 그 문화에서 불교를 빼내면 꼭 물 없는 물고기와 같은 것이 돼버린다.

초파일에 대한 우리의 관심도 바로 여기에 있다. 연등놀이나 하고 고깔춤만 추는 그런 유흥일이 아니라 한국 불교 문화를 오늘의 이 아스팔트 길 위에 계승시켜주는 날로 삼아야겠다는 것이다.

목탁 소리는 심산유곡에서만 울릴 것이 아니다. 현대 인간의 이 현장 속에서도 목탁 소리는 한 옥타브가 높아야 한다.

아 6·25! 오수를 거부하라

6월은 소나기처럼 쏟아진다. 봄의 꿈들이 미처 다 깨기 전에, 그리고 어린 새순들이 감미로운 밀어를 다 말하기 전에 6월은 갑작스레 쏟아진다. 그렇게 여름은 오는 것이다.

6월은 가벼운 것이 좋다. 옷도 마음도 경쾌한 기구처럼 진동하는 저 공기 속에서 가볍게 흔들려야 한다. 먹는 것, 마시는 것도 6월엔 산뜻한 것이어야 한다. 태양은 딸기, 그리고 구름은 번져가는 등덩굴. 6월은 파라솔처럼 펼쳐져 생활의 인력을 거부한다. 자유로운 들판을, 욕망의 강들을, 그리고 수풀의 무성한 잎들을 말해야 한다.

6월은 모든 것의 한복판에 있다. 시작도 끝도 아닌 한가운데서 우리는 6월을 산다. 농부들은 아직 열매를 맺지 않은 곡식 틈에서 일한다. 도시 사람들은 대낮에 창문을 열고 타이프를 치듯이 작업을 한다. 6월은 바쁜 것이 좋다. 오수의 유혹을 물리치고 노동 속에서 하얀 피부를 태우는 계절이다. 나태한 사람, 피곤한 사람, 한숨을 쉬는 사람 그리고 후회하며 번민하는 사람들은 6월을 살지 못한다.

그러나 우리들의 6월은 하나의 상처를 가지고 있다. 10년이 지나도 10년의 그 10년이 지나도 아물지 않는 크나큰 하나의 상처를 지니고 있다. 검은 구름과 천둥소리에서 우리의 어린것들이 피를 흘렸던 6월의 기억, 우리의 사랑이 어떻게 사라졌으며 우리의 자유가 어떻게 찢기었는가를 6월이면 다시 슬픈 전설을 듣는다.

6월은, 소나기처럼 쏟아진 6월은 파라솔처럼 펼쳐진다. 시작도 끝도 없는 한복판에서 6월은 땀을 흘린다.

6월은 상처 속에서 다시 우리를 일깨우고 지금 무엇을 할 것인가를 이야기한다.

6월을 사는 사람들은 땀의 의미와 상처의 그 고통을 알고 있다. 오수를 거부하라. 그늘을 거부하라, 갈증을 거부하라.

6월은 의지의 달, 분노의 달, 행동의 달이다.

해방의 날에 찍은 스냅

그때! 분명 그때, 뜰에는 이상한 여름 꽃들이 피어 있었다. 하지만 원추리나 능소화 같은 낯선 꽃들이 우리를 그렇게 놀라게한 것은 아니었다.

8월의 하늘을 향해 마치 용의 비늘처럼 번득이며 솟구치는 한폭의 깃발이 있었다. 성조기도 아닌, 유니언 잭Union Jack도, 청천백일기도 아닌, 처음 보는 그 깃발이 우리들의 어린 가슴을 북처럼 자꾸 두드리고 있었다.

어른들은 이제 좋은 세상이 온다고 했다. 압제자들이 물러간새로운 초원에는 8월의 광명이 오래오래 머무르고, 착한 사람들끼리 착하게 살아가는 그런 세상이 오리라고 했다. 귓속말로 몰래 속삭여야 하는 그런 세상이 아니라, 허리띠를 죄며 살아가는그런 세상이 아니라, 유니폼을 입고 사벨sabel을 찬 관리들이 발길질로 호령을 하는 그런 세상이 아니라, 우리는 모두 주인이 되어 큰기침을 하고 살 수 있는 세상이 온다고 했다.

그 까닭은 불의의 시대가 종식됐기 때문이며, 이민족의 지배에서 우리가 해방된 까닭이며, 폭력과 모순을 용서하지 않는 이성이 승리한 새 시대의 역사가 찾아온 까닭이라고 했다. 미운 자들은 이 땅에서 모두 가고 우리끼리 우리의 말로 우리의 꿈을 이야기하기 시작한 8월의 그날……

그러나 이날이 되풀이되고 또 되풀이되고 또 되풀이되고 스물여덟 번이나 그 여름이 지났는데도 아직 그 좋은 세상이란 것이무엇인가를 우리는 잘 모르고 있다. 우리가 보고 놀란 것은 분명

능소화나 원추리꽃이 아니라 새 시대를 약속하는 해방의 그 깃발이었다. 늑대 같던 그 이민족의 통치자들이 이 땅에서 영영 떠났다고 하는데도 아직 귓속말로나 이야기하고, 폭력이 이성을 목조르고 관官이 민民을 발길질하는 어둠의 옛 역사가 어느 한곳에 남아 있지는 않는가?

8월의 신화는 그날 완성된 것이 아니다. 다만 시작된 것뿐……. 해마다 이날이 오면 어린 소녀처럼 크게 눈을 뜨고 그날의 깃발을 다시 쳐다볼 일이다.

크리스마스, 현대의 산타클로스

설마하니 예수 그리스도가 백화점 경기를 위해서 마굿간에 태어난 것은 아닐 것이다. 더구나 학자, 나그네, 그리고 어린아이들을 보호하고 도둑의 피해로부터 착한 사람들을 지켜준다는 산타클로스가 상인들의 수호신이었을 리는 만무하다.

그러나 크리스마스 시즌의 상가를 구경하고 있자면 예수님도 산타할아버지도 모두 상업주의의 세일즈맨으로 타락한 것 같은 슬픈 생각이 든다. 고요한 크리스마스도 좋지만 그보다 더 아쉬운 것은 돈 뿌리는 크리스마스의 소비 성향을 추방하는 운동이 벌어졌으면 싶다. 우리나라 명절은 모두가 '선물의 명절'로 바뀌었다. 더 극단적으로 표현하면 선물의 명절로 부패의 선도자 구실을 하고 있다.

그래서 연말 경기는 비단 상가에서만 통하는 술어가 아니다. 연말에 얼마만큼 굵직한 선물을 받았는가 하는 것으로 정계나 관계에도 소위 연말 경기란 것이 있다. 본시 선물의 정신은 있는 자가 없는 자에게, 그리고 강자가 약자에게 베푸는 선심이다. 그것이 이제는 거꾸로 돼 약자가 강자에게 바치는 조공처럼 돼버렸다.

크리스마스 선물은 일종의 '포장된 세금'이라고도 할 수 있다. 세법에도 없는 청탁세라고나 해둘까. 예쁜 사슴이 썰매를 끌며 전나무 숲의 눈길을 달리는 동화는 끝난 것이다. 그 대신 자가용자동차가 고관집을 찾아 아스팔트 길을 누비는 광경이 전개되고 있다. 선물 풍습을 욕하자는 것이 아니다. 메마른 사회에서 서로 정을 나누는 그런 선물이라면 도리어 박수를 치고 응원을 할 형편이다.

종교적 의미가 아니라도 좋다. 크리스마스 하루만이라도 우리가 같은 언어를 쓰고 같은 역사와 같은 땅에서 살고 있는 한 민족이라는 그 증거를 위해서라도 선물은 차라리 모르는 사람들끼리 주고받는 풍조가 일어나야겠다. 자기 집 식구나 이권이 개입된 사람들에게만 보낼 것이 아니다. 불쌍한 사람들, 가난한 사람들, 그리고 외로운 이웃들에게 인정의 표시를 하는 크리스마스가 되어야겠다.

그렇지 않다면 대체 저 전나무 가지에서 빛나는 별과 그 종소리는 누구를 위한 것이겠는가?

동지의 역설

동지! 한 해 가운데 가장 낮이 짧다는 날. 그러나 황진이가 한탄했던 '동짓달 긴긴 밤'도 이제는 힘없이 풀려간다. 노루 꼬리만큼씩 낮이 길어져가고 있기 때문이다. 그래서 정월 초하루보다 동지를 경계로 해 '새해'를 맞이해야 된다고 말하는 사람도 있다.

실제로 고대 로마에서는 동지가 지나는 날을 대축제일로 삼았던 풍습이 있었다. 올레리어스 황제 때는 그것을 영원히 '정복되지 않는 태양'의 날로 기념하기도 했다. 태양은 죽지 않고 다시 부활한다. 동지가 지나면 태양은 다시 활기를 띠고 소생하기 때문에 특히 한대 지방인 북구 문화권에서는 종교적인 의미까지도 지니고 있었다.

오늘날의 크리스마스 행사도 그 연원을 거슬러올라가면 예수님보다도 동지의 태양과 밀접한 관련이 있다는 것을 알 수 있다. 예수님의 탄생일은 확실치 않다. 예루살렘의 기후로 보아 12월 25일은 우계雨季이므로 성서의 기록과는 여러 가지 면에서 부합되지 않는다. 옛날 이집트 지역에서는 12월 25일이 아니라, 5월 20일을 예수 탄생일로 기념했거나 4세기 때까지는 크리스마스와 같은 축제일을 어느 나라에서도 찾아볼 수 없었다거나 하는 기록을 보아도 그 사실을 짐작할 수 있다.

결국 동짓날을 기념하던 이교도의 풍습이 기독교가 들어온 뒤 오늘날과 같은 크리스마스로 바뀌어졌다는 것이 가장 합리적인 해석일 것 같다.

그러나 복잡하게 생각할 것은 없다. 예수님이 과연 12월 25일에 탄생하지 않았다고 해도 크리스마스의 의미가 조금도 훼손될 리는 없다.

예수님의 탄생은 빛의 소생이기도 하다. 동지의 상징적 의미나 예수님이 보인 사랑의 그 의미나 그것은 다 같이 '정복될 수 없는 영원한 광명'의 출현을 인류에게 보여주고 있는 것이기 때문이다.

떠들썩한 축제일의 물결 속에서도 우리는 어둠 속에서 탄생하는 광명의 의미를 겸허하게 생각해볼 필요가 있다. 겨울의 추위가 몰아치지만 그 속에서 태양의 따스한 광명은 조금씩 자라고 있으며, 어두운 밤은 하루가 지날수록 양지로 바뀌어가고 있는 것이다. 절망하지 말자. 밤이 가장 긴 날에 태양은 그리고 구세주는 고통의 현장 속에 이미 그 모습을 나타내 보인 것이다.

제야의 종

제야의 종을 울리자. 칠흑 같은 어둠 속에서 촛불을 켜는 그런 마음으로 제야의 종을 울리자. 저 지평보다 더욱 더 멀리 산악보다도 더욱 높게 어둠을 불사르는 우리들의 종을 울리자.

당신은 가난한가? 몸에도 마음에도 누더기를 걸쳤는가? 꿈은 있어도 생활의 밭을 갈 만한 터전이 없다고 서러워하는가? 우리도 당신처럼 그렇게 많기도 한 가난의 밤을 지나왔다. 땀을 흘리고 또 흘리고 손마디에 피가 맺히도록 일해도 우리는 먼 할아버지 때부터 언제나 가난하게만 살았다. 그러나 이제 작별할 때가 온 것이다. 가난의 어둠과 작별하고 우리들의 어린것들에게 한아름 새 아침의 햇살을 안겨줄 그런 시각이 온 것이다.

당신은 외로운가? 어디를 가나 높은 벽에 싸여 언제나 혼자인 채로 이곳에 서 있는가? 인정과 사랑은 있어도 그것을 나눌 만한 이웃들이 없다고 탄식하는가? 우리도 당신처럼 그 외로운 밤을 지나왔다. 서로 시기하고 서로 헐뜯고 서로 속이고 서로 모함하는 길고 긴 역사의 침울한 터널을 지나왔다. 그러나 그 외로운 밤들을 강물처럼 흘려버리고 튤립처럼 환한 웃음으로 이웃을 영접하는 시각이 다가왔다.

당신은 억울한가? 죄를 지은 적도 없고, 남에게 돌을 던진 적도 없는데 박해를 받았노라고 탄식하는가? 부정과 불의의 무리가 착한 양떼를 괴롭히던 그 많은 공포의 밤들을 저주하고 있는가?

우리도 당신처럼 옳지 못한 권력과 더럽혀진 지폐 앞에서 상처난 얼굴을 바라보고 있다. 억울한 사람들끼리 뒷골목으로만 드나들던 숨 막히는 그 밤의 기억들을 알고 있다. 그러나 지금은 어둠의 역사가 종식하려는 새 시각이 문을 두드린다.

낡고 병들고 가난하고 억울한 지난날의 밤을 이제 낭랑한 종소리의 울림으로 불살라버리자. 다시는 되풀이하고 또 후회하는 어리석은 밤의 노예가 되지 말자. 우리의 아들을 위해서, 어머니의 젖꼭지를 빨고 있는 그 어린 생명들을 위해서 제야의 종을 울리자. 그리고 말하자. 불행한 일들은 과거완료형의 어법으로 말하자.

한 해의 마지막 날

끝이라는 것은 무엇이든지 슬픈 느낌을 준다. 사라져가는 동라의 여운, 수평선으로 꺼져가는 흰 돛대, 후조候鳥들의 마지막 여행, 그리고 종착역의 플랫폼과 그 계단, 그런 것들이 지니고 있는 애수는 우리에게 종말의 의미가 무엇인지를 알려준다. 아무리 충족된 것이라 해도 끝난다는 것은 모두 허탈감에 젖게 한다.

이제 한 해가 끝난다. 한 해의 마지막이며 한 연대가 막을 내리는 시점이다. 남겨둔 일이 많은데 벌써 시간은 우리를 보고 떠나라 한다. 게으른 학생이 숙제를 다 하지 못한 채 잠든 것처럼 우리는 미결의 과제를 안은 채 한 해를 보내는 것이다.

제야의 종이 울리기 전에 아들이여, 우리는 시간의 그 종착역 앞에서 다시 한 번 물어둘 것들이 많다.

"대체 우리는 무엇 때문에 이웃들과 그토록 다투어야만 했는 가?"

"대체 우리는 무엇 때문에 사랑보다 증오를, 웃음보다 고함을, 그리고 화해와 인정보다는 갈등과 비정의 세계에서 아우성을 쳤는가?"

"대체 무엇을 위해서 우리는 살았으며 무엇을 위해서 이토록 땀을 흘려야만 했는가?"

한 해의 마지막 그 달력 한 장은 우리의 의식을 비쳐주는 마음의 거울이라 할 수 있다. 제야의 종이 울릴 때 위정자들은 국민 앞에서, 가진 자는 없는 자 앞에서, 남편은 아내 앞에서, 그리고 어른들은 아이들 앞에서, 그동안 무엇을 했는지 조용히 반성해볼 일이다. 용서할 일과 뉘우칠 일을 생각해볼 일이다.

새것을 맞이하기 위해서는, 아들이여, 결코 낡은 것에 집착해서는 안 된다. 담대하게 아주 겸허하게 과거의 과실을 흘려보내야 한다. 그때 비로소 흙탕물이 지나고 맑은 물이 흘러오는 것처럼 시간의 강하는 역사의 오물을 정화할 것이다. 시간은 흐르지만 인간은 한결같지가 않다. 탄생하고 다투고 그러다가 죽는다. 어떤 권력과 금력으로도 시간 앞에서는 무력한 어린아이에 지나

지 않는다. 누가 대체 흐르는 그 시간 앞에서 오만할 수 있을 것
인가?

아들이여, 끝이라는 것은 무엇이든지 인간을 착하게 만든다.

우리가 잃어버린 자연

잃어버린 사철

한국처럼 사철이 뚜렷한 나라도 드물 것이다. 계절의 변화에서 오는 그 즐거움을 모르고 지내는 사람이 이 지상에는 수없이 많다. 반드시 열대 지방이나 한대 지방에 국한된 이야기만은 아니다. 유럽만 해도 겨울에 눈 구경을 못 하고, 또 여름에 코트를 입고 다녀야 될 때가 많은 나라들이 많다. 그리고 여름과 겨울은 분명해도 봄과 가을은 눈 깜짝할 사이에 지나쳐버리는 곳들이 대부분이다.

춘하추동이 거의 고르게 4등분된 한국의 계절 감각은 우리만이 누리고 있는 선택된 특권이라 해도 별로 뺨 맞을 소리는 아니다. 겨울이 좀 지루하다 싶으면, 화창하고 따스한 봄이 온다. 꽃에 물릴 만하면 신록의 그 건강한 여름이 깃들고, 장마와 무더위에 하품이 나오게 되면 정서적인 가을의 낙엽 소리를 듣게 된다.

그런데 계절도 노망을 해서 이상 기후가 잦아, 국보 제1호급인

한국의 계절 감각에도 많은 변화가 생긴 것 같다. 따지고 보면 계절이 노망을 피우는 게 아니라 인간의 문명이 기후 자체까지를 파괴한 까닭이다. 인구의 증가, 자동차와 공장 굴뚝에서 내뿜는 먼지, 매연, 그리고 가스, 이것이 대기의 기류를 변하게 한 것이다. 그래서 덥지 않은 여름, 춥지 않은 겨울, 이를테면 계절에도 사이비 붐이 일고 있는 셈이다.

달력은 아직 엄동인 정월인데, 기온은 영상 8도, 완연한 봄날씨 같은 이상 기후가 계속되고 있다. 이러다가는 사람들만이 아니라 잠자던 개구리들까지 기어나올 것 같다. 이상난동異常暖冬은 추위에 떠는 서민들에게 큰 부조를 한 셈이지만 갑작스레 얼음이 풀리는 바람에 피해도 적지 않다. 어디에서는 얼음이 꺼져 썰매를 타던 어린이들이 참변을 당하고, 또 어디에서는 얼었던 블록 벽이 녹아 집이 무너지는 바람에 잠자던 3형제가 묻혀 죽는 소동도 있었다.

따뜻한 겨울은 농작에도 해롭다고 한다. 그리고 으레 겨울이 포근하면 다음 여름에 전염병이 극성을 피우게 된다는 말도 있다. 모든 질서의 원리는 더울 때 덥고, 추울 때 추워야 하는 순리에 있다는 생각이 든다. 사회도, 날씨도 변덕을 부려서는 안 된다. 이상난동은 하늘 탓이니 어쩔 수 없지만 인간 사회 생활에서만이라도 이상 현상은 없애야겠다.

잃어버린 빗소리

오동에 듣는 빗발 무심히 듣건마는

내 시름하니 잎잎이 수성愁聲이로다.

이후야 잎 넓은 나무를 심을 줄이 있으랴.

— 김상용, 「오동에 듣는 빗발」

옛날이나 오늘날이나 비의 서정은 다 같은 것일까? 과연 오동 잎 위에 떨어지던 빗소리가 이제는 검은 아스팔트를 적시는 빗소리로 변했다는 것뿐일까?

비가 오는 날엔 누구나 조금씩 우수에 젖는다. 우산만 한 공백이 가슴속에서 펼쳐진다. 우리는 그 시름이 무엇인가를 굳이 물을 필요는 없다. 사랑의 시름일 수도 있고, 망향의 시름일 수도 있고, 이미 고인이 돼버린 그리운 사람들의 기억일 수도 있다. 비는 헤어져 있는 것을 그리고 잊었던 것을 다시 부른다. 회색의 우경雨景은 시간과 공간의 한계마저 흐리게 하는가 보다.

그러나 한 가지만은 꼭 구별해두어야 한다. '시름'과 '근심'은 비슷한 말 같으면서도 근본적으로 다르다. 시름은 무엇인가? 아름다운 것을 창조하는 정성이다. 음악을 낳고, 시를 낳고, 신을 향한 기도를 낳는다. 시름은 예술과 문화의 모태라고도 할 수 있다.

"이후야 잎 넓은 나무를 심을 줄이 있으랴." 이렇게 고백하는 시인의 말을 너무 표면적인 의미대로 풀이해서는 안 된다. 결코 그 시인은 오동을 저주하고 있는 것이 아니라 도리어 사랑하고 있는 것이다. 그 시름은 필요한 시름이며, 인생을 순화하는 세척제와 같은 눈물인 까닭이다.

그러나 '근심'은 정서라기보다 신경질환적인 현상이다. 근심은 생활을 파괴하며 창조의 욕망을 감퇴하게 한다. 애인을 상실한 사람은 시름에 젖지만, 먹을 것을 상실한 사람은 근심에 사로잡힌다. 전자는 영혼의 내적인 갈구요, 후자는 육체의 외적인 고민이다.

우리 주변을 보면 시름이 아니라 근심이 모든 것을 지배한다. 비가 내리는 것을 바라보면서 우리는 시름보다도 근심에 젖는 것이다. 축대가 무너지지 않을까? 장마철에 농토가 떨어져나가지 않을까? 하수도가 막히고 가옥이 침수되지 않을까? 그것은 비의 낭만이 아니라 산문적인 생활의 불안을 의미한다. 본격적인 장마철이 왔다는 뉴스를 들으며 근심만이 범람하는 우경을 바라다본다.

잃어버린 봄
봄비가 내리는 소리를 햇병아리가 삐악거리는 소리로 비유한 시인이 있었다. 은밀하고 연약한 그 소리도 소리려니와, 알에서 막 깨어난 병아리의 인상과 봄밤에 내리는 그 보슬비의 감촉은 여러모로 닮은 데가 많다. 껍질 속에 갇혀 있던 생명이 눈을 뜨고 일어나는 신비한 그 목소리. 봄비는 그렇게 내리고 있다. 겨울 가뭄이 오랫동안 계속되어왔다. 상수도까지 말라가는 목 타는 가뭄이었다. 그러다가 모처럼 비가 내린다. 아직은 차가운 겨울비지만 가뭄과 추위가 풀려가는 생명감이 있다. 그러고 보니 벌써 2월도 한복판이 아닌가. 조금 있으면 한적한 시골 산모롱이 어딘가엔 할미꽃들이 필 것이다. 민들레와, 그리고 봄의 태양처럼 노랗게 눈부신 개나리도 피리라.

살풍경한 도시의 식당이지만 상추쌈 메뉴가 봄의 미각을 돋우 고 있다. 계절을 외면한 도시의 생활 속에도 달래마늘 같은 봄의 감각이 찾아들고 있다. 겨울에는 센트럴 히팅central heating, 여름에는 에어컨……. 현대인들은 이렇게 계절의 한서까지 정복했다고 큰소리를 치지만 어찌 그것이 옷소매로 스며드는 자연의 그 따스한 감촉만 하겠는가?

잠시 무거운 외투를 벗고 봄의 표정을 본다. 비에 얼룩진 아스팔트의 포도에 검은 박쥐우산보다는 오히려 값싼 비닐우산이 한결 더 어울린다. 모든 것이 밝은 색채와 경쾌한 몸짓으로 언 땅을 비집고 솟아나려고 한다. 인간도 그럴 수 없을까 하는 생각이 든다. 초목처럼, 강물처럼, 그리고 하늘처럼 계절과 함께 그 표정이 달라질 수는 없는 것일까. 물가가 내렸다는 소식도, 중동에서 싸움의 불씨가 완전히 사라졌다는 이야기도 없다. 봄이 오고 있다는데 사회면 기사는 살인강도범, 절간에 과도를 든 복면강도, 경인 버스의 소매치기…… 우울하고 차가운 이야기들로 가득 찼다.

인간의 마음에도 봄비가 내렸으면 좋겠다. 병아리가 지저귀는 그 생명의 소리가 마음속 깊이 젖어들었으면 좋겠다.

잃어버린 여름

여름이 지나간다. 뜨겁게 타오르던 태양도 새벽의 등촉燈燭처럼 힘이 없다. 이맘때가 되면 늘 마음이 초조하고 불안했다. 어렸을 때의 그 기억 말이다. 여름과 함께 긴 방학도 끝나는 것이다. 강물은 눈부셨고 소나기가 지나간 숲은 늘 향기로웠다. 그러나 책상에 그냥 내던졌던 여름의 숙제장들은 어둡기만 했다.

아쉬움 속에서 달력장은 자꾸 떨어져간다. 곤충채집도, 방학책도, 그림일기도, 공작도, 개학날이 가까워지고 있지만 어느 것 하나 제대로 손댄 것이 없다. 여름방학의 감미롭던 그 나날들이 깊은 후회와 번민으로 밀려온다. 여름은 늘 이렇게 하지 못한 숙제의 짐 때문에 어두운 구름으로 덮인다.

초등학교 어린이들만 그런 것은 아니다. 어른들도 그날그날 해두어야 할 생활의 숙제들을 내일로 미루며 지내왔다. 아쉬움 속에서 가버린 바캉스의 들뜬 여가는 보다 바쁜 생활의 일정을 몰고 온다. 여름이 끝나버릴 무렵이면 어디에서고 초조한 채찍소리가 들려온다. 텅 빈 학교 운동장에는 잡초가 많이 자라나고 있었다. 직장에도, 가정에도 뽑아야 할 잡초들이 기다리고 있는 까닭이다.

벌써 대학에서는 2학기 등록이 시작되었다. 등록금을 마련해야 할 것이다. 자유롭게 뛰놀던 해변의 추억을 만지작거릴 틈도 없다. 휴가지에서 돌아온 젊은이들은 갑자기 늙는다.

여름이 지나간다. 우리들의 생활 속에서 여름이 빈 바람처럼 빠져나가고 있다. 숙제를 다 하지 못한 어린아이들처럼 허전하고 불안한 마지막 여름 햇볕이 이 도시의 포도를 비껴 흔든다.

우리의 역사와 사회는 늘 그랬다. 그날그날 해야 할 생의 숙제들을 내일로 미루며 살아왔었다. 그래서 8월이 기우는 무렵이면 한숨처럼 가을바람이 분다. 그래서 가을은 늘 쓸쓸한 모양이다.

나뭇잎이 지고 있어

그래 정말 나뭇잎이 지고 있어.

도시의 검은 아스팔트 위에도 하나씩 둘씩 나뭇잎이 구르고 있었지. 사람들은 그것을 보고 있는 것일까? 청소부들이 빗자루를 들고 나뭇잎들을 쓸고 있어. 우리도 빗자루를 들고 지난날의 기

억들, 빨갛게, 그리고 노랗게 물든 그 여름의 기억들을 쓸어내야
만 하는 것일까?

그래 정말 나뭇잎이 지고 있었어.

바람도 불지 않는데, 눈을 감듯이 나뭇잎이 지고 있었어. 더 이
상 그 이파리들은 소나기를 갈망하지도 않을 것이고, 뜨거운 여
름 햇볕과 아침 바람을 탐내지도 않을 거야. 여름의 노동과 그 욕
망이 이제는 하나의 고운 색채로 승화되어 그를 키워준 뿌리의
고향으로 묻혀야 하는 거야.

그래 정말 나뭇잎이 지고 있었어.

당신의 창도 닫아야 할 때야. 이제 머지않아 무서리가 내릴 테
니까. 거리에는 나목들이 추운 바람소리를 내며 떨고 있겠지.

이렇게 계절은 지나는 거야.

누구도 떨어지는 이파리들의 숫자들을 다 셀 수는 없어. 말하
지 말아. 계절이 간다거나 낙엽이 지고 있다고 말하지 말아. 낙엽
은 당신의 마음속에서도 지고 있으니까.

그래 정말 나뭇잎이 지고 있어.

그런데 사람들은 지금 어디로 가고 있는 것일까? 그들은 대체
무엇을 생각하고 있는 것일까? 영원히 시들지 않는 나무 이파리
처럼, 시장을, 의자를, 도장을, 권력을, 높은 나뭇가지의 그 많은
욕망의 이파리에 매달려 오늘도 여전히 바람에 흔들리고 있겠지.
우리는 상록수보다는 차라리 가을에 떨어질 줄 아는 나무들을 사

랑해야지.

그래 정말 나뭇잎이 지고 있었어.

어느 시인의 말대로 떨어지는 이파리마다 봄의 자리를 마련해놓고 정말 나뭇잎이 지고 있었어. 나무는 겨울의 의미를 알고 있으니까……. 계절과 함께 그 많은 욕망도 꺼져간다는 것을 알고 있으니까……. 새 이파리를 위해 묵묵히 나뭇가지를 떠나야 한다는 겸허한 마음을 알고 있으니까……. 지금 저 나뭇잎들은 지고 있는 거야.

다만 인간들만이 집념의 나뭇가지에 매달려 단풍이 드는 것을 거부하고 있어. 그래서 우리는 낙엽처럼 아름답게 떠날 수도 없는 거야.

현대 생활과 낙엽의 의미

우리는 옛날부터 상록수를 사랑했다. 신라의 향가만 해도 화랑의 씩씩한 모습을 푸른 잣나무에 비유해 노래 부른 것이 있다. "아! 푸른 잣나무 가지처럼 서리를 모르는 화판花瓣이시여!"라는 「찬기파랑가讚耆婆郎歌」가 그것이다.

유교가 지배하던 이조 때는 두말할 것도 없다. 독야청청하겠다는 성삼문成三問의 낙락장송의 예찬은 거의 신앙과도 같은 것이 돼버렸다. 일제 식민지 시대에서도 잣나무나 소나무에서 인간의 이상을 찾으려 한 전통적인 그 사고의 패턴만은 변함이 없었다. 심훈沈熏의 소설 『상록수』가 바로 그것을 상징해주고 있다.

그러나 모든 나무가 다 상록수라면 이 세상은 얼마나 재미없을까? 아마 훨씬 더 따분할 것이 틀림없다. 다른 각도에서 보면 역시 나무는 계절과 더불어가는 데 그 묘미가 있고 아름다움이 있는 것인지도 모른다. 때가 되면 떨어질 줄도 알아야 한다. 그리고 그런 조락凋落의 비창悲愴함을 아는 자만이 내일의 봄을 위해 어린 새싹이 트는 희열도 알 것이다.

거리에는 낙엽이 한창이다. 어느 시인의 말대로 슬픈 운명을 지닌 낙엽들이 어째서 가장 명쾌한 나비를 닮았는가? 하늘거리며 나비처럼 춤추듯이 떨어지고 있는 나뭇잎을 보면 인생의 한 역설 같은 것을 느끼게 된다. 과연 그럴 것 같다. 상록수보다도 우리는 한 잎 두 잎 떨어지고 있는 나뭇잎에서 인생의 보다 많은 그리고 보다 깊은 의미를 배울 수 있는 것이 아닐까?

생명도, 권력도, 돈도, 모두가 그런 것이다. 그것은 나뭇잎처럼 언젠가는 떨어지게 마련이다. 줄기에서 떨어져나가면 그저 그뿐, 하나의 휴지와 다를 것이 없다.

누구도 계절의 변화를, 그 시대의 변화를 거역할 수는 없을 것이다. 그러나 낙엽은 우리에게 슬픔만 가르쳐주는 것이 아니다. 나뭇잎의 최후는 또 얼마나 아름다운가?

빨갛고 노란 단풍의 현란한 그 색채 속에서, 그리고 떨어져나

간 이파리의 자국마다 봄의 새싹이 마련되어 있는 그 나뭇가지에
서 우리는 보다 풍성한 내일의 생명을 볼 수가 있다.

너무 악착같이 살려는 오늘의 이 각박한 사회에서는, 때로는
낙엽의 그 겸허와 무상을 배울 줄도 알아야 한다.

잃어버린 5월

'5월은 계절의 여왕'이라고 어느 시인은 말했다. 꽃이 피는 4월
보다는 푸른 잎이 돋아나는 5월은 훨씬 건강해서 좋다. 꽃은 아무
리 아름다워도 쉽게 지기 때문에 그것을 바라보는 사람들의 마음
도 순간적이다. 보기에 따라 5월의 신록은 꽃의 빛깔보다도 한층
다채롭다고 할 것이다.

바람에 한들거리는 청신한 나뭇잎들은 절망이란 것을 모른다.
'5월의 나뭇잎을 스치면 푸른 음악이 들려온다'고 노래 부른 사
람도 있지만 나부끼는 신록은 차라리 눈으로 보는 음악이라고 말
하는 것이 적합하다. 나뭇가지에서만이 아니라 5월이면 우리들
가슴속에서도 생명의 새순들이 푸른 잎을 피워간다. 때 묻은 말
이지만 5월은 희망의 달이다.

그러나 도시의 5월은 어떤가? 매연과 먼지 속에서 나뭇잎들은
생기가 없다. 말이 신록이지 돋아나자마자 낙엽처럼 시들어간다.
그러기에 도시의 5월은 한결 짧기만 하다. 콘크리트가, 아스팔트

가, 온갖 소음과 그 먼지가 푸른빛을 죽이고 있다. 도시 문명은 바로 녹색을 죽이고 있다는 데 그 비극이 있는지 모른다.

「세일즈맨의 죽음」이라는 연극에서는 '푸른빛을 볼 수 있는 한 뼘의 정원'이라도 갖고 싶다고 말하는 대목이 나온다. 극대화를 향해 우리는 달음질치고 있지만, 생명의 그 녹색을 상실하는 비애도 그냥 묵살해서는 안 될 것 같다. 5월의 나뭇잎은 좀 더 상징적인 의미를 내포하고 있기 때문이다. 도시에서는 어린 싹이 제대로 자라나지 못한다. 거기에는 5월의 맑은 공기도 힘을 쓸 수가 없다.

마찬가지로 탐욕과 권세와 치열한 생존 경쟁을 치르는 도시 문명의 각박한 사회에서는 우리의 어린 싹들이 제대로 자라나지 못한다. 태어나자마자 생명의 윤기를 잃고 마는 것이다. 5월에는 어린이날이 있고, 어버이날이 있다. 우리들의 어린이들이 5월의 대기를 호흡하기 위해서는 인간의 오탁汚濁, 부정의 그 먼지들을 털어내야 된다.

콘크리트처럼 날로 굳어가는 인정 속에서 우리의 어린잎들은 5월이 되어도 푸른 음악을 잃고 있는 것이다.

잃어버린 수목

나무를 '대지의 음악'이라고 노래 부른 시인이 있다. 그런가 하면 또 나무를 '신이 만든 시'라고 말한 사람도 있다. 나뭇가지는 하늘을 향해 기도를 하고 그 뿌리는 대지의 가슴을 향해 젖을 빨고 있다. 그 모습은 가장 순수하고도 경건한 까닭이다.

그러기에 나무가 없는 땅에는 음악도 시도 없다. 사막에는 나무가 없기에 또한 생명도 없는 것이다. 녹색이 생명감을 일으키는 것도 그 때문이다. 그런데 아스팔트의 문명은 나무를 죽이고, 녹색을 말소한다. 우리 주변에서 녹색은 사라져가고 콘크리트의 회색과 아스팔트의 흑색이 공간을 메운다.

현대인은 녹색의 향수 속에서 산다. 그렇기 때문에 식목일은 단순히 몇 그루의 나무를 심는 행사에 그치는 것이 아닐 것 같다. 식목일은 그 대지의 음악과 시를 듣는 날이며 현대 문명 속에서 잃어가는 생명력을 다시 마음속에 그려보는 날이기도 하다.

공리적인 가치만으로 식목을 성공시킬 수는 없다. 나무에 대한 애정이 앞서야 한다. 자녀에 대한 애정이 없다면 사람들은 자녀를 낳기만 하고 돌보려고는 하지 않을 것이다. 우리의 식목일이 '심기만 하고 가꿀 줄 모르는 식목일'이 된 것도 나무에 대한 근원적인 애정이 모자라는 데 원인이 있다.

산에 그리고 그 벌판과 마을에 수목이 모자라는 까닭은 이미 사람들의 마음 자체가 헐벗었기 때문이다. 마음속에 녹색의 윤기를, 그 생명력을 지니지 않고 어떻게 나무를 심을 수 있단 말인가?

사람들은 한국의 산야에 나무가 없음을 개탄하고 있지만 그보다도 더 황폐한 것은 마음의 숲이요 그 산인 것이다. 그 마음들을 들여다보면 건조한 사막과 그늘 없는 뙤약볕만이 펼쳐져 있다. 식목일에 우선 우리들의 마음속에 나무를 심자.

녹색의 생명력, 그 대지의 음악과 시를 심자.

잃어버린 설경

눈이 내리면 누구나 조금씩은 시인이 된다. 겨울마다 그 흰 눈이 내리지 않는다면 이 세상은 훨씬 더 거칠고 속악해졌을는지 모른다. 백색의 그 설편은 눈으로 보는 음악이다. 그리고 무언의 동 화이다. 모든 것이 변했지만 깃털 같은 백설의 순수성만은 예와 다름없다. 현대에 남아 있는 순수성이 있다면 그것은 아마 저 백설의 언어뿐인가 싶다.

하지만 시대에 따라 눈의 의미도 변하는 것 같다. 그것을 바라보는 인간의 마음이 달라져가고 있는 까닭이다. 배고픈 사람들은 흰 눈을 보며 '떡가루'를 생각한다. 헐벗은 사람들은 '목화송이 같다'고 한다. 도시에 사는 현대인들은 '설탕'을 연상할 것이고, 어느 시구처럼 감기에 잘 걸리는 사람은 '아스피린 분말', 그리고 영화 팬들은 '낡은 필름이 돌아가는 것 같다'고 말할 것이다.

그 정도는 그래도 구제의 가능성이 있다. 불과 몇 센티의 그 강

설량에도 마비돼버리는 도시의 교통은 시정은커녕 짜증만 나게 한다. 서울의 명물이요 건설의 쇼윈도 역할을 하는 고가도로가 눈만 내리면 으레 차단이 된다.

사고를 미연에 방지하자는 의도를 몰라서 불평을 하는 것은 아니다. 우리나라의 위치가 적도 부근의 남양에 위치해 있다고 착각하지 않은 이상 겨울에 눈 내릴 것을 생각하지 않고 고가도로를 만들지는 않았을 일이다. 눈만 내리면 대관령 고개의 스키장이 돼버리는 고가도로, 그래서 서울의 시민들은 눈이 내려도 기쁜 줄을 모른다. 그것이 교통마비 신호로 바뀌었기 때문이다.

자동차가 많은 외국에서는 눈이 내리면 길에 소금을 뿌린다. 소금은 눈을 녹이므로 평상시와 다름없이 차를 몰 수가 있다. 돈만 있으면 결코 무방비는 아니다. 우리 형편에 소금을 연탄재처럼 뿌리고 다닐 수는 없다. 김장할 소금도 없는데 길 위에 소금을 뿌리라는 말은 누가 들을까 무서운 이야기이다. 그러나 고가도로만이라도 겨울철에 눈에 대비할 수 있는 방법을 강구해야 될 것이 아닌가? "한 해의 의미를 합창으로 장식하자"는 멋들어진 구호를 내거는 것을 봐도 서울시는 과연 시정이 풍부하다. 눈이 내리는 날은 직장에도 가지 말고 온종일 방 안에서 설경이나 감상하라는 것인가 보다.

눈 오는 날의 서울은 이래저래 슬프기만 하다.

자연을 향해 당기는 방아쇠

불법 사냥을 금지해온 역사는 매우 길다. 공맹孔孟의 가르침 중에도 사냥을 하되 가려서 하라는 이야기가 있다. 잠자는 새라든가 새끼를 밴 짐승을 잡지 말라는 것은 인륜의 면에서나 생활의 실리 면에서나 다 같이 필요한 법규이다.

'빽빽한 그물로 물고기를 잡아선 안 된다'는 규정을 보자. 촉고(빽빽한 그물)에는 치어까지 걸려들게 마련이다. 같은 살생이라도 어린것을 잡는 것은 너무 잔인한 일이다. 뿐만 아니라 어족을 보호하는 면에 있어서도 치어를 잡는 것은 비경제적인 행위이다.

그렇기 때문에 불법 사냥은 이중의 죄악을 저지르는 일이다. 윤리적인 면으로 봐도 사회적인 실리 면으로 봐도 무차별 수렵 행위는 용서될 수가 없다. 금렵 구역에서 사냥을 한다든지, 약물을 써서 다량 포살을 한다든지, 그리고 멸종돼가는 보호조保護鳥를 잡아 씨를 말리는 행위들은 자기 자신을 향해 방아쇠를 잡아당기는 자학과도 같다.

관계 당국은 언젠가 불법 수렵을 단속하겠다고 나선 적이 있었다. 그때의 보고에 의하면 10월에서 1월까지의 수렵 시즌에 235건의 불법 수렵자들을 적발했다고 한다. 적발된 수가 이러니 실제 피해는 얼마나 크랴 싶다. 옛날만 해도 으레 시골 뒷동산에 오르면 발밑에서 꿩들이 푸드덕거리며 나는 것을 볼 수 있었다. 꿩들이 닭처럼 인가의 뜰까지 내려오는 경우도 없지 않아 많았다. 그런데 오늘날은 미려하기가 세계적인 꿩이 점점 자취를 감춰가고 있는 것이다.

대체로 수렵을 즐기는 자들의 신분을 보면 골프와 마찬가지로 도시의 권력층에 속하는 사람이거나, 금력깨나 있는 친구들이다. 돈 없이는 즐길 수 없는 겨울의 레크리에이션이기 때문이다. 그러고 보면 자연히 단속하기도 좀 거북한 인물들이 많을 것 같다. 공기총을 들고 동네 참새를 잡는 학생들과는 그 대상이 다르다.

일선 경찰의 단속도 중요하다. 그러나 사냥을 하는 당사자들의 양식이 더욱 문제이다. 꿩 한 마리, 노루 한 마리 잡는 데도 사회의식과 인간의식이 사냥개 이상으로 그 곁을 따라다니게 해야 한다.

옛날엔 이랬는데……

명찰 달린 수박

어떤 친구가 생선 가게에 가서 조기를 사려고 싱싱한 것을 고르고 있었다. 조기 한 마리를 손에 들고 냄새를 맡자, 생선 가게 주인이 버럭 소리를 질렀다.

"왜 멀쩡한 고기를 가지고 냄새를 맡고 야단이오?"

그러자 그는,

"냄새를 맡은 것이 아니라 귓속말로 바다 소식을 좀 물어봤소."라고 말하는 것이었다. 그래 조기가 무어라고 말하더냐고 하니까,

"바다를 떠난 지 벌써 일주일이 넘어서 최근 소식은 잘 알 수 없답니다."라고 대답하더라는 것이었다. 이것이 바로 유머이다. '생선이 썩었다'고 정면에서 쏘아붙이지 않고 부드러운 웃음으로 넘겨버리는 태도, 정말 그러고 보면 유머는 생활의 기름이요 그 보석이란 말이 거짓이 아니다.

그런데 우리나라의 생선 가게나 청과점에서 흔히 볼 수 있는 유머는 그런 것이 아니다. 흔히 들은 이야기이지만 상한 생선이나 설익은 과실에 상인들은 염색을 하고 있다. 조기에는 노란 물감을 들이고 그 배에는 바람을 집어넣어 알을 밴 것처럼 부풀게 한다. 설익은 수박에는 인공 감미료를 탄 붉은 물감을 주사하고 참외에는 노란 칠을 한다. 확실히 이것도 희극임에는 틀림없다. 그러나 그냥 우스운 것이 아니라 한숨이 새어나온다.

　　여름철의 낭만은 역시 참외나 수박을 먹는 맛이다. '벌겋게 잘 익은 수박을 도마 위에 올려놓고 칼로 쪼개는 그 순간의 맛' 그것이 인생의 가장 큰 낙 가운데 하나라고 중국의 옛 선비도 그렇게 적고 있다. 도시 문명에 지쳐 있는 사람들은 여름철에 수박이나 참외를 먹으며 잃었던 시골의 향수를 다시 맛본다. 과실을 먹는 게 아니라 바로 옛날의 꿈을 먹는 것이라고나 할까?

　　그러나 도시의 채색된 그 과실에서는 도무지 옛 맛이 나지 않는다. 여름의 태양빛을 머금은 그 빨간 수박이 아니라 인공 색소와 감미료로 위장된 도시의 수박 맛은 바로 타락된 아스팔트 문명의 떫음, 그것이다.

　　그렇다고 해서 가짜 청과물을 단속하기 위해 생산자 표지를 붙이기로 하자는 관계 당국자의 발언에 박수를 치기도 힘들 것 같다. 과실까지 명찰을 달고 나타나는 광경은 생각만 해도 입맛이 떨어진다. 그야말로 너무 일찍 농촌을 떠나 시골 소식을 잘 모르는 청과물에서 우리는 고향 소식을 물을 수가 없다. 이것을 하나의 유머로 넘기기엔 너무 가슴이 아프다.

눈물은 죄악인가

졸업식장에 가면 초상집처럼 눈물을 흘리는 학생들이 많았다. 졸업식 노래가 그렇고 송사와 답사란 것이 그렇다. 으레 단장斷腸을 자아내는 『추풍감별곡秋風感別曲』식이었다. 청승맞은 감상문일수록 졸업식의 송·답사로는 명문이 된다. 하기야 이별인 것이다. 모교를 떠난다는 것, 스승 곁을 떠난다는 것, 친구와 헤어진다는 것…… 목석이 아닌 다음에야 눈시울을 적실 만도 한 일이다.

그런데 요즘 졸업식은 그렇지 않다. 남학생들은 물론, 감상적인 여학생들도 이제는 손수건을 적시며 교문을 떠나지는 않는다. 오히려 오뉴월의 해바라기처럼 희열에 가득 찬 웃음이 있다. 송·답사 역시 거칠어졌다. 실연한 문학소년 투의, 그리고 자살 5분 전의 허무주의자 같은 넋두리의 언어도 대체로 들을 수 없게 되었다.

확실히 졸업식의 멜로드라마는 구세대의 것이었던 것 같다. 눈물 없는 졸업은 오늘날의 세대가 그만큼 지적知的으로 되어가고 있다는 증거인지도 모른다. 유난히 정감적인 국민이라 그랬던가? 과거의 문학 작품이나 민요를 보면 유난히도 이별의 슬픔을 주제로 한 것이 많다. 이별을 그토록 싫어했다는 것은 독립생활이나 진취적인 모험심이 결여돼 있었기 때문이 아닌가 하는 생각이 들기도 한다.

남들은 고국을 떠나 바다를, 산을, 그리고 황량한 평원을 넘어 식민지를 개척하고 있을 때 고향 산천이 그립다는 노래를 부르며 옷깃을 적셨었다. 「타향살이」에서 「진주라 천 리 길」에 이르기까지 유행가만 봐도 이별의 단장곡이었다. 그러나 요즘의 대중 가요에는 그런 것이 없다. 「대머리 총각」투의 드라이한 가사들이 생겨나고 있다.

영화도 비극에서 희극으로 옮겨가고 있으며, TV에도 웃음을 자아내는 오락 프로가 만개하고 있다. 비극의 시대가 지나고 희극의 시대로 접어든 것은 학생들의 졸업식 송·답사에서만 끝나는 일은 아닌 것 같다. 그러나 정말 생활이 즐거워서, 희망에 부풀어서, 지적인 근대정신이 발달해서 눈물이 없어진 것인지, 그렇지 않으면 사회가 하도 각박해서 그나마 눈물의 순정주의純情主義마저 말라비틀어지고 만 것인지, 그것은 좀 더 두고 생각해봐야 할 문제이다.

팬지와 할미꽃

도시에서 사는 아이들은 할미꽃을 잘 모를 것이다. 노래 가사를 통해서 꽃 이름은 알고 있겠지만 이른 봄 양지바른 길을 걷다가 문득 발밑에 피어 있는 할미꽃의 그 정겨운 모습을 직접 체험해 본 아이들은 드물 것이다.

근대화된 도시에서는 할미꽃 대신 팬지가 판을 치고 있다. 중앙청으로 향한 세종로의 길가에도 팬지가 한창이다. 그리고 어느 집에 가보나 작은 뜰일망정 팬지꽃 몇 송이는 피어 있게 마련이다. 이 꽃 이름은 원래 프랑스어의 '팡세Pensées'에서 온 것이라고 한다. 팡세에는 '생각하는 사람'이란 뜻, 꽃 모양이 꼭 로댕의 조각처럼 고개를 수그리고 무엇인가 깊은 사색에 잠겨 있는 것 같기 때문에 그런 이름이 붙은 모양이다.

그러나 우리는 이국적인 팬지를 볼 때마다 시골 산길에서 피어나는 할미꽃을 생각하게 된다. 꽃의 생김새부터가 비슷하면서 매우 대조적이다. 팬지는 그 빛깔이 화려하고 비록 꽃대는 수그러져 있어도 꽃잎은 활짝 피어 있다. 이른바 서양의 할미꽃이라고나 할까? 여기에 비해 우리나라의 할미꽃은 팬지보다 훨씬 사색적이다.

거의 눈에 띄지 않을 정도로 색채가 털북숭이에 가려 희미하다. 오므라진 꽃잎 속을 들여다봐야 겨우 옅은 바이올렛 빛깔을 볼 수가 있다. 이름 그대로 시골 할머니를 연상케 한다. 꽃이라면 으레 화려한 것, 사치스러운 것, 발랄한 것을 느끼게 된다. 그런데 할미꽃만은 시골 냄새 그대로 소박하고 꾸밈이 없고 구수한 정감을 자아낸다. 정말 한국인처럼 생긴 꽃이다.

그러기에 일찍이 설총薛聰은 「화왕계花王戒」라는 글에서 요염한 장미꽃을 누르고 소탈한 할미꽃이 화왕의 총애를 받는 이야기를 적었다.

그러나 할미꽃은 팬지와 같은 외국 화초의 그늘에 가려 빛을 잃고 있다. 봉선화, 분꽃, 맨드라미, 모두가 그렇다. 꽃집에서 파는 서양 화초들에 밀려 한국적인 야생화의 그 정감이 날로 잊혀져가고 있다.

단순한 꽃의 운명만은 아니다. 근대화의 바람을 타고 도시의 대중들은 겉만 반짝거리고 눈부시고 현란한 것을 찾는다. 으레 상춘 시즌도 해마다 난잡하고 떠들썩해져간다. 소박하고 겸허하며 가식이 없는 할미꽃의 세계는 추방당하고 있다. 공허한 이 마음의 뜰에 할미꽃 몇 송이를 가꾸듯 그렇게 봄맞이를 하고 싶다.

출세주의자들의 축제

TV 프로에는 이따금 귀여운 어린이들이 나와 노래도 부르고 게임도 한다. 도시에서 세련된 까닭도 있겠지만 그 아이들을 볼 때마다 한결같이 잘생겼다는 느낌이 든다. 확실히 옛날 아이들에 비해 콧날도 오똑하고 눈도 반짝이고 말소리도 또렷한 게 여간 똑똑하지가 않다.

그런데 사회자가 으레 이런 아이들이 출연하면 공식적으로 묻는 말이 하나 있다.

"장차 커서 어떤 사람이 되겠어요?"라는 것이다. 그러면 또 으레 열이면 열, 판에 박힌 대답들을 한다.

"대통령이 되겠어요."라는 것이다.

포부가 크다는 면에선 별로 나무랄 것이 못 된다. 하지만 오늘날의 어린이들이 대통령이 되겠다는 그 획일적인 꿈을 꾼다는 것은 한 번쯤 생각해볼 만한 문제가 아닌가 싶다. 부모들이 아이들을 '우리 집 대통령'이라고 떠받드는 일이 많다. 가정교육부터가 미래의 이상을 대통령이 되는 길이라고 가르쳐주고 있는 것이다.

어린이들에 대한 교육이 어딘가 잘못돼 있는 것 같다. 너무 현세적인 데서만 이상을 찾으려는 경향이 없지 않다. 그래서 어수룩한 아이들은 찾아보기 힘들다. 슈바이처처럼 어려운 사람을 도와주는 성직자가 된다든지, 훌륭한 예술가가 된다든지, 병든 사람을 고쳐주는 의사가 되겠다든지, 혹은 진리를 탐구하는 학자가 된다든지, 그런 꿈을 이야기하는 아이들은 별로 구경할 수가 없다. 미국의 경우엔 소방수나 순경이 돼 사회봉사자가 되겠다는 아이들이 많다. 우리나라 같으면 부모들이 우선 펄쩍 뛸 판이다.

크리스천이 아니더라도 예수님의 탄생을 우리의 아이들에게 가르쳐줄 필요가 있다. 세상은 반드시 높은 벼슬을 하고 많은 돈을 벌고, 궁전 같은 집에서 사는 것만이 보람된 일이 아니라는 것을 말해주는 것이, 그리고 예수님 같은 사랑과 봉사와 희생의 존귀함을 그들의 가슴속에 심어주는 것이, 며칠만 지나면 부서지고 마는 장난감 선물보다 더욱 의의 있는 선물일 수도 있다. 온 인류가 2천 년이 지난 오늘날에도 그분의 탄생을 이처럼 떠들썩하게 축하하고 있는 것은 결코 그에게 권력이 있었던 것도 아니요 돈이 많았기 때문도 아니라는 것을 우리의 아이들에게 깨우쳐주어야 한다.

묘지의 어제와 오늘·1

살아 있을 때에 한국보다 살기 좋은 나라가 얼마든지 많을 것 같다. 그러나 사후만은 그렇지가 않다. 만약 죽은 뒤에도 혼백이라는 것이 살아 있다면 단연 그 명부冥府의 세계에서만은 한국인의 어깨가 어느 나라 사람들보다 넓어질 것이기 때문이다.

그만큼 한국인은 옛 조상들을 따뜻이 모실 줄 안다. 생존 시엔 불효를 해도 일단 육친이 세상을 떠나게 되면 제사와 차례만은 정성껏 지낸다. 가난해도, 시간에 쪼들려도 웬만한 경우라면 조상의 무덤을 찾아가는 데 인색하지 않다. 추석의 인파는 대부분이 성묘객들이다. 이날만은 쓸쓸한 묘지라도 외롭지가 않다. 유물론자들은 성묘의 풍습이 비과학적이고 비경제적이라고 할지 모르나 혼령이야 있든 없든 문제는 결코 그런 데 있지 않다. 추석

날 하루만이라도 그런 풍습이 있기에 고인들은 생존자의 마음속에서 다시 살아날 수가 있다. 같이 음식을 먹고 같이 중추가절의 풍류를 맛본다.

그러나 날로 우리의 이 고유한 풍습도 사라져가고 있는 듯하다. 공동묘지 중 55퍼센트가 1년 내내 성묘객이 없는 무연고 묘지라는 사실이 이를 증명한다. 연고자가 없는 것인지, 있어도 찾아오지 않는 것인지, 어쨌든 추석이 되고 제삿날이 돌아와도 쓸쓸히 홀로 누워 있는 버림받은 무덤이 해마다 증가되고 있는 것도 사실이다. 이런 경우에도 우리는 인심이 날로 메말라가는 사회의 한 단면을 본다.

우스운 일이다. 우리나라 사람처럼 조상을 끔찍이 위하는 국민들도 드문데 어째서 버려진 무덤들이 그렇게 많은 것일까? 추석 성묘란 게 없어도 서양의 묘지는 수세기 전 것도 최소한 누구의 무덤이라는 것쯤은 분명히 알 수가 있다. 그 이유는 묘지를 쓰는 방식이 다르기 때문이다. 그들은 교통이 편한 도시 근교의 평지나 교회당에다 묘지를 쓰고 또 대개는 집단적인 가족 묘이므로 인적이 드문 깊은 산중에 무덤을 쓰는 우리와는 달리 산실散失될 우려가 적다. 시대의 변화에 따라 묘지를 쓰는 풍습도 달라져야 될 것 같다. 성묘하기도 편하고 보존하기도 쉬우며 땅의 면적을 덜 차지해도 좋을 묘지의 근대화가 있어야겠다. 정말 죽은 뒤만이라도 한국인으로 태어난 보람을 갖게 말이다.

묘지의 어제와 오늘·2

무덤을 존경시하는 것은 농경 문화가 지니고 있는 특색 중의 하나라고들 한다. 유목민들의 문화에서는 제왕이라 해도 묘지 같은 것에 신경을 쓰지 않았다. 단적인 예로 세계를 제패하다시피 한 칭기즈칸이지만 그의 시체는 외로운 들판에 그냥 묻혀진 채 흔적조차 찾을 수 없다.

끝없이 떠돌아다니는 유목민들의 생활은 묘지에 머물러 있을 수가 없다. 그러나 농경 사회에선 조상으로부터 대대로 물려받은 경작지를 생활의 거점으로 삼고 있기 때문에 자연히 묘지에 대한 관심이 짙어질 수밖에 없다.

외국의 관광객들이 한국의 삼다三多로 꼽는 것 중에는 묘지도 한몫 끼어 있다. 어디를 가나 도로 연변의 산등성이에는 무덤들이 늘어서 있다. 어느 산에는 나무보다 무덤의 수가 더 많은 경우도 있다. 농경 문화의 특색이 여실하다. 그러나 그 때문에 농업 발전이 저해되는 아이러니도 없지 않다. 수천 년을 두고 종교처럼 묘지를 숭배해온 한국인들은 아무리 가난해도 조상의 무덤만은 잘 쓰려고 한다.

못된 수단으로 돈을 벌어들인 구두쇠라 하더라도 살 만큼 되면 우선 조상의 무덤부터 으리으리하게 꾸며놓는다. 그래서 산지의 개간이 어려워질 뿐 아니라 산야를 유휴화遊休化하게 하는 낭비가 생겨난다. 경부고속도로를 뚫을 때도 묘지 이장이란 것이 어느 것 못잖은 난제로 대두되었었다.

관계 당국에서는 국토의 효율적 이용을 목적으로 묘지 면적 규제에 관한 새 시행령을 마련했다고 전한다. 즉 묘지 면적이 20평방미터 이상을 넘을 수 없게 만든 것이다. 묘지까지도 미니 시대를 맞이한 셈이다. 그러나 웬만한 묘지는 이런 규제법이 생기든 안 생기든 20평방미터를 넘지 않는다. 결국 현대를 옛날의 왕조 시대쯤으로 착각하고 왕릉처럼 무덤을 써 효도보다 자기 출세의 전시 효과로 이용하는 천박한 신흥 부르주아에게나 해당될 사항이다.

무덤을 크게 쓰는 것은, 현대에 와선 농경 문화가 아니라 상업 문화의 한 특색이라고 하는 편이 옳을는지 모른다. 권세 높고 돈 많으신 분들이 과연 묘지 면적 규제법을 얼마나 지켜줄지 그것도 문제이다.

한 모금의 물맛

청량음료들이 제철을 맞이했다. 인간은 개구리와 좀 닮은 구석이 있어 물을 많이 마신다. 그냥 맹물이 아니라 사이다, 콜라, 주스, 우유, 그리고 온갖 차의 품목들이 다채롭다. 음료수는 공기 다음으로 중요한 것이며, 인체 자체가 수분으로 채워져 있는 물병 같은 존재임은 강조하지 않아도 누구나 다 아는 사실이다.

그렇기 때문에 음료수에 따르는 문제도 여간 복잡한 것이 아니다. 음료수는 눈으로 보아 그것이 정결한 것인지 아닌지를 잘 알수 없고 또 그 맛 역시 보통 미각으로는 속기 쉬운 경우도 많다. '술에 물 탄 듯하다'는 말이 있는 것처럼 우유를 잘 마시는 구미에는 우유에 물을 섞어 파는 불량업자들이 많았던 모양이다. 서양 유머에는 목장 주인이 우유에 물을 타는 고용인을 향해서 이렇게 충고를 하더라는 이야기가 있다.

그 고용인은 물통에 우유를 붓고 있었던 것이다.

"이 사람아, 같은 값이면 우유통에 물을 부으란 말야. 물에 우유를 탔다는 말보다는 우유에다 물을 탔다는 편이 듣기에 좋으니까 말일세."

음료수는 대부분 이런 식으로 제조된 것이 많은 모양이다. 거리에서 파는 보리차나 비닐봉지에 넣은 주스는 사제니까 또 그렇다 하더라도, 어엿한 공장에서 상표까지 달고 나오는 음료수도 부실하게 만든다는 이야기이다. 관계 당국이 조사한 결과에 따르면 서울과 경기 지방에 있는 청량음료와 차류 업소 중 65퍼센트가 엉터리라는 것이다. 업자들을 욕하기 전에 더러운 공기와 더러운 물을 마시고 사는 현대인의 도시생활에 일말의 서글픔이 앞선다.

음료수는 옛날부터 인정과 사랑의 상징 같은 것이었다. 목마른 나그네에게 버들잎을 띄워주는 시골 아낙네의 우물물로부터 시작해, 정성스럽게 달인 한 잔의 보리차라고 해도 거기에는 정결하고 맑은 인간의 마음이 담겨 있었다. 파랗고 노랗고 한 음료수의 천박한 색채부터가 어떤 문명의 병 같은 것을 느끼게 한다. 오염된 공기와 오락의 음료수를 마시며 살아가는 사람들이 어떻게 그 마음인들 청결할 수 있겠는가? 너희들이 마실 물이 없구나.

천고마비의 의미 변화

가을이 되면 누구나 잘 쓰는 수식어가 있다. 이른바 천고마비天高馬肥. 한글 전용 시대가 되어 한자가 폐지된다 하더라도 아마 이 수식어만은 없어지지 않을 것이다. 그러나 천고마비의 원래 뜻은 결코 오늘날처럼 식욕의 가을, 낭만의 그 계절을 표현하는 말이 아니었다. 중국인들은 흉노匈奴(기원전 3~1세기에 장성長城과 몽골 일대에 떨치던 유목민)의 침략을 두려워하고 있었다. 진시황秦始皇이 만리장성을 쌓은 것도 바로 이 흉노의 침입을 막기 위해서였다. 그런데 흉노들은 여름 동안은 말이 실컷 풀을 뜯게 두었다가 그것들이 살이 찌기 시작하는 가을이 되면 대거 중국 대륙으로 침략해 들어왔다.

그러니까 원래 천고마비의 뜻은 '흉노가 쳐들어올 계절'이 왔다는 뜻으로 전란의 불안과 그 경계심을 나타낸 말이었다. 이렇게 말뜻이나 그 수식도 시대 상황에 따라 변하기 마련이다. 흉노가 들끓어 끊임없이 위협이 있었던 시대에는 가을이 찾아온다는 것이 하나의 불안이며 두려움이었다. 그러나 흉노 세력이 사라지고 난 뒤에는 아무리 하늘이 높고 말이 살이 쪄가도 그것을 한탄하는 사람들은 없다. 도리어 반갑고 즐거운 마음으로 천고마비를 맞이했던 것이다.

9월이다. 자고 일어나면 아침마다 한 치씩 하늘은 높아져가는 것 같고, 들판의 가축들은 바람이 불 때마다 한 점씩 살이 더 오르는 것 같다. 우리의 이 천고마비는 어떤 뜻을 지니고 있는가? 불안인가, 즐거움인가? 풍요로운 가을은 늘 우리를 즐겁게 했다. 9월의 들은 오직 축복의 계단이며 하늘은 그 향불처럼 타오르는 푸른 연기였다.

그러나 다시 천고마비의 뜻은 또 한 번 바뀌어 옛날의 본뜻으로 돌아가 기쁨보다 불안이 앞선다. 발가벗고 한뎃잠을 잘 수 있었던 여름에는 웬만한 가난쯤은 참을 수 있다. 그러나 가을바람이 불면 집 걱정, 연탄 걱정, 김장 걱정 같은 생활고가 살찐 말을 타고 침입해온다. 눈에 보이지 않는 저 흉노들이 말 발굽 소리를 울리는 소리가 들려온다.

하늘이 높아지고 날이 차가워지면 흉노를 근심하는 것 같은 한숨이 서리처럼 내린다. 계절의 의미는 따로 있는 것이 아니다. 인간의 의미, 역사의 의미가 이 9월을, 그리고 이 가을을, 천고마비의 그 자연을 결정짓는 것이다. 현대인은 '자연의 계절'이 아니라

'물질의 계절' 속에서 살아간다.

잡과 롤

톰 소여는 담장이에 페인트칠을 하고 있다. 아저씨가 시킨 것이기 때문에 마지못해 귀찮은 일을 하고는 있지만 불평이 아주 대단하다. 그러나 옆에서 구경하고 있던 이웃집 아이는 그것을 부럽게 쳐다보고 있었다. 자기도 그런 일을 한번 해보고 싶다고 생각한 것이다. 그래서 그 아이는 톰 소여에게 자기도 한번 페인트칠을 하게 해달라고 부탁한다.

톰 소여가 일부러 심술을 부리니까 그 아이는 자기가 갖고 있던 사과를 준다. 그래서 톰 소여는 하기 싫은 일을 사과까지 받아먹으면서 이웃집 아이에게 시킨다. 마크 트웨인Mark Twain의 유명한 소설 『톰 소여의 모험The Adventures of Tom Sawyer』 가운데 나오는 한 장면이다. 그런데 뜻밖에도 우리는 이 장면을 보고 아동 심리라기보다 '현대인과 직업' 관계의 중요한 사회 문제의 한 단면을 발견하게 된다.

억지로 떠맡겨진 일은 누구나 귀찮게 여긴다. 일의 즐거움보다는 의무와 책임감밖에 없는 것이다. 그러나 같은 일이라도 자발적인 창의성을 느꼈을 때는 돈을 내고라도 하고 싶어 하는 것이 인간의 심리이다. 톰 소여에게 있어서 담장이의 페인트칠은 '워크work(일)'였지만 이웃집 아이에게 있어서는 '플레이play(놀이)'였다.

그러니까 직업에는 두 종류가 있다. 하나는 단순히 밥벌이를 하기 위한 수단인 잡job이요 또 하나는 자기 표현의 목적으로 생활하는 롤role이다. 옛날에는 천직이란 것이 있어서 일에 대한 보수보다 일 그 자체에서 자기 만족과 창조의 기쁨을 맛볼 수가 있었다. 사과를 주면서까지 재미로 페인트칠을 하는 그 톰 소여의 이웃집 아이처럼…….

하지만 현대 사회에서는 단순히 생계를 위한 수단으로만 생각하는 직업관이 지배적이다. 말하자면 현대인치고 자기 직업에 만족감을 느끼고 있는 사람은 드물다. 대한교련이 조사 발표한 것을 보면 우리나라 초·중 교사들의 80퍼센트가 교직생활에 대한 불만을 나타내고 있다.

그러나 이런 현상은 교직자에게만 국한된 경우라고 생각해서는 안 된다. 대우가 아무리 좋아도 누구나 직업을 생계의 방편으로 생각하고 있는 이상 자기 일에 만족하지는 않을 것이다. 대우 개선도 중요하지만 모든 직업인들이 자기가 하는 일에 창조적인 기쁨을 갖도록 하는 데 문제의 핵심이 있다.

관광의 어제와 오늘

고종 30년에 우리나라가 처음 참가한 박람회의 기행문이 최근에 발견되었다. 자료도 희귀할 뿐 아니라 벌써 반세기 전의 기록이 후손들에 의해 지금까지 고스란히 보존되어왔다는 것도 매우 놀라운 사실이다.

정경원鄭敬源 부사府事의 그 기행문 가운데 특히 흥미 있는 것은 다음과 같은 구절이다.

"박람회장에는 오페라 극장, 희마장戲馬場, 청인희원淸人戲院 등이 많아 각국에서 사람들이 많이 오게 하여 돈을 쓰게 하자는 도둑놈들 수작인지 모르겠다. 시카고 촌 인심이 고약하고 수전노들이어서 호텔 방값이 보통 20달러였다."

이 말을 현대의 관점에서 보면 어떻게 될까? 소위 그 '도둑놈들 수작'이라고 한 것은 관광객 유치로 외화를 벌어들이는 현대 산업 중 하나이다. 시카고의 인심을 향해 눈을 흘겼던 동방예의지국의 이 선비는 손님을 초대해 몸뚱이를 벗겨가는 박람회 광경이 도무지 이치에 맞지 않는 무례로밖에 보이지 않았을 것이다. 그러나 딱하게도 1세기가 지난 오늘날에는 '도둑놈들 수작'이 우리들의 현실이기도 하다는 사실이다. 관광 경쟁의 본질은 어느 나라가 더 '도둑놈 수작'을 잘하느냐에 달려 있다. '어떻게 하면 제 나라를 찾아오는 외국 손님들이 돈을 한 푼이라도 더 많이 쓰고 가도록 하는가?'에 그 승패의 열쇠가 있다.

'엑스포 70'의 일본 박람회만 해도 그렇지 않았던가! 일본 현지의 호텔은 개장 전부터 예약필, 그리고 기한 중에는 모든 상품에 면세제를 실시하고 있었다. 손님들의 호주머니를 털기 위해 사회 전체가 세일즈맨의 미소 작전을 펴고 있는 것이다.

　넥타이를 목댕기라 부르고, 기차를 보고 기가 막히다는 정부사를 과연 미개하다고 웃을 것인가? '엑스포 70'의 남의 집 돈벌이에 우리가 덩달아 흥분하고 일본 상품 쇼핑에 더 손가락을 빨고 앉아 있는 개화된 어리석은 한국인보다는 훨씬 비판력이 높다.

　남의 나라 돈벌이에 맞장구만 치지 말고 자국 문화를 냉정하게 반성하고 있는 1세기 전의 그 선비에게 친근감이 솟는다.

작품 해설

이어령 문학의 문체론

김상태 | 국문학자

1. 서론

글과 말을 함께 잘하는 사람은 드물다. 말을 잘하는 사람에게 글을 부탁하면 대개의 경우 그의 말만큼 재미있는 글을 쓰지 못한다. 반대로 글을 잘 쓰는 사람에게 강연을 부탁하면 그의 글에 값하는 말을 하지 못한다. 물론 필자는 말 잘하는 사람, 글 잘 쓰는 사람이란 뜻을 별 내용도 없이 거침없이 일사천리로 말을 잘 잇는다든지, 아무것이나 빠르게 잘 쓴다는 뜻으로 말하는 것은 아니다. 훌륭한 글과 말을 동시에 잘할 수 있는 능력을 가진 사람을 가리키는 뜻이다. 이어령은 그야말로 이 양쪽의 능력을 동시에 겸비한 희귀한 자질의 사람이다. 대략 25세부터 문필생활을 시작했다고 하더라도 그는 장장 45년간 다양한 장르를 넘나들며 당대에 누구도 필적할 수 없을 만큼 많은 글들을 생산했다. 뿐만 아니라 국내외에 걸쳐 수많은 청중 앞에서, 또 온갖 계층의 청중 앞에서 수백 회의 강연을 한 바 있고, 그때마다 회오리 같은 바람을 불러일으킨 장본인이기도 하다. 청중과 독자의 마음을 사로잡는, 그리고 충격과 감동을 주는 그 비결은 대체 어디에서 오는 것일까? 이 글에서는 그 의문을 풀기 위한 한 방편으로서 그의 문체를 살펴보기로 한 것이다.

필자는 그가 문필생활을 시작한 그 즈음부터 애독자의 한 사람으로서 그의 글을 탐독한 편이다. 30대 이후부터는 이런저런 연유로 하여 비교적 가까운 거리에서 그를 지켜보았다. 재능이 특출한 사람이라고 하더라도 가까이 가서 보면 우리네 범인들과 별반 다르지 않다는 것을 느낄 때가 많다. 그러나 이어령만은 다르다. 그는 범인들과는 다른 특출한 재능을 가진 사람이다. 놀라운 박람강기博覽强記, 사물을 꿰뚫는 통찰력, 누구도 따를 수 없는 상상력에 항상 감탄을 마지않게 만들기 때문이다. 이병주는 이어령을 가리켜 '겹시각의 왕재'라고 표현했다. 범인들이 흔히 보는 시각으로 사물을 보지 않는다는 뜻이다. 사물의 안과 밖, 양지와 그늘, 긍정적인 면과 부정적인 면을 동시에 보고 있음을 말한다. 이 겹시각이 단적으로 나타나는 곳이 은유라고 할 수 있다. 그의 글 도처에 보석 같은 은유가 깔려 있는 것을 본다. 아리스토텔레스는 일찍이 "은유의 사용이야말로 다른 사람에게 '배울 수 없는' 유일한 부분이며, 타고날 때부터 받은 높은 천재의 징표이다."[1]

---

[1] Aristotle, *Poetics*, Chap. 22.

라고 말했다. 그런 관점에서 말한다면 분명히 천재의 재능을 타고난 사람이다. 근래에 와서 그가 기호학에 심취한 이유도 바로 이러한 성향의 결과라고 생각된다. 기호학은 그의 통찰력을 더 정치精緻한 단계로 이끌어주는 이론적 무기이기도 하다.

필자는 그의 지방 강연에 친구들과 함께 동행한 적이 몇 번 있었다. 강연할 내용을 그 전날 담소하는 가운데 우리에게 이야기한다. 강연 내용을 이미 알고 있는 우리들은 당연히 강연장에서는 흥미를 잃을 만하다. 그런데 전혀 그렇지가 않았다는 사실이다. 알고 있는 강연 내용이라고 해도 그가 말하면 또 다른 흥미를 유발시키는 것이다. 이튿날의 강연장에서 우리로 하여금 끝까지 경청하게 하는 그의 말솜씨(?)가 증명한다. 거듭 들어도 질리지 않고 들을 수 있게 하는, 언제나 새로운 흥미를 불러일으키는 그의 재능은 대체 어디에서 연유하는 것일까? 그의 강연은 결코 그 메시지만이 호소력을 갖고 있지 않다는 사실이다. 같은 내용이라고 해도 그것을 어떻게 전달하느냐 하는 것이 중요하다. '무엇what'이 아니라, '어떻게how' 말하고, 어떻게 쓰느냐, 그것이야말로 '스타일style'의 문제인 것이다.

그의 고백에 의하면, 장안의 유명한 관상가가 그에게 말하기를 "당신은 말과 글을 동시에 잘하지만, 그래도 어느 쪽이 더 나으냐고 묻는다면 말이오, '사물을 꿰뚫어보는 예리한 통찰력'이 당신 재능의 핵심에 놓여 있을 것이오."라고 말했다는 것이다. 그것이

단적으로 드러나는 곳이 바로 '상황을 판단하는 센스'라고 할 수 있다. 로만 야콥슨Roman Jakobson이 제시한 '의사소통 행위'의 구성 요소로 말한다면, '문맥context'의 파악이 빠르다는 것이다.[2]

어떤 상황이든지 그는 빠른 순발력으로 판단한다. 그리고 그 판단은 대체로 정확하다. 가령, 그는 강연장에 들어서는 순간에 직감으로 청중이 어떤 상태에 있는지 무엇을 요구하는지 순간적으로 파악한다.[3]

글에 있어서도 마찬가지이다. 상황이 요구하는 것이 무엇인가를 그는 정확하게 알고 있는 것이다. 그래서 필자는 그를 가리켜 '상황 문체의 마술사'라고 부르고 싶은 것이다.

필자는 문체를 형성하는 요인에 대하여 네 가지 개념의 문체를 제시한 바 있다. ① 언어 환경에 의하여 결정되는 문체 ② 주제,

[2] 로만 야콥슨은 커뮤니케이션의 필수 구성 요소를 다음과 같이 제시한다.
CONTEXT
MESSAGE
ADDRESSER-ADDRESSEE CONTACT
CODE
'Linguistics and Poetics', *Essays on the Language of Literature*, Houghton Miffiin Co., 1967, p.299.

[3] 그의 고백에 의하면, 청중이 그를 낭패시킨 일이 몇 번 있었다고 한다. 안동 사람들의 어떤 종친회로서 체육관 같은 곳에서 있었던 모양이다. 이런 곳에서는 청중과 우선 'contact'가 이루어지지 않았으니 그로서도 어쩔 수 없는 상황이다.

장르 혹은 기타 형식에 의하여 결정되는 문체 ③ 수신자나 상황에 의하여 결정되는 문체 ④ 작가의 품성에 의하여 결정되는 문체로 말이다.[4]

이 글에서는 ③의 관점에서 관찰된 문체의 개념으로 보고자 한다. 이런 연구가 축적되면 아마도 ④의 관점에서 보는 개성의 문체까지 확장될 수 있을 것이다.

수신자나 상황에 의한 문체라고 했지만, 수신자와 상황은 물론 구별되어야 한다. 수신자는 발신자의 메시지를 받는 구체적인 대상이고, 상황은 작가가 글을 쓸 때 고려해야 할 형편이다. 따라서 양자 다 그의 문체를 결정해주는 가장 근거리의 요인이 되는 셈이지만, 상황은 보다 넓은 의미의 포괄성을 가지고 있다. 수신자는 상황을 만들어주는 한 요인에 불과할지 모르지만, 가장 직접적인 영향을 미치기 때문에 따로 말한 것뿐이다. 상황은 당장 눈앞에 있는 독자만이 아니라, 이전의 독자들, 더 나아가서 사회 상황, 문화 조류 등 복합적 요인에 의해서 형성된다. 또 상황은 필자와 독자가 그 속에 함께 있으면서 영향을 주고받기 마련이다. 강연에서의 수신자, 즉 청중을 생각해보기로 하자. 청중에 따라 어떤 말투, 어떤 수준으로 말해야 할 것인가를 화자는 결정해야 한다. 강연만큼 현장성을 가지고 있지는 못하지만 글에 있어서도

---

4) 김상태, 『문체의 이론과 해석』, 집문당, 1993, 48-54쪽.

독자는 필자의 문체를 결정하는 데 중요한 요인으로 작용한다.

어떤 필자이든 그가 속해 있는 상황에 영향을 받지 않고 글을 쓰는 필자는 없다. 그러나 작가(시인, 소설가, 극작가 등 창작예술가)는 상황에 촉발을 받아 글을 쓰기는 하지만, 주제나 형식에 더 구애를 받기 때문에 그의 문체를 형성하는 데 상황은 간접적인 요인이 된다. 그러나 평론가의 경우는 다르다. 글의 형식보다는 독자나 상황이 그의 문체를 결정하는 데 더 직접적인 영향을 준다. 상황에 촉발을 받아 글을 쓰는 경우를 우리는 두 가지로 생각할 수 있다. 잘못된 상황을 광정匡正해야겠다는 의지가 담긴 경우와 현존의 상황을 고양·촉진시키기 위해 쓰는 경우가 그것이다. 전자는 비판적인 태도를 견지할 것이고, 후자는 우호적인 태도를 견지할 것이다.

독자 또한 특정한 독자와 일반적인 독자로 나누어서 생각해볼 수 있다. 특정한 독자란 그 글을 읽어줄 구체적인 독자, 즉 고유명을 가지고 있는 어떤 독자를 말한다. 반면에 일반적인 독자는 문인은 물론, 일반 대중의 독자, 독서 가능한 모든 독자를 가리킨다.

필자가 특정한 독자를 지칭하고 글을 쓰는 것처럼 보이지만, 내심으로는 일반 독자를 향해 쓰는 수도 있고, 반대로 일반 독자를 향해 쓰는 것처럼 보이지만 내심 특정한 독자가 읽기를 원해서 쓰는 경우도 있다.

독자나 상황에 의해 결정되는 이어령의 문체를 살펴보려는 것이 이 글의 의도이다. 문체를 형성하는 데 전자는 구체적으로 드러나지만, 후자는 여러 요소들이 복합적으로 작용하기 때문에 다소 모호하다. 양자 다 필자가 그의 문체를 결정하는 데 필수적으로 고려할 요소라는 점에서는 같다. 먼저 상황에 의해 형성된 문체를 살펴본 후에 독자에 따라 형성된 문체를 살펴보기로 하자.

2. 도발의 상황과 탐색의 상황

이어령은 1956년 「현대시의 Umgebung와 Umwelt—시비평방 법 서설」이 『문학예술』지에 추천됨으로써 문단에 정식으로 데뷔한 셈이지만, 그 이전에 이미 소설 「환상곡切想曲」(『예술집단』 1호)과 「마호가니의 계절」(동 2호) 등을 발표한 바 있다. 그러나 그를 유명하게 만든 것은 역시 문단을 들끓게 한 도발적인 평론이다. 등단하기 몇 달 전에 발표된 「우상의 파괴—문학적 혁명기를 위하여」나 「나르시스의 학살—이상의 시와 그 난해성」 등은 기성 문단에 일대 충격을 준 평론이다. 앞의 글은 우리 문단의 대가였던 김동리와 이무영, 그리고 시인 조향이 직접적인 수신자이고, 뒤의 것은 평론가이면서 『현대문학』지의 주간으로서 문인들에게 큰 영향력을 갖고 있었던 조연현 씨를 수신자로 한 글이다. 이후 많은 기존 문인들의 작품이나 글을 비판함으로써 결과적으로 그들과 논쟁을 벌이게 되었는데, 이를 계기로 해서 이어령은 그의 문학적 소신을 뚜렷하게 밝힌 셈이다. 논쟁의 파트너로서는 김동리, 조연현, 염상섭, 이형기, 정태용, 김우종, 서정주, 김수영 등이다. 논쟁이 있을 때마다 문단에 적지 않은 반향을 불러일으켜 그를 단번에 유명하게 만들었다.

그의 글은 문인뿐만 아니라 문학에 관심을 갖고 있는 일반 독자들에게도 광범위하게 읽히고 있었다. 결과적으로 그의 고정 독자의 밭을 일구는 데도 큰 역할을 한 셈이다. 그의 글이 지니고 있는 이 호소력이란 무엇인가? 바로 그의 문체의 힘이다. 애매한 문제도 그의 손이 가면 명쾌해지고, 뜻 없이 흘러가버릴 대상도 그의 눈이 머무르면 새로운 의미가 솟아나고, 아무렇게나 던져둔 문장도 그의 손을 거치면 강한 호소력을 발휘한다.

가) 1950년대—또다시 아이코노클라스트iconoclast의 깃발은 빛나야 했다. 무지몽매한 우상을 섬기기 위하여 그렇듯 고가高價한 우리 세대의 정신을 제물로 바치던 우울한 시대는 지났다.

그리하여 지금은 금가고 낡고 퇴색해버린 우상과 그 권위의 암벽을 향하여 마지막 거룩한 항거의 일시—矢를 쏘아야 할 때다.

고루와 편협을 자랑하는 아나크로니스트들의 가소로운 독백과 관중들의 덧없는 박수 속에서 '자기自己'와 '트릭'마저 상실해버린 마술사의 비극을 조소한다. 눈도 코도 없는 그 공허한 우상의 자태—그것은 우리 사색의 선혈을 흠씬 빨아먹고 교만한 웃음을 웃는 기생충의 모습이다.

—「우상의 파괴」(1956)

나) 끝없이 되풀이하는 그 희극엔 이제 정말 염증을 느꼈다. 웃을 만한 힘도 사실 없다. 그런데도 지금 한국의 문단에는 기상천외의 곡예가 한창이다. 시인, 소설가, 평론가…… 거창한 레테르를 붙인 마리오네트의 군상들이 제목도 없는 희극을 연출하느라고 좌충우돌 야단들이다. 버젓한 남자인 생트 뵈브Sainte-Beuve를 여사女史라고 한 번역가가 있는가 하면 에로 그로를 실존주의라고 생각하는 수상한 평론가도 있다. 거기에 또 간통문학론, 애정비평론, 범실존주의와 같은 신안新案 특허 용어가 등장하고…… 그래서 우습다 못해 눈물겨운 광경이 전개된다. …… 생맥주를 따른 컵에서 거품이 일어나는 것을 보고, 몹시 놀라더라는 것은 어느 토인에 대한 이야기다. ……토인에게 있어서의 생맥주처럼 조연현 씨에게 있어서 전통이란 하나의 '향토성'으로 간단히 간주된다. 조씨의 「민족적 특성과 인류적 보편성」이란 평론은 내용의 혼란과 논리의 모순으로 하여 로제타 스톤의 '금석문金石文'을 해독하기보다 어렵다.

—「토인과 생맥주」(1958)

대체로 이 시기의 글은 참을 수 없는 우리 문단의 상황에 대해 도발되어 쓴 글이다. 미몽에서 깨어나지 못하고 있는(적어도 그로서는 그렇게 생각되는) 문인들에 대해 비판을 가한 글이 대부분이다. 앞의 두 글에서 보는 바와 같이 그는 논지에 들어가기 전에 비유로 시작한다. 우리 문단을 이끌어가고 있는 저명한 몇 분의 문인들은 아나크로니스트(시대착오자)라는 것이다. 그들은 우리 문단의 우상이 되어 있고, 베이컨이 철학을 시작하기 전에 우상 파괴부터 해야 한다고 주장하는 것처럼 미몽에 빠져 있는 그 우상들을 파괴하는 과제가 선결되어야 한다고 주장하고 있다.

뒤의 글은 전통이란 말을 바르게 이해하지 못하고 있는 조연현의 글을 비판하기 위해 토인이 본 생맥주의 비유로 글을 시작하고 있다. 상대의 논리를 굴복시키고 필자 논리의 정당성을 증명하는 글이니 당연히 논증문의 형태를 취하고 있지만, 비유로 시작함으로써 논증문이 흔히 가지기 쉬운 건조한 느낌에서 벗어나고 있다.

그의 문단생활 초기에 해당하는 1956년부터 1960년 후반까지는 상황에 도발되어 쓴 글이 압도적으로 많다. 대표적인 것을 든다면, 「화전민火田民 지대—신세대 문학을 위한 각서」(1957), 「우리 문화의 반성—신화 없는 민족」(1957), 「현대의 신라인들—외국문학에 대한 우리의 자세」(1958), 「주어 없는 비극—이 세대의 어둠을 향하여」(1958), 「작가와 저항—Hop Frog의 암시」(1958), 「푸로메떼의 사슬을 풀라」(1960), 「무엇에 대한 노여움인가?」(1960), 「한국소설의 맹점」(1962), 「부메랑의 언어들」(1963), 「지성의 오솔길」(1964), 「'에비'가 지배하는 문화—한국 문화의 반문화성」(1967) 등이다. 이 시기 글을 대략 두 가지로 나누어볼 수 있다. 수신자가 특정인으로 정해져 있는 경우와 그렇지 않은 경우가 그것이다. 앞서 든 글들이 대체로 전자라면, 수신자가 김우종이 되어 있는 「바람과 구름과의 대화—왜 문학 논쟁이 불가능한가」(1958), 김동리가 수신자인 「영원한 모순—김동리 씨에게 묻는다」, 「못 박힌 기독은 대답 없다」, 「논쟁과 초점」(1959), 김수영이 수신자인 「문학은 권력이나 정치이념의 시녀가 아니다」, 「서랍 속에 든 '불온시'를 분석한다」, 「논리의 이론 검증을 똑똑히 하자」(1968) 등이 후자의 예가 된다. 상황에 의했거나 수신자에 의했거나 도발을 받아 쓴 글은 그 어조가 신랄한 것이 특징이다. 아마 이 시기의 글을 읽은 사람들은 이어령을 문단의 싸움꾼으로 인식할지도 모른다. 문체 자체가 논쟁적이기 때문이다. 어조란 수신자와 전달할 메시지에 대한 필자의 태도라고 할 수 있는데 이 시기의 이어령의 태도는 대상(혹은 상황)과 수신자 양자 다에게 전투적인 자세를 취하고 있다. '저항', '분노' 등 이와 유사한 어휘가 많이 쓰이고 있는 것도 주목할 일이다. 그것은 대상에 대한 그의 태도를 나타내는 것이다. 수신자에게는 서캐스틱sarcastic한 태도 를 취한다.

수신자나 상황에 도발돼 쓰는 글의 형식은 대체로 ① 상황에 대한 비유+비유에 대한 본체의 풀이 결어로 되어 있다. 위의 글에서 본다면, 가)에서는 아이코노클라스트가 비유이고, 나)에서는 마리오네트가 비유이다. 본체는 가)에서는 김동리, 조향, 이무영이고, 나)에서는 조연현 등의 일군의 문인들이다. 대체로 담론

discourse도 논증argument의 형태를 취하고 있을 것은 당연하다. 문제된 상황이나 수신자가 범하고 있는 오류를 논증해내는 것이다. 결어는 여러 가지 형태로 나타난다. 가)에서는 반격이 올 것을 각오하고 있다는 것으로 말을 끝내고 있다. 나)에서는 대상이 되는 수신자를 야유함으로써 끝내고 있다.

이와는 달리 상황에 도발을 받아서 쓴 글이 아니라, 상황을 탐색하기 위하여 쓴 글이 있다. 「시인을 위한 아포리즘」(1957), 「카타르시스 문학론」(1957), 「실존주의 문학의 길」(1958), 「불란서의 앙티로망―새로운 소설 형식의 탐구」(1960), 『흙 속에 저 바람 속에』(1962), 「노래여, 천년의 노래여」, 「사랑과 여인의 풍속도」(1968), 「한국문학의 구조 분석」(1974), 『신한국인』(1986), 「하이꾸 문학의 연구」(1986), 『이것이 여성이다』(1986), 「나를 찾는 술래잡기」(1994) 등을 들 수 있을 것이다.

　　가) 실존주의적 사상은 17세기의 파스칼에게까지 거슬러올라갈 수 있다. 그러나 이러한 사상이 문학적 경향으로 나타나서 하나의 주의를 형성하게 된 것은 20세기로 들어선 후의 일이었다.

　　　　　　　　　　　　　　　　　　　　　―「실존주의 문학의 길」(1958)

　　나) 밤과 낮은 하루를 대표하는 두 개의 얼굴이다. 이들은 서로 반동하면서 교체한다. 어둠에서 밝음으로, 밝음에서 어둠으로……. 그래서 끊임

없는 밤과 낮의 되풀이 속에 긴 시간이 그리고 하나의 역사가 전개된다.

—「앙티로망의 미학」(1960)

다) 한국 사람들은 흰옷을 좋아한다고 했다. 옛날 아주 옛날 부여 때부터 내려오는 풍속이라고 했다. 그래서 심지어 백의민족이란 말까지 생겼던 것이다. 어째서 하고 많은 빛 가운데 흰색을 택하였을까? 또 우리는 정말 흰옷을 좋아했던 것일까?

—「백의시비白衣是非」(1962)

라) 은자隱者의 마을, 그 정신情神의 마을은 인간계에서 가장 멀리 떨어진 곳에 있다. 그 은자의 마을을 찾아가려고 하는 사람이 있다면 그는 지도를 찾아서는 안 될 것이다. 결코 지도 위에 표기되어 있지 않은 자연 속에 그들은 숨어 살고 있다. 다만 인적이 없는 곳, 가장 그윽하고 조용한 곳을 향하여 학과 도화桃流의 안내를 받아야 한다.

—「노래여, 천년의 노래여」(1968)

마) 어쩌다 본 적이 있을 것이다. 낮잠을 자다가 문득 눈을 떴을 때 여름 햇살이 그물처럼 팽팽하게 퍼져내리는 것을. 무수한 나무 이파리들이 번쩍거리는 비늘을 세우고 꿈틀거리다가, 그 햇살의 그물에 걸리는 것을. 아니다. 이파리들만이 아니다. 그런 여름에는 모든 사물들이 물고기떼처럼 헤엄치다가 투명한 그물코에 사로잡힌다. 바람까지도

그런 것이다.

—「햇살의 그물에 걸린 여름 풍경들」(1987)

위의 글들은 어떤 상황이나 수신자에 도발되어 쓴 것이 아니다. 설사 상황이나 수신자에 의해 어느 정도 촉발받은 바가 있다고 하더라도 상황의 규탄이나 광정에 목적이 있는 것이 아니고, 상황의 이해나 그 의미 발굴에 목적이 있다. 이런 글들은 텍스트가 있어 그 텍스트를 다시 검토하는 과정에서 쓰였거나 전문가들의 이론에 입각해서 상황을 점검하고 있는 것이다. 흔히 보고 지나칠 상황을 이어령 자신의 치밀한 분석과 샘솟는 상상력으로 새로운 의미를 발굴해낸 글이다.

가)는 연문체軟文體로 된 논문의 서두를 연상시킨다. 1950년대 후반은 실존주의가 전 세계의 문학계를 휩쓸던 시대인 만큼 한국도 예외는 아니었다. 이 글은 자신이 이해한 실존주의와 문학과의 관계를 밝힌 글이다.

나)는 제목 그대로 프랑스에서 시험되고 있는 앙티로망의 소설 형식을 이해해서 한국 문단에 알리고자 하는 목적에서 쓰인 글이다. 이 소설의 미학을 설명하기 위하여 '교사로서의 예술과 창부로서의 예술'을 비유로 들고 있는데 이는 설명의 담론을 쓰면서도 비유를 통해 이해시키려는 그의 독특한 방식의 한 예다.

다)는 그가 이른바 '한국 문화의 탐구'로 눈을 돌리면서 쓰기 시작한 글 중의 하나이다. 이 글의 서두는 "한국 사람들은 흰옷을 좋아한다고 했다. …… 우리는 정말 흰옷을 좋아했던 것일까?"로 되어 있다. 전제를 던지고 그 전제에 대한 의문을 나타내면서 분석·탐구하는 형식이다. 예의 글은 단락이 그렇게 되어 있지만, 글 전체가 이런 형식으로 되어 있는 글이 많다. 전제는 중립적인 상황이다. 상황에 의문을 나타내고 그리고 그 의문을 요리조리 따져본 뒤에 탐색한 결과를 내어놓는 형식이다.

라)는 텍스트를 분명히 제시하고 있다. 『악장가사樂章歌詞』와 『청구영언青丘永言』이다. 이 글들은 그가 우리의 고전작품을 재해석하면서 쓴 글들이다. 초기의 글들과 비교하면, 같은 필자의 글로 단정하기가 어려울 정도로 낮고 조용한 톤의 글이다. 라)는 그가 『문학사상』의 주간으로 있으면서 그 권두언으로 쓴 산문시적 글(그는 아포리즘이라고 말한다) 중의 하나이다. 글의 형식은 『흙 속에 저 바람 속에』와 유사하지만, 보다 정감적이다. 상황을 의식하기보다 대상에 촉발받아 짧은 글 속에 시적 상상력을 펼쳐 보인 글이다. 상황에서 새로운 의미를 찾아내는 작업이다. 그의 말처럼 모래에서 사금을 찾는 작업과 같다.

3. 엘리트 독자와 대중의 독자

이어령이 술회한 바에 의하면 그가 일본으로 강연 초청을 받아

갔을 때 이런 일이 있었다는 것이다.[5]

　먼저 미쓰비시 회사의 대강당에서 일반 사원(2천 명 정도 추산)을 상대로 강연을 한 후에, 같은 날 동경대학 교수들을 상대로 강연을 하기로 되었다. 미쓰비시의 강연은 대중 강연이다. 그 특유의 재담을 섞어가면서 청중을 완전히 사로잡았던 것 같다. 그러나 동경대학에서는 그런 스타일로 강연을 해서는 안 되겠다고 판단했다는 것이다. 내용도 물론 다른 것이지만(보다 전문적인 것이 되어야 할 것이다), 말하는 방식도 달라져야 한다고 생각했다. 미쓰비시의 강연과 달리 가능한 아카데믹한 자세를 견지하기로 마음먹었다. 일반 대중 앞에서처럼 너무 유창해도 안 될 뿐 아니라, 불필요한 재담은 오히려 거부감을 줄 수도 있다고 생각했다. 진지한 태도를 취하면서 치밀하게 분석하고 결과에 항상 유보를 두면서 신중하게 제시했다. 너무 확신에 차 있으면 오히려 신빙성이 떨어진다는 것을 그는 알기 때문이다. 하이톤의 음성이 아니라, 차분한 음성으로 문제를 차근차근 풀어가는 방식을 취했다. 너무 유창하게 말할 경우 지식인에게는 오히려 불신을 받을 수도 있기 때문에

5) 『축소지향의 일본인』이 일본의 독서계를 강타한 이후 이어령에게 일본 각계에서 강연 요청이 많았다. 이중에는 문화계뿐 아니라, 거대한 기업에서 일반 사원을 상대하여 강연을 해달라는 요청도 적지 않았다. 이 이야기는 그에게 직접 들은 바지만, 필자의 말투로 바꾼 것이다.

고의로 더듬거리기도 했다는 것이다.

이처럼 말을 하든 글을 쓰든 그는 어떤 상황인가, 수신자는 어떤 사람들인가를 철저히 의식했다. 동경대학 총장은 이 양쪽의 강연장에 모두 가서 경청했던 모양이다. 강연이 끝난 다음 회식 자리에서 총장은 식사하는 것조차 잊은 채 그를 뚫어져라 바라보면서 고개를 갸웃거리더라는 것이다. 그 연유를 물었더니 어쩌면 그렇게 당신의 변신(말)은 능란할 수 있느냐고. 미쓰비시에서의 이어령과 동경대학에서의 이어령은 전혀 딴사람이었다고. "당신 나라의 역사는 칼로 싸운 역사였지만, 우리 조선조 5백 년은 말로 싸운 나라 아닌가요."라고 했더니, 그제야 고개를 끄덕이며 "나루호도(과연)." 했다는 것이다. 이처럼 수신자(청중)가 누구인가에 따라 말하는 방식이 달라지는 것이다. 그의 강연이 매번 성공하는 이유도 거기에 있다. 청중을 보고 순간적으로 판단하지만, 그 판단은 정확하다. 글이라고 해서 다를 리 없다. 우리는 그것을 크게 엘리트 혹은 소수 독자에게 말하는 방식과 일반 대중에게 말하는 방식으로 생각해보기로 하자.

이어령만큼 광범위한 독자를 가진 필자도 없을 것이다. 그리고 그 독자들은 일시적으로 모여든 독자들도 아니다. 필자가 기억하기로는 1960년대와 1970년대에 그와 비슷한 장르의 글을 써서 많은 독자를 가졌던 L씨, A씨 등이 있었던 것으로 기억한다. 그러나 그 기간은 길지 못했다. 또 그처럼 다양한 독자층을 형성하지도 못했다. 이어령은 일반 대중의 독자에서부터 이른바 하이브로의 독자에 이르기까지 넓은 범위의 독자층을 가지고 있다. 그 둘 중에 어느 쪽이냐 하면 하이브로 쪽이 더 많다. 그럼에도 불구하고 베스트셀러를 만들고 있다는 것은 절대로 하이브로highbrow층의 독자만으로 될 수 없다는 것을 알아야 한다. 어떤 청중인가에 따라 말하는 방식을 바꾸듯이 그의 글을 누가 읽을 것인가를 의식하지 않을 리 없을 것이다. 물론 독자층을 칼로 도려내듯이 분명하게 구별해낼 수는 없다. 중복성을 가지고 있기 때문이다. 대체로 엘리트층이 좋아하는 글은 대중이 좋아하지 않고, 대중이 좋아하는 글은 엘리트층이 좋아하지 않는 법이다. 고전이 되는 책은 엘리트층의 애호를 오래도록 받는 책이라고 생각해도 좋다. 대중이 좋아하는 책은 일시적일 뿐 아니라, 그 수준이 엘리트 수준에 미치지 못하기 때문이다. 그러나 때로는 대중의 발견이 오히려 고전이 되는 수도 있다. 보들레르Charles Baudelaire의 시가 그런 예에 속할 것이다. 당대의 베스트셀러이기도 하지만, 고전으로 남을 수밖에 없는 책도 있다. 이런 경우는 엘리트층의 독자와 대중의 독자가 동시에 애호한 책이다. 이런 경우 그는 어느 쪽을 의식하고 글을 썼을까?

강연일 경우 중학교 학생을 상대로 말하는 방식과 대학교수를 상대로 말하는 방식은 분명히 다르다. 그러나 저서의 경우는 그렇지 않다. 수신자가 추상적이기 때문이다. 그럼에도 불구하고 엘리트 혹은 소수에게 호소하는 방식과 일반 대중에게 호소하는 방식을 조심스럽게 구분해보고자 한다. 여기에서 필자는 표면의 독자와 이면의 독자 개념을 생각해본다. 주主 독자와 종從 독자 개념이라고 해도 좋을 것이다. 물론 양서는 대체로 이 양자가 동전의 안팎처럼 구별할 수 없을 정도로 공존한다. 즉 엘리트를 향해 말하고 있는 듯이 보이지만, 사실은 일반 대중을 향하여 말하는 경우도 있고, 그 반대도 있다. 그러나 필자가 수신자로 의식하고 있는 쪽이 어느 쪽인가를 짚어보면서 그 문체의 차이를 관찰해보자.

A그룹

가) 한국인의 유흥은 곧 노래를 부르는 것이다. 술집이고 잔칫집이고 어디에든 사람들이 모여서 논다 싶으면 으레 노랫소리가 흘러나온다. 겉으로 보기엔 조금도 이상할 것이 없다. 그러나 자세히 관찰하면 한국이 아니고서는 도저히 찾아보기 힘든 진경이다.

노래라고 하는 것은 직업 가수가 아닌 이상 즉흥적으로 부르게 마련이다. 더구나 여러 사람이 모여 놀 때 흥에 겨우면 절로 합창이 터져나오는 것이 보통이다.

그런 면에서 인간은 개구리와 닮은 데가 있는 것이다. 그런데 우리의 경우에는 그렇지를 못하다. 이상스럽게도 노래를 권유한다.

　　　　　　　　　　　　—「누구의 노래냐」(『흙 속에 저 바람 속에』, 1962)

나) 남자가 흘리는 눈물은 아무리 점수를 후하게 주어도 그것을 진주나 다이아몬드의 물이라고 표현할 수 없을 것이다. 남성의 눈물은 아름다움이 아니라 그 얼굴을 추악하게 만든다. 하지만 여자에게 있어서 눈물은 훌륭한 장신구의 구실을 한다. 목은 목걸이의 보석으로, 손은 반지의 보석으로, 귀는 귀고리의 보석으로 장식한다. 눈물은 목걸이나 반지나 귀고리처럼 눈을 장식해주는 천연의 보석인 것이다.

— 「땀과 눈물」(『이것이 여성이다』, 1986)

다) 나는 기업 문화에 대하여 강연을 할 때마다 우리의 옛날이야기 하나를 소개하곤 합니다. 관운장처럼 긴 수염을 기른 할아버지를 보고 어린아이 하나가 이렇게 물었다는 거지요. "할아버지는 수염이 그렇게 기신데 주무실 때는 그것을 이불 속에 넣고 주무세요, 빼놓고 주무세요?" 할아버지가 막상 대답하려고 하니까 그동안 어떻게 잤었는지 영 생각이 나지 않는 겁니다. 그래서 할 수 없이 오늘 밤 자 보고 내일 가르쳐주마고 약속을 합니다.

— 「기업이란 무엇인가」(『그래도 바람개비는 돈다』, 1992)

B그룹

라) 가령 중세기의 시대적 환경을 E라 하고 그 시대의 인성을 P라 한다면 르네상스를 일으킨 인간 행위는 R이라 할 수 있다. 만약 인간이 객관적 환경에만 지배된다면 E와 R만이 함수관계에 있을 것이므로 르

네상스의 저항 운동(人間의 自由)이 야기되지 않을지도 모르고, 반대로 인간의 행위가 인간의 감정적 주체적 소인에만 의한 것이라면 오늘날과 같은 메커니즘의 환경이 생겨날 리 없을 것이다. 그 암흑기에서 벗어나려던 행동은 어디까지나 환경의 압력과 그 환경의 압력을 감수하는 주체자, 즉 단순한 기계적 반응이 아니라 다른 무엇을 희망하려는 인간의 자유(중세기의 E와 P의 두 조건) 밑에 이룩된 것이라 할 수 있다.

—「비평의 기준」(1957)

마) 크리스마스카드 대신 이 편지를 씁니다. 빨간 색종이를 오려 붙인 것 같은 신비한 겨울 꽃 포인세티아가, 실은 꽃이 아니라 이파리라는 사실을 알고 난 뒤부터, 크리스마스카드에 대한 환상이 깨져버렸기 때문인지 모릅니다.

당신도 나와 똑같은 경험을 했을 것입니다. 크리스마스를 지낼 때마다 그에 대한 환멸도 하나씩 늘어갑니다. 환상의 꺼풀이 한 겹씩 벗겨져 나가는 것입니다. 이 세상에는 빨간 망토에 방울 달린 모자를 쓴 산타클로스가 존재하지 않는다는 것을 알고 난 뒤부터 우리들은 조금씩 어른이 되어갔기 때문입니다.

—「사랑과 고통의 의미」(『떠도는 자의 우편번호』,1986)

바) 5월이었을 것이다. 감꽃이 뚝뚝 떨어지고 있었으니까. 바깥뜰에서 나는 감꽃을 주워서 목걸이를 만들고 있었다. 노랗고 파란, 그리고

말랑말랑한 그 감꽃을 하나하나 실에 꿸 때의 촉감. 그것이 바로 5월이었다.

"야, 그것 멋진 목걸이구나."

나는 흠칫 놀라서 뒤를 돌아다보았다. 검은 테 안경을 쓴 약장수가 북을 툇마루에 내려놓으면서 그렇게 말했던 것이다.

—「악기와 사상가」(『하나의 나뭇잎이 흔들릴 때』, 1987)

얼핏 보기에는 A그룹과 B그룹이 별로 차이가 없는 듯이 보인다. 그러나 자세히 관찰해보면, 수신자가 다른 것이다. A는 일반 대중에게, B는 그에게 귀를 기울일 만한 소수에게 말하고 있는 것이다.

가)는 한국인의 특질을 이야기하면서 노래를 권유하는 한국인들의 습성을 말한 것이다. 나)는 남성과 여성의 차이에 대하여 이야기하고 있다. 다)는 기업인들을 모아놓고 강연한 내용을 글로 쓴 것이다. 경어체를 쓴 것은 거의 강연체 그대로라는 뜻이다. 가)와 나)보다 쉽게 풀어서 이야기하는 것을 볼 수 있다. 내용도 일반인 누구나 공감할 수 있는 그런 것이다. 대체로 비유나 예화로 시작해서 그것을 설명하는 것으로 강연은 전개된다.

B그룹은 분명히 일반 독자를 대상으로 해서 하는 말이 아니다. 그 방면의 소수의 독자, 그 방면에 관심을 두고 있는 사람을 수신자로 상정해서 말하고 있는 것이다.

라)는 비평의 기준이 무엇인가에 대해서 말하고 있다. 일반 대중이 읽기에는 난해하기도 하거니와 별로 흥미를 느끼지도 못할 것이다. 한국의 비평문학이 제대로 확립되지 못한 시기에 비평가들의 무원칙한 비평을 비판하면서 가능한 객관적인 기준을 마련해보려는 의도에 의해 쓰인 글이다. 설명을 기호로 나타낸 곳이 많은데 가능한 주관적 판단을 배제해서 과학처럼 객관성을 확보하려는 의도로 보여진다. 건조한 문체도 문체려니와 일반 독자가 읽기에는 난삽하고 재미가 없다.

마)는 문면에 나와 있는 것처럼 어떤 독자에게 쓰는 편지 형식의 글이다. 표면으로는 단 한 사람의 독자를 향하여 쓰고 있지만, 많은 대중의 독자를 의식하고 있음이 분명하다.

바)는 이어령의 '자전적 인생론'이라는 부제로 출판한 책의 한 대목이다. 소설과 수필의 중간쯤에 해당하는 글이다. 분명히 일반 대중이 아니라 특정한 독자를 의식하고 쓴 글이다. 성장하면서 자기 주변에서 보고 느낀 대상을 섬세한 감각으로 펼쳐 보이고 있다. 일상에서 흔히 지나쳐버릴 작은 사건을 의미 있는 인생의 한 경험으로 받아들이면서 음미하고 있다. 이와 같은 미세한 움직임, 즉 '하나의 나뭇잎이 흔들릴 때' 생기는 인생의 의미는 소수의 예민한 감각을 지닌 사람만이 공감할 것이다.

이 두 다른 그룹을 향한 문체는 수신자의 취향과 지적 수준을 의식하면서 거기에 따라 이루어진 것이다. 그러나 주목할 것은 수신자를 언제나 이중으로 보고 있다는 것이다. 소수가 전면에 나와 있으면 그 뒤에는 대중이, 대중이 전면에 나와 있으면 그 뒤에서 지켜보고 있는 엘리트를 동시에 보고 있다는 사실이다. 그의 글이 언제나 대중과 엘리트로부터 동시에 환영받고 있는 비결은 이어령이 은유를 생산하는 이치와 같다. 그 뒤에는 높고 치밀한 전략이 숨어 있는 것이다.

A그룹에 속하는 글은 대체로 서사적narrative, 논증적argumentative인 담론discourse을 쓰고 있는 반면에, B그룹의 글은 묘사적descriptive, 설명적expositive인 담론을 쓰고 있다. 서사가 묘사와 다른 점은 전자가 사물의 시간적 나열임에 비해 묘사는 공간적인 나열이라는 점이다. 즉 전자는 시간이 담론의 핵심을 이루는 데 비해 후자는 공간이 그것을 대신하고 있다. 논증이 상대의 의도를 돌려 자기의 의도에 따르도록 하는 담론이라면, 설명은 독자의 이해를 돕는 데 목적이 있다. 『흙 속에 저 바람 속에』, 『이것이 여성이다』, 『그래도 바람개비는 돈다』, 『신한국인』 등이 주로 전자의 담론에 의거했다면, 『떠도는 자의 우편번호』, 『하나의 나뭇잎이 흔들릴 때』 그리고 『문학사상』의 권두언으로 연재했던 단편 글은 후자의 담론이 우세한 글이다.

4. 여성 독자와 남성 독자

반드시 그 내용만에 의해서가 아니라, 그 문체에 의해서 남성이 좋아하는 필자와 여성이 좋아하는 필자가 다를 수 있다. 그러나 이 점에 대해서는 아직도 조사된 바가 별로 없는 듯하다. 이어령의 독자층에 남성이 많을까, 여성이 많을까 생각해보는 것은 흥미 있는 일이다. 조사를 못 해보았으니 알 수 없으나, 엇비슷하지 않았을까 생각한다. 1960년대와 1970년대는 10대 소녀들에 의하여 흔히 베스트셀러가 좌우되었다고 해도 과언이 아니다. 베스트셀러를 만든 다른 작가와는 달리 이어령은 20대의 젊은 남녀 대학생이나 갓 사회생활을 시작한 직장인에게 인기가 있었다. 당시의 30대 이상은 사실상 특별한 경우를 제외하고는 독서 인구에서 제외해도 상관이 없을 것이다. 이런 점을 감안한다면 이어령의 것은 엘리트층에 의하여 만들어진 베스트셀러라고 할 수 있다. 그럼에도 불구하고 그 엘리트 뒤에 대중 독자가 없었다면 베스트셀러가 이루어질 수 없었을 것이다.

이제 그가 글을 쓸 때 구체적으로 수신자가 남성인가 여성인가를 생각해보고자 한다. 대체로 수신자가 유표화marked되지 않으면 남녀 성을 초월한 중성적 독자라고 할 수 있다. 그러나 예민한 필자라면 주된 수신자가 어느 쪽인가를 상정하지 않을 리가 없다. 1950~1960년대에 있어서 베스트셀러들은 주 수신자가 여성으로, 종 수신자가 남성으로 되어 있는 경우가 많았다. 이와는 달리 이어령은 분명히 주된 수신자를 남성으로 의식하고 문필생활을 시작하고 있음을 본다. 전투적이며 논쟁적인 문체가 압도하고 있음이 그것을 증명한다. 명쾌하면서도 신랄하고, 분석적이면서도 통렬한 그의 문체에 박수를 보낸 사람들은 대체로 남자 대학생들이었을 것이다. 그럼에도 불구하고 종의 수신자가 되어 있는 많은 여성 독자를 절대로 무시할 수가 없다. 『흙 속에 저 바람 속에』에 오면 그 주종의 우위를 구별하기가 어렵게 되어 있다. 이어령에게 있어서 특별히 여성 수신자를 상정해본 것은 다음과 같은 이유에서이다. 30대 초반부터 그는 거의 40년간 여자대학에 봉직하고 있었고, 또 그는 이화여자대학에 봉직하면서 입학생, 재학생에게 대규모 강의를 누구보다 많이 했다.

페미니즘의 이론을 누구보다 일찍이 수용하여 그의 실천 비평에 적용하고 있다는 점이다. 또 하나의 다른 이유를 더 든다면, 수신자의 반응을 민감하게 받아들이는 그의 예민성을 치지도외置之度外할 수 없다는 것이다. 여성들은 대체로 남성들보다 필자의 언술을 민감하게 받아들인다.

그 표현도 즉각적이다. 여성 청중과 남성 청중을 생각해보면 그것은 자명해진다. '어머'라든지, '아휴'라는 감탄사를 남성보다 자주 발하는 것이 여성 청중이다. 요컨대 여성 수신자가 더 민감하게 반응한다는 뜻이다. 청중 앞에 말한 횟수(강연과 수업을 가리지 않는다면)로 따진다면 단연 남성보다 여성 쪽이 많을 것이다. 그뿐 아니라 반응이 느린 수신자(독자)보다 반응이 빠른 수신자에 더 신경이 가는 것은 발신자의 공통된 성향일 것이다. 이런 점을 감안할 때 수신자와 상황의 적응에 누구보다 민감한 이어령이 무심하게 지나쳤을 것이라고는 생각되지 않는다.

가) 여성들이 남성들보다 더 많은 관심을 갖고 있다는 사실은 곧 호두 속보다 호두 껍데기에 더 집념하고 있는 그 성격의 한 단면을 상징하고 있는 것이라 해도 빰 맞을 소리는 아니다. 아니 그렇다 해서 여성을 비난할 처지도 못 된다. 본질보다 외형을 더 소중히 생각하는 인간 소외의 시대, 그것이 지금 우리가 표류하고 있는 현대 문명의 조류가 아닌가? 정치도 문화도 속보다 의상에 집착하는 여성화 속에서 한 대목을 단단히 누리고 있는 셈이다.

—『이것이 여성이다』(1986)

나) 그것은 어두운 그늘 속에서 퇴색하고 있는 물건은…… 그것은 무엇이었을까? 먼지처럼 묻어 있는 매캐한 그 냄새는…… 그리고 무엇이었을까? 낡은 사진첩에서 먼 옛날 죽어버린 사람들의 얼굴을 찾아냈을 때 같은 그 서글픈 놀라움은…… 아! 그것은 무엇이었을까? 수챗구멍과 같이 역겹고, 폐가처럼 적적하고 시효 넘은 증서와도 같고, 해진 모닝코트 자락에서 떨어진 나프탈렌 같고, 추녀 밑에서 녹슬어가는 풍경 같고, 삭아서 끊어진 구두끈 같고, 입김이 새어버리는 낡은 호루라기 소리 같은 그것은 대체 무엇이었을까? 사라져버리는 사물에의 감각은, 폐품의 퇴적 같은 생활은, 그 애수는 어디에서 오는 것인가?

—「잃어버린 물건들」(『하나의 나뭇잎이 흔들릴 때』, 1987)

다) '노の'의 중복으로 공간을 수축해가는 시적 이미지가 실용적 기물에 나타나게 되면 일본인의 이레코[入籠] 문화가 된다. 여기 상자가 하나 있다 하자. 그것을 '노'로 연결해보면 '상자의 상자의 상자의……'가 될 것이다. 그것은 상자 속에 상자가 있고 그 안에 또 그보다 작은 상자가 들어가는 이레코 상자의 형식이다. 수십 개의 상자라도 점점 작게 만들어 순서대로 하나하나 넣어가면 '상자 하나'에 모두 들어갈 수 있다. 일본에는 대소大小의 순서대로 집어넣을 수 있게 만든 이레코 솥[入籠鍋]도 있고 보통 일곱 개가 한 세트로 된 이레코 화분[入籠鉢]도 있다.

—『축소지향의 일본인』(1982)

라) 우리나라는 편리하게도 개인 속도를 한눈으로 측량할 수 있는 기회가 많은데 그중 하나가 애국가가 울릴 때이다. 길거리 같으면 오후 5시 국기 하강식이 있을 때, 극장 같은 곳이라면 영화가 상영되기 직전 장엄한 애국가가 울려퍼지는 바로 그 순간인 것이다. 사람들은 하던 일을 멈추고 일제히 서서 애국가가 끝날 때까지 기다린다. 기다리기보다, 정직한 표현으로 하자면 참고 서 있는 경우가 많은 것 같다. 그런데 국기에 대한 존경심이든 마지못한 참을성이든 간에 그것은 애국가의 한 소절을 다 채우지 못하고 무너져나간다.

대개는 '길이 보전하세'의 '길이'에서 움직이고(조급지수가 제일 높은 사람이

다) 다음에는 '보전'의 대목, 그리고 가장 굼뜬 사람이라 해도 '하세'에 이르러서는 이미 다른 행동으로 옮겨져 있다. <u>권총을 빼어 결투를 하는 황야의 총잡이도 아닌데 초 단위 이하로 움직이는 것이다. 그래서 '길이 보전하세'라는 우리 애국가의 끝 소절은 무안을 당하듯이 늘 길이 보전하지 못한 것이다.</u>

—「누가 더 빠른가?」(『신한국인』, 1986)

위의 예문에서 보면 가)와 나)는 수신자가 여성이 앞에 나와 있고, 남성이 그 뒤에 서 있는 것으로 생각된다. 다)와 라)는 그 반대로 되어 있다. 가)는 책의 제목이 『이것이 여성이다』라고 여성을 소재로 해서 쓴 글만 모은 것이다. 여성의 행태를 야유하는 듯한 목소리가 있을 때는 수신자가 오히려 남성이 아닌가 하는 느낌도 없지 않지만, 머리말에서 필자가 밝힌 것과 같이 여성을 수신자로 쓴 글이다.[6]

그의 술회처럼 '여성들을 욕한 것도 아니며, 추어올린 것도 아니'고, '현대 문명의 한 성격을 진단한 글'이라고 생각되지만, 여성의 비위를 거스르지 않겠다는 배려가 깔려 있는 것은 부인할

[6] "당신에게 이 책을 드립니다. 당신은 이 글을 읽을 때, 혹은 노여워하기도 하고 혹은 흰눈으로 흘겨보기도 하고 혹은 예쁜 입술을 뽀로통하니 내밀고 욕을 할지도 모릅니다."
「이 한 권의 책이 씌어진 이유」, 『이것이 여성이다』, 1986.)

수 없다. 여성의 약점을 꼬집다가도 종당에는 그 약점을 장점으로 반전시키는 글이 많다. 밑줄 친 부분은 여성 독자를 의식한 단적인 표현의 하나라고 생각된다. 나)는 마루 밑에서 발견된 낡은 외짝 장화를 보고 느낀 대목이다. 이 느낌은 야콥슨이 말한 "시적 기능은 등가의 원칙을 선택의 축에서 결합의 축에 투사하는 것(The poetic function projects the principle of equivalence from the axis of selection into the axis of combination)"[7]이라는 예가 충실히 이행되어 있는 담론이다. 이와 비슷한 글을 그는 아포리즘이라는 제하에 많이 썼다. 시라고는 말할 수 없지만,[8] 대체로 야콥슨이 말하는 시적 기능을 가진 글들이다. 시적 기능을 가진 글들이 반드시 여성을 수신자로 상정한 것이라고는 말할 수 없지만, 산문이 남성에 가까운 것이라면 시는 여성에 가까운 것이다. 왜냐하면 시는 이성보다는 감성의 촉발을 받아 씌어진 것이 많기 때문이다. 언어의 섬세성에 있어서도 그것은 여성성이 강하다.

이에 비해 다)와 라)는 그 반대편에 서 있다. 다)는 한국이 아니라, 일본에서 히트한 저서이다. 다른 어떤 저서보다 많은 증거가

---

7) Roman Jakobson, op cit., P.303.
8) 『하나의 나뭇잎이 흔들릴 때』의 「후기」에서 그는 이렇게 말하고 있다. "'시는 내가 정말 사랑하는 것이기 때문에 아직도 수줍어 이렇게 고개를 숙이고 있을 뿐이지요.' 그러므로 나는 내놓고 시를 쓰지는 않았지만 그리운 사람의 이름을 낙서로 쓰듯 이러한 양식으로 써 모았던 것이다."

제시되어 있다. 그때까지 그의 저서의 문체에서 감성이 압도하고 있다는 느낌이지만, 이 저서야말로 가능한 감정을 배제시키고 이성에 입각한 추론을 전개한다. 가능한 함축적connotative 어휘를 삼가고 표시적denotative 어휘를 쓰고 있다. 종래에 흔히 보이던 정감적 어조를 삼가고, 냉정한 자세를 견지한다. 그의 메시지에 신빙성을 얻기 위함일 것이다. 그러나 이 저서가 통렬한 풍자satire에서 출발하고 있어서 그 전체적인 콘텍스트가 이 풍자의 영향을 받고 있음을 볼 수 있다.[9)]

풍자는 수신자가 여성이라기보다 남성을 향해서 발하는 경우가 많다. 라)는 산업 사회에 본격적으로 진입하고 난 뒤의 한국인의 변한 모습을 서술한 글이다. 추론을 이성과 논리에 입각해서 전개하고 있는 것은 같으나, 해학을 곁들이고 있는 것이 다)와 다르다. 밑줄 친 대목을 읽으면서 우리는 실소를 하지 않을 수 없다. 다)와 라)는 대상을 감성보다는 이성으로, 어사를 시적 혹은 아포리스틱하게 운용하기보다 산문적, 논증적으로 운용하고 있다.

---

9) 이 저서를 쓰는 동기에서 그는 이렇게 말하고 있다. "한 나라의 피와 문화는 요술 지팡이로 하룻밤에 만들어진 성곽城郭이 아니다. 일본인이라고 그것을 모를 리 없을 것이다. 그런데도 일본인들이 자기 문화에 가장 오랜 세월을 두고 영향을 끼쳐온 중국이나 한국을 통해 자기 특성을 조명해보려고 한 예는 극히 드물다."

5. 결어

이어령의 메시지만이 아닌, '청중과 독자의 마음을 사로잡는 그 비결'의 일단을 해명해보겠다는 것이 필자의 출발이었다. 그러나 이 글을 끝맺는 자리에 와서 보니 그것은 어림없는 생각이었다. 그가 쓴 글의 문체를 '상황과 수신자'에 의하여 분류해보는 것으로 끝을 내고 말았다. 앞서 필자는 이어령을 가리켜 '상황 문체의 마술사'라고 했지만, 그는 언제나 상황에 민감하게 반응하면서 글을 썼고, 그때마다 적절한 문체를 채용하였다. 따라서 그것을 규명하는 일은 이어령의 문체를 밝히는 데 필수적인 작업이라는 확신에는 변함이 없다. 다만 그 저작의 분량이 엄청나고 매번 새로운 시도를 하고 있어서 짧은 기간 내에 그의 개성적 문제를 밝히는 일은 지난한 일이라고 생각된다. 이 글은 그의 문체를 밝히는 데 있어서 길을 가리키는 하나의 막대 구실을 했으면 하는 바람으로 쓴 글이다.

김상태

서울대학교 국문학과를 졸업하고, 동대학원에서 문학박사 학위를 받았다. 한양대학교 교수와 이화여자대학교 국문학과 교수를 역임했다. 주요 저서로는 『문체의 이론과 해석』, 『언어와 문학세계』, 『한국현대문학론』 등이 있다.

이어령 작품 연보

문단 : 등단 이전 활동

「이상론-순수의식의 뇌성(牢城)과 그 파벽(破壁)」	서울대 《문리대 학보》 3권, 2호	1955.9.
「우상의 파괴」	《한국일보》	1956.5.6.

데뷔작

「현대시의 UMGEBUNG(環圍)와 UMWELT(環界) -시비평방법론서설」	《문학예술》 10월호	1956.10.
「비유법논고」	《문학예술》 11,12월호	1956.11.

* 백철 추천을 받아 평론가로 등단

논문

평론·논문

1.	「이상론-순수의식의 뇌성(牢城)과 그 파벽(破壁)」	서울대 《문리대 학보》 3권, 2호	1955.9.
2.	「현대시의 UMGEBUNG와 UMWELT-시비평방 법론서설」	《문학예술》 10월호	1956
3.	「비유법논고」	《문학예술》 11,12월호	1956
4.	「카타르시스문학론」	《문학예술》 8~12월호	1957
5.	「소설의 아펠레이션 연구」	《문학예술》 8~12월호	1957

학위논문

단평

국내신문

15. 「이상의 소설과 기교 – 실화와 날개를 중심으로」　《문예》　1959.10.

16. 「박탈된 인간의 휴일 – 제8요일을 읽고」　《새벽》 35호　1959.11.

17. 「잠자는 거인 – 뉴 제네레이션의 위치」　《새벽》 36호　1959.12.

18. 「20세기의 인간상」　《새벽》　1960.2.

19. 「푸로메떼 사슬을 풀라」　《새벽》　1960.4.

20. 「식물적 인간상 – 『카인의 후예』, 황순원 론」　《사상계》　1960.4.

21. 「사회참가의 문학 – 그 원시적인 문제」　《새벽》　1960.5.

22. 「무엇에 대한 노여움인가?」　《새벽》　1960.6.

23. 「우리 문학의 지점」　《새벽》　1960.9.

24. 「유배지의 시인 – 쌩쫑·페르스의 시와 생애」　《자유문학》　1960.12.

25. 「소설산고」　《현대문학》　1961.2.~4.

26. 「현대소설의 반성과 모색 – 60년대를 기점으로」　《사상계》　1961.3.

27. 「소설과 '아펠레이션'의 문제」　《사상계》　1961.11.

28. 「현대한국문학과 인간의 문제」　《시사》　1961.12.

29. 「한국적 휴머니즘의 발굴 – 유교정신에서 추출해본　《신사조》　1962.11.
휴머니즘」

30. 「한국소설의 맹점 – 리얼리티 외, 문제를 중심으로」　《사상계》　1962.12.

31. 「오해와 모순의 여울목 – 그 역사와 특성」　《사상계》　1963.3.

32. 「사시안의 비평 – 어느 독자에게」　《현대문학》　1963.7.

33. 「부메랑의 언어들 – 어느 독자에게 제2신」　《현대문학》　1963.9.

34. 「문학과 역사적 사건 – 4·19를 예로」　《한국문학》 1호　1966.3.

35. 「현대소설의 구조」　《문학》 1,3,4호　1966.7., 9., 11.

36. 「비판적 『삼국유사』」　《월간세대》　1967.3~5.

37. 「현대문학과 인간소외 – 현대부조리와 인간소외」　《사상계》　1968.1.

38. 「서랍 속에 든 '不穩詩'를 분석한다 – '지식인의 사　《사상계》　1968.3.
회참여'를 읽고」

39. 「사물을 보는 눈」　《사상계》　1973.4.

40. 「한국문학의 구조분석 – 反이솝주의 선언」　《문학사상》　1974.1.

41. 「한국문학의 구조분석 – '바다'와 '소년'의 의미분석」　《문학사상》　1974.2.

42. 「한국문학의 구조분석 – 춘원 초기단편소설의 분석」　《문학사상》　1974.3.

43. 「이상문학의 출발점」	《문학사상》	1975.9.
44. 「분단기의 문학」	《정경문화》	1979.6.
45. 「미와 자유와 희망의 시인-일리리스의 문학세계」	《충청문장》 32호	1979.10.
46. 「말 속의 한국문화」	《삶과꿈》 연재	1994.9~1995.6.

외 다수

외국잡지

| 1. 「亞細亞人の共生」 | 《Forsight》新潮社 | 1992.10. |

외 다수

대담

1. 「일본인론-대담:金容雲」	《경향신문》	1982.8.19.~26.
2. 「가부도 논쟁도 없는 무관심 속의 '방황'-대담:金環東」	《조선일보》	1983.10.1.
3. 「해방 40년, 한국여성의 삶-"지금이 한국여성사의 터닝포인트"-특집대담:정용석」	《여성동아》	1985.8.
4. 「21세기 아시아의 문화-신년석학대담:梅原猛」	《문학사상》 1월호, MBC TV 1일 방영	1996.1.

외 다수

세미나 주제발표

1. 「神奈川 사이언스파크 국제심포지움」	KSP 주최(일본)	1994.2.13.
2. 「新潟 아시아 문화제」	新潟縣 주최(일본)	1994.7.10.
3. 「순수문학과 참여문학」(한국문학인대회)	한국일보사 주최	1994.5.24.
4. 「카오스 이론과 한국 정보문화」(한·중·일 아시아 포럼)	한백연구소 주최	1995.1.29.
5. 「멀티미디어 시대의 출판」	출판협회	1995.6.28.
6. 「21세기의 메디아론」	중앙일보사 주최	1995.7.7.
7. 「도자기와 총의 문화」(한일문화공동심포지움)	한국관광공사 주최(후쿠오카)	1995.7.9.

8. 「역사의 대전환」(한일국제심포지움)	중앙일보 역사연구소	1995.8.10.
9. 「한일의 미래」	동아일보, 아사히신문 공동주최	1995.9.10.
10. 「춘향전'과 '忠臣藏'의 비교연구」(한일국제심포지엄)	한림대·일본문화연구소 주최	1995.10.
외 다수		

기조강연

1. 「로스엔젤러스 한미박물관 건립」	(L.A.)	1995.1.28.
2. 「하와이 50년 한국문화」	우먼스클럽 주최(하와이)	1995.7.5.
외 다수		

저서(단행본)

평론·논문

1. 『저항의 문학』	경지사	1959
2. 『지성의 오솔길』	동양출판사	1960
3. 『전후문학의 새 물결』	신구문화사	1962
4. 『통금시대의 문학』	삼중당	1966
* 『축소지향의 일본인』	갑인출판사	1982
* '縮み志向の日本人'의 한국어판		
5. 『縮み志向の日本人』(원문: 일어판)	学生社	1982
6. 『俳句で日本を讀む』(원문: 일어판)	PHP	1983
7. 『고전을 읽는 법』	갑인출판사	1985
8. 『세계문학에의 길』	갑인출판사	1985
9. 『신화속의 한국인』	갑인출판사	1985
10. 『지성채집』	나남	1986
11. 『장미밭의 전쟁』	기린원	1986

에세이

| 『다시 한번 날게 하소서』 | 성안당 | 2022 |
| 『눈물 한 방울』 | 김영사 | 2022 |

칼럼집

| 1. 『차 한 잔의 사상』 | 삼중당 | 1967 |
| 2. 『오늘보다 긴 이야기』 | 기린원 | 1986 |

편저

1. 『한국작가전기연구』	동화출판공사	1975
2. 『이상 소설 전작집 1,2』	갑인출판사	1977
3. 『이상 수필 전작집』	갑인출판사	1977
4. 『이상 시 전작집』	갑인출판사	1978
5. 『현대세계수필문학 63선』	문학사상사	1978
6. 『이어령 대표 에세이집 상,하』	고려원	1980
7. 『문장백과대사전』	금성출판사	1988
8. 『뉴에이스 문장사전』	금성출판사	1988
9. 『한국문학연구사전』	우석	1990
10. 『에센스 한국단편문학』	한양출판	1993
11. 『한국 단편 문학 1 - 9』	모음사	1993
12. 『한국의 명문』	월간조선	2001
13. 『뜻으로 읽는 한국어 사전』	문학사상사	2002
14. 『매화』	생각의나무	2003
15. 『사군자와 세한삼우』	종이나라(전5권)	2006

    1. 매화

    2. 난초

    3. 국화

    4. 대나무

    5. 소나무

| 16. 『십이지신 호랑이』 | 생각의나무 | 2009 |

희곡

대담집&강연집

교과서&어린이책

번역서

『흙 속에 저 바람 속에』의 외국어판

1.	* 『In This Earth and In That Wind』 (David I. Steinberg 역) 영어판	RAS-KB	1967
2.	* 『斯土斯風』(陳寧寧 역) 대만판	源成文化圖書供應社	1976
3.	* 『恨の文化論』(裵康煥 역) 일본어판	学生社	1978
4.	* 『韓國人的心』 중국어판	山倈人民出版社	2007
5.	* 『В ТЕХ КРАЯХ НА ТЕХ ВЕТРАХ』 (이리나 카사트키나, 정인순 역) 러시아어판	나탈리스출판사	2011

『縮み志向の日本人』의 외국어판

6.	* 『Smaller is Better』(Robert N. Huey 역) 영어판	Kodansha	1984
7.	* 『Miniaturisation et Productivité Japonaise』 불어판	Masson	1984
8.	* 『日本人的縮小意识』 중국어판	山倈人民出版社	2003
9.	* 『환각의 다리』 『Blessures D'Avril』 불어판	ACTES SUD	1994
10.	* 『장군의 수염』 『The General's Beard』(Brother Anthony of Taizé 역) 영어판	Homa & Sekey Books	2002
11.	* 『디지로그』 『デヅログ』(宮本尙寬 역) 일본어판	サンマーク出版	2007
12.	* 『우리문화 박물지』 『KOREA STYLE』 영어판	디자인하우스	2009

공저

1.	『종합국문연구』	선진문화사	1955
2.	『고전의 바다』(정병욱과 공저)	현암사	1977
3.	『멋과 미』	삼성출판사	1992
4.	『김치 천년의 맛』	디자인하우스	1996
5.	『나를 매혹시킨 한 편의 시1』	문학사상사	1999
6.	『당신의 아이는 행복한가요』	디자인하우스	2001
7.	『휴일의 에세이』	문학사상사	2003
8.	『논술만점 GUIDE』	월간조선사	2005
9.	『글로벌 시대의 한국과 한국인』	아카넷	2007

전집

608

지성의 숲을 걷기 위한 길 안내

34종 24권 5개 컬렉션으로 분류, 10년 만에 완간

이어령이라는 지성의 숲은 넓고 깊어서 그 시작과 끝을 가늠하기 어렵다. 자 칫 길을 잃을 수도 있어서 길 안내가 필요한 이유다. '이어령 전집'의 기획과 구성의 과정, 그리고 작품들의 의미 등을 독자들께 간략하게나마 소개하고자 한다. (편집자 주)

북이십일이 이어령 선생님과 전집을 출간하기로 하고 정식으로 계약 을 맺은 것은 2014년 3월 17일이었다. 2023년 2월에 '이어령 전집'이 34종 24권으로 완간된 것은 10년 만의 성과였다. 자료조사를 거쳐 1차 로 선정한 작품은 50권이었다. 2000년 이전에 출간한 단행본들을 전집 으로 묶으며 가려 뽑은 작품들을 5개의 컬렉션으로 분류했고, 내용의 성 격이 비슷한 경우에는 한데 묶어서 합본 호를 만든다는 원칙을 세웠다. 이어령 선생님께서 독자들의 부담을 고려하여 직접 최종적으로 압축한 리스트는 34권이었다.

평론집 『저항의 문학』이 베스트셀러 컬렉션(16종 10권)의 출발이다. 이 어령 선생님의 첫 책이자 혁명적 언어 혁신과 문학관을 담은 책으로

1950년대 한국 문단에 일대 파란을 일으킨 명저였다. 두 번째 책은 국내 최초로 한국 문화론의 기치를 들었다고 평가받은 『말로 찾는 열두 달』과 『오늘을 사는 세대』를 뼈대로 편집한 세대론 『거부하는 몸짓으로 이 젊음을』으로, 이 두 권을 합본 호로 묶었다. 베스트셀러 컬렉션의 세 번째 책은 박정희 독재를 비판하는 우화를 담은 액자소설 「장군의 수염」, 보카치오의 『데카메론』 형식을 빌려온 「전쟁 데카메론」, 스탕달의 단편 「바니나 바니니」를 해석하여 다시 쓴 한국 최초의 포스트모던 소설 「환각의 다리」 등 중·단편소설들을 한데 묶었다. 한국 출판 최초의 대형 베스트셀러 에세이 『흙 속에 저 바람 속에』와 긍정과 희망의 한국인상에 대해서 설파한 『오늘보다 긴 이야기』는 합본하여 네 번째로 묶었으며, 일본 문화비평사에 큰 획을 그은 기념비적 작품으로 일본문화론 100년의 10대 고전으로 선정된 『축소지향의 일본인』은 베스트셀러 컬렉션의 다섯 번째 책이다.

여섯 번째는 한국어로 쓰인 가장 아름다운 자전 에세이에 속하는 『하나의 나뭇잎이 흔들릴 때』와 1970년대에 신문 연재 에세이로 쓴 글들을 모아 엮은 문화·문명 비평 에세이 『현대인이 잃어버린 것들』을 함께 묶었다. 일곱 번째는 문학 저널리즘의 월평 및 신문·잡지에 실렸던 평문들로 구성된 『지성의 오솔길』인데 1956년 5월 6일 《한국일보》에 실려 문단에 충격을 준 「우상의 파괴」가 수록되어 있다.

한국어 뜻풀이와 단군신화를 분석한 『뜻으로 읽는 한국어사전』과 『신화 속의 한국정신』은 베스트셀러 컬렉션의 여덟 번째로, 20대의 젊은이에게 들려주고 싶은 말을 엮은 책 『젊은이여 한국을 이야기하자』는 아홉 번째로, 외국 풍물에 대한 비판적 안목이 돋보이는 이어령 선생님의 첫 번째 기행문집 『바람이 불어오는 곳』은 열 번째 베스트셀러 컬렉션으로 묶었다.

　이어령 선생님은 뛰어난 비평가이자, 소설가이자, 시인이자, 희곡작가였다. 그는 남들이 가지 않은 길을 가고자 했다. 그 결과물인 크리에이티브 컬렉션(2권)은 이어령 선생님의 장편소설과 희곡집으로 구성되어 있다. 『둥지 속의 날개』는 1983년 《한국경제신문》에 연재했던 문명비평적인 장편소설로 10만 부 이상 팔린 베스트셀러이고, 원래 상하권으로 나뉘어 나왔던 것을 한 권으로 합본했다. 『기적을 파는 백화점』은 한국 현대문학의 고전이 된 희곡들로 채워졌다. 수록작 중 「세 번은 짧게 세 번은 길게」는 1981년에 김호선 감독이 영화로 만들어 제18회 백상예술대상 감독상, 제2회 영화평론가협회 작품상을 수상했고, TV 단막극으로도 만들어졌다.

　아카데믹 컬렉션(5종 4권)에는 이어령 선생님의 비평문을 한데 모았다. 1950년대에 데뷔해 1970년대까지 문단의 논객으로 활동한 이어령 선생님이 당대의 문학가들과 벌인 문학 논쟁을 담은 『장미밭의 전쟁』은 지금도 여전히 관심을 끈다. 호메로스에서 헤밍웨이까지 이어령 선생님과 함께 고전 읽기 여행을 떠나는 『진리는 나그네』와 한국의 시가문학을 통해서 본 한국문화론 『노래여 천년의 노래여』는 합본 호로 묶었다. 한국인이 사랑하는 김소월, 윤동주, 한용운, 서정주 등의 시를 기호론적 접

근법으로 다시 읽는 『시 다시 읽기』는 이어령 선생님의 학문적 통찰이 빛나는 책이다. 아울러 박사학위 논문이기도 했던 『공간의 기호학』은 한국 문학이론사에서 빼놓을 수 없는 명저다.

사회문화론 컬렉션(5종 4권)은 이어령 선생님의 우리 사회와 문화에 대한 관심을 담았다. 칼럼니스트 이어령 선생님의 진면목이 드러난 책 『차 한 잔의 사상』은 20대에 《서울신문》의 '삼각주'로 출발하여 《경향신문》의 '여적', 《중앙일보》의 '분수대', 《조선일보》의 '만물상' 등을 통해 발표한 명칼럼들이 수록되어 있다. 『어머니와 아이가 만드는 세상』은 「천년을 달리는 아이」, 「천년을 만드는 엄마」를 한데 묶은 책으로, 새천년의 새 시대를 살아갈 아이와 엄마에게 띄우는 지침서다. 아울러 이어령 선생님의 산문시들을 엮어 만든 『시와 함께 살다』를 이와 함께 합본 호로 묶었다. 『저 물레에서 운명의 실이』는 1970년대에 신문에 연재한 여성론을 펴낸 책으로 『사씨남정기』, 『춘향전』, 『이춘풍전』을 통해 전통 사상에 입각한 한국 여인, 한국인 전체에 대한 본성을 분석했다. 『일본문화와 상인정신』은 일본의 상인정신을 통해 본 일본문화 비평론이다.

한국문화론 컬렉션(5종 4권)은 한국문화에 대한 본격 비평을 모았다. 『기업과 문화의 충격』은 기업문화의 혁신을 강조한 기업문화 개론서다. 『푸는 문화 신바람의 문화』는 '신바람', '풀이'라는 키워드를 통해 고금의 예화와 일화, 우리말의 어휘와 생활 문화 등 다양한 범위 속에서 우리 문화를 분석했고, '붉은 악마', '문명전쟁', '정치문화', '한류문화' 등의 4가지 코드로 문화를 진단한 『문화 코드』와 합본 호로 묶었다. 한국과 일본 지식인들의 대담 모음집 『세계 지성과의 대화』와 이화여대 교수직을 내려놓으면서 각계각층 인사들과 나눈 대담집 『나, 너 그리고 나눔』이 이 컬렉션의 대미를 장식한다.

2022년 2월 26일, 편집과 고증의 과정을 거치는 중에 이어령 선생님이 돌아가신 것은 출간 작업의 커다란 난관이었다. 최신판 '저자의 말'을 수록할 수 없게 된 데다가 적잖은 원고 내용의 저자 확인이 필요한 부분이 있었으니 난관이 아닐 수 없었다. 다행히 유족 측에서는 이어령 선생님의 부인이신 영인문학관 강인숙 관장님이 마지막 교정과 확인을 맡아주셨다. 밤샘도 마다하지 않으면서 꼼꼼하게 오류를 점검해주신 강인숙 관장님에게 이 지면을 빌려 감사의 말씀을 드린다.

KI신서 10655
이어령 전집 18
어머니와 아이가 만드는 세상·시와 함께 살다

1판 1쇄 인쇄 2023년 2월 17일
1판 1쇄 발행 2023년 2월 26일

지은이 이어령
펴낸이 김영곤
펴낸곳 (주)북이십일 21세기북스

TF팀 이사 신승철
TF팀 이종배
출판마케팅영업본부장 민안기
마케팅1팀 배상현 한경화 김신우 강효원
출판영업팀 최명열 김다운
제작팀 이영민 권경민
진행·디자인 다함미디어 | 함성주 유예지 권성희
교정교열 구경미 김도언 김문숙 박은경 송복란 이진규 이충미 임수현 정미용 최아림

출판등록 2000년 5월 6일 제406-2003-061호
주소 (10881) 경기도 파주시 회동길 201(문발동)
대표전화 031-955-2100 **팩스** 031-955-2151 **이메일** book21@book21.co.kr

© 이어령, 2023

ISBN 978-89-509-3930-4 04810

(주)북이십일 경계를 허무는 콘텐츠 리더

21세기북스 채널에서 도서 정보와 다양한 영상자료, 이벤트를 만나세요!
페이스북 facebook.com/jiinpill21 포스트 post.naver.com/21c_editors
인스타그램 instagram.com/jiinpill21 홈페이지 www.book21.com
유튜브 youtube.com/book21pub

· 책값은 뒤표지에 있습니다.
· 이 책 내용의 일부 또는 전부를 재사용하려면 반드시 (주)북이십일의 동의를 얻어야 합니다.
· 잘못 만들어진 책은 구입하신 서점에서 교환해드립니다.